派出所长

牛力军 著

时代文艺出版社

图书在版编目（CIP）数据

派出所长 / 牛力军著．—3版．—长春：时代文艺出版社，2017.2

ISBN 978-7-5387-5294-6

Ⅰ.①派… Ⅱ.①牛… Ⅲ.①长篇小说－中国－当代 Ⅳ.①I247.5

中国版本图书馆CIP数据核字（2016）第236820号

出 品 人　陈　琛
产品总监　郭力家
责任编辑　刘瑀婷
装帧设计　黄　龙
排版制作　隋淑凤

派出所长

牛力军 著

出版发行 / 时代文艺出版社
地址 / 长春市泰来街1825号　时代文艺出版社　邮编 / 130011
总编办 / 0431-86012927　发行部 / 0431-86012957　北京开发部 / 010-63108163
官方微博 / weibo.com / tlapress　天猫旗舰店 / sdwycbsgf.tmall.com
印刷 / 三河市万龙印装有限公司
开本 / 710mm × 1000mm　1 / 16　字数 / 277千字　印张 / 18
版次 / 2017年2月第3版　印次 / 2017年2月第1次印刷　定价 / 30.00元

苦尽甘来（三版序）

警察三部曲陆续面世之后，好多朋友和读者都在比较，哪本写得最好。结果是仁者见仁智者见智，萝卜青菜各有所爱，难分伯仲。其实在我心里，对这三本书也是自有高低和偏爱，就像一位面对三个孩子的父亲，虽然嘴上说都稀罕，但实际上还是有所偏心的。

讲真：我在《河东河西》（三部曲之一）和《刑警江湖》（三部曲之三）的撰写上所下的功夫，以及这两部作品所展现的文学性、艺术性、可读性都是要远远高于这本《派出所长》（三部曲之二）的。然而，让我意想不到的是，恰恰是这本“无心插柳”的老二作品，在新浪网的连载中，点击率近五百万，而且无意之间把我的公安文学创作推向了又一个新的巅峰。

2009年，公安部、河北省公安厅想把公安部二级英模——河北省枣强县公安局大营分局指导员范党育同志的事迹拍成电视连续剧，搬上荧屏，并聘用了两名职业编剧操刀剧本。初稿拿回后，相关组织者却不满意，问题就出在编剧对公安工作，尤其是对派出所工作不熟悉上，文本缺乏真实感，没有将派出所长的质感和风采体现出来。简单地说，就是警察味道不足。于是，组织者决定上网寻找一些关于派出所及派出所长的文学作品，从中汲取养料，充实到剧本中去。结果，我的《派出所长》以接地气的情节、朴实的文风从众多作品中脱颖而出；再后来，我被借调到公安部宣传局金盾影视中心，参与此剧的创作。

那时候，我就像是打了鸡血，别提多有干劲儿了。二十二天，仅仅用了二十二天，我就根据自己掌握和经历的派出所生活，写出了一部二十二万字的临时小说。有关领导和专家看了之后激动万分，觉得把这二十二万字糅进原有的剧本里就大功告成了。组织者接二连三又找来了四五个编剧，可谁也没能把狗肉和羊肉糅到一块儿去。最后，赶“牛”上架，竟把我推到了编剧的位置上。可我从未干过这活儿啊。从大年二十九到新春后的五一劳动节，齐活儿了。不知内情的人都夸我姓牛的还真牛，天生就是写剧本的料。其实我自己清楚，我是不会游泳却被一脚踹进河里的人，不使劲儿扑腾还不被淹死了？

后来，这部由张嘉译主演，名叫《营盘镇警事》的电视剧于2012年9月19日在央视黄金档开播，之后好评如潮，先后荣获了第二十九届中国电视剧飞天奖长篇电视剧一等奖和中宣部第十三届精神文明建设“五个一工程”奖。如今，回想起当初创作中如“唐僧取经”般的千辛万苦，此刻真是苦尽甘来。能为两百万人民警察写出这样一部爱民大戏，吾愿足矣。

我珍视这份属于书写的光荣。

作　者

2016年深秋

提起警察这活儿，绝大多数人会提到一个字——险。

险在何处？一是危险，警察是同罪恶做斗争的专门职业，他们注定要和那些狡猾、奸诈、凶残，甚至是亡命徒的对手过招，怎能不危险？据公安部统计，自1983年“严打”至今，平均每天就有一名警察在同犯罪分子斗争中英勇牺牲，平均每小时就有一名警察受伤。

二是风险，用老百姓的话讲，好出事儿，动不动就有被扒掉警服的，进监狱的。也难怪，警察常年置身于社会黑暗面、阴暗面，和盗贼、劫匪、杀手、黑道打交道，很容易受到熏染，正所谓“常在河边鞋易湿，天天舞墨手易黑”。

警察堆儿里关于警察出事儿流行两个说法：一个是“七宗错说”，即酒、色、财、气、枪、车、特，意思是说，警察在喝酒、女人、钱财、动气、动枪、驾车、特权七个方面容易犯错误，栽跟头。

另一个是“门里门外说”，说警察是一脚门里一脚门外的职业，这个门就是监狱的门，稍不留神，就从门外滑到门里了。警察代表政府形象，其言行举止群众甚为敏感，一旦“丢”了警服，抓人的被抓，送别人进监狱的被送进监狱，上级震怒，百姓谩骂，媒体笔伐，不仅出事的没人样儿，领导受牵连，而且出事的单位跟着倒霉，这一年无论破了多少大案子，做了多少好事，都付之东流，真是一丑遮百俊。

1

2003年，对于宜春市公安局东城分局西隆镇派出所来说就是个灾年，队伍接连出事。十三个人的派出所，一年竟出了三起警察违纪案件，其中有两起还涉及到派出所所长。3月初，治安警温遇成上午刚受理了一起斗殴的治安案件，晚上就接受一名当事人委托中间人的吃请，并收下两条高档香烟。这事被本案另一当事人用摄像机偷拍下来，直接告到宜春市公安局纪委。温遇成被给予行政记过处分，调离一线执法岗位。8月中旬，时任所长的谢长荣在审讯一名抢劫出租车司机的现行犯罪嫌疑人时，因其拒不开口，一记耳光将其耳膜打穿，因刑讯逼供被免职。12月23晚上，继任所长席建成在其上任后第三个月，醉酒驾车将一名女大学生撞成重伤，被市局纪委禁闭。按照公安部《五条禁令》，人民警察酒后驾车应予以辞退，席建成的警察生涯就此结束，教导员闫城甫暂时主持了所里工作。

闫城甫，四十三岁，不到一米七的个头，“将军肚”微微隆起，黑脸膛，一双三角眼几乎被浓黑的长发遮住。转业进公安局前他在部队当营长，那叫一个牛。勤务兵每天早上给他打洗脸水，连牙膏都给挤到牙刷上；可一转业到地方，“长”没了，分到西隆镇派出所，大头警一个，跟部队当兵的没啥两样，甭说有人给他打洗脸水，就算赶上他值夜班，第二天早上起来还得拿着笤帚、抹布把派出所各屋收拾一遍，全无了当年营长的派头和威风。最让闫城甫受刺激的是，几个所领导都比他小，可支使他干活儿时就像支使儿女似的。闫城甫算是看透了，无论在哪儿干，只有当官，才能赢得尊重和尊严。凭借在部队大熔炉里打下的底子，再加上他在部队和公安局的双重老上级——现任东城区公安局常务副局长段光先的提携，这才于2001年被任命为西隆镇派出所教导员。谢长荣所长打伤犯罪嫌疑人被撤职后，闫教导员临时主持了一个月工作，干得也不错，又找段副局长做了些工作，本以为会接任所长，谁知半路杀出个程咬金，分局政治处副主任席建成到西隆镇派出所当了所长。为此，闫城甫心灰意冷，发誓不再过问官场。直到席建成醉酒撞人出事，闫城甫见席建成被关了禁闭，距离被辞退就差履行个手续，他当所长的心又活了，连夜给段副局长打电话，谈了想接所长的想法。段副局长让他先稳稳地把所里的工作担起来，无论如何不能再出事，最好干出些成绩。第二天上午，闫城甫召集全所民警开整风会，总结教训，加强整改，并让每一个民警发言表态。会刚开一半，九家建筑工程集团的董事长骆九家急三火四地闯进会议室说："不好了！我儿子被绑架了，绑匪要一百万！"

一听骆九家的命根子骆开心被绑架，闫城甫先是一惊，随即心中暗喜。这么大的案子，如果在他主持工作这段儿破了，那可露大脸了，将为他接任所长添上重重的砝码。想到这儿，他赶紧把会停了，将案情报到分局指挥中心。

西隆镇位于宜春市东郊，属城乡接合部，下辖上不着天、下不着地、南旮旯子、北旮旯子四个村。骆九家是上不着天村人，绰号"骆千万"，意思是说他有一千多万，实际上九家公司的总资产已接近三千万了。四十二岁的骆九家能有今天，实属不易。他出生时正逢三年自然灾害，全国人民都在挨饿。他下生后，娘没奶，家断粮。他爹跑遍了上不着天村七十多户人家，最后只在九户人家要出半袋子小米，总算没让他饿死。为了让他记住这九户人家的救命小米，他爹给他起了骆九家的大名。

1981年，九家学成了瓦匠，当年靠给宜春一家国营大厂抹院墙，挣得第一桶金。一年后，他带一伙人进军宜春，承建工程，从盖平房到建大楼。十几年的光景，九家有了自己的公司，成了千万富翁，还当上了东城区政协委员。九家发达后，花了五十多万，为当年给他家小米的九户翻盖了新房，回报当年的救命之恩。

按说九家要风得风，要雨得雨，够风光了。可谁知他竟还有一桩令他吃不香，睡不着，甚至咽气时眼睛都难闭上的心事。九家二十四岁结婚，到三十四岁时，他媳妇桂花共给他生了五个女孩儿，号称"五朵金花"，就是没个带把儿的。不孝有三，无后为大，有凤无龙，家业难承。没有儿子，骆家断了香火不说，将来这千万家产都得随女儿嫁人给了外姓。

1997年国庆节，九家到千山旅游时，偶遇一位在山里修行多年的大师。大师与他素昧平生，只是依据他的生辰八字，便把他的成长经历及婚后有女无子的心事说得一清二楚。九家听得目瞪口呆，佩服得五体投地，当即请大师赐教。大师丢下八个字：垦耕新地，定有所获。九家有钱，养十个女人也养得起，要说寻寻刺激尚可，但要养个能为他生儿子的可得寻思寻思了。他是民营企业家，西隆首富，政协委员，养二奶，私生子，一旦败露，必定身败名裂。

九家有个铁哥们儿叫金生，也是搞工程的，见多识广，主意多。九家从千山一回来，就把自己的心事、大师的点拨，以及他的担心全跟金生讲了。金生让他向蒋介石学。蒋介石当年为了娶宋美龄，不得不提出与原配夫人毛氏离婚。毛氏起初不同意，甚至要以死相争。后来，蒋介石提出，毛氏离婚后，仍做蒋家主人，享受蒋夫人的礼遇和待遇，照样穿绸吃油，衣来伸手，饭来张口。毛氏见保不住婚姻，但保得住富贵，就答应了。金生让九家办假离婚。桂花虽出一张离婚手续，但照旧跟九家过日子。九家自由身后，再找个大姑娘，名正言顺地完成他的生子大业。这样，九家对外和在法律上，一个妻子也没有，可实际上一夫两妻，合情合理。

九家觉得这招儿高是真高，可跟桂花说离婚他怎么也张不开嘴。桂花当年可是西隆一枝花，嫁他时，九家还是个穷光蛋。十多年来风风雨雨，患难与共。九家觉得苦日子都过来了，如今自己发达了，为了要儿子，竟要抛妻弃女，得让人戳一辈子脊梁骨。金生说他这是假离婚，还和桂花一起过日子，没啥对不起桂花的，倒是没有儿子，对不起祖宗。最后，金生两口子出面找桂花谈。桂花开始觉得挺憋屈，大哭了一场，可又一想九家没儿子，整日不开心，还不如依他一次，要是再生个女孩儿，九家也就死心了，好在九家不离开这个家，就认了这事。

九家拿了离婚证，成了自由身，经人介绍与宜春三中的英语教师牡丹认识了。牡丹只有二十一岁，小九家二十一岁，貌似香港电影明星温碧霞。她明知九家玩的是假离婚，但图九家钱多，心甘情愿。牡丹也真争气，到骆家的第二年就给九家生了个大胖小子，乐得九家跪在产房门前，先谢天，后谢地，并给儿子取了个能代表他心情的名字，骆开心。

2

12月24日上午，四岁的骆开心在骆家大院外玩的时候，被人偷走了。

开心丢了，九家蒙了。他刚准备报案，手机响了，一个陌生男子让他准备一百万，不许报警，否则就撕票。骆九家本想花钱买儿子平安，不报警，可又怕绑匪耍滑，落个人财两空，于是他来到派出所报案。

千万富翁、区政协委员的儿子被绑架，绑匪索要一百万，案情重大。东城区公安分局局长翟永胜、常务副局长段光先接报后，立即带领刑警大队宋大队长及重案一中队的人马赶到西隆镇。

翟永胜坐在西隆镇派出所会议室的椅子上，刚刚宣布成立“12·24”专案组，南旮旯子村一个叫王永顺的村民到派出所报告，租他家房子叫二虎、二熊的刚才领回一个四五岁的孩子，又白又胖，孩子总哭，怕是有事。骆九家一听说孩子又白又胖，激动得对翟永胜说：“那孩子是骆开心，肯定是！”

十五分钟后，三十名警察远远地将王永顺的家围住。宋大队长和三个刑警扮成收苞米的，跟王永顺回家，趁机抓绑匪，救人质。

一切都按专案组的设想顺利进行着。谁知，就在王永顺领着警察进院时，意外发生了。一名刚参加工作不久的年轻刑警第一次参与这么大的案子，既兴奋，又紧张，匆忙之中，将手枪子弹上了膛。当他走到离王永顺家不足五十米远的地方时，被石头绊了一下，摔了一跤，枪走了火。沉闷而又巨大的枪响打破了村庄的宁静，不少村民都出来看热闹。

朝骆九家要了一百万，正在屋里等信儿的二虎、二熊也被这声枪响惊住了。他俩是九家公司的临时工，在公司干了一年。到了年底，工长欺负他俩是外地人，故意拖欠他们工资，还谎称是骆九家没把工程款拨下来。这俩人都等钱回家过年，拿不到钱，回不了家，就把怨气和账都记在了骆九家的头上，他们知道骆九家有个宝贝儿子，决定绑了骆开心，敲一笔钱。24日上午，两人在骆家门口，趁保姆回屋取玩具的工夫，将骆开心抱跑了。二人听见枪响，又见王永顺领着三个陌生人进院，顿时全明白了。

二虎把房门插好，掏出匕首。二熊用绳将小开心的手和他的手拴在一起，准备抵抗。

宋大队长也被这枪声吓了一跳。事已至此，他使了个眼色，让王永顺去叫门。王永顺边敲门边说："二虎，来收苞米的了，我进屋拿秤。"

"老东西，你敢把警察领来。将来我非把你家房子点着。你让警察放我们一条生路，否则就撕票，大不了一起死。"二虎隔门喊道。

宋大队长见绑匪惊了，怕绑匪伤人质，没敢硬冲，马上回去向翟局长汇报。

"谁放的枪？哪个单位的？水裆尿裤的，还能不能干点儿啥了。这个案子要是败在这一枪上，我处分他！现在绑匪有了准备，人质又太小，不能硬上，派人劝绑匪放了孩子自首，谁去？"翟局长绷着脸，瞪着眼，骂骂咧咧地说。翟永胜是个喜欢骂人的局长，在他的执政思路中，骂人就是批评人。他是刑警出身，干了大半辈子刑侦，粗来粗去惯了，他骂人常用四个字"水裆尿裤"。

"我去！我对这一带熟。"闫城甫觉得这是个难得的表现机会，尤其在翟局长面前，谈下来是首功，离所长就不远了。翟永胜看了他一眼，迟疑了一下，点了一下头，说："去吧，千万别把话说绝。"

闫城甫来到距离出租屋几米远的地方，扯着嗓子喊了起来："里面的人听着，我是西隆镇派出所的。你们触犯刑律，已经被包围了，别说人，就连耗子也别想跑出去。顽抗下去，只有死路一条，将是法律的严惩！严惩……"

闫城甫慷慨激昂地喊了五分钟，大都是不投降就灭亡之类的狠话。

"少跟我们讲大道理，刚才你们没进院就放枪。放了孩子出去，我们就得被打成蜂窝。投降是死，不投降也是死，我们扛着。反正孩子在我们手里。"二虎扯着嗓子回应着。

闫城甫又硬撑了一会儿，实在没什么效果，就灰头土脸地回到翟局长面前，说："局长，这俩小子是粪坑里的石头，又臭又硬，不进盐酱呀！"

"我去试试吧！"副局长段光先觉得自己的水平要比闫城甫高得多，也很想在这么多老百姓和警察面前提升一下他这个常务副局长的威望。翟永胜没吱声，算是表示同意。段副局长来到出租屋外，他的声调不高，以一副领导的派头说：“绑匪听着，我是东城分局的副局长，现在代表分局和你们讲话。作案和做人一样，都得讲究，你们把一个四岁孩子当人质，不是男人干的事，让人瞧不起；还是把人质放了，我保证宽大你们；要不你们放了孩子，拿我当人质。当然，你们还可以提别的条件，只要合理，可以商量。”

“用你换人质？别忽悠我们了。孩子是我们的护身符，绝不能放。你们要是敢往屋里冲，我们就杀人质，大不了鱼死网破。”二熊在屋里吼着。

段光先刚上来就当着众人面挨骂被撅，面子挂不住了，他的脸一红，为了保住他副局长的威严，用手指着屋，厉声骂道：“小毛贼，敬酒不吃吃罚酒。我看你们是活腻了，你们要是敢动孩子一根汗毛，三十多支枪就能把你们打成筛子。”

随后，段光先回到翟永胜身边，气呼呼地说：“顽固不化。谈是谈不成了，攻吧！撕票就晚了。”

看着段光先气愤急躁的表情，翟永胜感觉这顿本应是盛宴的晚饭夹生了。谈是谈不下去了。强攻？决心倒是好下，关键是怎么个攻法，能不能拿下来。他对手下这帮小子勇猛顽强、不怕牺牲的作风深信不疑。如果没有人质，纵使犯罪分子有枪，弟兄们也敢往上上。可对方手中握着人肉盾牌。一旦攻击失手，绑匪与人质玉石俱焚，这个责任太大了。他怎么向骆九家、向上级交代呀！翟永胜思忖再三，为稳妥起见，向市局报告，请特警支援。此时，时针已指向了十一点五十五分。

3

身穿黑色泳裤，头戴黑色泳帽，戴着黑色泳镜的何铭站在游泳池边，标准地做着准备活动。他一米七八的身高，白净的脸，身材匀称，前胸、小腹都是肌肉。他趁池中人少的空当儿，一个猛子扎进水里，一口气游到泳池的另一头，一个标准的滚翻又向回游。2003年，非典肆虐，宜春凡是聚人的娱乐、健身场所都关了，直到今天才开禁。酷爱游泳，憋了八个多月的何铭趁午休来到游泳馆，如同久旱逢甘霖。他贪婪地在水中畅游，还没游到起点，他突然浮出水面，摘下泳帽，向岸上的休息椅望去，好像听到了什么，冲锋号响，特警指挥中心的电话，这是他为手机设置的紧急铃音。冲锋号响意味着警情。他快速游到池边，上岸，打开手提包，掏出手机。

何铭作为宜春市公安局特警支队一大队大队长，一部手机、两块电池，二十四小时开机不离身。这个习惯是职业、职务对他的要求，因为特警是解决特殊、危难险重警情的。大凡需特警出马、出手的，几乎都是大案、要案，怠慢不得。特警支队规定，警情就是命令，时间关系成败。特警必须随叫随到，并以最短的时间到达指定地点。内行人都知道，就随叫随到这一点最折磨人，用一线警察的话讲，两三个礼拜回不了一趟家，三四天睡不上一个囫囵觉，死冷寒天在外“蹲坑”，这些都没啥。要命的是不知啥时发案，不知啥时出警，必须时刻处在临战或待命状态；大脑的弦总得紧绷着，心总得悬着；甭管晚上睡得多香，喝酒喝得多尽兴，甚至正跟女友云雨飘摇，电话一响，事来了，都得停下来，走人。日子久了，不少警察的家属都跟着紧张兮兮的。

在公安局，要说其他部门的官，差上差下，谁都能当，唯独特警的官不成。因为这是叫硬的活儿，不说危难时刻得露出三头六臂，咋也得冲得上去，拿得下来。二十九岁的何铭能坐上特警中队三十多人队伍的头把交椅，靠的就是两个字——功夫。

何铭出生在一个知识分子家庭，父母都是大学教授，在汉语言学方面造诣颇深。父母原以为何铭会是个好捧书本的乖孩子，谁知何铭从小却对拳脚枪棒感兴趣，尤爱当警察，经常揣着把玩具枪，领着邻居家的孩子们玩警察抓小偷的游戏。他七岁那年，父亲见何铭迷恋武术，把他送到宜春八极拳名师徐有怀门下，一练就是八年，练就扎实的武术基本功。十五岁，何铭又拜宜春散打王张明哲为师，专攻散打搏击。十八岁，何铭参加高考，三个志愿他填了同一个地方——中国人民公安大学，铁了心要当警察。

何铭考进公安大学后，凭借良好的武功底子，进了大学散打队，接受硬气功训练，并连续三年获得全校比武冠军。他的招牌功夫是闪电霹雳拳，能在一分钟内连续出拳一百二十次，也能用拳击碎三厘米厚的木板。单掌开砖、头劈酒瓶都是他的“家常菜”。1997年，何铭毕业后被分到宜春市公安局东城分局。他从派出所户籍民警干起，第二年被评为市局户籍民警标兵，第三年被破格提拔为派出所副所长。2000年底，何铭竞聘派出所所长。分局局长翟永胜虽然很欣赏何铭，但觉得何铭应对、处置复杂局面的经验和能力还很欠缺，就安排他当了教导员，让他再磨炼磨炼。对此，何铭曾想不通，甚至有些消沉，觉得自己出身国内警察顶级科班，功夫又好，大有不得志之感。

美国“911”事件后，宜春市公安局加强反恐工作，特警大队翻牌变支队，下设六个大队，新增警力二百人。何铭认为自己更适合在特警发展，于是毛遂自荐，凭借出色的功夫，通过层层选拔，当上一大队大队长。他和百步穿杨的射击高手——宜春特警支队二大队大队长齐勇被誉为特警双雄。特警队有个顺口溜：何铭的拳，齐勇的枪，歹徒碰上准遭殃。

何铭把手机放在湿漉漉的耳边。指挥中心值班员命令他马上到东城区西隆镇南旮旯子村，解救人质。一分钟后，何铭冲出游泳馆，驾上吉普车。作为特警大队长，支队为他配备了警用轿车。可他嫌轿车空间小，一遇到坑坑洼洼的路就不好使了。于是，自己又买了辆切诺基，并进行了改装。吉普车宽敞，大气，通行性能极强，驾驶中有种君临天下，勇往直前，无坚不摧的气势，特对他的个性和心思。打开警报器，一脚油门，吉普车轰鸣着，箭一般射出，刮起一阵狂飙，驶向西隆镇。

4

二十分钟后，何铭刚走进南旮旯子村专案组临时指挥部，宜春市副市长兼市公安局局长李北淮也到了。他是在一个会议上接到四岁孩子被绑匪劫持报告的，人质案子历来是案中焦点，备受关注，解救成功，警察就是英雄、是宠儿，鲜花、赞誉、荣誉接踵而至；如果失败，警察就成了狗熊、废物，警察形象瞬间就能在市民心中降好几个格。他见现场形成警匪对峙局面，担心解救有误，亲临指挥。五十三岁的李北淮是从刑警干起来的，业务稔熟，处事果断，他进屋扫了一圈儿说："时间紧，大家谈谈吧！"

翟永胜先把案情简要介绍了一遍，最后说："我们已经和绑匪谈了两盘儿。老段甚至提出自己去当人质，把孩子换出来，丝毫不起作用。我们的意见是，请特警强攻。"

"处置此类事件，人质安全是第一位的，何况人质还是个四岁孩子！强攻风险太大，稍有闪失，后果不堪设想，还是应以谈判为主。"特警支队长李贺表明了特警的态度。段光先生怕再派人去谈，真谈成了岂不显示出他无能。他摆了摆手，大声说道："不行不行，根本谈不拢，这俩小子是丧心病狂，随时都会杀害人质，只有强攻一条道。我的意见是，就说给绑匪提供车辆和钱，送他们回家，在绑匪上车途中，让狙击手击毙歹徒，救出人质。"

李北淮听了，把目光投向李贺，像是在问，有把握吗？看来他对狙击手射杀绑匪的方法感兴趣。李贺马上明白了李北淮的意思，没回答，而是看了看特警神射手齐勇。齐勇心领神会，自信地说："如能同时击中绑匪的太阳穴和睾丸，绑匪不仅百分之百地丧命，而且不会有一点儿伤害人质的机会。绑匪是两个人，我们出四名射手，两打一，有九成把握。在射击的同时，请何铭大队长带人冲锋救人质，就有十成把握了。"

李北淮满意地点了点头，看得出他已下了决心。他挥了一下手说："就这么定了。永胜出面负责把绑匪骗出来。特警上狙击手和冲锋手，在绑匪上车前解决。记住，即使付出天大的代价和牺牲，也不能让孩子出任何闪失。"众人刚要散去，突然有人大声说："等一等，这不是最好的选择，也不是最后的选择。"

大家都吃了一惊，谁吃了豹子胆，敢阻挠李副市长的决定。众人顺着声音寻去，见说话的人站在李贺的后面。

何铭走进指挥部后，听了几位领导的建议和李北淮强攻的决定，觉得不对路，绝非万无一失；稍有闪失，肯定殃及孩子性命。可按等级规则，有上司李贺在，他是没资格说话的，只是个执行者。如果他张口弄出个一二三，将是对李贺极大的不敬，是大忌。最后他见强攻就要执行，特警职业的本能和责任感让他再也按捺不住了，不再顾忌身份和等级，勇敢地抛出了自己的想法。

翟永胜见说话的是何铭，愣了一下，随即摇了摇头。他昔日的手下依旧锋芒毕露，个性强烈，咋就成熟不起来呢？段光先也认识何铭，心想，一个科级干部，心高气傲，不懂规矩。李北淮也被何铭的这一声弄怔了，在以往的工作中还没有过这种情况。他看了看这个目光炯炯的年轻人，不认识，从他站在李贺身后的位置看，应该是特警的人。李贺见李北淮露出疑惑的表情，忙上前介绍说："市长，他是我们一大队的大队长何铭，曾当过派出所副所长，是特警中拳脚功夫最好的，和齐勇被誉为特警双雄。"

李北淮觉得这个大队长既然有勇气在这样重大的场合亮牌，也许有独到的处理办法。他没在意何铭的冒失，简单地甩出一个字："讲！"

"人质是第一位的，不宜动枪。从国外处置劫持人质案件成功经验看，百分之八十是谈下来的，只有百分之二十选择强攻。在强攻这百分之二十中，成功率只有百分之四十五，所以，谈，很重要，是第一选择。不过谈判不仅需要技巧，还需要时间和耐心。美国有起绑架人质的案件，警察与绑匪谈了三十六个小时，最终将绑匪说服。根据绑架人质犯罪心理学研究的成果，在绑架人质现场，围观的人越多，绑匪的成就感就越强，就越兴奋，甚至是亢奋，心理曲线值不断升高，此时的绑匪蔑视一切，包括法律和警察。这时以对抗的姿态和绑匪谈，不会有好的结果。当务之急是把围观的群众疏散，缓解绑匪的紧张情绪，将绑匪的兴奋点和心理曲线值降下来，而后再去谈。另外，这两名绑匪既无前科，又不是职业犯罪，只因包工头拖欠工资才萌生歹意，并非罪大恶极。对这样突发性案件的犯罪者，我们不应轻易剥夺他们的生命。还有一点，人质第一，这是处置此类案件铁的原则，何况人质只有四岁。一旦强攻出现任何一点儿闪失，哪怕是极其微小的意外，绑匪都可能迅速杀死人质。还有一个环节我们可能没考虑到，绑匪从屋里出来，很可能抱着孩子，这种情况下，再神的射手也不敢开枪。我在大学学习演练过与绑匪谈判，我想试一次。"

何铭一口气说完，心怦怦直跳。他想好了自己的这次"冒失"无外乎会有两种结局：一是李北淮采纳他的意见，他谈判成功，一好百好；二是李北淮不给他机会，或者给他机会，他没谈下来，那他将贻笑大方。

李北淮没想到这个特警大队长拳脚功夫之外，竟还有如此精辟的见地，不宜强攻的论据相当充分。他果断地说："疏散围观群众，让老百姓离远一点儿，再谈一次！其他人做好强攻准备。"

临近新年，天气寒冷，凛冽的北风一阵一阵地刮着、吹着，打在人的脸上，刀割般疼。

何铭来到距绑匪房前五米处，脱去棉夹克扔到地上，只穿着毛衣，高举双手，笑呵呵地冲屋里说道："屋里的哥们儿听着，我是特警队的，之所以脱去夹克，是想让你们看清，我没带任何武器，不会伤害你们。你俩都不是进过局子、蹲过大牢、底子潮的'老惯'①，而是俩农民工兄弟。我今年二十九岁，你们如不嫌弃，咱们就以兄弟相称。警察和农民本来就是一家嘛！我要是比你们大，你们叫我大哥，比你们小，就叫我老弟。"

正在寻思如何应对警察攻击的二虎、二熊做梦也没想到何铭会以这样的口吻和他们讲话，两人相互看了看，同时摇了摇头。二虎说："咱们眼瞅着不掉脑袋也得蹲大狱了，可这警察还跟咱们称兄道弟，高看你我，真他妈是怪事。"

"别让他把咱们忽悠了。先听听他说得在不在理，对咱们有没有利。"二熊说完，冲窗外喊道，"你比我俩都大，我们叫你大哥，讲吧！"

"你俩绑票要钱。现在来了这么多警察，这个祸不小，不过离掉脑袋远去了，长刑都判不了。首先，这个案子事出有因。骆九家拖欠工资致使你们回不了家、过不了年，理亏在先，你们是被逼得没招儿了才出此下策。其次，你们触犯了《刑法》第二百三十九条绑架罪。绑架罪有死刑，但前提是致使被绑架人死亡或者杀害被绑架人的。现在人质在你们手里，没死。你们只要主动放出人质，投案自首，最多也就判六七年有期徒刑；入监后，如果表现好的话，三年就出来了。你们没必要放着活路不走，走死路。第三，我来之前跟骆九家谈了，只要你们不伤孩子，他会在你们进监狱服刑期间，照顾你们的家老小，让你们无后顾之忧，这可是一条明路

① 警察暗语，指屡次被公安机关打击处理的犯罪嫌疑人。

啊！”

二虎、二熊听了既惊又喜。警察大哥的话很实在，没虚嗑儿，是条活路。硬冲或死扛，最终不是鱼死就是网破，占不到任何便宜。尤其骆九家会养他们家老小的承诺，让俩人都动了心。他们最放不下的恰恰就是家和亲人。正想着，何铭的话又传了进来：“二位老弟，我还有个好招儿能让你俩打官司时占点儿便宜。你俩商量一下，看谁的家庭负担重，谁家的负担轻。负担轻的把责任往自己身上多揽一些，将来法院在量刑时，会判负担轻的人重一些，判负担重的人轻一些。这样，判刑轻的就可以比另一个早点儿出狱。早出狱的人就可以同时照顾两个家。千万别两个人同时进同时出。”

何铭这么一说，更让二虎、二熊觉得警察大哥可信，可俩人还是不托底。何铭见屋里没动静，知道他的话起作用了，又冲在不远处直搓手的骆九家招了招手，九家连忙跑过来。何铭把他刚才的承诺讲了。九家说：“那才几个钱，没问题，我照办就是了。”随后，他又冲屋里喊道：“兄弟，只要放了孩子，欠你们的工钱我马上付。你俩服刑这段儿，家老小的生老病死、年吃年用，我都包了。我要是说话不算数，让骆家断子绝孙。”

二虎、二熊这下彻底托了底，决定放人自首。二熊举起双手先从屋里出来。二虎抱着骆开心出来后把孩子交给骆九家，随后也举起了双手。围观的群众见绑匪投降，孩子平安，发出一阵阵的欢呼声和掌声。李北淮见何铭不费一枪一弹一拳，只凭三寸不烂之舌将绑匪说服，使劲儿地点了点头。

5

西隆镇派出所位于西隆镇中心南街边上一栋破旧的小二楼里。小楼是上世纪50代盖的，将近五十年了，墙皮因年头太久，四处剥落，已看不出是黄还是白。

下午，闫城甫从人质解救现场回到派出所，进门时，户政内勤吕凤琴跟他打招呼，他瞅都没瞅，也没答话，直奔二楼。此时他的心情十分郁闷，本打算利用这个案子，搏一次，露一手，作为竞争所长的最大筹码。可谁知没露上一手，倒是漏了一手，头彩让特警抢去了。他感觉不是个好兆头。没当官前，想当官，当了官后，又想当更大的官。现在他有当更大的官掌握实权的机会，上去了，脸面有光；上不去，没脸儿，让人轻看。闫城甫在西隆镇派出所当了三年教导员，两度临时主持所里工作。第一次没接上所长，他够没面子了，这次要是还接不上，他的脸儿真就没地方放了。

他坐在办公桌前，联想到刚才掉链子的表现，对自己当所长心里更没底了。思来想去，他又给段光先打了个电话，想打听点儿具体东西。段光先说他形势很不乐观。分局上午接到通知，市局将派调查组调查西隆镇派出所两任所长相继落马的事。闫城甫作为两任落马所长的搭档，这节骨眼儿直接接班的希望不大，除非找比翟永胜官还大的人替他说话才行，段光先只能敲敲边鼓。闫城甫放下电话，掐着指头在他认识的人中找了半天，也没找到一个比翟永胜官大的领导。他打开抽屉，想找支烟，却发现两本户口本，是西隆镇镇长乔其龙托他办的分户户口。他猛地想起乔镇长在一次酒后曾跟他说过，乔和上面很熟，派出所和他个人有什么事都能说上话。虽说是酒后的话，有胡吹乱侃之嫌，但乔其龙的实力毋庸置疑。

在西隆，骆家有钱，乔家有势。乔家四男一女，老大乔其龙，西隆镇镇长。老二乔其行，宜春市财政局计财处处长。老三乔其天，西隆建筑工程公司总经理。老四乔其下在镇财政所当个小职员，虽没干出啥名堂，但吃的是皇粮。唯一的女孩儿幺妹二十三岁，大学一毕业，就找到份令人羡慕的好工作。乔家四个儿子名字最后一个字连在一起就是“龙行天下”，意在乔家这一代能成大业，如日中天。闫城甫想，乔家能出这么多当官的，肯定有大路子。想到这儿，他起身要去镇政府，可又一想，空手去不好。对，帮他把户口办了，事办成了自己也好张口。

闫城甫推开办公室的门，冲楼下喊了一嗓子：“让吕凤琴上来！”不一会儿，随着清脆而又有节奏的高跟鞋声由远而近，一个披着长发，脸上长着不少雀斑，涂了厚厚粉底的四十多岁的女民警走了进来。闫城甫看了看她那张脸，吧嗒两下嘴，皱了皱眉说：“你能不能让我省点儿心，那头发不能扎上啊。《公安机关人民警察着装管理规定》第十条四款，女警察不能化浓妆，披发不得过肩。市局督导处这几天正暗访呢，要是把你督去，在全市通报，我看你这老脸往哪儿搁！”

“教导，你常讲要注意警察形象。我长得这么老，再不拾掇拾掇，还不吓着人民群众啊！”

“你呀！不拾掇还吓不着人，越拾掇越吓人。这有两个分户，乔镇长的，马上办了。”

吕凤琴接过户口本，凑到闫城甫面前说：“听说席所长得扒警服。这出事还不到二十四个小时，我就听说至少有二十人想到咱所当所长了。你可得盯住喽。你这都主持两届了，这次咋也得扶正啊！”

“难怪大伙儿都叫你‘吕八卦’，这是哪儿来的消息啊，消息不少，假的也不少。老席出事才那么一会儿，怎会一下子有那么多人要到西隆接所长。所长的位置我懒得想，也懒得去盯。部队大熔炉出来的人都懂一句话：俺是革命一块砖，任党东西南北搬，组织上咋安排咋是。所长、教导员都是正科。当教导员未必不好，不操心啊！”

闫城甫说完，冲吕凤琴摆摆手，意思是让她赶紧把户口办了。

十五分钟后，闫城甫拿着办好的户口，来到西隆镇政府。

西隆镇政府距派出所不到五百米，是一幢旧三层楼。镇党委、政府、人大、武装部都在这里办公。闫城甫敲开乔镇长办公室的门时，乔其龙左手夹着烟，正坐在椅子上拨电话。他见闫城甫进屋，没吱声，只是用冒着烟的手指指了指沙发，示意让闫城甫坐下，算是让了个座。

这时电话通了，乔其龙天生一副大嗓门儿，冲电话喊了起来：“胡大书记，你们北旮旯子村的扶贫救济款咋发的？这一周我都接待三伙儿告状的了。你们妇女主任的大姑姐家有小卖店，咋还救济呢？老霍太太分到救济款没有？没有？给她一份。老霍太太两个儿子，死的死，关的关，家里无依无靠的。犯人家属也是人，这事必须办。另外，把那几家告状的安顿好，不能再告了。”

乔其龙放下电话，对闫城甫说：“要我说，当官的别非等他到点儿再让他下去，省得出五十九现象。胡书记五十九了，也知道明年到点儿了，开始胡来瞎整，私心重于公心了。”乔其龙说完，把半截烟掐灭在烟灰缸里。他桌前的烟灰缸里都是半截烟头。这是他吸烟的一个习惯，抽一半就扔。据他讲，这种抽法既过了烟瘾，对身体的危害也降到了最低。乔其龙，四十一岁，中等身材，宽肩膀，红脸膛，板寸头，大眼睛，一副富态相。

“龙哥，我就喜欢听你讲话，实在，不像有些当官的，净摆臭架子，装腔作势的。”闫城甫比乔其龙大，可他一直管乔其龙叫龙哥，以示尊重。

“净扯，镇长算啥官，操心的活儿，挨累的命。我没当镇长之前，哪有白头发呀！现在你看，黑白各半，当官折寿啊。这回你们破了绑架案，是不又要立功了？这个案子不小，你们借机朝骆九家多要点儿钱。”

“立啥功，最后解决问题的是特警，人家是专业队。你那俩户口办完了，给你拿来了。”闫城甫边说边从里怀掏出四本新户口本放到桌上。

乔其龙扫了一眼户口本，突然想起了一件事儿，说：“对了，我听说席所长昨晚喝酒撞人，乌纱帽都保不住了？有那么严重吗？找找人，能摆不平？”

“老席这回祸可惹大了，触高压线上了，还乌纱帽呢，警服都保不住了。警察有个紧箍咒，叫《五条禁令》，其中一条，警察酒后驾车辞退。要说他也太不注意了，酒后驾车还撞了人，百分之百辞退，根本摆不了。我也是为这事儿来的，老席一走，所长位置倒出来了。人争一口气，佛争一炷香。上次谢所长出事，我主持几天，没接上所长位置，够没面子的了。这回我要是再接不上，还咋在西隆干了；可要接所长职务难度相当大，一则咱没啥太突出的政绩，辅佐的两位所长又相继出事；二则上面没有太硬的关系，朝中无人当不了官啊！我寻思，龙哥见多识广，认识人多，能不能帮我运作一下，在上面找找人，在翟局长那儿说句话。”

“谢长荣、席建成都不听我话。他俩执政那会儿我就告诉他们，买两个石狮子放派出所门口，镇一镇。派出所那块儿地，邪行！他俩不听，也不信邪，咋样，都出事了吧。我跟翟局长认识，但只是在酒桌上喝过酒，没啥深交。这样吧，我找区里领导跟他说说，成不成不好讲。”

“龙哥，你能出头，我就感恩不尽了。如果我当了所长，派出所的家龙哥当，龙哥指哪儿我打哪儿。”闫城甫信誓旦旦地说。

“我可不是咒你们，回去先把石狮子的事办了，否则说不定还会出什么事。”

“放心吧！我回去就落实。”

6

2004年在一场罕见的鹅毛大雪的陪伴下悄然而至。1月4日，新年放假后的第一个上班日，早上七点三十分，副市长兼市公安局局长李北淮已坐在办公桌前。他就任宜春公安一号首长两年了，提前一小时上班的习惯一直坚持着。他对这一个小时的工作效率十分看重，既可以利用这一小时把前一天遗留的工作处理一下，又能计划一下当天的事务，承前启后。上行下效，市局其他几位副局长及党委委员也都跟着提前一小时上班，生怕跟不上一号的节奏。

李北淮桌上放着两份与西隆镇派出所有关的材料。一件是市局纪委的《关于对西隆镇派出所原所长席建成酒后驾车致人重伤的处理意见》，对席建成予以辞退。另一件是《西隆镇社会治安状况及西隆镇派出所队伍建设情况的调查报告》。他打开报告，里面的一些数据和事例让他心事重重。

两年来，西隆镇派出所的工作每况愈下。首先，治安形势相当严峻，趋于恶化。近两年共发生刑事案件三百三十二起，破获一百零三起，破案率仅为百分之三十一。其中，对群众影响最大、危害最为严重的盗抢侵财类发案尤为突出，发案二百六十六起，约占发案总数的百分之八十，破获侵财类案件六十七起，破案率仅为百分之二十五。立案治安案件六百八十五起，审结五百七十二起，审结率仅为百分之八十四。其次，队伍建设明显滑坡，年内共发生民警违纪案件三起；群众因案上访十八件。通过发放一百张治安调查表，群众不满意的票竟高达七十二张，满意的仅有一三张，还有十五张说不清楚。

李北淮把报告扔到桌子上，心中不悦。打击不力，管理不力，队伍建设不力，居一方，不能保一方平安。他认同调查组在查找这个所落后成因中关键的一条，没有一个好所长。此时，他想起公安部领导关于派出所建设讲的那段话：选好一个所长，建好一套制度。古话说：用人不淑，用人者之罪也。东城分局在西隆镇派出所所长的配备上，用人不慎，选人不准。必须选好一个所长，去彻底改变西隆的落后局面。李北淮决定亲自抓西隆镇派出所这个落后点儿，亲自挑选所长，不在东城选。

挑谁呢？他心中倒有几个现成的优秀派出所所长人选，全国优秀人民警察、北城分局金街派出所所长吉向东，西城分局的夏传华，南城分局的邱长玉。这几个人都是各分局派出所所长中的旗舰型人物。每个人都是一身的荣誉和光环，是千锤百炼的金刚。选他们中的任何一人去西隆，肯定会扭转目前的局面。可调这些模范所长有两个现实难题。一则组织上对这几个人考核许久了，局里马上要倒出十几个副处级岗位。这几个人是必提的干部。这节骨眼儿调他们到西隆，岂不耽误了他们的前程。二则外界会有闲话。李北淮抓的点儿，让模范人物去当所长，有为自己脸上贴金之嫌。在市局机关选？局机关里不乏青年才俊，可这些人舞文弄墨尚可，大都没有基层的带兵经验，驾驭西隆那样的局势，难！猛地，一个人形出现在他的眼前，英俊精干，只身一人，寒风中与绑匪谈笑风生，特警何铭，敢阻挠副市长的决策越级表达自己的观点，勇气可嘉；会武的人却不主张动武，而是靠智慧去征服对手；曾经当过派出所的副所长，有基层工作经验。这倒是个合适的人选。想到这儿，他拿起电话，告诉秘书室，通知东城分局，西隆镇派出所的所长暂不安排。

新年放假三天，闫城甫一天也没休，在所里加班。一方面段光先、乔其龙都在帮他活动，他得做出敬业的样子；另一方面他琢磨着打打快拳，干几件漂亮事，给自己造造势。他思来想去，觉得眼瞅快过年了，短期内破几个大案子根本不现实，最后他把工作重点放在罚没款上。因为东城分局2003年罚没款任务还差三十多万没完成，这将直接影响财政拨款。翟永胜对这件事很当重视。去年最后一天，他开会要求各一线单位利用春节前突击一下，并下达了指标。所里眼下把这项工作做好了，恰好对翟局长的心思。

4日一上班，闫城甫召开全所民警会，他坐在原所长席建成常坐的椅子上，郑重地说："同志们，分局春节前的主要工作只有一项——罚没款。局里给咱所的指标是两万元。现在距离春节还有十七天，所里提出一个口号：'大干十五天，罚款六万元。'之所以自加四万，是因为咱们管内场所的黄、赌问题突出，打击不力，群众早有反映，借这个机会集中整治一下。另外，春节前例来是赌博活动的猖獗期，必须遏制。下面给大家分一下指标，八个外勤，管场所的毕一群两万元任务，其他同志每人六千元任务。"闫城甫说完，看了看坐在身边的副所长龙起正，说："龙副所长有什么意见？"

龙副所长只有二十八岁，省警校毕业，曾经是分局刑警大队的破案尖子。对闫城甫，他掐半拉眼珠看不上，认为他不是科班出身，没啥水平，指着溜须拍马搞关系混日子，平日里和闫城甫话都少说。闫城甫提出自加四万元罚没任务，他马上明白闫是在突击捞政绩，想当所长！西隆镇派出所缺所长，但不是闫城甫这样人能当的。他站起身，一副痛苦的样子说："闫教导员咋部署，你们就咋干。我是上不了阵了，老胃病犯了，大夫说是胃溃疡，再不治就是胃癌。要工作，更得要命。我请一周假，弄不好得两周。"说完，转身走了。

闫城甫想到龙起正不愿抬他坐的这顶轿子，以为龙副所长大不了就是人在心不在，出工不出力。谁知龙起正连做做样子都不肯，心不在，人也不在，就是不捧他这个"主持"的场。他压着火，刚要说话，毕一群站起来说："闫教导员啊！我也得休假。我爹在辽宁老家病了，我得看老爷子去。去年工作忙，休假没休上，今年咋也得休了。"说完，毕一群也走了。

其实，他爹挺好，啥病没有。他是在赌气，他管场所，可闫城甫刚才说管内场所黄、赌问题突出，打击不力，这明显是在批评他。于是他临时想了这么个借口，撂挑子。闫城甫看着老毕的背影，心想，老毕头管场所，一向与老板们打得火热，没少收好处；对场所的丑事，他不管不问，这回给他两万元的任务，他根本下不了手，也不敢下手。休假更好，让别人去查，他在这儿还碍事呢。

"有病嘛！别耽误了。人命关天啊！尽孝嘛！更应该，忠孝两全嘛，其他同志还有没有病啊灾啊，我一块儿给假。"闫城甫发出一串怪腔。

“闫教导员，我管的南旮旯子村赌的不少，但赌注都不大，有的赌局的赌资加一块儿都不超过二百块钱，纯属娱乐，再说了，我平时跟村干部处得都挺好，农村又是人人沾亲，家家带故。真要抓赌，村干部肯定出面说情，不好往回带人啊！”责任区民警胡伟峰面带难色地说。

“可不是咋地，我们北旮旯子村也是。一抓赌，老百姓就把咱们围上，整不了。”责任区民警江智刚在一边溜着缝儿。

“你们俩在这十七天里，交换责任区，就不存在怕说情、拉不下来脸的问题了。”闫城甫突然来了灵感。

“我坚决响应所里的号召，保证完成罚没款任务。”上不着天村的责任区民警侯起见龙起正、毕一群撂挑子，胡伟峰、江智刚出难题，便站了出来，表示对闫城甫的支持。

闫城甫长出了一口气，说：“老毕请假这段儿，场所由治安警索振长、郑涛接管。所里每三天开一次汇报会，各外勤汇报进度。小年二十三那天算总账，完成任务的有奖金，没完成任务的作为今年进落后民警学习班的候选人。”

散会后，胡正雍在派出所门口对侯起说：“六万？咱所去年全年才完成六万五，这十五天整六万，上哪儿罚去？我看闫城甫是大跃进那年生的，啥口号都敢喊。”

“闫教导员对咱哥俩没的说。我去年入党，你我能管上不着天、下不着地这俩富裕村，还不是闫教导员在所班子会上全力争取的吗。再说了，眼下闫教导员明显在冲所长的位子用劲儿，凭借他和段副局长的关系，应该有八成把握。你我这阵儿死捧他，他要是当上所长，能亏了咱们吗？”侯起一本正经地说。

“大赌抓不着，小赌下不了手，说情的又多，我看够呛。”胡正雍边说边摇头。

“干活儿得干俏活儿，使巧劲儿，你我……”侯起在胡正雍的耳边小声嘀咕了几句。

“能行吗？可别整出啥事。”胡正雍半信半疑地问道。侯起诡秘地一笑，说：“没问题，你跟着去就行，等分果子吧！”

7

隆鑫宾馆是西隆镇最大的宾馆。派出所的责任区和农民的责任田一样，每个民警都有自己的片儿，未经主人同意，是不能到别人的地里干活儿的。侯起不是治安警，不管场所，不可以到宾馆内去检查，但他在宾馆外做文章。他让治安员“大老刘”换上便服，到隆鑫宾馆的大堂去卧底，一旦发现开钟点房的男女，立即通知他。

4日晚上九点，“大老刘”给侯起打电话，说一个开着奔驰车的五十多岁秃顶男子领着一个二十多岁的女孩儿刚在隆鑫开了间钟点房。从两人的年龄和言行看，不可能是夫妻，是有问题的那种。侯起、胡正雍马上开车来到隆鑫，在宾馆外的奔驰车旁守候。一个小时后，“秃顶”和女孩儿出来，刚要上车，侯起、胡正雍迎了过去。

“西隆镇派出所的，跟我们走一趟。”侯起掏出警官证在“秃顶”面前晃了一下说。

“上派出所？我们一没偷，二没抢，凭啥让我们上那地方？”“秃顶”口气强硬。

“凭啥？就凭我这身警服。人民警察有权对涉嫌违反治安条例的行为人进行传唤，包括口头传唤，还可以在口头传唤不起作用时，强制传唤。”侯起抓住“秃顶”的手说。“秃顶”见侯起话茬儿挺冲，又动了手，只得和女孩儿上了侯起的车。

侯起回到所里，先把“秃顶”和女孩儿分别放到不同的房间，随后和胡正雍取女孩儿的笔录。女孩儿叫饮露，是宜春春马广告公司的业务员。“秃顶”叫朴在镐，春马广告公司的总经理。朴总不抽烟，不喝酒，不打牌，就喜欢在床上和女孩儿“摔跤”。清纯、娇小的饮露到春马上班的第一天，就把朴总迷住了。朴总使出浑身解数，终使饮露就范。饮露是个刚步入社会的小孩儿，没等进派出所，已吓得浑身发抖，侯起冲她喊了两嗓子，她就一五一十地把和朴总偷情的过程讲了一遍。侯起问，朴总给她多少钱，买过什么东西。饮露说朴总没给过她钱，但她身上穿的价值两千六百块钱的皮装是朴总买的。侯起拿下饮露的笔录，再来审朴在镐。

“老朴，艳福不浅啊！五十多岁的人了，还吃嫩草。说吧，是准备交罚款，还是想蹲拘留啊？”侯起叼着烟，眯着眼睛，慢条斯理地说。

“我跟小饮彼此爱慕，属婚外恋。这不违法。” 朴在镐瞥了侯起一眼，拉着长音说。

“婚外恋？这词不知是谁发明的，够斯文，比搞破鞋好听多了。不过，从饮露交代的情况看，你俩可不是婚外恋，属于卖淫嫖娼。”侯起继续揶揄。

“我们认识，我又没给她钱，怎么算嫖娼？”朴在镐急了，冲侯起喊了起来。

“你甭跟我喊。论广告业务，我肯定不如你；但要是讲法条，你不可能有我懂得多。今天给你个学法的机会，也算普法教育，给你讲讲什么叫卖淫嫖娼。卖淫嫖娼是指异性之间，以金钱、财物为媒介，发生性行为。你们刚才发生了性行为，你前几天刚给她买了套皮装。你给她衣服，她出卖肉体，这不叫卖淫嫖娼叫啥？”

“要是按你的解释，夫妻之间的房事也算卖淫嫖娼了。丈夫把工资交给妻子，妻子和丈夫做爱，这不也是以金钱为媒介的性行为吗。”朴在镐眼睛瞪得像牛眼。

“姓朴的，我今天既不罚你，也不拘你，就治治你这张嘴。我马上给你老婆打电话，让她到派出所领人；再给媒体打电话，记者们可喜欢你这类题材了，因为读者最爱看花边新闻。你在这儿接着逞强，我出去打电话！”说完，侯起拿出手机就往外走。

朴在镐一听通知他媳妇和媒体，当时就傻了。这两个都是他的死穴。尤其他媳妇是有名的母夜叉，真要让她知道，能作死他。朴在镐忙跑过去拽住侯起，满脸堆笑说：“警官，别生气，我错了。啥也别说了，只要不打电话，咋地都行，任凭发落。我也是五十多岁的人了，儿子都快娶媳妇了，你让我这老脸往哪儿搁呀！”

侯起见朴在镐软了下来，回过身说：“这还差不多。最起码对自己的错误有个正确的认识，配合胡警官把材料取了，交五千元罚款，走人。”

侯起、胡正雍一连三天，守株待兔，抓了五对婚外鸳鸯，全都按卖淫嫖娼罚款处理。完成两万四千元罚款，人均罚款一万二，超额完成了每人八千元的任务。胡正雍开始还有些担心，怕当事人告，后来发现，所有当事人不仅不敢告，甚至都不找关系说情，花钱消灾，扔下罚款就跑，怕丢人。他暗暗称赞侯起鬼点子多，专打情侣软肋，悬着的心又归了位。

东北农村从秋收之后到第二年的正月十五有猫冬儿的习惯。这四个多月没农活儿，好玩好赌的喜欢利用这段闲时，聚在一起，看个小牌，打个小麻将，玩点儿小刺激。农村的小赌大多在村里的小卖店。店主为了招揽生意，在小卖店的里屋腾出个屋子，为耍小钱儿的、看热闹的，提供个场所，既可以借机卖点儿货，还能抽些彩头。

5日上午，胡伟峰和江智刚交换了辖区，带着两个治安员，换上便装，悄悄走进北旮旯子村老李家小卖店。据江智刚介绍，这家店经常聚赌。

此时，小卖店里屋有一伙儿押牌九的，赌得正欢。牌九也叫骨牌，三十二张牌，用骨头、象牙、竹子或乌木制成。一人坐庄，多少人赌都行，是农村最流行的一种赌博方式。女店主见胡伟峰一伙人进屋，还以为来生意了，忙打招呼。

胡伟峰没理她，直接进了里屋，把门一堵，说："派出所的，都别动。"

一听说警察抓赌，不到十二平方米的小屋炸了营，起身想跑的，往鞋里、内裤里、炕上被垛里藏钱的。胡伟峰一挥手，两个治安员冲上去，将几个要跑的按住，还扇了一个赌民两个耳光，总算把局势镇住了。

"耍钱的上炕，看热闹的站地上。"胡伟峰严厉地说。

几个上了年纪的老人站到地上，其他人在炕上没动。胡伟峰刚要上前清点赌资，地上的一个老头儿突然倒下，浑身抖个不停。女店主说老头儿心脏病犯了，老头儿兜里有速效救心丸。胡伟峰忙从老头儿里怀掏出药，往他嘴里送。趁这工夫，七八个参赌人员跳下炕，就往门外跑。胡伟峰一个也没堵住。老头儿吃了药缓和了一些。胡伟峰怕他再犯，有生命危险，和治安员将老头儿送往宜春市医院。

犯病老头儿在医生的全力抢救下，脱离了生命危险，但需要住院观察。老人的两个女儿赶到医院，指着胡伟峰的鼻子骂，并让派出所承担老人的一切治疗费用，否则就抬着老头儿上宜春市公安局告状。胡伟峰忙给闫城甫打电话。

闫城甫听了喊道："甭怕他，不管，他爱上哪儿告上哪儿告。咱们是正常执行公务，他看热闹，就是死了跟咱都没关系。"说完，闫主持把话筒"啪"的一声拍在电话机上。

闫城甫撂下电话，马上又觉得不对劲儿，不管不行。家属真把老头儿抬到市局门口告状，影响可大了。明明派出所没啥责任，可架不住他们添油加醋地煽动啊！到那时，市局就得找分局，分局就得找西隆镇派出所，就得找他这个"主持"。翟永胜不喜欢责任上交，麻烦上交，信访上交。他现在正处在竞争所长的关键阶段，这阵儿派出所需要的不仅仅是政绩，还有稳定，稳定就包括不出问题，尤其是上访、上告。小不忍则乱大谋，不能因小失大，大不了所里破费点儿，给老头儿拿点儿医疗费，一定得把这事压下。想到这儿，闫城甫拨通胡伟峰的手机说："伟峰啊，我让秦善马上拿钱过去，给老头儿看病。你冷静点儿，别跟家属发生冲突，要忍。"

8

9日晚上，索振长、郑涛把西隆镇清海洗浴中心给撅了，抓了两对卖淫嫖娼的。正在家打麻将的洗浴中心老板朱有康接到信儿后，赶紧给毕一群打电话。

朱有康是下不着地村人，因为长了一对大耳朵，人送外号"朱八戒"。"朱八戒"没想到是西隆镇派出所的人来撅场子。因为他和原所长谢长荣、席建成、管场子的毕一群处得都不错，从未出过事。毕一群在电话里把闫城甫临时主持所里工作，想当所长，想捞政绩往自己脸上贴金的事儿讲了。"朱八戒"埋怨毕一群，为啥不提前跟他打个招呼，毕一群说还以为他和闫城甫很熟呢。"朱八戒"这才意识到有些大意。谢、席当所长时，他围着这两个人转，并没理会教导员这个二把手。现在临时抱佛脚，现用现交，闫城甫不可能买他的账。“朱八戒”合计了一下，得赶快摆，否则被罚是小，一旦场子不安全，好出事的名声传出去，客人就不敢再光顾，损失可就大了。

找谁摆呢？“朱八戒”第一个想到了乔其龙。乔是镇长，派出所不敢不买他的账。他和乔其龙是从小的光腚娃娃，熟得很。乔其龙接完“朱八戒”的求救电话，随后拨通了闫城甫的手机。

“你们这是又刮哪门子邪风啊？不是保护软环境吗？镇政府全指着镇上的场所拉动全镇经济呢！你们又抓赌，又抓嫖，镇上的财政和税收都得受影响。”乔其龙的口气根本不是求情而是指责。

“龙哥，上指下派。分局压给我六万罚没款任务，完不成，别说当所长，教导员都得免了！”闫城甫小心地解释着。

“朱老板找我了。他当年在镇上投资建洗浴中心时，镇政府曾承诺提供一流的软环境。你们这么干，影响招商引资。现在我以镇长的身份和你谈这事，希望派出所能跟镇党委、政府保持一致。”乔其龙没等闫城甫说话，就把电话撂了。

闫城甫握着发出“嘟嘟”声响的话筒，犯难了。对已抓获的卖淫嫖娼现行不处理可不是小事，不仅挫了大伙儿的干劲儿，而且极可能授人以柄。他担心有人拿这事写黑信整他，既可以告他给场所违法活动充当保护伞，也可以说他枉法不作为；可要是真处理，等于不给龙哥面子，俩人的关系肯定就掰了。光掰了不说，关键是乔其龙正帮他运作当所长。得罪了龙哥，无异于自毁前程。权衡再三，闫城甫还是把索振长叫到他办公室：“振长啊！乔其龙为清海洗浴的事儿找上来了。这面子要是不给，咱们派出所今后的日子就没法过了。把那两对放了吧，要放得名正言顺，对外不能落下口实，就说这两对儿是情人关系。”

“闫教导员，我们哥俩忙了大半宿。你一句话，我们白忙活了。行，我们认了，领导嘴大。可你得算我们完成任务。这两对至少能罚一万六，我们俩正好一人八千。”索振长理直气壮地说。

“行，行，行。忙完休息吧！”闫城甫不耐烦地说。

“朱八戒”从派出所将被抓的人接了回去，他听乔其龙说正帮闫教导员运作当西隆镇派出所的所长。一旦闫城甫当上所长，他家的场子还得需要闫照顾。他觉得应该提前交下闫城甫这个朋友，免得日后被动。“朱八戒”回洗浴中心取了一万元现金，又回到派出所，敲响教导员办公室的门。

闫城甫没打着狐狸，惹了一身臊，猪八戒照镜子，里外不是人，正坐在办公室郁闷呢，听见有人敲门，打开一看，是朱老板。虽说有乔其龙的面子，但闫城甫还是恨透了“朱八戒”。

“不是都回去了吗，还有啥事？”闫城甫冷冷地打量着。

“朱八戒”听出闫城甫没好气，笑嘻嘻地说：“闫大哥，我和乔镇长是哥们儿，乔镇长和你是哥们儿，咱们之间也应是哥们儿。开场子的有句亮堂话，有钱大家赚，有福大家享。这是我的一点儿心意。所里今后再有啥风吹草动，你告诉我一声。”说完，“朱八戒”把装有一万元钱的信封扔到闫城甫的办公桌上，没等闫答话，已飞快地离开了房间。闫城甫打开信封往里看了看，将信封锁进身后的卷柜。

9

11日上午，何铭带着十五名新分来的特警队员来到支队室内训练场做摸底测试。这批队员是从省体工队散打二队招来的，个个身手不凡，有的还在省市级比赛中拿过名次。身穿训练服的何铭双手背后，命令道：“面向我，按大小个儿站成一排。”十五名新警员慢腾腾地站成一排，其中的一个人双手插在裤兜里，还有两个队员边站队边笑嘻嘻地打闹。

何铭扫了一眼凌乱的队伍，喊道：“这儿是特警队，不是幼儿园，严肃点儿。”

何铭的严肃没起多大的作用，队员们虽站成了一排，但没按个头排，参差不齐，还是严肃不起来。

“听不懂人话的滚出去。”何铭怒目圆睁，高声骂道。

“多大个事儿呀！不就是训练嘛，我们都练九年了，知道咋练，至于发这么大火骂人嘛！”一个双手抱膀的队员满不在乎地说，眼神中流露着轻蔑。

何铭从他的话和眼神中感觉到这些受过专业训练的队员没拿他当回事，不服气。他鼻子哼了一声，同样露出轻蔑的眼神说：“你们过去是运动员，现在是特警。特警必须服从命令，听从指挥，令行禁止。我不管你们过去是龙还是虎，到我这儿，都得盘着、卧着。”说完，何铭猛一转身，右手五指向挂在空中的一个沙袋狠狠插去。

“哗，哗。”沙袋被戳出五个指洞，沙子流了出来，十五双眼睛都直了。他们原以为何铭不过是花拳绣腿，哪知何铭的功夫已到家。十五个人马上站齐了，嬉笑、轻蔑、不屑立刻消失。虽说征服了这些雏儿，可何铭心里没有丝毫的满足感，反倒产生了一丝的悲哀，想自己一身功夫，却鲜有机会实战，每天练、练、练，他突然觉得到特警队来是个鲁莽的决定，远没有在派出所时忙碌刺激，他感觉自己就像是生了锈的斧头。他看了看眼前的队伍，不得不回到现实中，刚要布置测试科目，支队长李贺走了进来。何铭双拳放在腰间，小跑着来到李支队长面前，立正，敬礼。

“特警一大队正在对新队员进行测试，请支队长指示。”

“测试暂停，你马上到李副市长办公室，他要找你谈话。”李贺说。

“李副市长找我，什么事儿啊？”何铭吃惊地问。

“我也不清楚，应该是好事。”

五分钟后，何铭走进李北淮的办公室，心里像十五个吊桶打水——七上八下，这是他第一次单独和市局一把手见面，有点儿紧张。此时，李北淮正在看文件，见何铭进屋，放下手里的笔。何铭局促地向李北淮敬了个礼。李北淮离开座位，来到何铭面前，上下打量着说：

“听说你能单拳击碎三厘米厚的木板，还能以一当十地对付七八个人的攻击，是宜春特警的第一高手？”

“第一高手不敢当，特警队里高人多。”何铭面对李北淮的平易近人，紧张的情绪缓解了不少。

李北淮坐在沙发上，招呼何铭也坐下，随后说：“你在东城分局当过责任区民警、副所长，想听听你对派出所工作的一些见解。” 李北淮转入正题，意在摸底。何铭想不到李北淮找他这个特警竟然谈派出所的事，让他丈二和尚摸不着头。他在派出所工作那几年，活儿没少干，苦没少吃，深知派出所的难处。如实说，李北淮能爱听吗？

李北淮看出何铭的顾虑，笑着说：“随便讲，莫拘束，咱们是聊天，不是正式谈话。”

“市长，我进公安局快八个年头了，第一次与您这样高级别的领导谈话。既然您推心置腹，那我就口无遮拦了。”何铭稳了稳身子，“现在的派出所，用六个字来概括：不好干、不好过。一位派出所民警编了个顺口溜，很贴切——

基层民警真叫累，
严打指标肩上背。
人口调查任务重，
还有防范紧相随。
消防管理责任大，
火警火灾倒查追。
工作太多落不实，
应对检查把牛吹。
加班加点寻常事，
晚上不能正点睡。
生活起居无规律，
民警身体都累毁。”

李副市长开始听着挺有趣，但当听到“民警身体都累毁”这句时，他的表情变得凝重起来。

何铭见李北淮被打动了，接着说道：“派出所压力最大、最难的还得是一所之长。所长有三愁：一愁钱。派出所一开门就得花钱，水、电、煤气、车用油；柴米油盐酱醋，还有不少需临时花钱的地儿，总之，用钱的地方多了，可上级拨给派出所的经费少得可怜，也就占所需资金的百分之十吧！剩下的百分之九十都得靠自筹。所长上班第一件事想的不是干啥工作，而是上哪儿弄钱，没钱过不了日子啊！弄钱主要靠在辖区化缘，化到钱了，就得给送钱的单位或个人多少提供些方便和照顾；化缘还要掌握好火候、分寸，要是化不明白，被人告了，还得背上‘吃、拿、卡、要’，破坏软环境的罪名，麻烦可就大了。二愁战役指标。派出所每年至少要打两到四个严打专项战役。每个战役都有指标，要求各所必须处理若干名够逮捕或送劳动教养的违法犯罪人员。一个十几个人的派出所一年至少要完成六十个指标才能完成任务，每人平均要抓五个人。有的指标还和所长的乌纱帽挂钩，稍有不慎，职务没了。其实光要战役指标还好说，关键是除了战役，派出所还有十多项工作得做，正可谓上面千条线，下面一根针。上级公安机关部署的工作任务，绝大多数都得压到派出所，正如刚才顺口溜中所讲的，人口调查，治安防范，消防管理，办理证件，还有接出警等日常工作，既要打战役，还要打基础，既要讲究攻守平衡，还要统筹兼顾，工作强度和压力可想而知。三愁处理各种关系。派出所所长镇守一方，需协调的关系很多，也很复杂，和分局领导、科室的关系，跟当地党委政府的关系，跟辖区企业的关系……哪趟线的关系都不能差了，否则工作难以开展。归根结底一句话，派出所警力少，经费少，压力大，任务重，是在超负荷运转，负重前行啊！”

何铭的这段话深深刺痛了李北淮的心。他上任两年了，对派出所存在的困难和问题也看出来了，虽也做了一些努力和工作，但一直囿于派出所改革牵一发而动全身的复杂局面，并未有太大的步伐和突破，派出所的艰难局面并没有大的改观。不过，他对何铭的考核结果还是很满意的。

他缓缓地说：“你今天讲的是我最想听，却又很难听到的，看得出你对派出所的情况、打法了如指掌。我也不跟你绕弯子了，组织上想调你到西隆镇派出所当所长。虽说这个决策由我这个市局局长来做有些超乎常理，可西隆近几年的治安形势急剧恶化，队伍建设严重滑坡，一年三起违纪，两任所长接连落马，群众反响强烈啊！我准备亲自抓西隆这个点儿。”

当所长？何铭不敢相信自己的耳朵。他一直渴望能有这样一个镇守一方的平台，展示自我，证明自身价值。同时，这也是他向上进步的一级重要的阶梯。三年前，他想当所长没当上，现在没想当时，却让他当。想不到一件解救人质的案子会改变他的命运，让他有机会去实现自己的理想。他的内心一阵激动，但很快平静下来。西隆治安恶化，队伍滑坡，已病入膏肓，他非华佗、扁鹊，能让西隆起死回生吗？想到这儿，他说："市长，感谢您的信任和厚爱，说实话，论才能论经验，我怕无法驾驭西隆那样复杂严峻的局面，辜负您的期望。再说我是练武的人，留在特警更能发挥特长。"

李北淮听了，微笑着说："年轻人谦虚是对的，但更要有自信，有闯劲儿，西隆解救人质一仗，我都看在眼里了，功夫在身却不主张动武，靠智慧和胆略征服绑匪，足见你的韬略；习武之人嘛，就更应该到一线去，那里才是你用武之地啊！"

李北淮把话说到这份儿上，何铭不敢再推辞。他站起身说："市长，我服从安排，但我有个请求，西隆镇派出所一年出了三次事，队伍士气低落，我想补点儿新鲜血液。另外，当所长的，身边要是没有四梁八柱，恐怕工作难以开展，我想从特警队带两个人到西隆，您看行吗？"

"你告诉李贺，就说我说的，人由你选，今天下午就到东城分局报到。我还有句不得不说的话，也算是政治交代吧！西隆的所长已经连续倒下两个了，你和民警队伍绝不可以再出任何闪失，否则我们无法向西隆百姓交代啊！要行得正，站得住，挺得直，廉洁自律，万万不能随波逐流。"

何铭看着李北淮期盼的眼神，坚定地点了点头。

李北淮钦定西隆镇派出所所长的消息很快传到了东城分局。当天中午，段光先就把这个消息告诉了闫城甫。闫城甫躺在办公室的床上，像得了场大病似的，精、气、神都没了。前天乔其龙还告诉他，东城区的薛区长已经找翟永胜谈了他的事儿，翟答应考虑考虑，谁知才一天的工夫，就起了变化。

他正想着，秦善走了进来，见闫城甫像霜打的茄子，安慰他说："教导员，大伙儿都知道了市局派新所长的事儿，都替你打抱不平。我说句你不爱听的话，你太正，不会溜须拍马，不会走上层路线。没听说官场有套嗑吗，又跑又送，提拔重用；光跑不送，原地不动；不跑不送，靠边被动。你就是不跑不送那种人，光认干，那怎么行？"

"人的命，天注定，争也没有用。人要识时务，得掂量掂量自己是哪块料，材料用瞎了没关系，用高了可就遭罪了，就像翟局长骂咱们时说的，水裆尿裤。我不是科班，部队转业，半路出家，能干到教导员，已算不错了，怎好得陇望蜀？” 闫城甫说完挤出一丝苦笑，装得若无其事。秦善看出闫城甫是在自慰，不好点破，跟着笑了笑说：“教导员，其实以你的能力水平当个副局长都绰绰有余，只不过是人多位子少而已。有个事儿，我得提醒你，这次罚没款战役刚进行一半，咱所就罚了三万八千块，已超额完成了近两万元任务。你不是说要论功行赏吗，眼看快到春节了，咱所还有三万块钱，给大伙儿发了算了，既算战役奖金，也算春节福利。明天新所长一上任，这钱就不归你支配了。”

“所里这笔钱，都谁知道？”闫城甫坐起来，盯着秦善小声问。

“过去是我和席所长知道，现在只有你我知道。你主持这段儿太辛苦了，几乎没怎么回家。咋也得给你五千元，剩下的发多少你定。”秦善也压低嗓音说。闫城甫站起身摆了摆手说：“嗨，都是弟兄们干的，我没干啥。你也没少挨累，又当内勤，又要加班，奖你三千，侯起、胡正雍贡献最大，每人给两千，其他民警每人一千元。”

10

清海洗浴中心自打被派出所撅了之后，生意一天不如一天，每天的营业额由高峰时的两万元跌到不足四千元，“朱八戒”急得满嘴起泡。他手下有个领班叫李果，十八岁，人小鬼大，又精又灵，人送外号“果子狸”。

11日中午，“果子狸”见朱老板满脸愁容地回到经理办公室，就跟了进来说：“老板，生意差，得想个招儿啊，这么挺下去，可不是法子啊！”

“派出所折腾一次，够咱们缓一年的。咱们挨收拾的事传得又快又远，可咱们摆平了派出所，却没传多远。客人担心在咱这儿出事，不敢来玩呀！明天打特价，包房费打七折，按摩打对折，酬宾一个月。要是这招儿还不行，干脆简单收拾收拾，再开一次业，冲冲喜，没准能搅和起来。”“朱八戒”有气无力地说。

“老板，打折、冲喜，这都是权宜之计，我有个长远想法。这几年，西隆镇四个村，几千户村民，通过占地拆迁补偿，几乎家家都获赔了十几万，富啊！我听说不少好赌的村民拿钱到宜春市内耍去了，有赢大钱的，也有输躺下的。如果把这些好玩的吸引到咱们这儿，咱们摆坡（设赌局），提供安全、周到的吃、喝、玩一条龙服务，既抽水子（抽红），又挣包房费，肯定能把生意带起来。”

“哎，别说，这还真是条道儿。就按你的意思办，你就撺掇吧！为了揽客，需要免单的，我签字。你要真能让生意火起来，你就别当领班了，前台经理就是你的。”“朱八戒”好像扎了针吗啡，眼睛一亮，人也精神了。

11日晚上六点多钟，一辆吉普车停在西隆镇中心十字街南侧的金香玉大酒店门前。车上走下两个青年男子，其中的高个儿身材挺拔，双目炯炯有神，一件藏青色纯棉夹克使他显得十分干练。另一个偏矮一点儿的虽瘦，但很结实，眼睛不大。穿夹克的是何铭，此时他的身份是西隆镇派出所所长。

上午，何铭离开李北淮办公室后，第一时间找到支队长李贺，把和李北淮见面的过程详细地讲了一遍。李贺拍了拍他的肩膀笑着说：“你不是一直想干出一番事业吗？说实话，你在特警没有太多的用武之地，咱们宜春这几年别说恐怖案件，连像西隆这样的绑架案子都不多。你纵有本领，也施展不开啊！当派出所所长则不同，身在一线，镇守一方，你完全可以大施拳脚，建功立业，这是一块多么大的平台啊！要我说，你真应感谢那两个绑匪，他们让你初显身手，也让李北淮认识了你。”

“可我听说西隆局势太乱了，队伍一盘散沙，案子堆积如山，案发多破的少，我怕……”何铭虽没把话说完。

李贺看得出何铭信心不足，他收起笑容说：“西隆的局势的确很复杂，解放前，那里就是土匪窝，出胡子。1983年‘严打’，西隆镇被打击处理的违法犯罪人员在东城区是最多的，被判死刑的就有八人，现在又乱得一塌糊涂。不过，大乱之地宜大治，易出成绩，更能显出你的功力。你没在城乡接合部干过，那里的形势既不同于城区，又不同于农村，情况特殊，所以你在处理问题时要灵活些，必须学会适应当地的实际，只有适应才能生存。另外，派出所和当地镇、村两级政府的关系很重要，也很微妙，尤其是和镇、乡的领导、干部们接触时，千万要小心。最近几年，宜春城郊一些村靠卖地富了起来，个别村干部骄横霸道，什么事都敢想，都敢干，法律意识淡薄，和这些人既要处好，又要戒备，必须同流，但不能合污，明白吗？”“同流，但不能合污。”何铭反复念叨了几遍，联想到李北淮说的“万万不能随波逐流”，越发觉得西隆的水深不可测。他点了点头。

“你不是要从特警带走两个人吗？我推荐一个，丁文俊，咱们二大队的，二十四岁，枪法不错，十发子弹二十五米射击九十七环，是块好料。”

“行。我想把我们大队的龚上杰带上，这小子为人好，老实，能吃苦，一直想离开特警到基层干，我刚才征求了他的意见，乐坏了，就等您点头了。”

“小龚我了解。说实话，我真舍不得把他放了，不过你真得带两个硬手去。让他去吧！支队就不给你们饯行了，你们走得也不远，有时间我去西隆看你们。”

下午，何铭拿着市局政治部的调令来到东城分局。在分局大门口，何铭望着“东城区公安分局”七个大字感慨万千，天不负我，我又回来了，是杀回来了，堂堂正正地杀回来了。当他走进翟永胜的办公室，把调令递给翟局长时，翟永胜愣了，他没想到李北淮派来的人竟然是何铭。此时，翟永胜的心情有点儿复杂，他当公安局长多年，还没有一个人让他两度难堪，何铭做到了。第一次是当年何铭提出离开东城分局时，翟永胜爱才心切，屈局长之尊，亲自挽留，可何铭去意已决，坚决要走，愣没给翟永胜面子。第二次是在西隆解救人质，何铭斗胆进谏，不经意间否了东城分局的前期处置，让翟永胜有些下不来台。

此番两人相见，却有些尴尬。何铭站在那儿也不知说什么好。翟永胜很快缓过神儿来，一贯绷着的脸露出一丝笑容，说：“孙猴子怎么也逃不出如来佛的手掌心。你转了一圈儿，到底又回来了。过去的事就不要再提了，说实话，我对你一直很欣赏，西隆是李北淮抓的点儿，这回你去，好好干吧！干不好，打的可不是我这个局长的脸，而是副市长的脸。中午，分局几个头儿碰了一下，局里要加强西隆的力量，市局新分来四个省警校毕业生，都分到你那儿；再拨给你们一辆新车。政治处吴主任明天代表分局党组送你们去西隆。”

听了翟永胜的话，何铭暗暗高兴，同时又多了一番感慨，只因为西隆是李北淮抓的点儿，分局竟然对西隆予以这么大的倾斜。何铭从翟局长办公室出来，又拜见了分局其他几位领导。分管派出所的副局长段光先在市局开会，何铭没见到。

他办完任职手续离开分局时，天已经黑了。何铭上了吉普车，没有发动车，回想这一天，一切来得太突然，让他猝不及防。明天，他面临的不再是训练，而是实战。西隆的治安局势复杂，并不可怕，关键是两任所长落马造成的人心涣散，军心不稳，这才是真正的挑战。他突然感觉肩上沉甸甸的，像一下子压了千斤重担，刚才杀回东城的那种满足感荡然无存。他担心在西隆打不开局面，干不出样来，不仅打李北淮的脸，也打自己的脸。三年前，他没当上所长，曾经很委屈，大有壮志难酬之感。如今，让他当所长，给了他施展的平台，他要干不好，外界可有说的了，不是当年不用他，而是他真不行。

他忽然想起当所长的事还没跟父母说，立即拨通了家里的电话，把调动工作的事跟父母讲了。父亲不赞成他去派出所，起早贪黑，操心费力，责任还大。母亲对他工作的事并不关注，关心的是他什么时候找女朋友，把婚结了，他毕竟眼瞅着就奔三十了。

何铭撂下电话，心里觉得有点儿空，没底儿。他去过几次西隆，但每次都是匆匆而过，并没有太深的印象。他想趁今晚有时间，到西隆看一看，增加点儿感性认识。他把龚上杰叫上，本想也带丁文俊，可丁文俊大队的几个战友给他送行，刚到酒店，走不开。

11

何铭将车停在金香玉酒店门口，和龚上杰沿着街道，先从南向北，又由西到东，走了两个小时。一路之上，两人观察着镇上的建筑、道路、场所、企业、居民。途经西隆镇派出所时，只见派出所的小二楼，只有一楼东北角的一个房间有灯光，看样子应该是值班室，其他房间的灯都关着。何铭摇了摇头说："现在全市公安机关正在开展消防安全大检查。前几天南城区一家娱乐城起火，烧死两个人，当地的派出所所长被免职。西隆管片这么大，场所这么多，消防检查任务不能少，可从派出所的灯光看，所里没有任何加班迹象，群龙无首人心散啊！"

两人回到金香玉门口时，已经七点半了，何铭觉得有些饿。他冲金香玉酒店的招牌扬了一下头说："咱俩从明天开始就得吃西隆的饭、喝西隆的水了，今晚先试吃，看水土服不服。"

金香玉是西隆镇最大的餐饮酒店之一，两层楼，一楼是大厅，二楼有六个包房。何铭、龚上杰在一楼临窗的座位坐下。

龚上杰提议喝点儿白酒，暖暖身子。何铭摆摆手说："酒后不动车，动车不喝酒。前任所长席建成就栽在酒上。我必须在酒的问题上做出表率。咱们俩菜一汤，正好。"

两人刚点完菜，十多个剃着清一色寸头的男子走了进来。不少人的袖筒和里怀看上去鼓鼓囊囊的，好像藏着家伙。他们进屋后，围坐在大厅东边一张大桌前。服务员递上菜单。他们既不看，也不说话，一个年长一点儿的指指桌上的茶壶，意思是要茶。服务员见这些人满脸怒气，举止怪异，不敢多语，挨个倒了杯茶就靠边了。何铭拿着筷子，不动声色地观察着。

这时，门外进来一个穿着黑色貂皮夹克的小伙儿，此人眉清目秀，很精神，也很神气。他看了看正在喝茶的"寸头"们，狠狠地说："一会儿姓丁的来，他要是说好听的，就拉倒；要是再跟我装，就干他。"

酒店经理见穿黑貂的男子进来，忙上前打招呼说："四哥，上午刚杀了头笨猪，血肠刚灌好。"

被称作四哥的人瞅都没瞅经理一眼，说："办完正事，就在你这儿庆功，准备吧！"他随即从兜里拿出盒软包中华，抽出一支叼上，点燃，而后把剩下的大半盒扔到"寸头"那桌。他刚吐出口烟圈，十多个气势汹汹的男青年拥着一个二十多岁的小白脸儿走进酒店。这些人的身上也带着家伙。小白脸儿穿的是白貂夹克。他斜眼看了看四哥，说："'镇关西'马上就到。”说完，他领着他的人坐在西边的圆桌边。

大厅里几伙儿吃饭的人一看这阵势，忙埋单走了。

何铭边看边听，发现了其中的端倪。他低声对小龚说：“这两伙儿都带了家伙，怕是要在这儿摆事儿，你到外面给镇派出所打电话报警，说金香玉酒店有两伙儿流氓要打仗。”小龚拿着手机出去了。

两分钟后，小龚回到何铭旁边说：“酒店门前停了好几辆出租车，车里还坐着不少剃寸头的，看来真要干。报完警了，接电话的民警问打没打起来呢，我说快打起来了，对方说等着吧。”

穿黑貂的叫乔其下，外号“乔四”，是西隆镇镇长乔其龙的四弟，镇上的混混们都叫他四哥，在镇财政所上班。说是上班，其实就是挂个名。上不上班视他的心情而定，有时天天去，有时两三个月不去一回。不过，乔四的工资照领不误，从没差过，也没人敢给他弄差了。乔四之所以如此嚣张，关键靠他当镇长的大哥和在市财政局当处长的二哥。乔四快三十岁了，就是不结婚，用他的话讲，还没玩够呢。他从没有固定的女朋友，隔三岔五就换。他处过多少女朋友，连他自己都说不清。他接女朋友的电话，整差好几回，没对上名。后来他学聪明了，接女孩儿电话，不叫大名，也不叫小名，统称宝贝儿，别说，这招儿真灵，宝贝儿用哪个女孩儿身上也错不了。乔四放出过话，至少要谈一百零八个女朋友再结婚。

穿白貂的叫丁少春，二十三岁，西隆名人丁百万的独生子。丁百万是宜春的家具大王。别看叫他丁百万，可他的实际资产早超千万了，之所以还这么叫，是因为大伙儿在他财产达百万时那么叫来着。丁家钱大，娇惯出丁少春这么个纨绔子弟。丁少春天生就是个少爷身子，啥也不想干，啥也不会干，啥也干不了，就爱玩，啥时髦穿啥，啥新潮玩啥。当然，也少不了玩女人。这不，因为一个女人，白貂少爷和黑貂乔四结了梁子。

新年刚过，西隆镇大洋娱乐城从宜春市艺术学校请来几个女学生表演现代舞。其中一个叫叶玲的色艺双绝。昨天晚上，乔四、丁少春各带一伙儿人到大洋玩。结果两个少爷都看上叶玲了。乔四献花，丁少爷就送花篮。乔四见丁少春跟他叫板，二话没说，把两千块钱扔到舞台上。丁少春把叶玲叫到面前，当场拍出五千块钱。乔四要脸儿啊，当即把服务生喊了过来，说今晚所有客人的门票他埋单。当主持人向全场公布这一消息时，观众们都乐不可支，集体为乔四鼓掌。乔四把面子赚了回来，丁少春的脸又挂不住了。他给每一桌赠送一个大果盘和一瓶洋酒。两个少爷虽谁也没输，但都憋着一口气，碍于大洋老板的面子大，两人在娱乐城既没搭话，也没争吵。过后，乔四托人给丁少春捎话，约定今天晚上八点在金香玉大酒店谈谈，丁少春答应了。

乔四和丁少爷争一个艺校女学生在大洋烧钱的事很快就在西隆镇传开了，也传到了西隆镇道上大哥“镇关西”的耳朵里。“镇关西”大名郑通，四十六了，是西隆镇的老社会，曾判过三次刑，出道时曾自称在西隆镇西边好使，号称“镇关西”。在西隆镇的地面上也算是个人物。“镇关西”听说乔镇长的弟弟和丁百万的公子为争个女学生要掐，想出面摆一下，说和说和，借机和乔、丁两家套套近乎，也抬高自己的身价。“镇关西”分别给乔、丁递话，要做中间人。乔四、丁少爷见“镇关西”出头，都答应给面子。两人表面要谈，可暗地里都做了打的准备。乔四网罗了西隆镇上一帮小混混，给自己压阵。丁少春则拿出一万块钱托朋友在宜春市内请来了三十多社会人。双方剑拔弩张，一触即发。何铭、龚上杰关注着店内的局势，焦急地等着派出所出警。

又过了十分钟，“镇关西”带着两个弟兄走进金香玉酒店。乔四和丁少爷起身和他握手打招呼。“镇关西”冲两人点了点头，而后拿过把椅子坐在两人中间，又让乔、丁一左一右坐在他的身边，说：“女人嘛，就像男人身上的衬衫，想脱就脱，想换就换，多得是。艺校的学生，唱唱歌，跳跳舞，用旧社会的观念看，怎么说也是个戏子。乔四生在西隆名门，三个哥哥都是风光无限的大人物。少春家买卖大得宜春都装不下了。以你俩的身份，争一个戏子，丢份儿。明天我去找大洋的老板，让那个女学生滚蛋。你俩各退一步，谁也别争了，今儿在这儿握握手，以后就是好哥们了。”

“镇关西”知道乔四和丁少春都要面子，让谁做出让步都不可能，只能从中和稀泥，当和事佬。

乔四听了“镇关西”的话，心里暗骂：老东西，净说没用的，用你给我上课。老子玩的是女人，又不是找媳妇，管她是不是戏子，漂亮就行，我相中了就好，看来还得靠家伙说话，一会儿把这老东西打发走，就动手。

丁少春没等“镇关西”说完，就有点儿不耐烦了。闹了半天，他让我和乔四谁也别争了，这不跟没说一样吗。各退一步？没门。我请的都是宜春道上朋友，难道还干不过乔四身边那帮土流氓？他算了算自己的人数，屋里的加上屋外出租车里的，少说也有三十人，是乔四带的人的一倍，要是打起来，两个打一个，没问题。再说了，今天把乔四灭了，以后西隆镇就没谁敢跟他争这争那了。

乔四和丁少春各自打着自己的算盘，谁也没吭声。“镇关西”见两个少爷没说话，也没什么反应，知道双方对他的提议并不感冒，刚要说话，乔四张口了：“郑哥，难为你为我们这点儿膘事儿操心，我先谢了，过几天我单请你，一会儿我想单独和丁少春唠唠。”

“镇关西”一听乔四的话里流露着对他的不满，撵他走，心里不是滋味，可又一想，乔四的话对他还算尊重，他还能下来这个台阶。

“好吧！你俩年龄相仿，事儿也简单，你们自己唠唠吧！我还有事，先走了。”

“镇关西”说完，起身要走，丁少春伸手把他拦住说：“慢，郑哥可是咱们俩请来的，你让郑哥走，郑哥就走，想单独和我唠就和我唠，这分明是拿郑哥不当回事，也是拿我不当回事。”

“拿你不当回事怎么了？给我打。” 乔四说完，向前一挥手，跟他一起来的“寸头”们纷纷站起身，掏出家伙，就要往上冲。

“都别动！”何铭眼见战事要起，高声阻止。满屋的人都愣住了，不约而同地把目光投向何铭。何铭说完，把棉夹克脱下，放到椅子上，走到乔、丁面前。

“你他妈算干啥吃的，还都别动，你的脑壳是钢做的？” 乔四边说，边随手抄起旁边桌上一个空啤酒瓶向何铭的脑袋砸来。何铭并不躲闪，气沉丹田，脑袋向前一迎，只听“哗啦”一声，啤酒瓶子粉碎。何铭毫发无损地站在那儿，眼睛还在眨，身子也没倒，乔四看了看何铭，又看了看手里握着的空啤酒瓶嘴儿，呆了。

乔四身边一个胖子见何铭没咋地，举起短棍直奔何铭的面门，何铭稍一闪身，左手抓住短棒，右手托住胖子的腰，顺势一个四两拨千斤，愣将胖子悠到两米外的餐桌上，桌子倒了，胖子摔在了地上。这两手一露，其他人都不敢动了。

12

何铭孤身挡住乔、丁两路人马。龚上杰没伸手，而是站在一边，警惕地盯着周边的动向，既控制整个事态和局势，又防止有人偷袭。这是特警日常训练过的两人作战科目。

乔四的啤酒瓶没有征服对手，又眼见自己手下二百多斤重的胖子被这个冷面男子没费多大劲儿就给摔出两三米远，顿时不知所措，好半天没缓过劲儿来。丁少春见半路杀出个程咬金，两招打得乔四威风扫地，目瞪口呆，心中乐开了花，心想：该，让你嘚瑟，掉链子了吧！可又一想，这人是谁？不是我带来的人啊！

"镇关西"毕竟在道上混了多年，见过些世面。他感觉这两个陌生人不像是本地人，凭两人的气质和出手，非等闲之辈。他稳了稳神，冲何铭抱了抱拳说：

"这位朋友，请问你是哪路的？尊姓大名？我们哥儿几个在此议点儿小事，不知你为何掺和进来？"

"哪路的和尊姓大名就不说了。用不了多久，你们就会知道，至于为何掺和进来吗？肯定有掺和进来的道理。"何铭冷冷地说。

"四哥，我的腿好疼，好像折了，你可要给我报仇啊！"被何铭摔出去的胖子躺在不远处的地上，龇牙咧嘴地叫唤着。

乔四被胖子的惨状弄得既没面子，又下不来台，要换过去，他肯定会大喊一声，带头冲上去，可今天他有点儿打怵，觉得不是打的事，对手的功夫不一般，生怕自己也被这个陌生人扔出去。他转了转眼珠，对何铭说："强龙难压地头蛇。这是西隆的地面，打了我的兄弟，你就要负责任，就要付出代价。彪子，给派出所打电话，就说我的朋友在金香玉酒店被打了。"

一提报警，何铭心里有了底。他本来就不希望通过动武制止这场聚斗，刚才出手实在是不得已而为之。他看了一下表，距离龚上杰报警已过去三十分钟了。西隆镇派出所距离金香玉酒店不过七百米，就是爬也爬过来了。他不明白派出所为啥不出警。乔四说报警，正合他意。他没说什么，拽把椅子坐下，从兜里抽出支烟，点燃，深吸一口，吐出一个大大的烟圈。

西隆镇派出所今晚值班的是侯起、胡正雍和江智刚，侯起带班。龚上杰往所里打电话，说两伙人要在金香玉打仗时，侯起根本没当回事，也没出警。镇上小流氓之间经常有这类事，闹别扭的，结梁子的，各勾一伙人到酒店，目的不是打，而是显示一下自己的势力，借此找回面子。一旦双方及勾的人进了酒店，两伙人之间肯定有认识的，这种情况下，打的可能性几乎没有。谁知半小时后，派出所又接到来自金香玉酒店的警情，说乔四的兄弟被打坏了，可能已骨折。侯起忙招呼胡正雍和两个治安员赶到。

侯起带人走进金香玉酒店时，屋里的人不少，但很静，满屋的人就像正准备上课的学生，等着老师的到来。

“咋回事？咋回事？谁被打了？打人的在哪儿？”侯起冲人群喊道。

“这儿呢，这儿呢，侯警官，被打的在那边躺着呢，起不来了，打人的在这儿坐着呢，看他那样，打了人，还抽着烟，牛×大了，你快管管吧！”乔四见侯起进屋了，像见了救星似的嚷着，边嚷边用手指着何铭。

何铭见侯起这次出警这样快，心想，这个叫四哥的只是让手下打他旗号打个电话，民警不到两分钟就到了，看来这个四哥在西隆很有势力。何铭虽在东城工作过，但侯起和胡正雍都是去年刚从外区调到东城的，双方并不认识。何铭没吱声，只是看了一眼侯起，依旧吸着烟。他想看看他未来的手下如何处置这起案件。

侯起见到何铭，觉得有些眼熟，但就是想不起来在哪儿见过。他见何铭看见他，不像以往的案件当事人那样赶忙站起来打招呼，或做辩解，而是抽着烟，不说话，明显对自己不敬，心中有几分生气。

他指着何铭喊道：“哎，哎，你是干啥的？为什么打人？”

何铭看出侯起的话里带气儿，慢慢地站起身，将烟头摁在桌上的烟灰缸里，说：“我在三十分钟之前就已经报过警了，你们为什么不出警？如果那个时候出警的话，就不会出现目前这个局面了。可如果我刚才不出面的话，现在躺在地上的恐怕就不止一个了。公安机关对派出所接警出警有明确规定，在城市中心区，民警接警后应五分钟内到，在城郊接合区十分钟到，不得无故不出警。”

侯起没想到这个刚打完人的当事人不仅不回答为啥打人，竟然反过来当着众人的面质问他，而且问得有理有据，侯起的脸腾地一下就红了。

在一旁的胡正雍从何铭的话里听出点儿音儿。他感觉这个人即使不是警察，也对公安局有所了解。他见侯起被问得哑口无言，连忙站出来解围说：“公安机关出警是有规定，但也有解释。夜警要问明情况后再出，刚才你报警时只是说金香玉酒店来了很多人，好像身上带了凶器，好像要打仗。这个警都是好像，情况并不明。我们可以出，也可以不出。如果都像你说的，老百姓打个电话就得出警的话，派出所就是有几十个警力也不够。现在我们接到当事人的电话，说你动手打坏了人，已有了结果，触犯了法律。我们得对打人这事进行调查，希望你配合。”

龚上杰见胡正雍把何铭当作违法者来问，刚要上前亮身份，被何铭拦住了。他平静地解释道：“那边躺着的那个的确是被我扔出去的，可我当时是自卫。他拿着短棍朝我脑袋砸，我只有出手制止了。”

侯起深知乔四一伙的为人，肯定是乔四的手下先动的手，棍子就在胖子身边地上呢。不过，他知道闫教导员和乔其龙的关系。乔镇长家的事，必须得有点儿态度和倾向性。想到这儿，他生硬地对何铭说：“甭说那些没用的，处理治安案件，重结果，轻起因，你现在把人打坏了，是想跟我回派出所受处罚，还是想私了，向被打者赔礼道歉，赔偿医疗费及其他费用，给个痛快话！”

何铭见侯起只看后果，不看前因，明摆着向着对方说话，知道再说下去没什么结果，便以强硬的口吻对侯起说：“我对这件事也有个处理意见：一、躺在地上的胖子自己上医院；二、屋里的人把身上带的刀、棍类等凶器都交出来，你们对带凶器的人进行登记。”

“嘿，我当了这么多年警察，还是头一遭遇到当事人支使警察的。你有什么权力跟我这么说话？你当你是西隆镇派出所所长啊！”侯起边说边用嘲笑的眼神看着何铭。屋里其他人也都哄笑起来。

“我就是西隆镇派出所新来的所长，何铭。按我的意见执行吧！”何铭严肃地说，然后掏出任职令递给侯起。

13

何铭话音刚落，满屋的人，包括躲在远处看热闹的酒店经理、服务员都惊呆了。大家怎么也想不到，挺身而出制止这场聚斗的竟然是新来的派出所所长。乔四、丁少春面面相觑，都没动静了。同来的混混们有的吓得直哆嗦，有的悄悄把兜里的刀扔到桌子底下，还有两个想往门外跑，被龚上杰给堵了回来。

最惊讶的要数侯起。当天下午，所里接到分局政治处的通知，说新所长明天上午报到，让全所民警明早在所等候。侯起没想到自己在这样的场合，以这样的形式和新所长见面。何铭把任职令递给他时，他终于想起来了，为啥刚才觉得这人面熟，前不久何铭在南旮旯子村解救骆开心时，侯起就在不远处看着来的。任职令字数不多，只有两行，清清楚楚。东城区公安分局的公章鲜艳、清晰地印在文件的日期上面。他弄不懂新所长明天报到，今晚到西隆干啥。

侯起把文件还给何铭，一脸的尴尬，硬挤出一点儿笑容说：“何所长，不好意思，不认识你。马上按你的意见办。”随后他转身对乔四、丁少春说，“身上带家伙的把家伙都放桌子上。”

丁少春没有迟疑，冲自己带来的人努努嘴，意思是按侯警官说的办。乔四则仍有些不服气，晃着脑袋，舔着嘴唇，让手下交凶器吧，觉得有点儿没面子。派出所所长咋地？将来不也得听我大哥的嘛。可不交呢，眼前这关过不去，好汉不吃眼前亏，交就交吧。

他对身后带来的人说：“请你们吃饭，带家伙干吗，有带的拿出来。”屋里的混混们把兜里的棍、棒、刀放到了桌子上。被何铭摔在地上的胖子原打算配合乔四，装作被摔得挺重的样子，好让派出所收拾收拾摔他的人，顺便多讹点儿医疗费。谁知摔他的竟是派出所新所长，简直背到家了。他从地上爬起来，拍了拍身上的土，不作声了。

何铭见前来助战的人都交出了家伙，局势控制住了，对侯起说：“就地给带家伙的人登个记，在派出所留个底，好在今天没打起来，也没什么后果，就让他们先回去，将来要是再犯案，一起算账。”

第二天早上八点二十分，西隆镇派出所二楼会议室里。全所十二名民警一个不缺，等着新所长的到来。闫城甫把胡子刮得很干净，头发也梳得整整齐齐，还喷了点儿摩丝，给人的感觉很精神，也很振奋，好像他当了所长似的。其实他心里挺不是滋味，搭了两届班子，捧了两任所长，一个也没捧上去，全摔下来了。昨晚段光先给他打了个电话，让他别泄气，方方面面掣肘新所长，让何铭伸不开腰，打不出拳，踢不出脚，等何铭打不开局面，陷入被动时，段光先再替他想办法。有了段的支持，闫城甫的精气神又足了些。今天他特意起了个大早，着实打扮了一番，想让大伙儿看看，他并没因为没接上所长而沮丧，甚至给众人留下个他压根儿就没想接所长的印象。

八点二十五分，分局吴主任领着何铭、龚上杰、丁文俊和四名警校毕业生走进了会议室。闫城甫上前，和吴主任握手。吴主任把何铭拉到闫城甫面前说：“这就是市局派来的何铭同志，这位就是派出所的教导员闫城甫同志。”

何铭主动上前握住闫城甫的手热情地说：“你岁数比我大，在西隆时间长，情况熟，多关照啊！”闫城甫轻握了一下手，没说话，明显带着情绪，对何铭不欢迎，可当着吴主任的面，他又不得不打个招呼。何铭的心一沉，马上觉察出闫城甫对他的冷漠。

这时，吴主任站在桌前郑重地说：“根据分局党组的决定，何铭同志任西隆镇派出所所长。城甫、起正同志职务不变，排序不变。为了加强西隆镇派出所的建设，分局向西隆新增六名警力。”

说到这里，他冲龚上杰等六名同志一抬手。这六个人同时站了起来。吴主任逐一介绍说：“这两位是市局特警支队的龚上杰、丁文俊。这四位是省警校毕业的应届大学生邵冲、彭向前、刘镇江、李维彤。”吴主任介绍完，示意这几名同志坐下，接着说：“一次给一个派出所增加六名警力，这在分局历史上从未有过，足见分局党组对西隆的重视。何铭同志曾在东城分局工作过三年，当过副所长，而后到市局特警支队一大队任大队长，能文擅武，是个多面手，有着丰富的基层工作经验。下面请何所长给大家讲两句。”吴主任带头鼓掌，但屋内的掌声显得零乱、稀疏，新来的几个民警鼓得比较响，老派出所的人大多面无表情地跟着拍了几下，闫城甫边观察着老派出所的人，边把两个巴掌合在了一起。

何铭站起身，环视了一下四座，说：“距离春节不到十天了，全市上下正开展消防安全大检查。今天的会就到这儿，各外勤按自己的管片马上到辖区查险，新分来的六名同志，也一同下去。查得要细，该下隐患整改通知书的要马上下，能当场整改的当场改。今晚加班到九点五十，到时回所汇报。”

满屋子的人都以为何铭会发表什么施政纲领，像有些领导上任时说的，一定不辜负领导、组织、同志们的希望，一定严格要求自己，一定完成好各项工作任务之类。何铭一句虚词没有，开门就是干活儿。吴主任暗暗称赞，李北淮好眼力，何铭是个干将。

副所长龙起正听了何铭的话，感觉特舒坦，他是个喜欢干事的人，见何铭开门就打，特对他心思。

他站起身说：“何所长，我是副所长龙起正，会后要是没啥事的话，我领着治安警重点查一下场所吧！”何铭看了一眼这个个子不高但很结实的副所长，点了点头。大家纷纷离座，刚要走，一个娇气的女声传了出来。“何所长，我也跟着下去检查呀？”

何铭回头一看，一个穿着警服大衣，扎着马尾辫的女警察正望着他，是省警校的毕业生李维彤。她长得很像宋祖英，那张脸，简直就是宋祖英的翻版。按惯例，女警察分到派出所大都做户口内勤或身份证内勤，做外勤的极少。分局此次把她分来，就是让她做身份证内勤，配合内勤吕凤琴办户口。何铭挥了一下手说：“你也跟着下去吧！熟悉熟悉情况，热热身。”

吴主任上午十点还有个会，得回分局。何铭、闫城甫送他上了车。

吴主任的车一走，何铭回头看了看闫城甫，刚要说话，闫城甫先开了腔：“你一来，我这个‘主持’该让位了。今后所里的事，你就定吧！我没什么意见，咱所的情况嘛，没外界说的那么糟，但也不是太好整，你慢慢理顺吧！一会儿我去市医院，检查一下身体，前段忙乎的，一直没倒出空儿来。”他说完，不等何铭说什么，也上车走了。

14

何铭望着闫城甫的背影，摇了摇头。按理，新所长刚报到，教导员应该把所里的情况向所长介绍一下，谁知闫城甫竟然一走了之，这分明是拆台，不配合。

大凡所长与教导员闹别扭，不和的，无外乎三种原因，一是争权，教导员摆不正位置，不服所长，想把所长挤对走，取而代之；二是争利益，双方因为办案或其他利益方面有矛盾或冲突；三是性格合不来，何铭刚上任，闫城甫就摆出这样一种姿态，只能是第一种原因，因为从性格、利益两个方面都无从谈起。看来闫教导员主持了两届，没当上所长，心里憋屈。从这个角度看，闫城甫如此对待他这个新所长倒也能理解。

何铭正想着，一个右脸有块胎记的民警手里捧着两个大本子来到他旁边，说：“何所长，我是甲内勤，秦善，在西隆出生、长大，四十二岁，在咱所十年，是老西隆了。我这活儿琐碎，所里的吃喝拉撒、柴米油盐，外加画表勒格、跑腿学舌，还有财会。这不，我把咱所前两任所长执政时账本拿来了，请你过目。”

说完，秦善将账本递给何铭。

何铭没接账本，只是扫了一眼账本封面，说：“前几任的账我就不看了，所里还有多少钱？”

“就剩三千块钱了。”

真还不错，大多数派出所班子换届交接时，所里根本不剩钱，有的还留下一屁股债，派出所靠这三千块钱过年是没问题了。何铭正想着，一男一女来到他面前。其中男的五十多岁，上衣有点儿油污，手里掐着一叠票据问道：“哪位是新来的何所长？”

“我就是，有事吗？”何铭应着。

“总算把您盼来了。我是西隆镇长兴汽车修配厂的，姓于。所里欠我一万八千五百块钱的汽车修理费，我来挺多趟了，秦管家每次都说所里没钱，等有钱就还。昨天我来，闫教导员说等今天姓何的所长来了，就能解决。要过年了，修理工们等着钱回家过年呢。我这有欠条和修车的明细。”

老于说完，把手中的票据递给何铭。何铭接过单子，刚要看，老于身旁的女子同样拿着一把票子说道：“所长，我是派出所斜对面香喷喷饭店的老板娘。咱所在我家饭店签单吃了一年饭，是谢所长和席所长签的单，共计一万一千元。现在签单的所长都没影儿了，可这账不能黄了啊！我们店小利薄，架不住这么赊啊！这单子都在这儿呢。”

事儿这玩意儿就怕念叨，要说没事之前千万别念叨现在什么事也没有。何铭刚寻思前任没给他留下债，转眼间一分钱不剩还欠了二万六千五百元。何铭接过老板娘的一叠单子，简单翻了几下，都有谢、席两位所长的签字。他拿着单子看了看秦善，没说话，好像在问，我刚才问所里还有多少钱时，你怎么不说欠债的事？你不可能不知道这事吧！

秦善见何铭看着他，连忙避开何铭的眼光，对两个要账的说：“何所长刚到任，还不熟悉情况，你们过几天再来。” 随后他把何铭拉到一边低声说：“这些烂账主要是谢长荣当所长时留下的。席建成到所里没几个月，没花多少。要说谢所长最不讲究，胡吃海喝乱造，扔下一堆账单。他拍拍屁股走了，继任的给他擦屁股。席所长出事后，他们总来要账，我那儿当时有两万多块钱，曾跟闫教导员提过把欠的债还了，可闫教导员不让还，昨天让我给民警发罚、没款战役奖金。现在就剩三千元了。”

“修车咋能花那么多钱？在咱们管内修车，咋还给修理费？也就给个配件钱。再说那饭钱，吃啥了？咋吃的？谁吃的？咋花那么多？”何铭皱着眉，把一连串的问号抛给秦善。

“修车的事我就不清楚了，都是所领导安排的。吃饭我知道，不吃也真不行。局领导到所里是从不上管内饭店吃饭的，主要是各业务部门来检查吃的。没听说那句话吗，叫检查‘宴’收，没有宴，收不了。还有一些是关系单位间互请。还好，《五条禁令》出台后，差了不少，最起码中午不敢喝了。”

何铭听了，心想，有钱不还债，突击发奖金，而且是在他上任前，这分明是想给他留下个烂摊子啊！

欠债还钱，天经地义。可这债由他还，他也真冤枉，憋屈。找前两任所长吧，这两人现在的处境和状态，能还吗？拿啥还？把这事交分局？更不妥，外界会说他不讲究，分局更不可能替所里还债，最终还得他解决。哎！何铭叹了口气，对两个要账的说："前两任的账我认，不过我第一天到任，怎么也得容我点儿空。我先给你们一家拿一千块钱，剩下的两个月内还清。到时如果还不上，你们到派出所除了枪柜、文件柜，其他东西随便搬。老秦，先给他们拿两千。"

两个要账的见新所长认账，话也敞亮，又还了一些。心里落了底，跟着秦善取钱去了。

何铭打发完要账的，在派出所的楼里楼外转了几圈，感觉派出所这楼太旧、太破，咋收拾也收拾不出样来。派出所要想打翻身仗，办公环境上不去不行啊！何铭边想边来到户籍室。正在办户口的吕凤琴见所长进来了，忙停下手里的活儿，站起身，笑容把眼睛挤成一条缝说："所长，你长得可真年轻，不到二十三吧？"

"哪儿啊，奔三十岁的人了，已不年轻了。"何铭觉得这个户口内勤的话水分太多，有些离谱。

这时，给派出所做饭的老李头拎着两兜子菜从外面回来了，路过户籍窗口前，冲吕凤琴说："头春节青菜又涨了，咱所又添人进口，这一天没个六七十还真下不来。"

真是不当家不知柴米贵。何铭忽然觉得自己挺好笑，一想前些天在特警时，正点上班，到点吃饭，下班回家，啥心也不用操。现在倒好，刚进派出所的门，先背一身债。工作还没开展，先犯愁钱的事。他想起给李北淮讲的派出所和所长的难处与苦衷，还不到两天，他就捡起这份苦差。找分局要钱？不可能。所长堆里曾流传这样一个故事。一个所长向分局一把手提出经费要求，局长说了，没钱。你能不能干？能不能开门过日子？不能干没关系，不少人排队等着呢，有的是人能干。各派出所的经费绝大部分要靠所长到管内化缘。以前允许派出所收治安费，化缘时还有点儿由头，上指下派，红头文件，借治安费这个牌子还能好说点儿。可自从今年1月1日起，宜春市政府取消治安费，化缘根本张不开嘴，张嘴等于朝人家要钱。何铭觉得自己到派出所当所长不是时候。

何铭正犯愁时，秦善走了过来，低声说："所长，按惯例，新所长到任，应该去拜见镇书记和镇长。咱们镇是全省十强镇，有钱。书记洪文广和镇长乔其龙又都是比较好说话的人。你新官上任，张回嘴，多了我不敢说，三万、五万的应该不成问题。"

不用秦善说，何铭也会去拜见镇上两个一把手，因为派出所要受分局和当地党委政府的双重领导，尤其在财力、物力上太需要地方党委的支持。而要想得到支持，派出所必须在方方面面与党委保持高度一致，要听招呼，要拿镇领导的话当回事儿。何铭到西隆之前，打听过洪书记和乔其龙的为人。外界都说这两个人豪爽、讲究。乔其龙还被称为西隆的龙头大哥。虽说是出于工作需要，但何铭不打算第一次去拜见两位领导就要钱，一方面他不想让镇领导看轻他，另一方面吃人嘴软，拿人手短，他是派出所所长，是执法者，身份特殊，一旦张嘴要了钱，恐怕要身不由已，有些事儿，尤其是涉及执法办案上的事，或多或少就得有些倾向性，甚至还得听人家摆布。可没钱也不行啊，上哪儿弄钱呢？

何铭想到这儿，对秦善说："一会儿你给镇党委办公室打个电话，问洪书记、乔镇长明天上午有没有时间，就说新所长要去看他们。"

15

何铭到派出所报到这当口，西隆镇党委书记洪文广召集镇长乔其龙、镇党委副书记蒯庆祥、副镇长秦正越、办公室张主任及四个村的村书记正准备在镇党委会议室开会，部署全镇春节前工作，原定八点半开会，都八点四十分了，上不着天村的书记耿向阳还没到，洪文广非等人齐了再开。

洪文广五十九岁了，一米五八的个头，百八十斤，去了骨头看不到多少肉。洪文广出名是在1973年，全国农业学大寨。当时洪文广在上不着天大队（当时不叫村）当书记。他带领村民硬是在一块儿不大可能弄出梯田的地方造出一大片梯田，轰动了全省。时任省革委会的一把手亲自到上不着天视察，并把洪文广树为全省农业学大寨的典型，全省推广。改革开放后，洪文广当了西隆镇副镇长、镇长，1993年当上西隆镇党委书记，一干就是十年。洪文广在当地干部群众中的威信很高，他也真替老百姓说话、办事。三年前，省里修高速公路，要占上不着天和下不着地两个村的大量耕地，省里下拨给村民的占地补偿款少，两个村的村民要上省政府上访，被洪文广劝住了。洪文广跑了九趟省里，据理力争，终于让农民们得到了合理的补偿款。

此时，他坐在会议室门口的一把高背椅子上。按理他是镇上一把手，应坐在椭圆形会议桌的弧顶正对着门的位置，那才是主位。可洪书记从没个固定的座，想坐哪儿就坐哪儿。椅背高，他又瘦小，坐在那儿把他显得更小了，可这丝毫不影响他的威严。所有到会的人，抽烟的也好，唠嗑的也好，都自觉不自觉地把身子对准洪文广的方向。这不仅让人想起一位礼仪专家的话，在公共场合，凡是有座位的地方，没有主位一说。最重要的人坐哪儿哪儿就是中心，哪就是主位。

洪文广抬手看了看表，略微扭了一下头，对旁边的乔其龙说："老耿子每次开会都得晚个十分八分的。"

老耿子是耿向阳的外号。洪文广当年带领大家学大寨修梯田时，是突击队队长，耿向阳是突击队的队员。

"昨晚准是喝高了。"乔其龙吸了一口软中华，在烟灰缸里磕了磕烟灰答道。

"别提这酒了。上周连着喝了一周，平均一天两个饭局，最多一天四悠。"洪文广边说边摇头，露出疲态。

"没听说嘛，根据一个人每周饭局的多少，可以判断他的职务。"副镇长秦正越神秘地说。

"怎么个标准？"洪文广来了兴趣。他想知道像他这样天天有饭局的人是什么职务。

"一周一顿饭局的是科员，两顿饭局的是科长，三顿饭局的是处长，天天都有饭局的是局长。一天三顿饭局的，你们猜是啥级？"秦正越故意卖了个关子，留下个悬念。

"市级？省级？"乔其龙把吸剩的半截中华摁在烟灰缸里，似问似答。

“都不是，是饭店的服务员。”秦正越的包袱一抖开，满屋子的人都笑了，洪文广差点儿把眼泪笑出来。

大家正笑着，耿向阳气喘吁吁地跑了进来，一边坐下，一边冲洪文广笑着说：“对不起，来晚了，村里有几个要上访的，给缠住了。”

“老耿子，下次再迟到，我就把你送到镇西头杀猪的张屠户那儿，把你给劁了。还有十天就过春节了，有几个事说说。第一个，这段都挺忙，公事、私事缠一块儿了。忙归忙，正事不能耽误，尤其是正常工作秩序不能乱。第二个，柴火垛出村的事。我前两天到各村转了一圈儿，大多数人家的柴火垛就堆在住宅周围，像小山似的！真要着了，烧个一家两家的都捡着，要是火烧连营，整个村都完了。会后，马上落实柴火垛出村这件事。老蒯，你找一下镇派出所的闫教导员，让他们参与。警察出头，好做些。”

“闫教导员已经不主持所里工作了。派出所来新所长了，今天报到。据说这人是李北淮家的一个亲戚。”乔其龙插了一句。

“咱们这派出所的所长是一茬不如一茬。甭管他是谁家亲戚，就说我说的，不管多难，年三十前必须迁完。最后强调一下送礼、收礼的事。要过年了，拜年行，不要拜权。亲朋之间，真要处到那儿了，送礼者有意，收礼者心安，这说得过去。就怕迫于权力或利益去送，送者不爽，收礼的人也难受。我就讲这些。老乔，你说说。”

乔其龙看了看大伙说：“老爷子讲的这三条非常重要，马上落实。”

上午十点半，秦善来到何铭的办公室，对何铭说：“所长，镇党委办的张主任说洪书记、乔镇长明天上午有空，你明早八点过去就行。另外，分管社会治安综合治理的镇党委副书记蒯庆祥来电话了，让咱们从今天开始配合各村，把柴火垛迁出村，防止火烧连营。”

何铭不明白柴火垛出村咋回事，一听说火烧连营，知道事关消防，含糊不得。他让秦善马上跟他到各村看看。

何铭和秦善开车先来到上不着天村，只见不少农户的房前屋后，都有大垛大垛的玉米秸。有的人家的玉米秸垛堆得比住房都高。

秦善指着一垛五米多高的玉米秸垛说：“按照村规民约，只允许把少量的玉米秸运进村，现用现取，不允许大垛进屯，怕着火。尤其是人为纵火。农村这地方处理纠纷、矛盾的主要方法不是谈，也不是打，而是用点仇家柴火垛的形式泄私愤。外省有个村子就因为柴火垛进村太多，结果一个烟头把大半个村子都烧了，导致上百家人无家可归。”

何铭连看带听，渐渐认识到这个看上去并不起眼的柴火垛问题的严重性。他又去了下不着地村，情况与上不着天村类似。让何铭感到奇怪的是，他在两个村转了两个多小时，竟没遇见这两个村的责任区民警侯起、胡正雍。按他要求，这两人应该在村里检查消防啊！中午十一点半，何铭回到所里。大多数民警都回所吃午饭，仍没看见侯起、胡正雍和两个警校毕业生。

16

侯起、胡正雍其实在村子里呢。上午一散会，侯起开着警车，拉着胡正雍和刚毕业的邵冲、刘镇江先到自己的辖区上不着天村委会，和治保主任卜仕仁闲扯了一阵儿，根本就没谈消防这个正题。这一扯就扯到了十点半。侯起冲村东头的狗肉馆努了努嘴说：“庄稼饭，十点半，先填饱肚子再说。”随即四个人走进小酒馆，在一张八仙桌前坐下。侯起点完菜，笑嘻嘻地对胡正雍说：“一到数九寒天，我的腰腿风湿就犯，整二两白的祛祛寒。”侯起说完冲服务员打了个响指说，“外甥打灯笼，照（舅）旧。”

服务员心领神会，张罗去了。

邵冲见两个老民警晃了一上午，迟迟不干活儿，就问了一句：“侯老师，何所长不是让检查消防吗？咱们咋还不检查呀！晚上还汇报呢。”

侯起一听，笑着对邵冲说：“小鬼，知不知道十年前管派出所的责任区叫啥？管责任区民警叫啥？”

“听老师讲过，那时责任区叫户籍区，户籍区的民警叫户籍员。”邵冲答道。

这时，服务员把一瓶一斤装的地产小烧放到桌子上。侯起边打开小烧边问道：“可你知道户籍员还有个别名叫什么吗？”

“不知道。”邵冲摸了摸脑袋回答。

“又叫糊弄员。户籍区也好，责任区也罢，活儿多了，要是较真儿干起来，把人累死都干不完。可人在岗位，还得干。咋干？糊弄呗。不过，糊弄也得讲究方法，就说汇报工作中的一些数字吧，不能报整数，像一百人、一千件，这不行，看着不真实。要报不整齐的数，例如，九十七人、三十八件，这样听起来就像真的了。来来，先不谈工作。你们两个头一天上班，我们两个老家伙给你俩接接风，以后咱们就是同事了。”侯起说完，给邵冲、刘镇江的酒杯倒满，然后举起酒杯。

邵冲和刘镇江面对眼前有些刺鼻的白酒，面面相觑，为难了。他们刚受过民警上岗前教育， 听得最多的就是纪律，尤其是《五条禁令》，都熟记于心。上班第一天，就在工作期间饮酒，这可违反纪律。可不喝呢，又觉得盛情难却。

邵冲没敢举杯，红着脸说：“侯老师，《五条禁令》严着呢，工作时间喝酒，一旦被抓住，是要挨处分的。”

侯起、胡正雍听了，相互看一眼，几乎同时笑了起来。侯起眯着眼睛说：“傻小子，抓咱们？当警察的要是让警察给抓住，这身警服可就白穿了。这不是市区，是郊区，山高皇帝远。就是公安部的人都在宜春，也休想找到这儿。来，我先打个样儿。一半儿。”侯起说完将半杯白酒倒进嘴里。胡正雍喝下半杯白酒后，抓起只鸡腿啃了起来。邵冲、刘镇江不好再推辞，忐忑不安地喝了一小口。

侯起见两个小生荒子局促不安的样子，笑着问道：“你俩多大？”

“我俩都二十一岁，1983年出生的。”平时不大爱说话的刘镇江也许是喝了一口白酒的缘故，抢着回答。

“1983年，我刚当警察。那时的警察最牛。全国严打开始，宜春公安大搜捕。当时各派出所抓的流氓、小偷老鼻子了。那之后，身上有事的、有前科劣迹的，路过派出所都绕着走；见了警察，离老远腿就哆嗦，真害怕呀！现在倒好，警察被管得跟三孙子似的，威信、威严都没了。遇事儿不敢管，也不愿管。”侯起说起1983年的事时，趾高气扬，满脸的自豪，可一说到现在，声调一下子就降了下来，还不时地摇着头，叹着气。

酒一喝就收不住了，原计划喝一瓶，喝到最后，四人干了两瓶，都多了。侯起摇摇晃晃地拉着三个满脸通红的警察来到卜仕仁家，一觉睡到晚上八点。

何铭晚上九点四十五分准时坐在派出所的会议室。不一会儿，民警们陆续都回来了。何铭看了下表，九点五十分。他扫了一圈儿，见人全了，说："从责任区开始，汇报一下今天消防检查的情况，老侯啊，上不着天村是西隆最大的村，你先说说吧！"何铭说完，打开笔记本。

侯起睡了一下午，很精神，见何铭第一个点自己，先是吃了一惊，随即马上镇定下来。他从裤兜拿出个小本，煞有介事地翻到某一页念道："按照所领导的部署，今天我和邵冲共计检查驻村企业十一家，饭店、理发店等小场所八家，发现消防隐患七处，下发隐患整改通知书六份，责令当场整改一家。"说完，他合上本，看着何铭。邵冲坐在他旁边，既觉得好笑，又暗自佩服。侯老师不愧是个老糊弄员，一天啥活儿没干，却像忙了一整天似的，说得有鼻子有眼的。

何铭记完最后一个数，头也不抬地问道："你那七处消防隐患都是什么？下发的六份隐患整改通知书的存根在哪儿？"

"啊！等一会儿，我找找。"侯起的心跳一下子加快起来。他一边翻着小本，一边想，新所长咋问这么细啊？是工作就这么认真，还是对他昨天晚上处理金香玉酒店打仗的事不满，找碴儿啊？他装作一副找到白天做好记录的那一页的样子说："第一个隐患是在小酒馆。这家饭店的电线严重老化，易发生电火。第二个隐患是，是……"

侯起被何铭的这一手问得手足无措，想现编，可大脑一片空白。他不知该怎么回答才好。何铭马上明白侯起是在糊弄，他本想给侯起留个面儿，不深问下去，毕竟全所民警都在这儿，可又一想，我第一天到任就敢骗我，打下这底儿哪行。不妨抠到底，既能树立自己的权威，又能警告那些工作糊弄的民警。

"七个隐患怎么就说出一个？你下发的隐患通知书存根呢？那可是写在纸上的，不会没有吧？"何铭紧追不舍。

"是呀！存根呢？小邵，在没在你那儿？"侯起向邵冲眨了一下眼，意思是让他把话接过去，帮他解个围。邵冲正在看所长和警员斗法，忽听侯起问他存根，一下子蒙住了。他摸摸脑袋，又看看何铭，和何铭四目相对的瞬间，他的脸一下子就红了。撒谎？他还没学会，也没这个胆儿。何铭看出其中的端倪，不想让邵冲为难。

他轻轻地敲了一下桌子说："我初来乍到，并不想难为谁，但也不想被别人难为。如果大家不了解我，我可以再讲一遍我的工作简历，曾在派出所工作过三年，当过副所长。咱们所，想糊弄我、敢糊弄我的人肯定有，但能糊弄了我的人恐怕没有。《刑法》第九章有个罪名叫渎职罪，是专门为那些在工作中不负责任、不履行职责造成严重后果的国家公务员准备的。我今天走了两个村，大柴火垛进村不说，堆得到处都是，有几家的柴火垛几乎连在一起。真要着火了，连成片，烧死人，把村子烧了，管片的民警，还有我，都得脱下警服，换上囚衣，蹲监狱。希望大家站在别蹲监狱的立场，认识消防工作的重要性。从明天起到年三十，全力配合村干部，必须把柴火垛迁出村。绝不能发生重大火灾，接着汇报……"何铭讲话时，会议室静极了。侯起的脸红得像猪肝，暗想，咋这么背呀！连着两天和新所长过不去。

17

第二天晚上五点半，何铭、闫城甫、龙起正来到金香玉大酒店赴宴。本来何铭准备今天一上班去拜见洪书记、乔镇长，谁知区里一个紧急会，把他俩都找去了，洪文广临去开会之前，让张主任通知何铭，晚上一起吃饭，三个内容，既算何铭拜见他和乔其龙，也算镇里给何铭接风。同时让镇里领导及四个村的书记和新所长认识一下。

何铭他们刚到酒店门口，洪文广一行就到了。闫城甫刚要给洪文广介绍何铭，洪文广已经拉住何铭的手，说："不用介绍，想起来了，何所长救骆九家儿子时，我就在不远处看着，当时也跟着捏了一把汗哪。"

众人走进包房，张主任请洪书记坐在主位，让何铭坐在洪老爷子的右手边。其他人依次坐下。洪书记的左手位空着。

洪文广脱去外套，挂在椅子上，转身对闫城甫说："闫教导员啊，何所长刚来，你一手托两家，引见引见。”

闫城甫刚要张口，镇党委副书记蒯庆祥站起身说：“老爷子，还是自报家门吧！我叫蒯庆祥，副书记，负责党务、精神文明建设、社会治安综合治理，今后咱们往来要多一些，综合治理这块儿，全指你们了，派出所是正规军哪。”说完，蒯副书记向何铭伸出手。

何铭站起身来，握住蒯庆祥的手，说：“综合治理搞好了，派出所的工作也就好了。不过，你的姓挺特殊，‘文革’时一个造反派头头儿，好像也姓蒯。”

“对，叫蒯大富。他在‘文革’时可不得了，带领过红卫兵到天安门广场游行。”洪老爷子喝了口茶水，接过何铭的话茬儿说。

“那个年代，人都疯了，现在看那时候的事和人，都是笑话。我们蒯家也出过名扬天下的人物。北京故宫的总设计师叫蒯祥，和我就差一个字。”蒯副书记觉得蒯大富这个造反派让他脸上无光。

“我叫秦正越，副镇长。何所长，你的大名在西隆可是家喻户晓了，救骆千万的公子，立了头功。”秦副镇长在原座位上欠了欠身子，冲何铭点了点头，算是打招呼。

“他是奸臣秦桧的后代。”蒯副书记在一边打诨。

“说秦桧是奸臣，害岳飞，实在冤枉，早该给秦桧平反了。秦桧不过是皇帝赵构的替罪羊。赵构担心岳飞打到金国，将被俘的皇帝接回来，动摇他皇位，就指使秦桧杀死岳飞。”秦副镇长认真地解释着。正说着，四个村的书记们走了进来。村干部们先向洪老爷子打招呼，而后一一和何铭握手，寒暄，落座。洪老爷子左手的位置仍空着，没人坐。何铭想，镇上、村上的头头们大多露面了，唯独不见镇长乔其龙，看来洪书记旁边的空座就是给乔镇长留的。

正想着，张主任从外面进来说：“洪书记，乔镇长刚给我来过电话，他一个战友的父亲七十大寿。他去点个卯，喝杯酒，再有十五分钟就到。”

“甭等他了。他说话就跟饭店服务员上菜似的。客人到饭店吃饭，催服务员上菜。服务员要是说菜快好了，这菜还没下锅，要是说菜好了，菜也就刚下锅，要是说菜马上端上来了，这菜也就八分熟。乔其龙要说十五分钟到，他现在可能刚到寿宴那儿，他要是说马上到咱这儿，他也就刚从那边出来，起菜吧！”洪文广说着冲张主任挥了挥手。

不一会儿，菜盘陆续把桌填满，桌上一片热气。张主任把一瓶五粮液打开，从洪文广开始，依次给大家满上。

张主任倒完酒，众人把目光都投到洪书记脸上，洪文广举杯说：“今天，镇守西隆治安的何所长到任，一顿酒，两层意思，既算何所拜见我和其龙，也算镇里给何所长接风。来，头杯酒，相识酒，痛快的，我先干了。”说完，洪文广一抬手，一仰脖，干了。

何铭觉得洪书记话说得既淳朴，又到位。他站起身，依次和众人碰了一下杯，也干了。桌上其他人无一不响应，都干了。大伙儿吃了几口菜。洪书记又来了个好事成双，提了第二杯。接下来，按职务，蒯副书记、秦副镇长、张主任以及四个村书记相继举杯敬酒，一人一段话，话完酒尽，无外乎欢迎何所到西隆，在工作上多沟通、多配合之类的官话。何铭边听，边接招，边喝酒，时不时地跟着客套几句。他不禁想起网上关于酒局的一段话：酒局就是众人发表心声，表达心意的场所，借酒说话，酒是说话的资格，不提酒，不喝酒，就没资格说话。何铭一连喝了七八杯，微微有些醉意。不知不觉，半个小时过去了。何铭刚要提酒。一个满脸通红的汉子也不敲门，直接推门走进包房。他一进屋，屋里人除了洪书记和何铭，其他人都站起来和他打招呼。

张主任走上前，帮他脱去外衣。来人根本没理会向他打招呼的人，眼睛盯着何铭，一屁股坐在洪老爷子左手边的空位，嘴里吐着酒气说：“看来老爷子右边坐着的就是何所长了。你在西隆可比我有名，舌战绑匪，智救骆开心，今日一见，果然英雄气概，像我兄弟，我就是乔其龙。”

没等何铭接话，洪老爷子说道：“怎么样？我没糟践乔镇长吧！他说十五分钟到，现在正好是四十五分钟，迟到半个小时。”

“甭提了。战友见战友，就是喝大酒。本打算到那儿点个卯就跑，可一坐那儿就出不来了，干了五个一两的。来晚了，差事了。无须洪老爷子发话，我自罚三杯。”乔其龙说完，招呼服务员取两个小酒盅来。

从乔其龙进屋后，除洪文广外，其他镇干部，包括派出所的闫城甫、龙起正无不慑其威严而表现出惶恐、敬重，何铭顿感到一股杀气扑进屋来，打破了包房原有的氛围。来之前，秦善已把几个镇领导的特点向何铭做了介绍，洪文广为人好，威望高，掌管人事和全局。乔其龙豪爽，干脆，有股子霸气，分管财务。洪文广再有一年多就退了，以乔其龙的实力，将铁定接任书记。乔其龙迟到提出自罚三杯，何铭不禁暗暗赞叹，讲酒令的人为人肯定错不了，乔其龙的确是条爽快的汉子。

这时，服务员把两个酒盅放到乔其龙面前，何铭见了，扔出一句话："再取两个酒盅。"

众人齐刷刷地把目光投向何铭，不知他的用意。何铭见众人满脸疑惑，故意抻了一小会儿才说道："如果我不到西隆，就不可能有今晚的聚会，乔镇长也就不会来晚，更不会自罚三杯。一切皆由我引起。都说酒情深似海，我要以实际行动同镇党委、镇政府保持一致。我陪乔镇长一起受罚，同饮三杯。"此言一出，满屋掌声顿起。洪文广点着头，几个村书记啧啧称赞。

最激动的要数乔其龙，他来到何铭身边，边给何铭倒酒，边对大家说："酒品似人品，何所长是酒中君子，这个兄弟我认了。不多说，我们哥俩六杯酒下去了。"说完，乔其龙、何铭各干三杯。随后乔其龙又给自己满了一杯，举杯冲洪书记点了一下头说，"刚才这三杯算预热，现在我正式提一次，西隆镇派出所前两任所长相继落马，何所长横空出世，西隆的治安，十万百姓的平安全都寄托在你身上了。我借老爷子的酒，代表全镇百姓，敬何所长一杯。"乔其龙说完和何铭碰了一下杯，两人一饮而尽。

何铭放下酒杯说："抬举我了，受宠若惊。只想在洪书记、乔镇长的领导下，把西隆的治安搞好，造福百姓。"洪文广带头鼓起掌，表示对何铭这段话的赞许。闫城甫既佩服又眼热，何铭不过陪乔其龙共罚三杯酒，就和乔其龙兄弟相称了，而他在西隆干了四年，也没跟乔其龙处得这么近乎。他觉得何铭脑袋反应太快了，机会和尺寸把握得恰到好处。酒宴又持续了一个多小时才结束。

乔其龙在酒店门口握着何铭的手，带着醉意说："老弟，我很欣赏你。我刚才和洪老爷子商量完了，给所里拿三万块钱，算是给何老弟的见面礼。明早你派人来取。”

“乔大哥，谢了。需要我、需要所里做的，你吩咐。”何铭说完把车钥匙扔给前来接他的龚上杰。

18

14日早上六点半，天还没亮透，丁文俊就从被窝里爬起来了，洗漱完毕，开始对着镜子打摩丝。他一米七六的个头，面容清秀，白皮肤，奶油味十足。他把头发缝分得清清楚楚，随后又把头天晚上就抹了鞋油的皮鞋擦得锃光瓦亮。今天轮到他开车接班，之所以如此用心打扮，是因为他要接班的人中有李维彤。

自从到西隆镇派出所报到那天早上第一次见到李维彤，丁文俊就被这朵小警花迷住了。见面会一结束，丁文俊就主动和几个省警校毕业生套近乎，像个大哥哥一般为这几个刚参加工作的新警介绍这儿介绍那儿，好像他是西隆派出所老民警似的，同时也名正言顺地关心一下李维彤。结果没讲几句话，大家就分散跟着责任区民警下片儿检查防火去了。心里像长了草似的丁文俊通过各种渠道打听李维彤，并很快知道她二十一岁，出身于部队家庭，父亲是空军师长，有个开了三家网吧的男朋友。一听说李维彤的男朋友经商有钱，丁文俊的心凉了大半截。

当今社会，男人体现自身魅力靠的不是模样，而是实力。丁文俊虽说长得精神，但家境平常，父母都是下岗工人。一年前，他处了个女朋友。女孩儿的长相、性格、家境都不错，但一看他的家，噘嘴了，怕跟他这个穷警察享不到福，一个礼拜不到，拜拜了。丁文俊的第二个女朋友虽不嫌弃丁文俊家贫，但太爱玩，太能花钱，今天逛街买衣服，明天泡吧，后天旅游，丁文俊那点儿工资根本不够她折腾的。没多久，这段恋情也无疾而终。丁文俊做梦都想出人头地，飞黄腾达，拥有美好的爱情，怎奈他不过是一个小警察，任凭怎样挣扎，仍无太大的转机。虽说在李维彤面前，丁文俊有一种自卑感，但他还是想试着追李维彤。

他穿上皮鞋，刚要走，猛地想起去年在天津一个市场花三百块钱买的仿造帝舵手表。他回屋把假帝舵翻出来戴在手腕上，伸了伸胳膊，看了看，跟真帝舵没什么两样，又拿了个苹果，揣在兜里。

七点半，丁文俊开车刚到空军大院门口，李维彤就从院里跑了出来。丁文俊打开副驾驶的车门，伸手将李维彤拉上车。李维彤刚要坐，丁文俊把自己座上的小棉垫放在李维彤的座位上说："这个隔凉。"随即又从兜里掏出苹果递给李维彤，并故意露出那块"帝舵"，说："苹果是果中之王，早上吃是金苹果，中午吃是银苹果，晚上吃就是铜苹果了，早上吃营养价值最高，快吃吧！"

李维彤接过苹果笑了笑，说："太冷了，到单位再吃，谢谢啦。"

说完，她把苹果放在座位边的工具箱上。

丁文俊又开车去接吕凤琴。路上，他本来有挺多话想对李维彤说，比如问问她家的情况、和男友处得怎样、喜欢什么运动、爱吃哪些食物，但也许心里藏着事，他突然腼腆起来，竟一句也没说出来。不一会儿，车到了吕凤琴家的小区门口。

吕凤琴一上车就看见那个放在工具箱上的苹果，拿起来就咬了一口，说："正好没吃早饭。"

丁文俊这个气呀，心想，这人脸咋这么大呢！也不问问。吕凤琴把第一口苹果咽下去后，对李维彤说："小李呀！你长得可真像宋祖英，甜甜的，看见你就像看见了糖，真想亲你一下。小丁也够帅。你们俩儿，一个金童，一个玉女，咋看咋像韩剧的男女主人公，是准备自己拉个，还是需要我这个月下老撮合呀？"

一听这话，丁文俊刚才的气全没了。他想对李维彤表达的意思，正好让吕凤琴当作玩笑半真半假地说出来了。

李维彤的脸略有一点儿红，笑着说："长得好看有啥用，总有老的那天。"

"可不是咋地，我年轻那阵儿，杨柳细腰，樱桃小口，真招人稀罕。同事给我起了个外号叫'赛貂蝉'，追我的小伙儿七八个。你再看现在，脸上的褶一层一层的，身上的肉噌噌长。哎，对了，小丁，听说何所长都快三十岁了，还没女朋友？他咋会没有呢？"吕凤琴说完，"咔嚓"又咬了一大口苹果，嘎巴嘎巴地嚼了起来。

丁文俊本以为吕凤琴会顺着他的心思，继续探讨他和李维彤的事，谁知吕凤琴来了个急刹车，换了话题，转到何铭身上了。

他含糊着说："光听说何所长上学时处了个对象，后来咋回事就不知道了。"

与此同时，在宜春通往西隆镇的公路上，一辆警车飞奔着。车内，闫城甫面无表情地开着车。侯起坐在副驾驶座。后排坐着胡正雍。他们仨的家比较近。侯、胡经常搭闫城甫的车。

"闫教导员，我侯起带干不干也当二十年警察了，还没有碰到这么下不来台阶的时候。何所长上任第一天就要我好看，这口气我怎么也咽不下，不就是因为他上任前一天我在金香玉酒店顶他几句吗，那时谁知他是新来的所长啊！"侯起气呼呼地说。

"这事儿呀，全是你自找的。别忘了，他在派出所干过，派出所的事，他全懂，糊弄不了。你啥也没干，胡编滥造，能逃过他的眼睛？"闫城甫很客观地评价这件事，没有偏袒自己的心腹。

"其实侯哥汇报得也挺好，我看是何铭存心找碴儿。"胡正雍冒出一句，替侯起抱不平。

"这口气我先憋着，迟早要出。何铭不是让我下不来台吗，将来我要抓住他的小辫子，让他直接下台。"侯起狠狠地说。

"听段局说，何铭的根子很硬，在李北淮那儿。他这样的主儿，我见得多了，到咱们这穷乡僻壤的，镀镀金，走走过场，用不上一年半载，就得走人。"闫城甫说完，把暖风放到吹玻璃的那一挡。车里说话人多，车窗有些上霜。

"闫教导员，别看你这回没当上所长，但我和老胡还是铁了心跟你。何铭看我顺不了眼了，他在西隆，我不可能得烟抽。只有和他对着干了，说白了，整他。只要他在西隆有一点儿毛病，我就能让这毛病变成癌，然后癌变，就能把他整下去。"

"难，何铭到所虽只有几天，但我对他已有所了解。他脑袋够用，咱们几个捆一块儿怕也斗不过他。就拿昨晚跟镇领导吃饭的事来说吧，他没少喝酒，但没醉，完全可以自己驾车回家，可他酒后就是不摸车，让龚上杰过来接他。通过这个小细节，足见他自控能力、自律意识极强，我们恐怕很难抓到他的小辫子。”闫城甫边说边摇着头。

“他是不是人吧？只要他是人，就有弱点。我就不信他刀枪不入，百毒不侵。”侯起瞪着眼睛说。

19

当天晚上，何铭值到西隆后的第一个夜班。从晚上六点半到十点，派出所就没消停，陆续接了六个警情。有在网吧丢手机的；在酒店喝酒喝多了打仗的；小两口吵架，女的摔门走了，丈夫找不到妻子的……三个半小时的时间里，几乎没歇脚。幸好分局给西隆增加了警力，每个班配五个民警，勉强够用。

毕一群处理完老张家的京巴狗咬了老李家三丫头手的警情后，回所里就骂了起来：“也不知警察一个月挣多少钱，什么事都得管。有警必接，有险必救．有难必帮，有求必应。这头两句还说得过去，百姓遇危险求助警察，这是警察的天职。可有难必帮、有求必应两句的毛病可就大了。什么样的难事儿叫困难，什么样的困难该帮，老百姓没钱买菜了，这是难事，求咱们来了，能帮吗？帮得过来吗？应付得了吗？这是公安局，不是民政局，更不是慈善机构。上周五，晚上七点多，有个十八岁的女孩儿报警，说在南旮旯子村找不着家了，有危险。我开警车到南旮旯子村一看，路灯通亮，路上有人，她只需叫辆出租车就能回家。我说她这种情况不需要救助，可她说110承诺有求必应，如果不送她，她就投诉。我怕她乱告给自己惹不必要的麻烦，只得用警车把他送回家。警车成出租车了。”

何铭听了，也有同感。毕一群发的牢骚真的是那么回事。有些本不应该是公安局管的事，老百姓也打110，管吧，没那么多的警力、财力、精力；不管吧，怕上级和群众说不作为，苦就苦了基层。他刚想安慰老毕几句，一个长着一对大耳朵，夹着黑皮包的中年人进了派出所。他先冲老毕打了个招呼：“毕大哥，给您拜早年了。”

“哟！‘八戒’来了。你小子怕是黄鼠狼给鸡拜年吧！”毕一群边说边在来人的肩膀上拍了一下。

“嘿嘿，我听说新来个何所长，想认识认识，听说他今晚值班，就来了。我猜站在你身边的仪表堂堂的兄弟，一定就是何所长了。”被老毕称为“八戒”的人笑呵呵地说。

何铭开始以为这个外号叫“八戒”的是来看毕一群的。谁知这人竟是奔他来的。这个“八戒”是干什么的?

毕一群见何铭上下打量“八戒”，一副莫名其妙的表情，忙介绍道：“何所长，这位是咱们管内清海洗浴中心的朱老板。”

一听说特意赶在过年前来认识他的人是洗浴中心的老板时，何铭马上就明白朱老板是来送礼的。大多数洗浴中心里多少都有点儿见不得人的埋汰事儿，打些“擦边球”。洗浴老板必须得和当地的派出所所长整明白，搞好关系。何铭知道了“朱八戒”的来意，想往外走——躲开。

“朱八戒”见何铭没理他，笑嘻嘻地说：“何所长，想单独向你汇报一下我们洗浴的治安工作，能不能去你办公室？”何铭见“朱八戒”要谈工作不好拒绝，想了一下说：“既然谈工作，老毕管场所，咱们一起上楼吧。”说完，何铭往二楼走，“朱八戒”跟在后面。毕一群见何铭提到他，只得硬着头皮跟着。上楼上到一半儿，“朱八戒”回头冲毕一群使了个眼色，意思是让他等会儿再上来。这时，一楼值班室的电话响了，老毕借口接电话，下楼了。

何铭进屋，刚坐在办公室的椅子上，“朱八戒”就跟了进来，依旧一副笑脸说：“何所长肯定比我小，恕我高攀，我就叫何老弟吧！我和乔其龙是发小，也是哥们儿。龙哥说何所长是个亮堂人。当亮堂人不说不亮堂的话，很想交何所长这个朋友，要过年了，这是我一点儿意思。”说完，“朱八戒”把一个厚信封放到何铭的办公桌上，没等何铭说话，他已小跑着离开了所长室。

何铭拿起信封，打开看了一眼，两捆，两万块。他正犯愁缺钱的事，钱就来了。何铭掏出支烟，点燃，边抽边寻思着。待把烟抽完，他打开门，冲门外喊了一嗓子：“老毕、邵冲，你俩上来一趟。”工夫不大，毕一群、邵冲来到所长室。

“‘朱八戒’刚才落在这儿个信封，你们给送回去。”毕一群下意识地接过信封，掂了掂，表情很诧异。而后把门关上，小声地说：“所长，我五十多岁的人了，话说得直一点儿。你在派出所干过，管内场所给所长拿钱，是常规。咱们不抬抬手，他上哪儿能挣那么多钱；就算你对自己要求严，怕出事，不把这钱揣自己腰包，充公总行吧，所里花可不犯啥说道。再说了，他是打乔其龙的旗号来的。你把他卷回去，不等于卷乔其龙的面子吗？”

“你怎么知道他打乔其龙的旗号来的？”何铭反问道。

“这个，不瞒你，‘朱八戒’从你屋一出来，就到我办公室了，他说来拜码头，我就明白了。”

“打乔其龙旗号给我送钱的事儿，还没出派出所，你就知道了，出了派出所，还不一定多少人知道呢。他糟践我的同时，也把乔镇长糟践了。我就是收钱，也不能收这类人的。开场子的人我接触过一些，他们中有些人是什么屎都拉，什么屁都放。按我说的办吧！不过，我还是要谢谢您。您年龄大，经的事儿多，以后要做我的高参呀！”

“通过这么个事儿，看出你小子脑袋够用，比前两任所长强多了，爷们儿肯定捧你。我这就去。”

半个小时后，何铭的手机响了，是乔其龙打来的。何铭估计，肯定是为“朱八戒”送钱的事儿。

“何铭啊，我姓乔。当官的打送礼的行，可是我让‘朱八戒’给你拜年的，咋还给踢回来了呢？”

何铭听出乔其龙有点儿挑礼，虽然他和乔其龙只见过一面，但他能强烈地感受到乔是个很要面子的人，面子比镇长还重要，而镇长对他很重要。刚才卷了乔其龙的面儿，必须得给他找回来。

何铭哈哈笑了两声说：“龙哥的朋友打龙哥的旗号来了，我是穷疯了还是没见过钱啊。”

“老弟，警察我见得多了，能拿钱不当回事儿的还真不多，别说了，讲究。‘朱八戒’和我从小一起长大的，你多罩着点儿。”乔其龙的话语中，多了些笑声。

“我心里有数，龙哥早点儿休息吧。”

第二天上午，秦善把三万块钱放到何铭的办公桌上说：“所长，我算服你了。刚才去镇政府取钱，听张主任讲，镇里原打算过年就给咱所拿一万，只因为你在酒桌上与乔其龙一同受罚，连干三杯，乔其龙临时决定追加两万。你的三杯酒值两万啊！这笔钱咋办？”

何铭正在看派出所近几年来发、破案表，为春节后的工作做准备。他看了看三捆钱说：“要是喝酒能带来这么高的利润，我喝住院都行。先把欠的账还上，我屁股有债，心里不踏实。”

“所长，咱们还完欠账还剩点儿。还有几天过年了，是不给弟兄们发点儿补助？”

何铭盯着秦善脸上那块胎记，一字一句地说：“我来之前不是发过钱了吗？”

“是发过，但那是罚没款战役的奖金。”

“咱所罚没款战役，一共罚了三万八，奖金却发了两万。罚两块钱就奖一块钱，哪个单位这么发奖金啊？”何铭的语气中流露着不解，也夹杂着不满。

秦善的脸腾一下子就红了，他本打算趁何铭初来乍到，不了解情况，浑水摸鱼，自己多得点儿，没想到被何铭识破了。

他担心何铭追问两万块钱咋发的，再把他和闫教导员多得奖金的事整漏了，急中生智地说：“那两万块钱，的确有福利的成分，但那毕竟是闫教导员主持工作时发的。你刚上任，过年不搞福利，我怕影响你威信。”

何铭看出秦善欺他生，因为秦善没跟他说所里欠外债的事，何铭已经感觉到这个人不大实在，现在通过这件事，越发觉得秦管家滑头，肚里的小九九不少。不过，秦善的话也提醒了他，多少还是应该给下边发点儿钱，算新所长的心意。现在领导树立威信，光凭动嘴说，不动真格的，是不行的。

“那就每个民警发一百吧。剩下的，你算计着花，要保证正月十五前，所里的厨房冒烟儿，车不能熄火。”何铭瞅都没瞅秦善说。

秦善见何铭虽采纳了他的建议，但一脸的不快，弯腰低头说道：“还有个事得提醒你，分局段副局长是咱们主管领导，他特看重下属拿他是否当回事，你是不是去拜个年？”

何铭几年前在东城工作时和段打过交道，很了解他。段副局长的工作能力很强，可心眼儿比针眼儿大不了多少。他刚当上分局副局长那年春节，有两个派出所所长没去看他，他记在心里。年后他经常到这两个派出所调研，进屋就挑毛病，连食堂大勺没刷都成了他纠正的内容。光挑毛病还不算，他还不止一次在分局大会上点这两个派出所的名。何铭觉得此人官当得太邪、太毒，厌而远之，打心眼儿里不愿理他，可现在工作关系在这儿，回避不了，不接触还不行。县官不如现管，还真不能不拿主管局长当回事儿。他犹豫了一下，最终厌恶和个性占了上风，没理秦善这个话茬儿。秦善见何铭不吐口，识趣地走了。何铭再没心情看那些数字，心思又放在了钱上。三万块钱一撒手就没了，年后咋办？

20

年三十上午，何铭陪洪文广到各村检查柴火垛出屯的事，基本满意。他回到所里，让当天值班的龙起正回家，他替龙起正。龙起正既感动，又感激。他母亲去年刚去世，这种时候，他父亲很需要他陪。随后，何铭把秦善找到跟前说："准备个果篮，我去骆九家家拜年。"

"给他拜年？"秦善有点儿迷惑。

何铭苦笑着说："咱们管内有钱人，我暂时就认识他。"

秦善这才明白何铭的用意，拜年是名，让骆九家赞助派出所是真。何铭的确是这么想的。去年底，他救了骆开心之后，骆九家曾几次单独约他，想给他一笔钱，感谢救子之恩，都被他婉拒了。何铭现在在骆九家的地面当所长，钱上遇到了难处，只有找他帮忙。

骆府建在上不着天村村南的一块高地上。是仿清代京城一位王爷府邸设计的，三个大院，五间青瓦房，一对大石狮子分列大门两旁，显示出骆家的气派与鼎盛。

下午一点半，何铭拎着果篮进了骆家大院。正举着骆开心摸灯笼的骆九家见何铭来访，愣了，随即放下开心，迎上前说："我的大恩人哪，想死我了！快进屋，快进屋。"

何铭进屋，环顾了一下客厅，装修、家具、饰品古香古色，仿佛回到了清代，不禁啧啧赞道："骆哥真是好品位。整幢住宅外观、内饰古朴凝重，风格一致又高雅，非常人所能及呀！”

“哪里，我根本不懂，只是把我的想法告诉设计师，剩下的就是掏银子了。”骆九家边倒茶水边说。何铭接过茶杯，轻啜了一口，说：“我今天是以西隆镇派出所所长的身份向你这个政协委员征求意见来了，请你给派出所的建设出点儿高招。”

“嗨！大前天还有人跟我提起派出所新来个所长，哪承想会是你呀！”骆九家拍了一下大腿说。

两人正说着，骆开心蹦蹦跶跶进了屋。九家让开心给恩人磕头，骆开心跪在何铭面前就磕了一个。何铭忙从兜里摸出二百块钱塞进开心的小裤兜儿，骆九家伸手阻拦，何铭推开骆九家的手说：“这是年俗。我们都是俗人，不能免。”

骆九家不再推让，叹了口气说：“兄弟，西隆这地方又乱又邪行，不好干哪！前两任所长都犯错误下去了。尤其是谢所长，我跟他打过几次交道。他一到我这儿就哭穷，我没少给派出所拿钱，可支持来支持去，西隆反倒越来越乱。你在市局不是挺好的吗，到这儿蹚这浑水干啥呀？”

何铭就把李北淮点将的过程讲了一遍，最后说：“刚上班一周多，所见所闻真如你所说，复杂，邪行。不过，我这个人不信邪。”

骆九家点点头，没接话，掏出手机，按了几个号后，贴在耳朵上说：

“正月初八一上班，你以公司支援当地派出所建设的名义，给西隆镇派出所送五万块钱去。”何铭没想到骆九家如此慷慨，刚要客套几句，骆九家摆了下手说，“我对你们派出所还是了解的，上面拨款少，可还得过日子。你总不能拿手枪、手铐换钱吧！开心的恩人到我地面当所长，我提供点儿方便义不容辞。今后所里、你个人需要用钱，尽管吱声。”

“不管咋说，你这是私企，这是从你个人腰包往外掏钱。这份情我先欠着。”

“别这么说，要说欠，我欠你的多了，骆开心要是没了，我所有的钱都是废纸。”

上不着天村有个奇人叫华店有，奇人必有奇才，华店有有两大特长，一是能说，凭三寸不烂之舌，常被委以保媒、说客之重任，人送外号“大忽悠”。“大忽悠”的经典之作是，愣把一个如花似玉的大姑娘忽悠到村会计老庞家，给老庞腿有残疾的儿子当了媳妇。二是擅赌。四十二岁的“大忽悠”，赌龄至少有二十年，打扑克、玩麻将、推牌九、掷色子，无一不精，且赢多输少，大赢小输。靠这两手，“大忽悠”活得相当滋润。要说人哪儿都别精大劲儿了，太精和太傻是一回事儿。2004年的春节，一向又精又灵以忽悠人见长的“大忽悠”却被别人给忽悠了，而且忽悠得挺惨。

小年那天早上，同村的老赌棍夏五让“大忽悠”陪他去清海洗浴中心耍大钱。“大忽悠”的任务就是给夏五看着牌，防备其他耍钱人带路子弄鬼儿。夏五赢了，给“大忽悠”打堆儿（赏金）。“大忽悠”见既能过赌瘾，见识一下大赌的场面，弄好了又有提成，没多想就跟着去了。

在清海洗浴的包房，夏五和三个下不着地村的村民用扑克玩起了在东北地区甚是流行的赌法——“三打一”，赌注是五十元打底。“大忽悠”头一次见这么大的赌，望着一把一把花花绿绿的钞票，一会儿进那人兜，一会儿进这人兜，心跳加快，感觉相当刺激。夏五玩了一个白天，到晚上六点时，赢了四千六百块，三归一。夏五说他累了，想撤，三个输家哪里肯依，非要加时再战。夏五给“大忽悠”六百元红利，让他上，“大忽悠”看了一天，手早就痒了，再加上这三个输家牌技一般，净出错牌，他有赢道，就拿着六百块钱上场了。

“大忽悠”玩儿了六个小时，到半夜十二点，竟赢了四千八百块，又是三归一，比夏五还猛。这时三个大输家都说困了，提出第二天上午再干，“大忽悠”兴奋得直点头，连说“行，行”。当晚，“大忽悠”家都没回，就住在包房，先做了个足底按摩，又弄了个从没做过的泰式按摩，随后美美地睡了一觉。梦里，“大忽悠”左手拿着厚厚的钞票，右手搂着一个像庞会计儿媳妇那么漂亮的大姑娘……

第二天八点，三个下不着地村的村民如约而至。夏五给“大忽悠”打了个电话，说他腰椎间盘突出，疼得厉害，不来了，让他上。赌局一开始，牌道就变了，邪。“大忽悠”总能抓到好牌，总能叫牌，可牌越好越输。最不可思议的一把牌是，“大忽悠”抓了俩王，三个2，外加五张红桃，两个A。这几乎就是一把完美的牌，可这牌又输了，原因是另外三个人中，有两人绝主，另一人竟有八张主。这一把，“大忽悠”就输了九百六十块。不到一上午，“大忽悠”的四千八百块钱就没了，又不到一个小时，六百块本钱也光了。“大忽悠”的脑袋顿时涨得老大，第一个念头就是捞本。他马上给夏五打电话，让送五千块钱过来，回头还。半个小时不到，五千块钱来了，但很快就进了三个对手的腰包。

从腊月二十三到大年初三，十一天，“大忽悠”输了八万二。和“大忽悠”的遭遇相同的还有南旮旯子村几个村民。一个叫“大板锨”的最惨，竟输了十二万六。

21

大年初八一上班，九家建筑公司的会计就把五万块钱放到了何铭办公桌上。何铭让秦善收好钱，并特意嘱咐说：“这笔钱上报分局行政科备案，花时记好账。”

“报分局？所长，一旦报分局，咱们花就不方便了，得随时接受分局审计。再说也没有哪个单位把赞助钱报告局里的。”秦善感觉何铭很另类。

“按我说的办吧！咱们所到处是急流险滩，还有暗礁，稍不留神，我这艘小船轻则搁浅，重则翻船。时间和事实会验证我的话。”

秦善听了，不大情愿地点了点头，随后又摇了摇头。他觉得何铭太谨慎了。秦善刚出来，一个穿着红棉袄，脸冻得通红的妇女走了进来，问道：“哪位是何所长？”

“我是，有事吗？”何铭应道。

“红棉袄”“扑通”跪在地上，哽咽着说：“何所长，您发发慈悲，救救我们全家吧！我是南旮旯子村的，我们家那口子叫‘大板锨’，爱耍钱，但平时玩的小，输赢也小。谁知过个大年，他竟出去玩大的了，输了将近十三万，把我们家得的土地补偿钱全输光了。我家今年就没地种了，全指着这笔钱做点儿小买卖。这可是我们全家的活命钱啊！”

何铭忙上前将她扶起来。对赌博界限的问题，他在所务会上强调过多次，小赌怡情，邻里亲朋之间打麻将、玩小牌，赌注较小的，视为娱乐，不能视为赌博，不能抓赌罚没，抓就抓那些以赌博为业的，放赌抽红的，以及数额较大的。“大板锹”十几天就输了十三万，平均每天输一万，这么大的局子可就不是怡情娱乐了。

何铭把龚上杰、丁文俊叫到办公室，让他俩儿换上便服，跟“红棉袄”回家，把“大板锹”的材料取了，看看到底咋回事。

半小时后，“大板锹”把被夏五领到清海洗浴中心，先赢后输的过程详细地对小龚和小丁讲了一遍。

“你听没听说有像你一样输大钱的？”龚上杰边做记录边问。

“我听说上不着天村的‘大忽悠’，我们村的‘四榔头’都没少输，都有五六万以上。”

龚上杰、丁文俊又来到上不着天村，找到满嘴起大泡，正在家躺着的“大忽悠”。

“大忽悠”一听派出所的来了，当即吓出一身汗，心想，肯定是耍钱的事漏了。刚输一大笔钱，再被罚一下子，连输带罚，上哪儿弄钱去呀！可又一想，反正没被警察抓住手腕子，咬死不说。面对龚上杰的问话，“大忽悠”指天对地发誓，就是没去过清海洗浴。

龚上杰见他心存顾虑，怕挨罚，说道：“我们来不是处理你赌博的事，更不想罚你，是想帮你。你要是不想把输的钱找回来，我们立马走人。”说完就要往外走。

一听警察说帮他把输的钱找回来，“大忽悠”的眼前一亮，听警察的口气的确不像来罚他的，真要能把输的钱要回来，那可是不幸中的万幸。兜里的钱，身上的肉啊！想到这儿，“大忽悠”上前拉住龚上杰的手哀求道：‘别走，别走，我说，我说，不过你们一定替我保密呀！输了这么多，我媳妇要是知道了，都能上吊。另外，千万别罚我！一分钱都没有了，要是罚，我就得去卖血，卖血还不能一次性抽，咋也得分个十回八回的。”

龚上杰、丁文俊觉得“大忽悠”又可气，又可笑，更可怜。两人铺开了笔录纸。一个小时后，“大忽悠”在笔录纸的下方签上了自己的名字，并摁上了鲜红的手印。接下来，两人又取了输了六万五的“四榔头”的笔录。“四榔头”摁完手印后说，今天清海洗浴还有赌局，夏五找他来着。

龚上杰把这几份笔录放在一起，惊奇地发现，这三个大赌局竟有三个相似之处。

一、这三个赌局都设在清海洗浴中心。输钱的村民都是被夏五以照管局儿为由诓去的。

二、输钱的村民都是先赢，尝到了甜头，而后开始输、大输，越输越想捞，越捞输得越多，结果愈陷愈深。

三、赌博过程中，邪牌屡次出现。输家常常在看上去根本不可能输牌的绝对优势下被打翻。而这样的牌几乎不可能出现，却又经常出现，有人为码牌骗钱的可能。

龚上杰、丁文俊回到派出所，把调查的情况及疑点向何铭、龙起正做了汇报。

何铭听完，用征求意见的眼神看了看龙起正。龙起正皱了皱眉说：“西隆这地方虽说好赌成风，但赌注输赢如此巨大的还不多见。另外，小龚分析的这三大相似之处很关键。这几个赌局背后肯定有说道。”

何铭点了点头说：“是啊，问题就出在这三大相似之处。三起案件都发生在清海洗浴；输钱的都是被夏五骗去的；输家都是先赢后输；不大可能出现的邪牌屡现。这些看上去偶然的共同点，放到一起就是精心策划后的必然。这不是赌博案件，而是有预谋、有组织的诈骗案件。一定要把这个案子的盖子揭开，否则，不一定有多少村民会被骗得倾家荡产。另外，必须收拾收拾清海洗浴，要给它点儿颜色。”

“嗯，这个案子有搞头，可是个团伙啊！”龙起正说完站起身，踱着步继续说，“过完年分局肯定就要打战役，这一仗下来，完成四五个够逮捕的指标不成问题。不过，清海洗浴最好别碰。老板‘朱八戒’和镇长乔其龙的关系非同一般。前段儿索振长在清海抓了两伙嫖客，乔其龙一出面，闫城甫就顶不住了。”

“说情归说情，面子可以给，不过得看什么事，也得看事大小，干。新来的五个男民警上这个案子！‘四榔头’不是说清海今天还有赌局吗，兵分两路，我带两个人去上不着天村抓夏五。他是这起案件中的关键人物。你带三个人换便衣，到清海洗浴，暗查包房，一旦遇到用扑克赌博的，马上带回来。”何铭说的话干脆，夹着一股狠劲儿。

何铭讲话的时候，一个身影在他办公室门前一闪就下楼了。何铭到门口看了一眼，没看清是谁，也没当回事，接着说：“现在是三点半，马上动。”

龙起正带着龚上杰等三人来到清海洗浴中心，简单地冲了个澡，就来到二楼包房区，以要包房休息但房间不好为由，一会儿换个包房， 不到半个小时，就把二楼十二个包房看了个遍。十二个包房竟空无一人。龙起正忙把这一情况向正在上不着天村的何铭做了汇报。何铭听了，感到蹊跷。

按耍钱人的活动规律，上午开始玩的话，不可能只赌一个白天，基本还要再干个通宵，怎能不到天黑就散了呢？清海那么大的场子，咋能十二个包房都空着呢？清海洗浴肯定知道派出所要去，那又是怎么知道的呢？之所以让新来的五个民警上这个案子，就怕跑风，谁知还是跑了。

何铭想了想，对龙起正说：“夏五没在村里，我们正在他家附近蹲着。这个案子跑风了，但这几个参赌的未必觉警。他们可能知道咱们去抓赌，未必知道咱们是奔诈骗去的。你们继续在清海候着，随时联系。”

何铭撂下电话，又想起跑风的事，谁泄的密呢？新来的五个民警来西隆没几天，不可能。龙起正？不会。龙起正虽孤傲，但很正直，原则性相当强。他听说前两任所长都直接管场所，龙起正根本插不上手。场所老板们都和所长处，拿他这个副所长不太当回事儿。何铭突然想起那个人影，难道是人影？这个人影是谁？

22

夏五当天中午又把一个村民骗到清海洗浴中心。他象征性地玩了几把，就把牌交给了被诓来的村民。下午四点左右，“果子狸”急匆匆地进了包房，说派出所要来抓赌，马上撤。夏五一伙儿赶忙从洗浴的后门跑了。夏五出了洗浴的门，松了口气，有种劫后余生的感觉，心想，只要没被警察抓现行就没事。“朱八戒”的关系就是硬，警察啥时来抓赌都知道。自打腊月十八他和金六、唐七、丘八被“果子狸”请到清海洗浴，共同商量设赌局的事后，不到二十天，五个村民的二十八万块钱就进了他们的腰包。他和金六、唐七、丘八找了家酒馆，烫了两壶酒，四个菜，一直喝到晚上八点。夏五才从酒馆出来，摇摇晃晃地上了拉脚儿的三轮车，回家。

到了家门口，夏五下了车，甩给车主五块钱，喊了嗓子“不用找了”，就要敲家门。这时，两个男子从他背后冲上来，捂着他的嘴，把他拖到附近的一辆吉普车上。

“夏五，我们是西隆镇派出所的。你们在清海洗浴设局骗钱，现在给你一个机会，把案子撂了，否则，你在监狱待的时间要比那几个人长得多。”龚上杰严厉地说。

“你们干什么？绑票啊？”夏五满嘴酒气地喊着。

“看来他没少喝。文俊、邵冲，架着他，找个雪厚的地方，让他醒醒酒。”何铭坐在副驾驶的座位上命令着。

丁文俊、邵冲把夏五拽下车。五分钟后，夏五被带上车时，满脑袋是融化后的雪水，冒着热气。人清醒多了。他惊恐地看着周围几张陌生的面孔，哀求道：“几位爷，我错了，耍钱了，认罚，说吧！要多少钱？我拿，别上派出所了，你们拿钱走人，我花钱免灾。”

“要是为罚钱，我们根本没必要在这儿等你四个多小时，不是赌钱，是骗钱，不是你把‘大忽悠’‘大板锨’‘四榔头’忽悠到清海洗浴的吗？你要是再不说老实话，别人说了，就没你说话的机会了！”丁文俊严厉地说。

夏五一看这架势扛是扛不住了，就把“果子狸”找他和金六、唐七、丘八摆局诈骗的过程及这几个人的去向讲了一遍。何铭马上给龙起正打电话，两头同时行动，抓人。两小时后，金六、唐七、丘八、“果子狸”全部到位。

贼骨头硬，赌骨头软，没费大周折，这几个人全供了，与夏五讲的并无二样。

龙起正把材料拢好后递给何铭说：“所长，材料齐了，把人都送进去？”

“被骗的钱追回来多少？”何铭接过材料问道。

“这几个小子还没来得及挥霍呢，都存在银行了，存折已取回来了，共计二十八万元。”龙起正兴奋地答道。

何铭重点看了“果子狸”的供词后，对龙起正说：“清海洗浴的前台经理‘果子狸’被抓，正常来讲，‘朱八戒’要么找关系说情，要么到所里打探消息，咋没动静呢？”

“‘果子狸’供了，是‘朱八戒’指使他干的。这工夫，‘朱八戒’躲还来不及，哪敢来呀！”龙起正说完，冲何铭做了个抽烟的手势。

何铭甩给龙起正一支烟后，笑着说：“他是贵客，不来哪行，开个传唤证，把‘朱八戒’请来。”

龙起正点着烟，深吸了一大口说：“虽说‘果子狸’供出‘朱八戒’，但‘朱八戒’没有直接参与实施犯罪，即便有牵连，‘朱八戒’也不会承认，证据明显不足，治不了他。”

“就按我说的办吧！我有我的打算。”何铭收起笑容说。龙起正见何铭虽没说破，但口气不容置疑，知道其中必有缘故，不再多问，马上安排人办去了。

何铭并非想把“朱八戒”怎样，他甩下这一钓竿，但并不为“朱八戒”这条鱼，而是乔其龙。自打入主西隆镇派出所后，何铭想的绝非是制止滑坡，而是要走出困境，打翻身仗，把派出所带入优秀行列。派出所要想翻身，首先必须解决硬件不硬的问题，而硬件中的核心就是派出所的房子，这是门面，而现在的办公楼，老、旧、破，已无修缮的价值。盖新派出所是唯一的选择。可要建新派出所需要钱，而且不是小数目。指望上级拨款？也可能，但数额不会太大，只能是小头儿，大头儿仍无着落。何铭在与毕一群聊天时，提出过盖新派出所的想法，毕一群给何铭出了个招，找镇政府要新地号，再卖派出所旧地号，用卖旧地号的钱盖新派出所。镇税务所就是这么盖起来的。西隆镇土地的审批由乔其龙一支笔负责。要想让乔其龙批地号，不是三言两语打个报告就能办妥的，需要做许多细致的工作。说白了，必须和乔其龙处到那儿才行。虽说年前一顿酒让何铭和乔其龙的关系近了很多，但距离深交还差得远，深交咋交？得靠办事。只有帮乔镇长办好几件事，乔其龙才会认识到何铭和派出所的重要性。何铭知道乔其龙和“朱八戒”的关系，他就是想借收拾“朱八戒”之机，让乔其龙出面说情，乔其龙一出面，他再顺水推舟送乔其龙一个人情，让乔领他情，欠他情，为他下步向镇里要地号打下伏笔。龙起正怎会知道何铭如此深远的心思。

果然不出何铭所料，丁文俊把传票送到清海洗浴，“朱八戒”就毛了，马上给乔其龙打电话：“龙哥，派出所这阵儿算是盯上我了，都和我过不去，前段儿刚摆平闫城甫，现在何铭又把传票给我送来了。年前给何铭送钱，他没收，我就觉得不对劲儿，这不刚过完年就来事了，何铭是不嫌送的钱少啊？你快帮我想想办法吧！”

“上次是嫖的事，这次又怎么了？”乔其龙刚回家，正准备睡觉，一听“朱八戒”又出事了，心里说不出的烦，可看在他们一起长大的面儿上，又不得不搭理他。

“朱八戒”就把“果子狸”设赌局的事说了一遍，而后说：“我估计‘果子狸’进去后，把我供出来了。我现在别说没指使他干，就是指使了，也不能承认哪。我与何所长不熟，怕进派出所要吃亏。龙哥，我不能让你白帮我，我已把清海十分之一的股份给你家老四了，每月给他分一次红利，一起发财嘛！”

乔其龙一听“朱八戒”让乔其下成了清海的小股东，只得出头。当他走进何铭的办公室时，何铭正在看卷宗，见乔镇长驾到，笑呵呵地说：“我明天还要到镇里向你和洪书记汇报今天的战果呢，没想到你来了。”何铭边说边把乔其龙让到沙发上坐下。

“听说你们把清海的一个大赌局端了？”乔其龙跷着二郎腿问道。

“这伙赌徒可太坑人了。”何铭把夏五团伙的犯罪过程简单地介绍了一遍。

乔其龙点了点头说：“使劲儿收拾，农民挣俩钱那么容易呢。”

随后他环顾一下四周说：“这办公室也太简陋了。”

“是啊！乔镇长帮我们建个新窝吧！”何铭很善于把握时机。

“肯定要考虑的。我今天来是为‘朱八戒’的事。这个案子发生在清海洗浴，‘朱八戒’作为法人代表，难逃干系。不过，据我所知，朱老板春节这阵儿上海南了，没在宜春，不可能指使手下设赌局。刚才，你们给朱老板送了传票，让他到派出所接受调查，他怕来了影响洗浴和他本人形象，更怕外界误以为真是他指使的。所里能不能对他网开一面？”

何铭听了，没回答行还是不行，而是把龚上杰叫进屋问道：“龙哥既是咱们的领导，也是咱们的大哥，说白了，不是外人，他为‘朱八戒’的事来的。打开天窗说亮话吧！朱老板在这个团伙中起什么作用？”

“据‘果子狸’供述，他受朱老板的指使设赌局招揽生意，‘果子狸’和几个参与诈骗的都够刑拘，朱老板作为幕后操纵者，当然也应追究。”龚上杰认真地回答。

“我到任后，乔镇长还是头一次开金口。这个面子必须给，你想想办法！把朱老板择出去。”

“这个，就怕……”龚上杰为难地看看何铭，又看看乔其龙。

“别这个那个的，马上办，咋做你明白，出事我顶着。”何铭厉声说道。

龚上杰满脸愁云地点点头，下楼了。事先何铭已经和龚上杰研究过了，朱老板根本定不上罪，两人这才故意演了这么一出。

乔其龙哪知道何铭和龚上杰在演戏，以为真是这么回事儿。他站起身，握住何铭的手说：“兄弟，谢了，龙哥心里有数，我回去了。”

23

李维彤的家住在空军大院。院门口昼夜有军人站岗。初八晚上八点，正看韩剧入了迷的李维彤被家里的内线电话打断了。李维彤的父母去乡下串亲戚了，两天后才回来。她边盯着电视，边不情愿地接起电话。

“李师长家吧，我是哨兵。有位自称是李维彤男朋友的要进来，请指示。”

“让他进来吧！”李维彤撂下电话，从衣柜里找出毛衣、毛裤穿上，又把扔在地上的白袜子套在脚上。李维彤和她的男朋友吴丹是在一次朋友聚会上认识的。起初，李维彤并没看上这个只比自己高两厘米、单眼皮，一副傲慢神情的小瘦子。谁知聚餐时，吴丹主动坐在了李维彤身边，为她拿湿巾、倒茶水、夹菜，甚至还主动为她分担了一杯白酒。朋友悄悄告诉李维彤，二十八岁的吴丹可是圈儿中有名的钻石王老五，年纪不大，竟然是四家大型网吧的老板，身价近千万，算是成功的男人，这让李维彤对他刮目相看。

聚餐结束后，吴丹驾驶黑色奔驰车送李维彤回学校，两人互留了联系方式。从此以后，每周末的下午四点，吴丹都会把擦得发亮的奔驰停在学校门口，接送李维彤回家，这让李维彤在女同学当中很有面子，不少女同学都羡慕李维彤，说她人未毕业就已经钓到了金龟婿，提前实现了“女孩学得好不如嫁得好”的目标。渐渐地，李维彤也爱上了这个看似极不起眼的吴丹，并把和吴丹的事跟父亲说了。李师长虽未见过吴丹，可一听说吴是商人，头摇得像拨浪鼓。他说这类人钱大，心黑，花花心眼儿多，担心女儿将来操心，一千个不同意。李维彤很矛盾，不知咋办好。不过，爱情还是占了上风。她想暂时和吴丹偷偷地交往，慢慢做父亲思想工作，改变父亲的看法。李维彤虽是警察，但毕竟还是一个刚出校门的学生，社会经验、识人的本领还是欠缺。她只看到吴丹对她温柔和百依百顺的一面，吴丹自私、孤僻、自负的一面她根本没看出来。吴丹在认识他之前曾处过几个女朋友，后来都被他像穿过的衬衫一样甩掉了。当他见到李维彤后，立即被这个长相甜美的警花征服了。最让他心动的是，作为一个买卖人，找个漂亮女人不难，但要找个漂亮的穿制服的女人，尤其是穿警服的女人，那将是一件极有面子的事。在李维彤面前，他一扫平日的傲慢和冷酷，一副迷人的微笑外加绅士般的举止，全力追求李维彤。在与她相处过程中，吴丹几次设计李维彤和他开房或独居一室，想生米煮成熟饭，都被李维彤拒绝了。李维彤告诉他如果真爱她，就要对她负责，替她着想。她没做通父亲工作之前，她是不会和他上床的。初八下午，吴丹给李维彤打电话，听说她父母去乡下了，晚上不在家，想到她家陪她，见机行事。李维彤说陪她行，但两人不能在一个屋睡。

李维彤一开门，吴丹就冲了进来，把鞋一脱，就把她抱了起来，一边吻住她的嘴，一边往屋里走。李维彤看韩剧正上瘾，边挣扎边撒娇地说：“放开放开，正看兴头呢。”吴丹没理会她，直接把她抱到大床上。这是两个人第一次如此亲密的接触。在两人以往的约会中，有时在电影院等公共场所，有时在车里。吴丹搂过她，抱过她，吻过她，但每次一接近禁区，都被李维彤打住了，这让处在恋爱中的吴丹备受折磨。两人相处快半年了，吴丹已摸透了李维彤的脾气秉性。她善良、正直、胆小，不是那种开放而又随便的女孩儿。采这样一朵含苞的花绝不能动粗，要智取，要循序渐进。他清楚李维彤从未处过男朋友，更没和男人亲密接触过。他想挑起李维彤的生理欲望，击垮她的最后防线。

吴丹把李维彤压在身下，温柔地吻着她的脖子、眼睛、鼻子、耳朵，最后将舌头轻轻地送进她的嘴里，舒展开来。起初，李维彤还惦记她的韩剧，想挣扎着起来，可吴丹的吻让她头发晕，心跳加快，脸渐渐发热，喘息也急促起来，仿佛有几千只小虫子在她身上爬，让她燥热不安。最后，她竟情不自禁地搂紧吴丹，迎合他的舌头，热烈地搅动起来。吴丹闭着眼睛，边吻边将手伸进李维彤的文胸。李维彤的身子一颤，竟轻轻哼出声来。吴丹刚要继续，客厅里的手机突然响了一声。

手机铃声让本已沉醉的李维彤一下子清醒了过来。她仿佛看到一身军服的爸爸气愤地站在她面前。她推开吴丹，把内衣掖好，跑到客厅，拿起手机，是条短信。

短信是丁文俊发来的。自从分到西隆镇派出所，李维彤就觉察到丁文俊对她有一种超乎寻常的好感和关心，不过，她对这个看似有些奶油的小生毫无触电的感觉。

短信写道："心理测试，看你的爱情观……"

冷静下来的李维彤感到吴丹再待下去，他俩肯定要越线。她从过来人那里知道，性爱很疯狂，是无法控制的，她不想就这样把自己的第一次给他。李维彤拿着手机，犹豫了好一会儿，最终父爱和理智占据了她的心。想到这儿，她灵机一动，回到卧室，装作一副着急的样子说：

"我妈来短信，说她和我爸马上到家了。"

吴丹知道李维彤父亲不喜欢商人做李家的女婿，也听说李师长曾当过特种兵，有功夫，脾气大。他连忙穿上衣服和鞋，往外跑。

"慢点儿，别让巡逻兵把你当贼抓去。"李维彤轻轻喊道。

李维彤关上门，心里挺不得劲儿，既觉得对不起吴丹，又不知该怎么解开这个结。她回到客厅，韩剧仍在演，剧中男女主人公相拥、接吻，可她已没了兴致，心情闷到极点，联想到刚才和吴丹在床上，她痛苦地摇着头。她干脆把电视关了，屋里一下子黑了下来。

这时，手机短信铃音又响了，她拿过来一看，还是丁文俊发来的短信："美国《时代》周刊推荐的，选择一个手机尾号：7800、7105、8561、7906、8683、8005。选好告诉我。"

李维彤看了一遍，选中8005，给丁文俊发了过去。

两分钟后，丁文俊把答案传了过来："7800渴望被人疼爱，7105想结婚，8561已有人疼爱，7906对爱犹豫不决，8683不想寻找爱情，8005渴望找个情人，准确率百分之九十九。哈哈。"

"男人没一个好东西！"李维彤气呼呼地把这句话发给了丁文俊。

24

大年初十，西隆镇党委、政府年后第一天上班。洪文广召集镇党委委员、各村的书记开会，研究西隆镇2004年的工作。

洪文广说："去年闹非典，正事没干几样。今年非典也没了，我琢磨着镇里得干几件大事。头一件，盖镇党委政府大楼。咱们这座破楼几十年了，光破不说，还不够用。我想把镇政府的旧楼卖了，镇里添些钱，我再豁出老脸到市里、区里要些，足够了。这个工程，我不打算招标。我已说通了骆九家，他的公司出人、出工、出技术，咱们只出材料费，至少能省三百万，大伙儿看行不？"

"这可是好事，盖新楼，又省钱。"耿向阳第一个支持洪文广。

"是好事，可也是难事。自古官不修衙，客不修店。一栋新楼加上装修，咋也得一千多万。一旦盖大楼，咱们就得过紧日子了。"副书记蒯庆祥边说边摇着头。

接下来，你一言他一语，有支持的，有反对的，还有说和了话的。议了半天，大伙儿才发现，会议室里另一个重量级人物乔其龙还没表态。此时的乔其龙靠在椅背上，闭着眼睛，夹着烟，既像是在养神，又像是在思考。

盖镇政府大楼的事，乔其龙三年前提出过。当时乔其龙的三弟乔其天刚成立建筑公司，急需大工程，乔其龙就提出盖大楼，并想让乔其天干。洪文广说钱不足。乔其龙说只要洪点头，钱的事不用他操心。洪文广担心乔其龙借机搞摊派，加重农民负担，没答应。

为这事，乔其龙觉得很没面子，有一段时间里，他和洪文广对着干。后来，乔其龙的二弟乔其行提醒他，洪文广快退休了，乔其龙要想接书记，必须和洪文广处好关系，否则在舆论上会落下西隆班子不和的传闻，对他接班不利。乔其龙这才又恢复了原有的状态，处处以洪文广为中心，不再整事。

这次开会前，洪文广也不和他商量，就把这事拿到党委扩大会上研究，而且还指定让骆九家干，根本就没把他放在眼里。老东西，乔其龙心里暗骂了一句。大事、人事的决策权在洪文广那儿，但他管钱。他要是不点头，盖大楼？买块砖头都甭想，无论如何得把这个提议推翻。再忍一年，等洪文广一退，他接了班再说，到那时，这个工程让乔其天干，肥水怎能流入外人田。

想到这儿，乔其龙睁开眼，把两厘米长的烟灰磕在烟灰缸里，缓慢而又深沉地说："好事要办好才是好事。洪书记提议盖政府大楼，我一千个赞成。西隆这几年经济突飞猛进，又是全省十强镇之一。镇政府没个像样的楼，我这个镇长也没面子。不过，现在盖，还是不到火候。咱们镇这几年是攒了些钱，可今年要花钱的地方太多了。镇敬老院的房子是50年代的，早属危房了，再不盖，恐怕要出事，真要砸死几个，免了咱们职、挨处分，甚至进监狱，都是其次，我们这些人的良心怕是要受谴责一辈子。再说了，盖楼省钱未必是好事，商人重利，骆九家脑袋进水了，还是让驴踢了，不挣钱，他会好好盖？宜春的东龙小区是骆九家盖的，去年居民入住后，漏水的，返霜的，掉墙皮的，质量不合格的房屋，占了整个小区住户的百分之七十。报纸、电视连报了两天。这样的施工队盖的楼谁敢住啊！"

书记往东，镇长往西，书记要盖，镇长不同意。会议室的气氛一下子紧张起来。谁也不敢说话。乔其龙的阻挠，早在洪文广的意料之中，他跟乔其龙共事十年，搭班子五年，对乔其龙的为人清清楚楚，心狠，贪婪，霸道。初当镇长那会儿，乔其龙事事低调，不张扬，能干，对洪文广尊重得很，一口一个老爷子叫着，如同对待他的亲生老子一般。可这几年，随着他的羽翼渐丰，再加上自己又快到点儿了，乔其龙的野心一点点儿暴露出来，他已急不可耐，不再满足当镇长，想啥事都说了算，想当西隆书记。三年前，洪文广否了乔其龙让其弟乔其天盖镇政府大楼的提议。以乔其龙的脾气，他这次是不会轻易同意的，这也是洪文广会前没找乔其龙商量的主要原因。商量不同意，还不如不商量。洪文广以为拿出省三百万这一撒手锏会堵住乔其龙的嘴，让乔无话可说。谁知乔其龙强词夺理。

他知道这件事在会上议不出个结果，他清了一下嗓子，打破了满屋的沉寂："这个事儿先放一放，再议。下面，我说第二个事……"

与此同时，西隆镇派出所二楼会议室里，气氛同西隆镇党委会议室的气氛一样紧张。紧张的原因竟然是一个看似不起眼的岗位。自从六个新民警到所后，一直跟着老民警搞防火大检查，并未安排固定岗位，一方面正好赶上过年，另一方面何铭也想利用这段时间考察一下新同志及派出所原有的同志，以便年后安排岗位时能够做到人尽其才，最大限度地调动大家的积极性，提高工作效率。这段时间，何铭对全所每个同志的性格、政绩包括人缘都有了一个初步的掌握，谁更适合什么活儿，他心里已有了个小九九。

昨天下午，何铭想在所班子会正式研究民警重新定岗的事之前，先和教导员闫城甫碰一下，通通气，提前达成共识，以免会上出现分歧。谁知闫城甫冲他挥挥手，有些不耐烦地留下一句"你就定吧"，走了，仍然是一副不搭台、不合作的态度。何铭望着闫城甫的背影，眉头皱得紧紧的，形成一个大大的"川"字。他当警察已有六个年头了，还从未遇到过这种人、这种事。班子不和的传闻传出去，不但会影响派出所的战斗力，而且会削弱他这个所长的威信，说白了，他的损失最大。

何铭根本不相信闫城甫的那句"你就定吧"是真心话，一旦正式开会，涉及到人事时，不可能不触动闫的个人利益，到那时，他没准儿会插上一杠子。何铭为了确保自己的想法得以顺利实施，他又找到副所长龙起正，征求他的意见。龙起正对何铭到所后的所作所为，打心眼儿里服气。他觉得何铭与前两任所长，包括闫城甫，最大的区别在于，何铭做人坦荡，做事公道，没私心，心思都用在工作上。他也看出闫城甫对何铭的冷淡和抵制。当何铭找他谈时，他马上明白何铭是在寻求他的支持，想和他建立统一战线。他决定当好配角，配合主角，帮何铭一把。两个人推心置腹地谈了两个多小时，就每个民警的岗位安排形成了一致意见。

今天的班子会由何铭主持，闫城甫、龙起正参加，秦善做记录。闫城甫斜着身子靠在椅子上，闭着眼睛有节奏地拧着脖子，好像是在调理他的颈椎。何铭看了龙起正一眼，龙起正微微地点了下头。何铭轻轻地敲了下桌子，意在让闫城甫睁开眼睛。可闫不为所动，依然故我。

何铭没理会闫城甫的傲慢，说道："六名新民警到所正好二十天了，一直没安排固定的岗位。现在年也过了，该干活了。今天班子开个会，把新民警的岗位安排了。同时，也对原派出所的民警的岗位做下调整。龙副所长，你是老西隆了，又分管全所的业务工作，你的意见很重要，谈谈吧。"

这是昨天何铭与龙起正商量好的。龙起正打头阵，如果闫城甫有不同意见，何铭再出面。闫城甫原以为何铭光安排新民警，没想到还涉及到原派出所民警的岗位。这一下子牵扯到他的两个心腹侯起、胡正雍。他的眼睛一下子就睁开了，注意力集中了许多。

龙起正慢慢地说："李维彤到户籍室，任身份证内勤，协助吕凤琴办理户口。邵冲、彭向前、刘镇江接替侯起、胡正雍、胡伟峰三个年过四十的老责任区民警，管片儿。这也是新警察的必修科目。这样，加上原有的责任区民警江智钢，咱所的责任区民警全都是三十岁以里的。年轻人，记性好，正适合熟悉人口搞基础工作。上世纪八九十年代，派出所的工作重心只有一个——'严打'。最近几年，上边也意识到派出所重打轻防，基础工作薄弱的问题，又提出向管理、防范、服务转变。这一转，又把弟兄们转晕了。转完之后，重防不打，攻防失衡，这又不符合当前的治安形势。我判断打防结合、攻守平衡应该是今后一个时期派出所工作的发展方向。我想把侯起、'二胡'、毕一群及新分来的龚上杰、丁文俊等九名同志组成一个治安警区，负责一般刑事案件、治安案件的查处，场所、特种行业的管理以及夜巡打现行的工作。分局下达的所有打击任务全部落在治安警区，让四个责任区民警一心扑在责任田上。以上只是我的一点儿想法，还是请何所长定吧。对了，毕一群说他年龄大了，身体又不好，不再管场所了，想处理治安案件。”

何铭听了，没表态，而是看看闫城甫，闫城甫对龙起正说的如何定岗、定位、开展工作没有丝毫的兴趣，他的心思已经不在工作上了。倒是龙起正说的老毕“不想管场所了”这句让他兴趣浓厚。管场所是派出所民警最热衷的岗位，侯起跟他说过多次想管，现在机会来了，何铭又征求他意见，他捋了捋额头的长发，站起身，咳嗽了一声说：“老毕能主动提出不管场所，说明这个同志的党性还是很强的，能够认识到自己管不了，管不好。我早就说过，老毕管场所不称职。他管这几年，西隆的场所黄、赌泛滥，屡禁不止，群众反响强烈啊。对接替他的人选，我这个分管队伍建设的教导员必须站在讲政治的高度，负全责，把好关。”闫城甫说完，坐下，点燃一支烟吸了起来。

何铭听出闫城甫说的“负全责”的“全”字的含义，是想拍这个岗位人选的板。

何铭也点燃了一支烟，深沉地说：“起正的观点我都同意，现在关键是谁接替老毕。场所是个敏感的事，尤其是像咱们管内，地处城乡接合部，本身就是块容易滋生黄、赌的土壤，加上场所又多。老板们都想打擦边球，必然要拉拢腐蚀管场所的民警，也包括咱们几个领导。所以说，选好管场所的民警，不仅是业务上的事，而且是队伍建设上的事。选不好是要出问题的。我觉得闫教导员说的，选人要站在讲政治的高度一点儿都不过分。我提出个管场所民警的选拔标准：作风要正，能力要精，政绩要服人，政绩应以近两年来岗位责任制考评为依据。我觉得，治安警索振长符合这个标准，为人、能力都不错，他这两年的岗评都位居分局前十名。”

闫城甫一听何铭提出索振长，马上反驳说：“我觉得不妥。政绩这块儿还应考虑今年以来的阶段性战役。我在西隆四年多了，了解每一个民警。我看没谁比侯起更适合管场所，抓赌抓嫖，他很专业。年初的罚没款小战役，他一个人就查处五起卖淫嫖娼案件，所里的任务几乎是他一个人完成的，不用他这样的干将怕是难以服众啊！”

对侯起，何铭一万个不认可，金香玉酒店出警、消防汇报弄虚作假，典型的老油子。他知道闫教导员和侯起是一条线的，所以他才会极力推荐。不过，侯起在年初的罚没小战役中，抓嫖战果的确显著，这一条也能站得住脚。何铭一时没了主意。

所长、教导员意见不一。龙起正的表态将起决定性作用。他站起身说："我认为何所说得更有道理，岗位责任制考评历来都是提拔、重用民警的重要标准，最有说服力。阶段性战役时间短，有很大的偶然性，只能作为参考。"

何铭见龙起正支持自己，二比一，果断地说："那就定索振长吧，明天上午开会，公布。"

闫城甫脸色铁青，没等何铭说散会，抬腿走了。

25

吕凤琴在户籍室一个人办户口的时候，总喊累，总说没人能替她一会儿，连上厕所都是一溜小跑。可当李维彤到户籍室协助她工作，她又嚷嚷李维彤多余、碍事，甚至说是在坏她的好事。

李维彤进户籍室工作的第一周就发现了吕凤琴的猫儿腻。吕凤琴经常难为来办户口的普通百姓，不是鸡蛋里挑骨头，就是推三托四，借由子不给办，逼着办事人托关系，找熟人来办。熟人一到，立刻没了障碍。当然熟人过后是要还吕凤琴人情的。而那些有权、有用的领导或朋友来办户口，吕凤琴又是一副面孔，不仅马上办，还会迎上笑脸。

李维彤则不然。她觉得来办事的，尤其那些没啥大能耐的农民，大老远到派出所来一趟，不容易，只要不违反大原则，一律开绿灯，而且对谁都很热情。有两天，吕凤琴请病假，李维彤两天竟办了一百多份户口。不到半个月，镇上、各村就传开了，说西隆镇派出所新来了个漂亮、热情、说话办事都痛快的女内勤；办户口找那个年轻的，好办事。

李维彤的做法，老百姓私下议论，吕凤琴清清楚楚。她倒不在乎百姓的评价，关键是李维彤的做法坏了潜规则。一切事情都好办，都正常办，谁还得用着她，结交她又有什么用，又有谁愿意给她送礼。她几次用话敲打这个不明事理的新手，可李维彤就是装傻，依旧我行我素。更让吕凤琴难以容忍的是李维彤太招风了。过去吕凤琴一个人办公时，所里的男民警，几乎没人到户籍室闲扯，可自打李维彤来了，不少男民警们回到所里，总愿到户籍室和她说几句话，开个玩笑。结婚的，没结婚的，都愿意来。尤其是丁文俊，总给李维彤拿女孩子爱吃的小食品；中午在所食堂吃饭，如果李维彤办户口来晚了，丁文俊会先把饭菜打出来，给李维彤留着。

初十下午，何铭到分局开会去了。吕凤琴来到闫城甫的办公室，把门关严，走到办公桌前，压低嗓音对闫城甫说："教导员啊，分局咋把个小狐狸精分到咱所了呢？不少老百姓到咱所不是来办户口，而是来看李维彤的。我劝她多少次，对来办事的别太热情。她不听，不管对谁，大哥长，大哥短的，尤其那副笑，勾魂呀！另外，这丫头也不知处了多少个男朋友，总有男的给她打电话，不是约她吃饭，就是要给她买衣服。咱所的小丁、邵冲，还有几个结了婚的对她也有意思。这么下去，不出事才见鬼呢，到那时你这个教导员怕是要操心。"

"有那么严重吗？" 闫城甫一脸的不相信。他知道"吕八卦"的外号绝非徒有虚名。"吕八卦"见闫城甫对她的话不太相信，嘴噘得老高。她又增添了几分严肃和庄重说："我可是有十多年党龄的老党员了，现在以一名共产党员的身份向组织上反映单位的不良现象。反正该说的我都说了，该尽的义务都尽了，信不信是组织上的事。"

"队伍归我管不假，可派出所是所长负责制。你最好向何所汇报一下，户籍归他管。对了，我听说何所长至今仍是单身，你这个当大姐的可要多关心他呀！既然咱所有未婚的女民警，你可以当红娘嘛。"

"吕八卦"一下子听出闫城甫的意思，真要把何铭、李维彤弄成了，李维彤就得离开西隆，她也就达到了目的。想到这儿，她笑呵呵地说："嗯，可不是咋地。咱所男多女少，先可领导。还别说，这种事，还真就得我们女同志撺掇。"

"吕八卦"说完走了。闫城甫听着高跟鞋渐远的声音，心想，"吕八卦"要能把何铭和李维彤"八卦"了，派出所将会桃色新闻满天飞，到那时……

初十下午四点半，乔其龙走出镇政府，上了红旗车，直奔自己家。他本来今晚答应镇财政所的黄所长饭局，谁知洪文广突然要盖镇政府大楼。这毕竟涉及亲弟弟的利益，得琢磨个对策。他把吃饭的事推了，并让乔其天下班后到他家。

乔其龙一进家门，把他媳妇菊凤吓了一跳。

“大镇长咋这个点儿回家了？想吃点儿啥？我给你做。”自打乔其龙当上镇长，饭局多，很少在家吃晚饭。

“随便弄点儿啥，一会老三来。”乔其龙边脱去皮夹克边说，随后坐在按摩椅上，打开开关。椅背上的几个机械手在他的背部抓弄起来。他闭着眼睛，轻喘着气。想自己从部队复员后，从村治保主任干起，直到镇长，虽说不如在市财政局当处长的二弟，也算光宗耀祖，再靠一年，把洪文广靠回家，顺理成章地接书记，到那时，他就是名副其实的西隆一哥了。可现在通过盖楼的事，让他觉得他这个西隆二哥和一哥比，差挺大一截。

十分钟不到，乔其天进了屋。

乔其龙眼睛都没睁说：“洪文广今天召开党委扩大会，要盖镇政府大楼。”

“他不是说没钱吗？咋又想盖了呢？”乔其天感到惊讶。

乔其龙关了按摩椅，睁开眼睛说：“这老头子最大的爱好就是干事，留名。70年代修梯田，80年代搞改革，90年代致富，现在又想在退休前把镇政府盖起来，好让后人记得他。”

“说没说让谁干？招标？”

“给骆九家干，不准备招标。”

“你咋说的？同意了？”乔其天的声调一下子高了八度，有些急，好像他存折里的钱被别人划走了似的。

“让我顶回去了。”

“妈了个巴子的！那老东西的脾气我可知道，他定的事，就得干，拦不住啊！”乔其天叹了口气说。

“他有权决定盖，可我管钱，我不撤手，他拿啥盖呀！”乔其龙的语气中夹杂着一丝的调侃。

“这就对了。镇政府盖大楼，镇长弟弟的建筑公司插不上手，这事传出去，没面子的不是我，是你。哎，这老东西是不缺钱了？还是想在退休前大捞一把？要不我明天拿一兜子钱上他家，砸他一下子。” 乔其天像是突然找到了解决问题的办法。

“你可别扯了。洪文广这人我哪点都不服他，就这点服他，不贪。用钱砸他脑袋跟砸石头差不多，屁用不顶。”乔其龙摇着头说。

“大哥，万一顶不住咋办？你得想招儿啊！”

“像以前一样，分歧大的事，就一个字——拖，反正他急我不急。怎么也得让我心理平衡了。”

“明白，全看你的了！这楼让我干了，够咱哥俩下辈子花的了。”

26

第二天上午八点半，乔其龙刚在办公室的椅子上坐下，桌上的电话铃就响了，是东城区政府办公室肖主任打来的。

“其龙啊，我，老肖。你在单位等我。我带个朋友马上过去，有重要事。”

“朋友？”乔其龙自言自语。什么人啊，竟惊动了肖主任的大驾。约莫过了四十分钟，肖主任领着一个中年男子走进乔其龙的办公室。乔其龙站起身说：“主任大人驾到，我该到楼下迎接才是。”

“甭跟我玩虚的，来，给你介绍一下，方公子。”肖主任说完一闪身，一个西装革履的男子出现在乔其龙面前，此人三十岁上下，一米八的个儿，满面红光，发型齐整，尤其是发缝分得清清楚楚；眼神中流露出一股居高临下的傲慢。一看就是个场面上的人物，再加上肖主任亲自陪同，乔其龙不敢怠慢，忙向方公子伸过双手，以示重视。

方公子慢慢地抬了一下右手，只和乔其龙的右手轻握了一下，没说话。乔其龙的左手尴尬地伸着，看了肖主任一眼，像是在问，这是谁家的公子？太能装了！

肖主任看出乔其龙的不满，微微一笑，说道：“你呀，真是在农村待久了，得多进城转转啊！要不怎么连方公子都不认识。不认识方公子没关系，方明正副书记总该知道吧？”

“方明正，宜春市委副书记，当然知道。”乔其龙连连点头说。

“这位就是方副书记的三公子，方少堂，宜春北斗咨询策划有限公司的董事长。”

“失敬，失敬。贵人上门，肖主任在电话里咋不告诉我一声，我好准备一下。我这还有点儿极品冻顶乌龙茶，我马上泡上。”说完，乔其龙从柜里取出茶叶，放进杯里，边倒水，边对方少堂说，“明堂副书记在西隆干部群众中威信可高了。前年他到我们镇检查抗旱，赶上吃中午饭，我们安排了酒店，他说啥也不去，直接进了一户农民家，农民吃啥他吃啥，锅里有啥他盛啥，一碗饭，一个菜，为我们上了一堂生动的党群关系课呀。”

乔其龙说完，把两杯茶分别送到方少堂和肖主任的手里。肖主任轻轻啜了一口说：“其龙啊！方公子日理万机，长话短说。听说你们要盖镇政府大楼，方公子的公司正好有这方面的业务，他想竞标，你看这事怎么运作好？”

一听说方公子为镇政府大楼的工程而来，乔其龙暗暗叫苦，一个骆九家，他还不知该如何抵挡，又来了个背景颇深的方公子，这下，乔其天更难接近这个工程了。可他转念一想，这没准儿是件好事，不妨借力打力，打方公子这张牌，对付骆九家，让他们鹬蚌相争，自己从中得利。

乔其龙皱了一下眉，叹了口气说：“盖楼确有其事，不过你们找我可找错了。别看我是镇长，可在西隆，‘洪’字当头啊！洪文广现在大得厉害。我们这些镇长、副书记、副镇长在他眼里，是聋子的耳朵——摆设。只集中，不民主。最要命的是，他想一出是一出，脑袋一热，想干啥就得干啥，想咋干就得咋干。谁都知道盖楼应该招标，可洪文广内定九家建筑公司干，也不知这里有啥名堂。据说九家公司已开始设计图纸，大局已定了。”

“重大工程项目招投标是市里定的，他咋就敢暗箱操作？西隆比宜春大啊？这个洪文广啥背景？”方公子坐在沙发上，身子靠在椅背，双手把着沙发的扶手，跷着二郎腿，一副大领导批评人的派头，俨然方副书记再现。

“一个农民，能有啥背景，要我说，就是倚老卖老，五十九了，眼看到点儿退休了，还不是想在退休前……”乔其龙没往下说。肖主任和方公子都明白了乔其龙没说出口的话的含义。

“不少要退休的领导都爱犯这毛病，在位时，被捧惯了，一旦退休回家没人捧、没人理，心理极度失衡，所以都想最后疯狂一下，弥补无官后的失落，人称五十九现象。干脆让薛区长直接找他。”方少堂说完站了起来。他听乔其龙说“大局已定”四个字，再加上洪文广“五十九”的症状，有些着急了。

肖主任摆了摆手说：“别的，我太了解洪文广了，属毛驴的，得顺毛摩挲，有时越找上边，他越不买账。时间紧迫，我和方公子马上去他办公室，直接跟他谈。”

在洪文广的办公室。肖主任将方公子及其和方明正的关系介绍给洪文广。洪文广毫无表情地和方公子握了下手，没拿这个公子王孙当回事。一向备受重视的方公子哪受过这个。他强压着火，等肖主任说话。

“老爷子，薛区长派我来的，方少堂的公司听说你们要盖大楼，想参与竞标，不知镇里是怎么打算的？”肖主任先把薛区长抬出来压阵，他没称洪文广洪书记，而是叫他老爷子，以表示对他在东城区德高望重地位的承认和尊重。

“盖大楼只是一种想法，党委会还没达成共识，一旦党委会通过，就报到区里。方公子如果有兴趣，可以参加竞标。不过我可以把底告诉你，镇里拿不出太多钱，谁要想盖，不仅得先垫付一部分，而且贴着保本儿的线，到最后几乎挣不到钱，还得保证质量。”洪文广慢条斯理地说。

“听说九家建筑公司已经开始设计图纸，这等于把工程给九家公司了，你们这不是暗箱操作吗？”方公子见洪文广用低价难为他，火再也压不住了，竟质问起来。

“既然方公子把话挑明，那就打开天窗说亮话吧，九家公司是保本干，不挣镇里钱。如果你能拿出更低的价格，你就干，只恐怕你不会干赔本的买卖。”洪文广以硬对硬。

“肖主任，西隆镇政府的大楼，我盖不成，别人也甭想干。不信，哼哼，走着瞧。”方少堂轻蔑地一笑，推开门就走，门被摔得巨响。

“他不是来揽工程的，是来抢钱的！打他爹的旗号压我，不好使！他要有本事，让他老子免了我。当官的，尤其当大官的，要是管不好自己的子女，他就不是个好官，也当不好官，还让我走着瞧，咱们一起走着瞧，方副书记的名声早晚要坏在他这败家儿子手里。”洪文广高声喊道。

肖主任的脸红一阵儿，白一阵儿。洪文广的倔强和方公子的盛气凌人，让他夹在中间不知如何好。

他拿起皮包，对洪文广说：“老爷子，您在东城区的确德高望重，可怎么也得给薛区长留个面儿啊！方公子要是跟他爸说起这事，您让方副书记怎么看薛区长？薛区长还年轻，仕途之路长着啊！”

“我不是卖老，也不是不给薛区长面子，只是这小子装犊子。我就是看不惯有些高干子弟，爹多大官，儿多大谱。我倒要看看他咋能干上镇政府大楼的工程。不行我就直接找市委江书记，让他评这个理。”肖主任见洪文广越说越生气，像抬杠似的，也知道洪文广手眼通天，没再说话，灰溜溜地走了。

27

2月底，宜春市公安局出了两件丢人事，在社会上传得沸沸扬扬的。一件是某派出所两个民警在巡逻中发现一名盗窃摩托车的犯罪嫌疑人。犯罪嫌疑人跑，警察追。俩警察追出一百五十米，就追不动了，蹲在地上直喘粗气。犯罪嫌疑人见警察追不上他，竟然不跑了，边笑，边做让警察追他的手势。俩民警气得要死，恨不能飞过去把他擒住，可惜，两个人的腿就像灌了铅似的，怎么抬也抬不动，最终眼睁睁地看着犯罪嫌疑人大摇大摆地走掉。另一件是某刑警责任区中队的一名刑警乘公交车时，发现一个小偷正在行窃。他看得准，抓得也准，按住了小偷的手腕，小偷当即反抗。两人的腕子一较劲，小偷竟把刑警的腕子掰了过来，还大喊警察是小偷，他是警察。满车的人都在看热闹，见一个男的扭住另一个男的手腕，一致认为胜者肯定是警察，哪有警察打不过小偷的。车一停，小偷将真警察摔在车上，下车跑了。这两件事对宜春市公安局党委触动很大。李北淮批示：警察跑不过对手，打不过对手，奇耻大辱。市局党委要求局属各单位，迅速开展练兵活动，避免此类有损警察形象的事件再发生。

3月3日上午，何铭按分局的练兵部署，在派出所院内，对全所民警搞了一次体能测试，看看每个人的基础。这一测，问题出来了。除去三名五十岁以上的老同志，其他十六名同志，竟有十二人跑了二百米就跑不动了，尤其是侯起，跑了七十米就不行了，双手扶着一棵小树，喘了足有五分钟，差点儿没吐出来；做俯卧撑，有十名同志做不到十个。龚上杰、丁文俊和警校刚分来的几个年轻的还算不错，但也露出久未训练的迹象。

测试完毕，何铭把大家召集在一起说："一个小测试暴露出很多问题。真要实战，打不了胜仗不说，警察的脸都丢光了。今天咱们也别说丢不丢脸的事，我就想问问大伙儿，想不想有个好身体？"

"想，当然想了。谁不想多活几年。"侯起第一个回答，边答边喘。

"倒也想锻炼，可一天到晚忙工作，已经够累了，稍微有点儿时间，还不够睡觉呢。"胡正雍插了一句。

"好，只要有这个想法就行。老秦，一会儿你和龚上杰去趟体育器材商店，买几个沙袋挂在派出所院内的树上，再买一些哑铃、跳绳、拳击手套等器械。从明天开始，我带头，早上上班第一件事，全体列队，在派出所院内跑八圈，也就八百多米。五十岁以下的同志每天击打沙袋五十次、举哑铃三十个。只要坚持下来，我敢保证，不会再出现打不过小偷和追不上犯罪嫌疑人和被人家戏弄的事。另外，老秦，你抓紧时间把新分来的几名同志的枪证和持枪资格证办下来。文俊，你有机会多教教他们几个枪械知识。关于动枪，分局有新要求，民警值班及工作期间，必须配枪，下班及休息期间，枪支一律入库。至于开枪及使用武器的规定，大伙儿都学过了。"

正说着，一个小伙子拽着一个满脸泪水的女孩儿来到警察们的面前。小伙子气呼呼地说："报案！我女朋友被人那个了。"

何铭看了看流泪的女孩儿，二十岁左右，身材匀称，尽管头发有些乱，眼睛哭红了，仍遮掩不住她的俊美。

"李维彤，你领被害人到我办公室，让她洗洗脸，稳定一下情绪。毕一群、龚上杰、丁文俊同我一起听听这个案子。"

十分钟后，女孩儿在何铭的办公室讲述了受辱的经过。她叫柳芸，二十一岁，宜春理工学院大二学生，平时喜欢上网聊天。三天前，她在网上认识了一个叫“爱如潮水”的网友，通过视频，“爱如潮水”英俊、阳光，自称是大学四年级学生，正准备考研；两人聊天时，“爱如潮水”一本正经，大谈学习方面体会，一副上进的样子。柳芸毫无防备地把自己的身份和手机号告诉了“爱如潮水”。昨天晚上五点钟，“爱如潮水”给刚刚下课的柳芸打电话，说他路过她学校，想看看她。柳芸本不想见，可又一想他都来了，不见不好，就在校门口与“爱如潮水”见面了。“爱如潮水”个子高高，笑容可掬，他以吃饭为名把柳芸骗上出租车，带到了西隆镇清海洗浴中心。

柳芸见车到了洗浴门口，顿时明白“爱如潮水”是要开房，马上拒绝。“爱如潮水”威胁她，如若不跟他上包房就杀了她。被吓蒙了的柳芸竟乖乖地从女宾部去了“爱如潮水”开好的包房，结果被“爱如潮水”摧残了一宿。今天一大早，“爱如潮水”独自走了。

丁文俊听了，心想，这女大学生咋这么傻啊！她进了女宾部，“爱如潮水”也没跟进来，她完全可以逃跑，或者打110报警，怎么像中了邪似的进包房呢？何铭觉得这是个挠头的案子。一则“爱如潮水”是网中人，没姓没名，也没说是哪所大学的，不好抓。二则固定证据难。强奸案子，一对一，是否违背妇女意志，无旁证，何况两人又是网友关系。即使抓到“爱如潮水”，他也会以网恋做幌子辩解。案子虽然挠头，可必须得接，还得搞。

他让柳芸和她的男友先到一楼值班室等一下，被害人一出去，何铭对几个民警说：“清海洗浴快成犯罪的温床了，扑克诈骗发生在它那儿，强奸案子也在它那儿。老毕，你带着小龚、小丁去清海，调查‘爱如潮水’和柳芸住宿的情况，看是否有登记，是否有人看到、听到他们之间的异常情况。尤其注意了解‘爱如潮水’是否有威逼、生拉硬拽被害人的语言或动作。”

老毕、小龚、小丁刚走，何铭又对李维彤说：“交给你一个任务，一会儿你单独和被害人谈，让她把被强暴的过程讲出来，你做好记录；问得要细，包括强奸的次数，强奸的姿势，强奸中是否有打骂行为，以及射精后精液的去向。这些对侦破此案至关重要。”

李维彤的脸腾一下子就红了，她从未有过性经历，现在让她取这样一份残忍、下流过程的笔录，她有些磨不开。她为难地看着何铭，想拒绝，可又不知怎么开口。

何铭看出她的心思，严肃而又严厉地说："做人来讲，你首先是女人，而后是警察；但办案的时候，你首先是个警察，而后才是女人。这是工作任务。本不想让你问，可我担心被害人面对几个男警察，不好意思讲，或讲得不细，直接影响案件侦破和证据固定。吕凤琴今天还请假了，如果你不想执行这个任务，我可以请分局刑警大队派几个女刑警。"

李维彤见何铭话说得虽重，但在理。的确，自己已经不是小女孩儿了，而是个战士，这是任务。她鼓起勇气，坚定地说："我行，你放心吧！我会完成任务的。"说完，李维彤拿起笔录纸，就要下楼。

"就在我的办公室取吧！还有，一会儿你让柳芸把她的内裤脱下来，根据强奸犯罪的特点，犯罪嫌疑人的精液很可能留在被害人的内裤上，如果有，做DNA测试，这是主要证据。另外，你观察一下柳芸的身体，看是否有伤痕。"

一小时后，李维彤拿着柳芸的白色内裤对何铭说："材料取完了。柳芸内裤上的确有精斑。另外，她的双乳有四处咬痕，都青了，大腿内侧有三处掐痕，瘀血了。"

"你马上带她到分局刑警大队，把上述证据固定下来。"

正说着，老毕拿着几份材料，走进来说："收获不小，清海洗浴的保安说，他昨晚看见'爱如潮水'从出租车上硬把柳芸拽下来，还听见'爱如潮水'说了句'不去就杀了你'。二楼包房一个女服务员反映，昨晚柳芸在走廊徘徊，后来被一个高个男子连拉带拽弄进了包房；还说包房里不时传出女孩儿的惨叫声。其他包房的客人也听到了，有位客人还问服务生发生了什么事。"

何铭听了，沉思了一会儿说："外围证据足以证明'爱如潮水'明显违背了女孩儿的意志而强行发生性行为。现在的关键是如何抓获'爱如潮水'。'爱如潮水'无名无姓，从他对学习的了解程度看，他还真像是个在校生，可宜春高校就有十几所，学生十多万，没法查，唯一的抓手还是在网上。从性犯罪的特点和犯罪心理看，'爱如潮水'有可能继续上网，猎取新的目标。维彤，你这几天把户口业务放一下，陪着被害人上网，搜寻‘爱如潮水’，只要他现身，我们就能抓到他。”

一连三天，“爱如潮水”没在网上露面。何铭让李维彤继续上网监控，同时让丁文俊、龚上杰带着柳芸在西隆镇及周边的网吧查找“爱如潮水”。一周过去了，杳无音信。

28

西隆强奸女大学生案还没破，新案子又发生了，而且一发就是五起。3月12日一夜之间，西隆隆鑫小区连发五起入室盗窃案。五案有五怪，第一怪，这五起案子都是同一个犯罪嫌疑人干的。第二怪是作案时间都是在晚上十点到次日凌晨两点之间，而且被盗家都是在屋里有人睡觉，门锁没被撬的情况下被偷的。第三怪是盗贼借助居民家安装的窗户护栏爬上来，从窗户入室的，盗贼高空作业，稍有闪失就会摔死或致残。第四怪是盗贼不仅胆大，而且狂妄，每偷一家，他都用蜡笔在窗户上写上“燕子李三到此一游”八个字。“燕子李三”是解放前北京城内有名的飞侠，飞檐走壁，专偷权贵，扶危济贫。第五怪是盗贼入室不仅偷钱、偷物，还偷女主人晾晒的胸罩、内裤和袜子。

13号上午，何铭、龙起正和分局刑警大队的技术员及包西隆片儿的刑警责任区三中队的部分刑警，对五家被盗现场进行了勘查。勘查结束后，何铭有些上火。三天前，分局对派出所未来三个月的工作进行了部署，其中工作重点就是强化防范，预防、控制、减少刑事发案，并提出这三个月发案要与去年同期相比下降二十个百分点。现在刚过三天，一夜就发了五起案子，咋向局里交代啊！公安局最忌讳的就是领导强调啥，啥没有抓上去，啥掉链子。还有“燕子李三到此一游”八个字像块石头一样压在何铭的心头，这不仅是向警察挑战，也是在嘲笑警察无能。何铭紧握拳头，暗暗发誓，一定要将这个狂徒拿下，出出胸中这团火。他刚要回派出所，一个背挎包的女孩儿跑到他面前说道：“何所长，我是《宜春晚报》的记者罗真真，‘燕子李三’公开向警察宣战，你们如何接招？有何妙计擒贼？

另外，不少百姓议论，说现在的警察就像现在的猫，根本不抓耗子，也抓不着耗子，你如何看待这样的议论？”

“记者？”何铭看了看眼前向他发出了一连串问题的女孩儿，感觉她更像是个孩子，白净、清秀、短发，最明显的特征就是一对小虎牙，很可爱；耐克外套、阿迪裤子、彪马运动鞋，看似杂乱无章，却显得动感十足。想象不出这么讨人喜欢的女孩儿竟然会提出这么刁钻的问题，换别人，何铭恐怕搭理都不搭理就走了，可此时，他倒想跟她聊几句，心理上对她并不排斥，甚至有几分疼爱。

“现在的记者遍地都是，真假难辨。”何铭的言外之意，不相信她的身份。“小虎牙”没说话，从背包里拿出个记者证和一张名片递给何铭。何铭打开证件，上面写着“《宜春晚报》记者罗真真”。

何铭本想就此案谈点儿看法，可一想不妥。此案一旦见了报，极可能招来上级领导的批示，会给派出所带来更大的压力。另外，分局对宣传工作有要求，未经上级批准，警察不准接受采访。

“无可奉告。此案不能见报。”何铭拒绝采访。

“发案客观存在，报道是我的自由。”罗真真口气挺冲。

“警察的侦查方向见了报，如同猫把捉耗子的想法、方法告诉了耗子，耗子会反侦查的。”何铭淡淡地说。

“耍官腔，报道有报道的角度，写稿有写稿的分寸。既然你无可奉告，我就写一篇‘飞贼夜袭西隆，警察无计可施’，拜拜。”说完，罗真真转身打了辆出租车走了。何铭拿着她的记者证，自言自语道：“好一个80后，特立独行，天马行空。”

他刚想按罗真真名片上的电话号码给她打电话，告诉她记者证还在他手里呢，他的手机响了，秦善打来的，说段副局长已到了西隆镇派出所，还说段阴着脸，对连发五案甚为不满，让何铭回所时赔着小心。

何铭刚进办公室的门，坐在沙发上的段副局长就厉声问道：“你们是怎么落实的防控？分局这周一共才发八起案子，你们一个派出所就占了五起。这件事，分局要倒查，要追究责任。”

发案对派出所来说就如同人吃五谷杂粮要生病一样，正常得很。对段副局长的小题大做，何铭早有心理准备。他当所长后，既没拜见段副局长，也没表态要与段同心同德，以段的处事方式肯定有想法。这会儿，段副局长找到了发泄的机会。

何铭缓缓地说："段局，我们根据辖区实际，制定了方案，每天四支巡逻队，昼夜巡逻。不过，发了案子，还是我们的工作没做好，没落实。我有责任。针对这五起案子和'燕子李三'自信、狂妄、冒险的性格特点，我和刑警三中队的邹队长分析，'燕子李三'很可能再到西隆作案。我们提出小区设伏，蹲坑守候，打击现行的对策。隆鑫小区共有十二栋楼，派出所和刑警队每晚各抽四个人，两个人一组，一组负责三栋楼。设伏时间定在晚上十点到第二天凌晨三点，您看这么安排行吗？"

"我不想听你这些数字，关键能不能落实。最重要的是要出成果。"段副局长说完，往外就走。何铭跟着到了派出所门口，段副局长临上车前扔下一句说："我对西隆这段工作很不满意。"

一直跟在何铭身后面的秦善看着段副局长车离去的背影，叹了口气说："所长，春节前我就提醒过你，去拜访他，恕我直言，你肯定没去。我不知你是咋想的。你这么做，段会认为你拿他不当回事儿。你还是找机会专门去趟他那儿，表个态，否则，你的麻烦不会少。官大一级，说你行，你就行；说你好，你就好。反之，你行，也不行；你好，也不好。"

何铭知道秦善是为他好。可为工作，他什么都能承受，都能忍受，可因为别的，就不愿低这个头。他的思路又回到"燕子李三"身上，他思考了一会儿对秦善说："你把咱所男民警分四个组，每组两个人，着便服，两班倒，从今晚开始和刑警一道儿，到隆鑫小区蹲坑，把我也排上。老毕就别排了，他岁数大；每个组发一支枪，'燕子李三'如果持械拒捕，可以开枪。"

"所长，对付'燕子李三'这样的高手，我觉得应以守为主，以轰为主，以撵为主，不妨让民警、治安员穿上制服，公开巡逻，制造紧张气氛，把'燕子李三'赶到别的警区去。"

"死守和死只差一个字。最好的防守就是进攻。'燕子李三'这样狡猾的对手，必须拿下。"何铭说完，狠狠地挥了一下拳。

29

3月的宜春春寒料峭，冷风刺骨。当天晚上十点，邵冲和侯起身着便衣，在隆鑫小区七、八、九号三栋楼之间设伏。今天是蹲守的第一天，也是邵冲第一次佩枪执行任务。他边走边摸着崭新的“六四”式手枪，一会儿瞄准，一会做做拔枪动作，兴奋极了。十点五十分左右，邵冲突然看见九号楼东边有个人影一闪就不见了。他忙跑过去一看，果然有个人，鬼鬼祟祟的。

邵冲冲人影喊道：“站住，别动！”

那人见有人喊让他别动，撒腿就跑。邵冲在后面追。侯起远远地跟在后面，他身体胖，跑得慢。邵冲追出去一百多米，离人影越来越近。邵冲喊道：“我是派出所的，不许动，等待盘查！”

一听是派出所的，那人跑得更快了，邵冲见对方跑得如此急，断定他是“燕子李三”。眼看被追的人影越跑越快，他有些追不上。邵冲不想错过这个一战成名的机会，掏出手枪，冲人影的双腿瞄了瞄，“啪，啪”就是两枪，人影当即倒在地上。

“打中了。”邵冲欢喜地跑了过去，将人影拽了起来，用手电一照，顿时愣了，人影竟是个十四五岁穿校服的男学生。

“你跑什么！？喊你为啥不停下！？”邵冲吼道。

“我刚从网吧回来，在家楼边撒了泡尿，刚要进楼，你就追我，我以为碰到坏人了呢。我的腿好疼。”小男生呜呜地哭了起来。

枪声将正在小区内设伏的其他警察，包括正在查岗的何铭都吸引了过来，何铭到跟前一看，全明白了，二话没说，抱着受伤的学生上了他的车，直奔宜春市中心医院。

都说第一次实战开枪的人打得都准，邵冲这两枪，一枪打中左小腿，一枪打中右小腿。医生们忙了两个多小时，才把子弹取出来，好在没伤到骨头。大夫说，患者半个月就能痊愈，会留下伤疤，但不会留下残疾。

在医院的走廊，被打伤学生的父母将何铭和同来的警察骂了个够，什么“人民花那么多钱养你们，你们竟向人民开枪”“国家发给你们枪是让你们打坏人的，为什么打好人”，何铭除了好言相劝，一句反驳的话也不说。家属正骂时，东城分局局长翟永胜、副局长段光先闻讯赶来。

翟永胜气冲冲地问何铭：“新民警佩枪前，你们培训过没有？情况不明怎么乱开枪？这还不错，没要孩子的命，这要是把人打死了，事儿可就大了，水裆尿裤的。”

“这件事要作为一个反面教材，在全局举一反三。昨晚连发五案，今晚乱开枪。案子控制不住，队伍出事，两头冒风。西隆也不知怎么了，换了所长还不行。”段光先的嗓门儿比翟永胜还大，满走廊的人都听得见。

“局长，误伤人的事，责任在我，要处分就处分我。邵冲还小，刚参加工作，经验不足，不要难为他，也别给他施加太多的压力。刚才我见到他时，他脸都吓白了，两腿一个劲儿地哆嗦。不管咋说，他为工作，属于工作上的失误。”何铭诚恳而又低沉地说。

“那是后话了，当务之急是把被打伤的家属稳定住，别让他们哭啊，闹啊，四处告状，至于赔偿嘛，肯定要赔的。不过，这西隆是够邪的。”翟永胜说完，重重地叹了口气。

何铭听到“西隆够邪”四个字时，眉头一皱。他转身对秦善说：“明天你把别的活儿都放下，务必去大石桥买两个石狮子回来，放在派出所门口。这不是迷信，是心理暗示。”

第二天上午九点，被打伤学生的亲属团来到西隆镇派出所，提出了医疗费、误学费、心理补偿费等各种赔偿费共计二十万；如不答应，他们就抬着受伤学生到宜春市公安局门前静坐。按照《国家赔偿法》，公安民警执行公务，误伤群众，理应赔偿，可仅仅打伤腿，又没造成残疾，要这么多钱有些过了，明摆着是讹钱。何铭跟受伤学生家属交涉的工夫，由东城分局政工、纪检组成的调查组来了。邵冲在情况不明，不应使用武器的情况下使用武器，并造成一定的后果，负有一定的责任。分局为了严肃纪律，要进行调查。何铭让龙起正同被打伤学生亲属继续谈，他接待调查组。就在这时，意外发生了，本来压力就大的邵冲，见调查组来了，受了刺激，突然失去了理智，破口大骂调查组的人，就像精神病人犯病一样。何铭赶忙让刘镇江送邵冲回家休息。随后，何铭又向调查组的同志解释、赔不是，并请调查组先调查别的环节，待邵冲情绪稳定后，再找他谈。调查组没计较邵冲的冲动，按何铭的意见，先取相关人员材料去了。

既要应对被打伤的学生家属，又要接待调查组，还要惦记邵冲的病，还有这一系列麻烦的祸源——“燕子李三”，何铭顿感分身无术，破解乏术，他还是头一次遇到几件复杂缠人的事交织在一起的情况。

就在他不知所措之时，手机响了，是李贺的电话，何铭顿感一股暖流涌遍全身。他把手机放在耳边说：“支队长，你可是及时雨呀，我这久旱庄稼正盼你呢。现在我面前，一张卷子，解不明白了。”接着，何铭把一夜连续发生五起案件、段光先找碴儿撸他、邵冲误伤学生、分局派调查组、邵冲精神失常的过程详细地讲了一遍。

李贺“嗯，嗯”地应着，等何铭把话讲完，他沉思了片刻说：“我看今天的《宜春晚报》，才知道你那一夜发了五起案子，上班后，又听说枪击学生的事。祸不单行啊！这种时候，你心里就是着火，表面也不要流露出来，要镇定，不能乱，得稳住阵脚，天不是没塌下来吗？别惹事，也别怕事，有事挡事，没有过不去的火焰山。段光先作为主管领导，批评你正常，谁让你防范不力呢，不管咋说，你有毛病在先。辩证地看，他经常鸡蛋里挑骨头，对你来讲是件好事，有助于你不断完善、提高自身及全所的整体素质。其实也不怨段光先撸你，谁让你天生就是犟脾气，你的性格必须改。想做一个成功的派出所所长，不仅要有较强的业务知识，还要学会沟通，善于沟通。人在社会不是孤立存在的，必然要面对形形色色的人，其中也会有像段光先那样的你不喜欢或与你性格不合的人，可你又不得不和这一部分人打交道，回避不了。这时你必须收起你的个性，去适应，要学会柔和地处理问题。人在无疾而终时，牙几乎都掉了，而舌头却在，可见柔的力量。要学会用智慧去解决与人的矛盾，学会拐弯儿，而不是倔强到底。你这是碰上李北淮了，要不然，你就是有天大的才能，谁愿用你这样的啊？分局虽然派了调查组，但那是正常的工作程序。别看翟永胜成天骂骂咧咧地，像个大老粗，实际上他比谁都细，鬼着呢。西隆是李北淮抓的点，你们所只要不出爆炸性的大事，翟永胜都得给你摆平了。西隆要是出问题，不等于打李北淮的脸吗。翟永胜要是这点都不明白，就甭当分局长了。学生家属闹，实属正常，毕竟伤了人家的孩子嘛，不过想多要点儿钱。别怕闹，咋闹也是执行公务中的误伤。同时通过熟人关系做做家属工作，慢慢就会通了。至于邵冲的病，不过是重压之下受了点儿刺激，过一段就缓过来的。”

李贺的点拨让何铭如梦方醒，受挫后，他才感到自己的一些想法和做法，过于倔强，过于直白、稚嫩，是得学会拐弯啊！

他百感交集地说：“支队长，您这几招，如同诸葛亮的锦囊，让我心里一下子敞亮多了。派出所我也干过，可像西隆这样复杂的还没见过，稍有不慎就得倒下。我恨不能再长几个脑袋，一个脑袋不够用啊！”

“要是容易，用你干啥。沧海横流，方显英雄本色。另外，你找一下新闻记者，把误伤学生的事报出去，选择邵冲的责任心和民警心理压力过大的角度，呼吁全社会理解警察，关心警察，一石二鸟，既对付分局调查组，又应对受伤学生家属。”

何铭怀揣锦囊，撂下电话想，是啊！考题越难，越见功底，越能分出高低。这时候，一定要沉住气，要静下心来。乱麻不能用刀砍，必须一根根地捋出来。他让秦善通知全体民警，下午三点开会，统一思想，稳定军心。

闫城甫自从前两天班子会上因安排管场所民警的事和何铭不欢而散后，气得鼓鼓的。他下了狠心，跟何铭对着干；对所里的工作，不闻不问，不管不说，让何铭唱独角戏。他还让侯起、胡正雍搜集何铭的黑材料，随时准备背后捅刀子。今早他听说邵冲误伤学生的事后，心中暗喜，尤其见受伤学生的家属冲进所长室，围住焦头烂额的何铭讨说法，心里乐开了花，回想起所班子会上，何铭和龙起正联手把他的提议否了，特解气，竟情不自禁地在走廊哼起“今天是个好日子”，唱着，唱着，他又想起他的心事，悄悄地来到后院无人处，打通了段副局长的电话，探探分局对误伤事件的态度。万一有机会，他好做准备。

段光先向闫城甫透了底。翟永胜对误伤学生的事虽说发了火，骂了娘，但对西隆、对何铭，他还是要保，除了让分局上下吸取教训外，并没有要处分谁、拿下谁的意思。之所以这样，不光有翟永胜一贯“护犊子”工作作风的因素，更关键的是西隆镇派出所是副市长李北淮亲自抓的点儿，何铭是李北淮亲选的所长。西隆的事闹大了，不等于给李北淮上眼药吗。他让闫城甫不要急，唱戏还得有个过场，一有空位，他一定帮闫城甫扶正。

30

在下午的全所民警会上，何铭首先对邵冲的责任心和工作热情予以充分的肯定和表扬，如果邵冲没有敌情观念，他也不会发现中学生；如果他没有想抓获“燕子李三”的强烈愿望，他也不会开枪。随即，他从吸取教训的角度谈了误伤学生后果的严重性和复杂性。他告诫大家今后在判断开枪时机时，多加注意，既不要随意开枪，也不要矫枉过正，更不要因噎废食，该开枪还要开。最后，他对所内近期工作做了一下分工，他处理受伤学生赔偿的事，闫教导员负责所内日常事务，龙起正负责隆鑫小区的蹲守。何铭讲完，请闫教导员讲，闫城甫摇了摇头。

开完会，何铭想起李支队长讲的请记者报道的事。不知为什么，他一下子就想到“小虎牙”罗真真。他找到当天的《宜春晚报》，想看看她是如何报道西隆五起发案的。

罗真真的稿子发在头版，题目是《花边大盗夜袭西隆 偷金偷银偷内衣》，稿子的切入点是盗案，而看点却是“燕子李三”偷女人胸罩、内裤、袜子。只是在结尾加了一句，西隆镇派出所正全力侦破此案。稿子挺有看头。

何铭找出罗真真的名片，刚按她的手机号，还没等拨出，手机响了，竟然是罗真真打来的。巧得不能再巧了。他想找谁，需要谁时，谁就来电话。上午是李贺，下午是罗真真。

何铭刚按接听键，罗真真的笑声就传到了他的耳朵里：“哈喽啊！可找到你了。你拿了我的记者证，为什么不告诉我，害得我找了一天，才想起落你那儿了。今天的稿子看了吗？”

“看了，把那么埋汰的事写得那么精彩。”何铭揶揄道。

“嘿嘿，没办法。现在是市场办报。老百姓爱看啥、关注啥，我们就写啥。我特意查的资料，偷女人内衣、袜子是性变态的一种，叫恋物癖。不跟你多说了，什么时候还我记者证？”

“帮我一个忙，不仅还证，还请你吃饭。”

“什么忙？”

何铭就把邵冲误伤学生的过程及请她写稿的目的讲了一遍。

“没问题。饭就不吃了。这年月吃饭已经是负担。稿子见报，去酒吧作一晚上，敢去吗？”

“没问题，警察也是人，别说酒吧，就是酒窖我也敢去。”何铭爽快地说。

何铭撂下电话，感觉轻松不少，也许是李贺的锦囊妙计减轻了他心理上的压力，还有罗真真的因素。何铭在心里有些喜欢上这个小丫头了。

自从邵冲误伤学生到现在，十七个小时了，算上昨天白天，何铭整整三十多个小时没合眼了。他实在是挺不住了，躺在办公室的床上，头刚沾着枕头就进入了梦乡。梦里，柳芸在草原上跑，一只狼在后面追，突然，李维彤跑了过来，挡住了狼，狼张开大口，扬起利爪向李维彤扑来……

这时，手机响了，何铭迷迷糊糊地拿起手机，放在耳边。

“所长，我是李维彤。‘爱如潮水’上网了。我跟柳芸正在金香玉酒店旁边的新概念网吧，让柳芸和他联系？”

一听说“爱如潮水”出现了，何铭的睡意一下就没了。他一个骨碌从床上坐起来，想了想说：“别让柳芸上，把他惊了就坏了。你上，以宜春理工学院学生的身份和他聊，跟他视频，要装作情窦初开，没有社会经验的样子，把你的手机号给他，说你家在外地，入学不久，让他带你逛宜春夜景，一定要把他套牢，我马上带人去你身边。”

何铭带着丁文俊、龚上杰赶到新概念网吧时，李维彤以网名“花仙子”已与“爱如潮水”视频了。经柳芸离远辨认，这个“爱如潮水”正是强暴她的犯罪嫌疑人。“爱如潮水”见“花仙子”真如花仙，早就坐不住了；一听“花仙子”让他领着去市里玩，当即约好半小时后在宜春理工学院正门口见面。

十五分钟后，李维彤如约手拿一本杂志，出现在宜春理工学院正门，何铭、丁文俊、龚上杰埋伏在四周。何铭见李维彤经常向他这个方向看，表情凝重，看得出她第一次执行任务有些紧张。他担心“爱如潮水”就在附近，暗中观察，再发现破绽，连忙给维彤打电话，嘱咐她不要紧张，就当“爱如潮水”是她约会的男朋友。李维彤听见何铭的声音，底气足了些。

她刚撂下电话，一辆出租车驶过来，停在她身边，出租车的右侧车窗摇下，一个男青年探出头说：

“‘花仙子’吧，上车，我们去HAPPY。”

李维彤没想到“爱如潮水”会打车来，而且让她上车。这倒是个意外。她一旦上了车，抓捕就困难了。她急中生智，娇滴滴地说：“哎呀，我想回寝室换套衣服，你下车跟我一起去呗。”

“爱如潮水”迟疑了一下，从兜里掏出车费给司机，下了车。他就像李维彤的男朋友一样，自然地拉住她的手。李维彤的心“怦怦”地跳着。两人刚要进校门，何铭喊了声“上”，龚上杰第一个冲上去，跳起来，从后面抱住“爱如潮水”的脑袋，想把他摔倒。“爱如潮水”足有一米八五，很壮。龚上杰的“抱头摔”，竟没把他摔倒。

“爱如潮水”迅速掏出一把水果刀刺向身边的李维彤，并骂道：“臭三八，竟敢耍我。”

何铭因为三十多个小时没睡觉，体力有些不支，刚才冲上来时慢了点儿。当他到跟前时，正看见“爱如潮水”用刀刺向李维彤，他向前一蹿，用身子挡住李维彤，又用右臂去迎水果刀。李维彤被挤到一边，水果刀将何铭的右臂划了一道口子，何铭忍着疼，左手一记直拳打在“爱如潮水”的嘴上。连三寸厚的木板都能击碎的拳头，当时就把“爱如潮水”的门牙打掉了三个，人也被击倒了。与此同时，丁文俊、龚上杰飞身压在了“爱如潮水”的身上。

丁文俊把“爱如潮水”铐在派出所审讯室的暖气管子上，狠狠骂道：“小兔崽子，心够狠，手够黑，连派出所所长都敢扎。我看你是活腻歪了。”说完，冲他挥了挥拳头。

“爱如潮水”高喊：“打死人了，打死人了。我是兰建宁的儿子，你要为你今天的行为负责，我要扒了你这身皮。”兰建宁是宜春市经贸委主任，下届副市长的热门人选。

此时，李维彤正在所长室包扎何铭受伤的胳膊，伤口虽不深，但很长。所里就有急救箱。李维彤取出云南白药，敷在他伤口上，而后用纱布包上。

李维彤包完，心疼地说："所长，你都是为了我。"

"傻丫头，我如果不挡一下，这一刀就得扎你身上，后果不堪设想。我用一只胳膊的小伤换你一条命，赚大了。这可是救命之恩啊，你得报答我一辈子。"说完，何铭哈哈笑了几声，随后伸了伸包扎好的胳膊说，"你今天的表现很棒，机智、沉着，在抓获'爱如潮水'中起到关键作用。上面如果给这个案子立功，就是你的。"

两人正说着，一楼审讯室传来"爱如潮水"的号叫声，何铭赶忙来到审讯室。

丁文俊对何铭说："所长，他说他是兰建宁的儿子。我看他的学生证了，宜春大学大四的学生，叫兰欣宇。这小子一身的名牌，兜里有六千多块钱，手机也是高档的，看他的穿戴和装备，像兰建宁的儿子。"

何铭直直地盯着"爱如潮水"说："甭管他是谁的儿子，权当他是王八蛋。你取点儿药水，把他的鼻子和嘴擦擦，别血呼啦的。兰欣宇，我是这儿的所长，你是想活，还是想死？"

"想活咋样？想死咋样？"兰欣宇斜眼看了看何铭问。

"想活就痛痛快快地把你作的恶交代清楚，我会给你一个忏悔的机会，让你体体面面地进行下一步。想死嘛，很简单，顽抗到底，不过下场很悲惨。"何铭说到"下场很悲惨"这句时，是咬着牙说的。

"凭什么抓我？我怎么了？你们这是侵犯人权。"兰欣宇吼着。

"你还敢说懂人权。你要懂人权，就不该强行把一个女大学生逼到包房，一夜摧残五次！"何铭骂道。

"我当多大事。不就是那个女大学生吗。那个女孩儿贱得很，她图我家有钱有势，自愿跟我上床，想让我娶她。她还夸我的床上功夫好呢。我在学校学过法，懂什么叫强奸。强奸是违背妇女意志强行与其发生性行为。我哪违背她的意志了？"兰欣宇狂傲地反问。

"无耻。幸亏你学过法，这要是没学过，还不一定能干出什么牲口事来。违背妇女意志？难道和一个来了月经的女孩儿发生性行为还不违背她的意志吗？哪个女孩儿在这种时候还会自愿和你发生性行为？我看你飞比不过鸟，跑比不过兽，整个一个禽兽不如。必须端正端正你的态度，让你从兽变成人，否则你是听不懂人语的。”

“你们是不是想揍我？你们这叫刑讯逼供，我告你们。”兰欣宇惊恐地说。

何铭看出这是个软骨头，吃不了苦头。他微微一笑说：“打人的事，我不喜欢，太低级。上杰，你们穿上警服，带着他到他们学校核实一下的身份。”

龚上杰刚要去换警服，兰欣宇就央求道：“别去核实了，我全说，行了吧。”何铭点中了兰欣宇的死穴。

不到一个小时，兰欣宇就把强奸女大学生柳芸的犯罪事实交代得清清楚楚。何铭逐字逐句地看完材料，思索了一会儿，对龚上杰说：“你马上到分局刑警大队技术室，把前几天送检的精斑检测结果拿回来。和兰欣宇的血型核对一下。”随后，何铭又对丁文俊说：“让六个治安员换上便服，和兰欣宇站在一起，让柳芸辨认一下，而后写一份辨认材料，让参与辨认的人签上字。”

“明白，我马上办。”丁文俊刚要走，何铭又把他叫住了。

“还有一件事。兰欣宇的门牙是在抓捕过程中被打掉的。很容易被误认为是咱们把他带回到所里后打的，刑讯逼供。你单独再取兰欣宇一份材料，让他把门牙的事讲清楚。他供述这段时，让李维彤用手机摄像拍下来，防止兰家借牙整事儿。”

龚上杰、丁文俊按何铭的意思逐一落实完毕，已经是晚上十一点了。何铭在刑拘兰欣宇的报告书上签完字后，让龚、丁到分局批材料，同时把兰欣宇送看守所，明早通知兰的家属。

31

李维彤回到家已经是晚上十一点半了，上床后，翻来覆去怎么也睡不着。一方面，这一天的经历令她兴奋不已。这是她第一次办案、抓人、审人，新奇、刺激，同时也让她感受到自身的价值。另一方面，何铭一下子占据了她的心。

今天之前，何铭在她心里是上司，是兄长。一天的工夫，这种关系起了剧烈的变化。面对一系列突如其来的难缠事件，何铭平静如水，从容不迫，这份身在旋涡之中、心在旋涡之外的镇定让她震惊、钦佩、陶醉，尤其在兰欣宇突然掏刀刺向她的一刹那，当时她的大脑一片空白，完全蒙了，要不是何铭舍身挡刀，她肯定要受伤，甚至可能更严重。不难看出，何铭救她完全是下意识的反应，根本无暇多想。这些汇聚到一起产生的作用和效果猛烈地撞击着她的心扉。男人，这才是男人，真男人，这才是李维彤最想得到的男人。她忽然觉得男友吴丹在何铭面前，显得那么苍白、稚嫩、渺小。

上周六晚上，吴丹开车拉着李维彤去火锅城吃涮羊肉。路上，吴丹的车被一个乡下人堆水果的手推车刮了一下，并不严重。吴丹下车后，边看车伤，边破口大骂。乡下人赔着笑脸，不敢说话。吴丹骂得更凶了，还要动手打人。乡下人被激怒了，抄起车上的西瓜刀，直奔吴丹。吴丹吓得扭头就跑，乡下人拿刀在后面追赶，后来，几个好心人把乡下人抱住了。围观的人都指责吴丹恃强凌弱，这让李维彤羞愧难当，她下车打的走了。透过这件小事，李维彤看出吴丹狠毒、自私、懦弱，非善良之辈。她的心有了一丝晃动。从那天到现在，吴丹给她打了无数个电话，她就是不接。她忽然觉得父亲过去说过的话是对的。

今天的经历，让她的心动摇了，完全倾向何铭这一边。她听说何铭没有女朋友，但不知道何铭喜欢什么样的女孩儿。她恨不得现在就向何铭表白，可又怕表白了，被何铭拒绝，将会很尴尬，两人毕竟在一个单位。这一夜，李维彤睡得一点儿也不踏实，做了一串的梦，每段梦里都只有一个主角儿——何铭。

罗真真写的《民警值勤误伤学生，凸显民警心理压力》发在《宜春晚报》头版。文章以邵冲执勤负责，误伤学生为切入点，重点放在了邵冲现在的精神状况及如何解决民警工作压力过大易患心理疾病的问题。一石激起千层浪，当天上午，西隆镇派出所的外线电话响个不停，有兄弟派出所表示慰问的，也有社会各界群众表示理解的。宜春市公安局政治部派员到西隆镇派出所，了解情况，就此类问题进行调研，并准备设立民警心理咨询热线，倾听民警的呼声、困难和委屈。何铭马上将稿子见报后的一系列反应，向翟永胜做了汇报，翟局告诉何铭，调查组已查明邵冲的问题，确属工作失误。分局不做任何处理，让邵冲及派出所吸取教训就行了，但派出所必须让学生家属接受国家赔偿的价钱，否则拿何铭是问。

怎么让学生家属接受正常的赔偿价格呢？何铭忽然想起秦善曾说过，受伤学生的父亲在西隆镇政府办公室工作，据说正在竞争办公室副主任。

下午，何铭来到镇政府，请乔其龙斡旋此事。乔其龙通过何铭上任后一系列表现，认为何铭为人讲究、可交，尤其给他面子，没深究“朱八戒”的事，让他觉得欠何铭人情。他掂量一下这件事，能办，就答应了。何铭从镇政府回到所里还不到半个小时，乔其龙来电话了，说学生的事，已经解决好了，请他放心吧。

调查组撤了，学生家属摆平了，压在何铭心头的两座山搬走了。他又想起了邵冲的病，招呼龙起正一起去看看邵冲。两人刚出派出所的门，两辆奔驰、两辆丰田大吉普驶进派出所的院子，十多个西装革履、派头十足的男子陆续从车上下来。

何铭迎上前问：“你们找谁？”

“找你们所长。”来人中走在前面的一个戴着墨镜的胖子傲慢地说。

“我就是，有事吗？”

胖子上下打量一下何铭，眼神中满是不屑。他用手指着何铭的脸说：“我们是兰欣宇的家属，欣宇犯了什么错？凭什么抓他？”

“兰欣宇涉嫌强奸，抓他凭的是被害人的指控，兰欣宇的供词和证据。”何铭不卑不亢。

这时，龚上杰、丁文俊、李维彤从屋里出来，站在了何铭的身后。

“强奸？笑话。追欣宇的女孩儿排大队能从宜春排到北京，投怀送抱的都处理不过来，还用得着强奸？我看你们是抓错人了。我想看看案卷。”胖子的口气更硬了。

“看卷？你没有这个权力。如果你对案子有疑义，可以到分局、市局、省厅去申诉。我们要错了，有处分跟着，请便。”何铭严正地说。

“别看你穿身警服，在我眼里，你不过是个臭虫。你今天要是不穿这身衣服，我都敢在你们派出所干你。”胖子嚣张至极。李维彤怕何铭吃亏，拽了龚上杰一把，让他上前护着所长。龚上杰没动，而是看着灰蒙蒙的天，好像啥事没有似的。

何铭微微一笑，一字一句地说：“干我？在宜春还没人敢跟我叫这个板，也没人有这个资格。”说完，何铭伸脚把地上的一块砖翻了过来，一颠一抬，砖到了他的左手。他的右手对准砖，“啪”就是一掌，砖一分两半。

胖子和同来的人都惊住了，他们想不到这个派出所所长竟还有这么一手。胖子的气焰一下就灭了，对身后的人说：“走，咱们不跟他犯话，直接找他们局长去。我把话放这儿，不出三天，兰欣宇肯定出来。”说完，胖子带人上车走了。

何铭转身对大家说：“兰家很有势力，也很猖獗，他们不可能善罢甘休，起正，你领维彤、文俊去邵冲家，告诉他分局不追究误伤学生的事儿了，这是治他病的良药。老毕、小龚跟我上楼。咱们再看一遍卷，防止程序出差，把这个案子砸实了。要是让兰家抓住漏洞，咱们的日子甭过了。”

32

晚上九点，在宜春最有名的红磨坊酒吧里，人声鼎沸，曲调激昂。舞台上，长发吉他手疯狂地拨着琴弦；三四个打扮怪异的歌手随着乐曲，不知是在说话，还是在唱歌。舞池里，喝了酒的男女们摇头摆臀，尽情地发泄着。在酒吧西北的一个角落里，何铭、罗真真看着歌手表演，茶几上摆着啤酒和几碟小食品。今晚的酒吧相聚是何铭提出来的，一方面他答应过罗真真，稿子见报，酒吧答谢，顺便还她记者证；另一方面，这一段儿，何铭一直处在高压状态，他也想找个机会放松一下。还有一个目的，何铭对这个小记者挺有感觉，想对她有更多的了解。

何铭先给罗真真倒了一杯啤酒，而后又给自己满上，举杯说：“稿子相当震撼，感谢你为警察鸣了不平，叫了屈，为我们赢得不少同情分。你仅凭我在电话里介绍情况，就把稿子写得深入透彻，功底不浅啊！来，干一个。”说完，两个酒杯碰在了一起，两人一饮而尽。

罗真真扬了扬空杯子，晃了晃头说："其实做记者、做警察都不容易，面临的压力都不小。竞争太激烈了。报社与报社之间竞争，同事与同事之间竞争。一个月要是拿不出几件带有轰动性的新闻，不用领导说，自己都不好意思混下去。可轰动性新闻，就像你们破案，得有好线索，不好找啊！采访环境也不好，有的采访对象拿记者根本不当回事儿，拒绝的、骂人的，有时像撵狗一样，太伤自尊了。"罗真真说完这段话时，眼角有些湿润，看得出职业的艰辛让她有些委屈。

"你常来这里吗？"何铭赶忙换了个话题，以免触动罗真真心底的苦弦。

"常来。喜欢这儿的氛围。烦了、累了、难了，置身于这样嘈杂、喧闹的环境，再喝上几大杯酒，脑子里一片空白，一切都是虚幻的，能忘掉许多的不快和痛苦。对了，公安局是不是要求很严啊？是不是不允许你们到酒吧这种地方来呀？"正说着，罗真真的手机响了，她扫了一眼手机，没接。

"相当严，紧箍咒不少。公安部出台了'五条禁令'，省公安厅有'六不准'，市公安局有'八个严禁'，分局还有纪律'小立法'，说实话，规矩多了，混了，根本记不住。不过，每个警察心里都有个线，都有个格，不越线，不越格，什么事都没有。酒吧嘛，只要不穿警服来，酒后别开车，别闹事，无所谓。"

何铭刚说完，罗真真的手机又响了。这回罗真真看都没看，还是不接。何铭以为屋里太吵，罗真真没听见，想提醒她。谁知，罗真真把手机塞进牛仔裤的兜里说："走，摇一会儿去，我特喜欢这个曲子。"何铭和罗真真来到舞池中。

此时，酒吧的灯全暗了下来，霓虹灯四射、翻滚。罗真真在舞池中央，闭着眼睛，举着双手，有节奏地舞着。何铭也随着乐曲舞动着，他的舞姿时而刚劲，时而飘逸，有时还夹杂着一些剧烈动作，甚至还翻了几个跟头。罗真真没想到何铭的舞跳得这么棒，一下子把她的情绪挑了起来，她兴奋地和何铭玩起了派对，挺胸、摆臀、拉手、摇头。两个人跳得激情四射，旁若无人，把舞池里其他舞者都镇住了。不少人都停了下来，看他俩表演，并有节奏地为他们打拍子。

何铭跳了一会儿，有些累，他独自回到桌旁，倒上一杯酒，点上一支烟，望着摇曳的灯光，他本应很放松，可不知为什么，他的心又飞到了派出所，像放电影一样回忆着所里最近发生的事，“燕子李三”，误伤学生，调查组，邵冲得病，“爱如潮水”……现在就差“燕子李三”还没到位，一定要抓住他，否则这五起发案对派出所岗位责任制考评影响很大，要扣不少分，段副局长就整事。

还有兰欣宇的案子，凭兰家的势力，必然要有所动作，他估计明天说情的就得上来，甚至可能是大领导过问。无论多大的压力，也得顶住。等这几件棘手的事处理完，他立刻研究盖派出所的事。

此时，他又多了个想法，同时建一个民警宿舍楼，给每个民警解决一套住房。真要能实现，那将会极大地调动起全所民警的积极性，增强派出所的凝聚力和战斗力；得抓紧做通乔其龙的工作，把地号批下来，而后再卖派出所的旧楼。他正想着，罗真真带着满脸的自豪和满足回来了，刚才她与何铭在舞池里的大显身手，让她很拉风，从没这么露脸。虚荣无处不在。

“哥们儿，全镇。看不出啊！啥时练的？”罗真真说完，喝了杯啤酒。

“在公安大学上学时学的，要想做一个优秀的警察，必须装龙像龙，装虎像虎，所以要尽可能地多学多懂。”何铭刚说完，罗真真的手机又响了，何铭问道，“是不是你妈妈催你早点儿回家呀？”

“我爸妈在泰国旅游呢，一周后才能回来。甭管它，我不想接。”罗真真握着啤酒杯，看着舞厅的灯光说。

“你有男朋友吗？”何铭觉得刚才一直给罗真真打电话的应是她男朋友，换别人不会这么执着。

“有怎样，没有又怎样。他不是最重要的。我不可能为他活着，我就是我自己。今天晚上，我们在一起，你就是我的男朋友，我就是你的女朋友。”罗真真玩世不恭地说。

何铭的眼睛瞪得老大。罗真真有男朋友，但没在她心里。这个“小虎牙”的确超凡脱俗，真正的玩家，想别人少，想自己多，活得潇洒、自在、精彩，他们是截然不同的两种人。当警察的找这样的女人做妻子，能把心操碎了。他原来对“小虎牙”的兴趣和想法几乎在这一刻烟消云散了。他看了看表，已经快十一点了，他想送罗真真回家，可看罗真真正在兴头上，这会儿说结束，不但扫她兴，而且不礼貌，毕竟罗真真帮了他大忙，他正在答谢。他正不知怎么办才好时，一个朋友打电话找他，他看了看手机，马上有了主意。他把手机放在耳边，应了几句就撂了。

这时，罗真真给他满上一杯啤酒，而后用火辣辣的眼神看着何铭说：“何所长，进行下一个项目啊！”

何铭马上从她的语气和眼神中明白了她说的“下一个项目”的深层含义，她想和何铭一起过夜。作为一名派出所所长，何铭不敢玩这种“只在乎曾经拥有”的浪漫，也玩不起。

他避开罗真真的目光，用手机敲了敲脑袋说：“何所长的下一个项目是回派出所。所里刚来电话，夜巡队抓到几个毛贼，我得去看看。弟兄们在干活儿，可我在这儿潇洒，心里不安啊！”

“你将来要是死了，肯定是讲究死的。能把手下、把工作看得这么重的人太少了。不能难为讲究人。这样吧，桌上还剩两瓶酒，喝完各奔东西。”说完，罗真真打开瓶啤酒，一口气喝了下去，何铭眼睛都看直了。

罗真真把空酒瓶重重地放在桌上，什么也没说，摇摇晃晃地走了。何铭见她有些醉，忙把单埋了，跟了出去。罗真真上了出租车的后排，何铭也上了车，坐在她身边。

罗真真淡淡地一笑，对出租车司机说：“好景山庄八号楼。”

这时，罗真真的手机又响了起来，她仍然不接。罗真真下车时仍有些晃，何铭扶着她，上了楼。罗真真打开房门，用脚后跟把运动鞋蹬掉，甩在客厅里，而后直勾勾地看着何铭说：“你是个与众不同的男人，有味道，有个性，上乘。家没别人，喝杯咖啡？”说完，她坐在地上，把袜子褪去，扔到一边，露出两个洁白的脚丫。

“不了，等我心烦了、累了，约你，大醉，大舞。”何铭冲罗真真做了个鬼脸，关上房门，冲下楼去。

33

果不出何铭所料，第二天早上，他刚到所里，翟局长的电话就到了。

“你们前天抓了个叫兰欣宇的吗？”

“是，涉嫌强奸，已经刑事拘留了，是兰建宁的儿子。”何铭答道。

“噢，能定死吗？”翟局长问道。

“四脚落地，铁案无疑。”随即，何铭把发案及破案过程详细地讲了一遍。

“今后再有涉及领导、名人、要人及其亲属的案子，一定要向我汇报。兰家托了不少关系，最终找到我，要网开一面。我没答应，但又不能回绝，只是说看看案情。你这么一说，我就明白了。够线了，谁也没办法。你们抓紧时间，把案卷报到刑警，快捕，快诉，否则，会很麻烦。”

“明白，我马上就办。”

何铭刚撂下电话，电话又响了，是段副局长办公室的号。何铭抄起电话说：“您好，段局，有什么指示？”

“你们刑拘了一个叫兰欣宇的强奸犯罪嫌疑人，我怎么不知道啊？”段光先的口气流露出不满。按公安机关请示报告的规定及程序，发生及侦破重大有影响的案件应报分局指挥中心，同时报主管局长。兰欣宇的案子报也行，不报也行。

何铭笑着应道：“段局，我寻思这案子不算大，您每天日理万机，就没惊动您。”

“这案子咋回事啊？”段光先没再深追为何不向他报告的事，而是直接问案件内容。

何铭把向翟局长汇报的内容又重复了一遍。

“是挺复杂，会不会是兰欣宇和被害人处对象，兰欣宇不要她了，她就告强奸。现在这样的事儿不少。你们还是慎重些，再提审一下兰欣宇，再找一找被害人，先不要急于把案子出手。户籍科王科长一会儿去你那儿，具体指导，你多听听他的意见。”

何铭听出段光先在为兰欣宇说情，可又不好直说，拐弯抹角想让何铭领会他的意思。何铭想把翟局对此案的意见端上来，可觉得不妥，主管领导最恨下属拿一把手压他。按段光先说的不马上办，不行，翟局那儿有话；不按段局说的办，也不行。段副局长对他有不少看法，无论如何不能再激怒段局了，否则两人的关系只能越来越僵，他今后的路也会越来越窄。必须选一个稳妥的办法，把这个烫手的山芋扔出去。

想到李贺教他的要学会拐弯，何铭语气坚决地说："段局，您就放心吧！就按您的指示办，有进展，我马上向您汇报。"

何铭缓慢地把话筒放在话机上。话说出去痛快，可弯咋拐啊？刚才段光先在电话里让他再提审兰欣宇，再找找被害人，这两句话提醒了他。兰家一定通过各种渠道和兰欣宇及柳芸取得联系，一面让兰欣宇翻供，一面让被害人撤诉。真要那样，这个案子恐怕要扎手了。他正想着对策，手机响了，是分局户籍科王科长的电话。何铭三年前在东城分局当副所长时就认识他。此人能说，很会讨领导喜欢，是段副局长身边的红人。

"何铭，我的车就在你们所院里，你下来吧，我不上去了。"

何铭下楼，刚上王科长的车，司机就下车了。王科长拍了拍何铭的肩膀，笑着说："老弟一到西隆，就连破大案，后生可畏呀！难怪李北淮相中你，前途不可限量，将来发展大了，可别把王哥忘了啊！"王科长张口先捧了何铭几句。

"大哥说哪儿去了，我能有啥大发展，怎么也比不了你，局里都传说你在东城分局里，能让翟局、段局都赏识的人只有你一个呀！恐怕用不了多久，你就要领导我了。"何铭以虚对虚。

"兄弟，闲话少叙。我今天奉旨而来，为兰欣宇的案子。兰建宁和段局、我都是一个部队出来的。欣宇出事后，兰建宁很恼火，也很上火，他马上就要竞选副市长了，在这紧要关头，儿子出这样的事，影响太大了。兰建宁通过市局一位领导找到翟局，翟局没吐口儿，但也没说不行。兰主任知道当一把手的，有些招呼不好打，就让段局跑这事儿。兰家已做通了被害人父母的工作，赔偿精神损失费二十万，包被害人大学毕业后安排工作。被害人撤诉后，你再从中做做工作。事儿就圆下来了。"说到这儿，王科长从包里拿出一个大信封递给何铭说，"这是兰家给你的十万元辛苦费，钱经我手给你，你就放心吧！”

兰家果然是这路子。先用钱把被害人的嘴堵住，再用钱把何铭的嘴堵住。如果按王科长说的做，他和段局的关系将出现转折，他很可能成为段圈子里人，这将有利于他的发展和进步。十万块钱可不是个小数字，前段时间他相中了东城区新开发的一个小区的房子，一百三十平方米，一千八百块钱一平方米，这十万加上他攒的，父母再赞助些，他就能拿到房间钥匙了。可真要把这起强奸案变成男女私情，把兰欣宇放出来，那派出所刑拘兰欣宇不是假案就是错案。闫城甫一伙儿一直想抓他的小辫子，这个辫子可太粗了。还有那十万元，有可能给他带来住房钥匙，但也可能给他带来……

他猛地想起李副市长对他说过的话：“西隆的民警队伍，尤其是你，不能再出任何闪失了，否则我们无法向西隆百姓交代呀。”是啊，绝不能拿法律和自己的前途开玩笑，绝不能拿李北淮的信任当儿戏，这两条是生命线，无论如何不能逾越，再联想到柳芸身上的伤痕和兰欣宇的家属的嚣张，何铭下定决心，一定要把兰欣宇送进监狱。可怎么答复王科长呢？还有这十万块钱，收是万万不能收，可不收，王科长会以为何铭不想办事，再回段局长那说坏话，上条子，段光先肯定给何铭做双三号的小鞋穿。何铭的大脑高速运转着，弯还得拐，可又一下子拐不过来。他从兜里掏出盒烟，借给王科长递烟，点烟的工夫，争取到拐弯儿的时间。

他把烟点燃后，有了主意，笑呵呵地对王科长说：“段局的意图我领会了，按着办就是了，不过谋事在人，成事却在天。钱嘛，我高低不能收，一则段局交办的事，我再收钱，不单是不讲究的事；二则事没办，先收钱，我压力太大；等将来事办成了，兰家再谢我不迟。”

“你小子到特警这几年变化可真不小，会说话了，也会办事了，还是环境改变人哪。就按你说的。我回局复命了。”

何铭望着王科长的车离去的背影，琢磨着怎么才能既收拾兰欣宇，又不得罪段光先。他在院里足足转了半个多小时，终于有了主意。

他回到办公室，先把龚上杰、李维彤找来，让他俩马上去找柳芸，讲清报假案、作伪证是要负法律责任的，把柳芸撤案的路堵死。随后，他拨打罗真真的手机，想让罗真真把兰欣宇强奸网友的案子捅上报纸，让舆论阻止兰家明里暗里做工作，走法律程序收拾兰欣宇，同时堵住段局的嘴。罗真真的电话通了，可她没接。何铭看了看表，八点五十，估计罗真真还在梦乡。他放下电话，又想起盖新派出所的事。他想就地皮的事，跟乔镇长面谈，但不知乔其龙在没在单位，他打通了乔其龙的电话，没人接。

34

此时的乔其龙正在开镇党委扩大会，他把手机调到静音上。今天的会有两个内容，一是敲定镇政府几个工程，二是部署今年的计划生育工作。洪文广和乔其龙坐在椅子上，都阴着脸，自从上次会上乔其龙阻挠盖镇政府大楼后，洪文广为了平衡乔其龙，决定把大楼装修工程给乔其天。昨天下午，洪文广找乔其龙谈了这一想法。乔其龙见自己兄弟虽说没吃到肉，但骨头也很有嚼头，先是客套几句，又说要做乔其天的工作，向骆九家学，微利装修，为家乡做贡献。洪文广见把乔其龙的工作做通了，通知今天上午开党委扩大会，集体通过。谁知夜长梦多，昨晚九点，薛区长把电话打到洪文广的家。

“洪书记吗？我老薛。你们盖楼的事操作得怎么样了？”洪文广见区长这么晚来电话，估计是为方少堂的事。他就把目前走到哪步，每步咋走的，以及下一步打算都说了。

“老爷子，明堂副书记是我的老上级了，他儿子方少堂的公司想参与投标。前一段儿，你跟我说让九家公司保本干，既然能省不少钱，那还按这个路子走，能不能把大楼装修工程给方少堂，多少让他挣点儿。我知道你为难，可我也没办法。明堂副书记未必知道这件事，可这个面子不能不给啊！”

洪文广听了，为难了。方少堂打着方明正的旗号，抬出薛区长，生硬地插一杠子，不答应吧，不妥，薛区长虽然是他的领导，但一直很尊重他，几乎是用商量的口吻跟他谈这件事，他偏偏又吃软不吃硬；答应吧，也不妥，咋跟乔其龙解释啊！

“区长，容我想想，明早给你回个话儿。”

洪文广放下电话，抽了半盒烟，总算想出个招儿，把蛋糕做大，把原打算明年建一个农贸市场挪到今年，让乔其天干。

第二天上班，洪文广在会议室把昨晚的变故和农贸市场计划跟乔其龙说了。乔其龙的脸当时就撂下来了，农贸市场根本谈不上什么工程，不过是搭点儿钢筋，铺几块塑料板，跟建大楼及装修工程没法比。乔其天肉没吃上，骨头又没啃着，只让他喝点儿汤，落差不小。乔其龙还没想好怎么办，来开会的各路诸侯就上来了。

洪文广见人齐了，就把几个工程的分配方案讲了一下，征求大家意见，耿向阳依然是第一个表态支持，其他人也相继同意，最后就剩乔其龙没吱声了，所有人的目光都投向他。此时，乔其龙大口地抽着烟，肚子里像打翻了的五味瓶，不知是什么滋味。同意吧，心里不舒服；不同意吧，会让大家看出来他有私心，是在为自己的亲弟弟牟利。他不得不说两句支持、同意的话。态虽然表了，但他心里堵得厉害，像压了块石头。虽说临时出了岔头儿，根子在上边，但他还是恨洪文广，非得给自己干个留名工程。他一肚子气没处撒，也撒不出去。

洪文广讲完，该乔其龙布置计划生育工作了。他看了一圈儿到场的人员，最后把目光落在上不着天村书记耿向阳的脸上，去年上不着天村和南旮旯子村的计划生育工作都没达标。耿向阳是洪文广的人，上次党委扩大会和今天的会，耿向阳都是替洪文广打头炮。这会儿，乔其龙咋看耿向阳咋不顺眼，肚子火终于有了出处。

“在说今年计划生育工作之前，我不能不翻翻去年的旧账。计划生育是天下头等大事，可去年咱们镇的计划生育工作却在区里落了后，丢了人。尤其上不着天村，超生三人。老耿子，我不知道你这个书记咋当的，啊！我再三强调要死看死守，可你们守了没有？为啥没守住？”说到这儿，乔其龙狠狠地拍了一下桌子。众人见乔其龙突然发这么大火，都吃了一惊，都把目光投向耿向阳。这下老耿子吃不住劲儿了。

他腾一下站起身，冲乔其龙喊道：“干啥冲我发这么大火啊？是，这项工作我们村没抓好，没整明白，可咱们镇没整明白的不光我们村，干啥光盯着我呀？”

“盯你咋了？就盯你了，我看你这村书记是干到头儿了。”乔其龙也站起身，用手指着耿向阳喊道。

“干到头儿了？我咋就不服呢。我咋干到头儿了？我当了六年村书记，屁股干干净净，奖状把村办公室的墙都挂满了。想撤我这个村书记，你没这个权力！”老耿子毫不嘴软。

“行了行了，老耿子，你干啥玩意儿，工作没干好，镇长批评你几句很正常，你咋能这个态度呢？少说两句。”蒯副书记边说边拽老耿子一把。他怕老耿子继续犟下去，乔其龙下不来台。随后，他安慰乔其龙说，“其龙，坐下，坐下，老耿子就那脾气，消消火，消消火。”

会议室的气氛紧张极了，众人都在看洪文广，看他咋断这场“官司”。洪文广想到乔其龙会很郁闷，但没想到他会借计划生育的事发起火来，这还从未有过。按理他这个书记在场，乔其龙纵然有火，也应压着，不该发，否则就是对他不敬。老耿子是他的老下级，这么多年来对工作任劳任怨，对他忠心耿耿，虽说计划生育出点儿差，可还没到免职撤职的份儿。乔其龙明显是打丫鬟，吓小姐，这股邪火是冲他来的。他不知该怎么断这场冲突，说乔其龙不该小题大做？不行，乔其龙毕竟是一镇之长；批评老耿子不服从领导犯上？他又觉得老耿子冤。

他叹了口气，微弱地吐出两个字：“散会。”

参加会议的人像屋里着火似的，呼啦一下子都往外走。洪文广也走了。偌大个会议室就剩下乔其龙一个人。他抽着烟，盯着烟灰缸。这次他没把烟抽剩一半就扔，而是一大口一大口地吸完，最后把烟头摔在地上，用脚碾得粉碎。

晚上五点，乔其龙把乔其行、乔起天找到家里，没等两个兄弟的屁股坐稳，乔其龙就激动地骂了起来：“妈的，这个镇长我说啥也不干了。老二，你帮我在上面找找人，要么我在西隆当书记，要么挪挪窝，调到别的镇当镇长。”

“咋地了大哥，哪儿来这么大气？”戴着副眼镜的乔其行面带微笑地问道。乔其行是乔家学历、职务最高的人，性格温和，处事低调，与性格急躁的大哥、三弟截然不同。

“洪文广要盖镇政府大楼，我不同意……”乔其龙就把事情的来龙去脉，尤其是会上被耿向阳顶撞的事讲了一遍。

“大哥，这就是你不对了。洪书记提出盖政府大楼，而且预算极低。你作为镇长，应该支持，不该从中作梗。副手和一把手的关系很微妙。做副手的要有角色意识，要甘做配角，要当好足球队的前锋。前锋首要的任务不是射门，而是不能越位，一旦越位，进球无效。你这次就越位了。洪文广虽说岁数大了，要到点儿了，但他仍是一把手。” 乔其行婉转地劝道。

“二哥，这年月，当一把手的大多独断专行，搞一言堂。洪文广也不例外。不说盖大楼，单就会上一个村书记敢跟镇长叫板，按理儿他不应该给大哥撑腰，当众批评老耿子？可他竟来了个‘散会’，这不玩大哥吗？我看明白了，当官要么当一把手，要么就别当，当个二三流的角色，受气。” 乔起天怒冲冲地说。

“洪文广不是把农贸市场的活儿给老三了吗，这说明他眼里有大哥啊！至于造成会场上的冲突，这也是大哥的不对，当二把手的不应该当一把手的面发脾气，玩力度，这是拿一把手不当回事儿，洪文广当时没跟大哥翻脸，已够给大哥留面了。另外，当那么多人面突然撸人，换谁也接受不了，何况老耿子又无大错。总之，大哥的火发得不是地方。大哥想换个地方当镇长，还不是屎窝挪尿窝，还是二把手。要我说，你现在动远不如不动。洪文广眼看快退了，你的位置多有利啊！等洪到点儿，你顺理成章地接班，岂不更好。咋就不能再忍忍呢？”乔其行语重心长地说。

“老二，你说得在理，可我就是咽不下这口气。”乔其龙也觉得自己做得不对。

“大哥，气大不仅伤身，而且极易招惹事端。忍一时风平浪静，退一步海阔天空。未当一把手之前，还是以忍为高，韬光养晦，等待时机，千万要冷静，静下心来，三思再三思，慢慢就好了。我还有个饭局，必须去，要是再想不开，给我打电话。”乔其行说完，和大嫂打了个招呼，走了。

乔其天看着二哥的背影，对乔其龙说道：“大哥，指二哥白扯。他一个书生，就知道按部就班，走正章儿。现在这形势，走正章儿白搭，就得出邪章儿。我琢磨着能不能做点儿手脚，把洪文广整下去。等他退休，黄花菜都凉了，咱们连根鸡毛都捞不着。镇政府大楼这个工程不整到手，我都能憋屈死！”

“整下去？拿啥整？洪文广当这么多年官，真就没什么小辫子，不是抓不住，是真的没啥抓的。”乔其龙长叹一声。

“小辫子没有，就往他身上倒尿盆子；尿盆子没有，就倒屎盆子。这件事我来操作。洪文广的表弟卜仕仁在上不着天村当治保主任，我俩挺熟，他一直想当村书记，可洪文广看不上他。我去找他……”乔其天靠到乔其龙耳边，嘀咕了一阵。

乔其龙边听边皱眉，并把头摇得像拨浪鼓一样，说：“不行，不行，这要是漏了，会出大事的，我以后还咋做人了。”

“大哥，欲成大事，先必心狠。自古是无毒不丈夫。我会做得不留痕迹。即使出了问题，自有替罪羊，轮不到你负责。”

35

周一早上，何铭从家里出来，先到街边的报亭买了张《宜春晚报》。昨天下午两点，罗真真才给他回电话，语气冰冷。何铭知道罗真真因为他没进她家“喝咖啡”生气了，故意装糊涂，把话题扯到两人昨晚喝酒上，罗真真懒洋洋地应着，直到何铭搬出兰欣宇强奸女大学生案，才提起罗真真的兴趣，她觉得当今社会进入网络时代后，涉世不深的女孩儿见网友上当受骗、失身丢财的事儿太多了。还有的被害人碍于情面，不敢报警，耻于报警。她前几天写的关于西隆的两篇稿子，在报社当日评稿中都获得了A稿。如果能从警示网中人的角度去写这起强奸案的话，一定又是A稿。她忙让何铭在电话里讲一下案情。何铭介绍完情况，再三叮嘱罗真真，如果有人问此稿线索来源，万万不能说是他提供的。

何铭打开报纸，兰欣宇的稿子登在一版，题为《网中人醒醒：女孩儿见网友反遇色狼》。文章开头以西隆镇派出所侦破此案为切入点，并提到了犯罪嫌疑人兰某某，案情讲述较少，重点放在警示上，提醒女孩儿们不要盲目见网友。罗真真完整地领会了何铭的意图，既曝光了兰欣宇，又给读者留下记者不太熟悉案情的感觉，正好可以掩饰此线索不是警方提供的。

何铭到了所里，心想，段副局长看到报纸，肯定要问他记者怎么知道这起案子的。是等段来电话，他做解释，还是他主动给段打电话说案子见报的事，问对策？思考片刻，他觉得自己先给段光先打电话，会显得更主动些。于是，他拨通了段光先办公室的电话。

“段局，我是何铭。今早《宜春晚报》把兰欣宇的案子捅出去了，您看到没有？”

“我正在看，也正要给你打电话，记者是怎么知道这个案子的？你们提供的？”段光先的语气中既焦急，又生气。

“不是不是，市局对新闻宣传有要求，对案件的报道需层层请示。不过，昨天下午记者到派出所来过，想就兰欣宇的案子采访我，被我回绝了。记者可能通过别的渠道了解到一些案情。稿子的重点是见网友带来的社会问题，警示社会，对破案一笔带过，可见记者并不掌握详情。下一步怎么办啊？”何铭沉着地应对，同时把球踢到段光先脚下。

记者把案子捅上报纸，是段光先没想到的。他和兰建宁出自同一个部队。两人是在一次战友聚会上认识的。段很想巴结兰建宁，攀上他这棵大树，遮风挡雨，可兰建宁并没看上他。此次兰欣宇被东城分局抓获，兰建宁起初通过市局一位领导找到翟永胜疏通，谁知翟为难，不吐口，兰建宁这才想到段光先，让他私下斡旋，把事摆平。段光先很想借办成这件事的机会，走进兰建宁的圈子，为他今后的升迁打基础。他亲自给何铭打电话，又让王科长对何铭面授机宜，谁知案子见了报，让他一时没了主意。

他想了好一会儿，才对何铭说：“媒体杀人于无形啊！见了报，各方关注，难了，让我再想想别的办法。”

何铭放下电话，一块石头落了地。段光先虽说再想想别的办法，但实际上已无办法，众目睽睽之下，他绝不敢冒着徇私枉法受查处的风险再做工作。凡是当过警察的都应有这样的头脑，何况段光先这个级别的干部。

这时，李维彤走进办公室说：“所长，前天我和龙副所长跟邵冲谈了局里的不处理意见，当时邵冲情绪缓和不少，有笑模样了，刚才我给他打了一个电话，问问他咋样，谁知邵冲翻来覆去地又讲起他开枪的过程，不仅仍没从开枪的阴影中走出来，反倒更重了。”

按倒葫芦起了瓢。何铭刚把段光先应付过去，邵冲的事儿就来了。

何铭叹了口气说：“心病难医啊！在国外，警察执行完带有血腥恐怖色彩的任务后，必须到心理医院进行调理，这是工作的一道程序，而国内在这方面还是空白。必须带邵冲去心理医院，用专业的方法治疗，否则很可能错过最佳的治疗时机。你马上跟我去接邵冲。”

一小时后，何铭带着邵冲、李维彤来到宜春心理诊疗医院，患者并不多，一楼走廊有点儿冷清。诊室的门虚掩着，何铭轻轻一推，门就开了，一个梳着披肩长发，穿白大褂的女人正背对着门，站在窗前打电话，看样子她就是女医生了。从背影看，她身材高挑，足有一米七，左腿站得很直，右膝略微前倾，穿着低跟黑皮鞋的右脚前掌点着地，不时地把穿着黑色丝袜的后脚跟露出来。也许何铭的脚步很轻，她并没察觉到有人进来，她边打着电话，边用手指拨动窗前的风铃，风铃发出清脆的响声。她的声音轻柔，有些发嗲，女人味儿十足。

“你就再陪我看一遍嘛！没看够，看美国大片就得去电影院，那才有氛围。我最喜欢男女主人公在白色帷帐里缠绵那场戏，再配上音乐，太浪漫了。等我和唤章在美国结婚，就照此设计一次。”她边说边侧了下身，正好看见何铭，她可能意识到何铭听见了她刚才的讲话，一片绯红飞上脸颊。她匆忙说了句“来患者了，一会儿给你打过去”，而后撂下电话。

当她与何铭四目相对那一瞬，何铭就觉得眼前一亮，真是难得一见的可人儿，白皙的脸，一双凤眼，流露着娇娆，夺人魂魄，涂了淡紫色口红的嘴唇洋溢着狂野和被征服的渴望，令人充满遐想，这是一个让男人见了就会有想法的女人。最让何铭感到惊奇的是，女医生和他的前任女友钱妮竟有几分相像。何铭扫了一眼她白大褂上的胸卡，上面写着“程馨苗”三个字。

何铭笑着说道：“你好，程医生。”

“你怎么知道我姓程？”女医生露出疑惑的眼神。

“我会算，我还知道你叫程馨苗。”说完，何铭又扫了眼她的胸卡，女医生恍然大悟，感觉被占了便宜，心中暗骂，讨厌加无耻，竟肆无忌惮地盯女人的胸。不过，从相貌看，这个英俊阳刚的男子并不像奸邪之人。

她用肯定语气对何铭说："你不是患者，把病人领进来吧。"

"你怎么知道我领患者来看病？"何铭觉得这个女医生挺厉害。

"像你这样目光敏锐，又富有幽默感的人怎么可能得心理疾病？"

"你的目光更敏锐，我的确不是患者，我是西隆镇派出所的，我的同事前几天在执行任务中，开枪误伤一名学生，因害怕处分，影响前途，患上了恐惧症。"

"报纸报道过这件事，我看了。这种由突发事件引发的病症，问题不大，让你同事进来吧，我单独跟他聊聊，看看他的病情，你在屋外等一下。"何铭把邵冲叫进诊室。

他刚出来，李维彤就焦急地问："所长，医生怎么说？"

"暂时还下不了结论，要等她跟邵冲谈完才知道。枪啊！枪啊！我初当警察时，老民警就说过，带枪三分险，弹出七分邪。枪这东西，警察离不了它，可又真怕它，带上它，枪就跟脑袋捆一块了。没见现在警察都不愿意带枪，一旦枪出了差，有可能把一辈子的前途都毁了。开枪之前的判断，如同赌博一样，下一张牌是什么，只有打开了才知道；枪响之后，才知道是打对了还是打错了，是赢了还是输了，是福还是祸。"

"何所长，怎么不见你提你的女朋友？"

何铭没想到李维彤会问他感情方面的事，他顿了一下，苦笑着说："一直也没遇到过相当的，可能天生就没那根筋。再说，谁家姑娘愿意找咱们警察，整日地瞎忙，又不能陪人家，有男朋友跟没男朋友差不多。没有倒也好，省心。"

"可总不能永远不找吧！要不我帮你找，你想要什么样的？"李维彤笑着问。

"碰吧！碰啥样算啥样，哪敢想要什么样的。"何铭无奈地说。

两个人又聊了一会儿，见程医生和邵冲走了出来。

程医生微笑着对何铭说："原来你是西隆派出所所长，这么年轻，真看不出来。我父母就在西隆。邵警官只不过受了点儿刺激，每天到我这儿做一次心理治疗，一周就能痊愈。不过，鉴于警察职业的特殊性和复杂性，公安局注定是心理疾病的高发区。你们单位其他同志如果有时间或条件，就像体检一样，最好能定期做一次心理辅导，也叫心理排泄，把心结、苦闷、压抑、痛苦都排出去。”

“你说得非常专业，真是那么回事儿，可现阶段，我们连体检都还无法做到，更谈不上心理检查了，能把你的手机号给我吗？今后再遇到心理方面的问题，也好请教。”何铭笑呵呵地说。

“可以，我们一家都在你的保护之中，将来有事儿求你，可别在我面前演包公啊。”程馨苗说完，把自己的手机号告诉了何铭。

李维彤见何铭和程馨苗热乎乎的一问一答，心里酸酸的。她刚才还听所长说他天生就没那根筋，可转眼间，他就向第一次见面的女孩儿要手机号了。

36

何铭开车先将邵冲送回家，随后和李维彤一起回西隆，途经一个十字路口等红灯时，一个面色黝黑，背有些驼的老太太拿一个空矿泉水瓶敲何铭的车窗，意思是讨要废水瓶。何铭刚要在车里找空瓶，绿灯亮了，后面的车摁响喇叭。何铭把车向前开了几十米，停在了路边。他从车里找出两个空水瓶，下了车，小跑着将俩瓶子送到几十米远处的老太太手里。

李维彤被何铭的做法感动了，待何铭一上车，问道：“所长，车都开过去了，干吗非要停车送瓶子？”

“老人不容易，也很要强，要瓶子比要钱强。两个旧瓶子在咱们眼里不算什么，可在她眼里，是财富，是希望，是满足。我们微薄付出，就能成人之美，何乐而不为？”何铭淡淡地说。

李维彤侧脸看着正开车的何铭，愈发觉得所长不仅坚强、厚重，而且有一种源自本性的善良，他的肩膀宽大，她真想靠在这肩膀上，撒娇，耍赖，心甘情愿地做他的小女人。憧憬中的她傻傻地笑着，仿佛幸福已经来临，何铭已是她的男人。

何铭刚想问问李维彤户籍室的情况，发现李维彤正看着自己笑，问道：“你笑啥呢？”

李维彤的脸一下就红了，好像被何铭看穿了心事似的。她忙低下头说："没什么，想起刚才程医生说让咱们定期做心理检查的事了，感觉挺好笑。"她遮掩着，为了掩饰内心的慌乱，她摆弄着挂在胸前的玉麒麟，这块玉是吴丹去云南旅游时给她买的，也应是定情之物。可此刻，她突然发现心里已没有吴丹的位置了。她想和吴丹分手，可又不知怎么开这个口。想到这儿，一片愁云取代了脸上的笑容。

李维彤在感情的十字路口徘徊时，何铭平静的情感之河也掀起了波澜，与程馨苗的相识令他心潮澎湃，一方面，那是一种触电的感觉，程馨苗的娇艳、浪漫让他怦然心动。另一方面，程馨苗和他的初恋女友钱妮的几分相像使他又陷入回忆和思念当中。钱妮是何铭的大学同学，杭州美女，被誉为公安大学的校花。两人是在大学的比武大会上认识的，当时何铭力挫三雄，夺得冠军，一下赢得美人心。谁知在校三年的热恋敌不过毕业后的天各一方，何铭回宜春，钱妮回杭州，一南一北。何铭曾想调到杭州工作，可父母不赞同，毕竟只有这么一个儿子，再加上始终没有接洽的关系调工作，这事儿就拖了下来。聚少离多的日子让海誓山盟的情感变得憔悴不堪，一段爱情不得不曲终人散。何铭回宜春六年了，也曾接触过一些女孩儿，不乏各方面都很优秀的，可和钱妮比起来，总是差那么一点儿。程馨苗不仅漂亮、艳丽，而且比钱妮大方、浪漫。何铭虽然动了心，但回想起刚才程馨苗在屋里打电话时说的"等我和唤章在美国结婚"那句话，心凉了大半截。程馨苗有男朋友，而且谈婚论嫁了。是啊！像程医生这样漂亮的女人怎么可能没男朋友呢？光有缘是远远不够的，"分"也相当重要。

何铭把吉普车开进派出所院，下车前对李维彤说："跟任何人不要提领邵冲去心理医院了，懂吗？"

李维彤点了点头。

"吕八卦"从户籍室的窗户看见何铭与李维彤在车里说着什么，犯寻思了，所长领着内勤这一上午跑哪儿去了？到所了还没唠完，难道这两个未婚男女处上了？李维彤刚进户籍室，"吕八卦"就放下手里的户口，凑过来问道："我看何所阴着脸回来的，又咋地了？"

李维彤见"吕八卦"又施"八卦"掌，探听她和所长的去向，就故作神秘地说："公私兼顾。"说完，李维彤去食堂吃饭了。

“公私兼顾。公是什么？私又是什么？”“吕八卦”看着李维彤的背影，自言自语地念叨着。

晚上下班，“吕八卦”和丁文俊同车，待车上只剩他俩时，“吕八卦”强憋住笑说：“小丁啊！一段美好姻缘就要在咱所产生了。”

“什么美好姻缘？”丁文俊被弄得愣眉愣眼的。

“要说还得是老同志有经验。你没发现李维彤看何所长时那眼神儿，发痴、发呆、发傻。何所长对维彤也有那意思，走哪儿都愿意带着她，英雄带美女，有面子啊！不过，他俩的岁数差了六岁多。要我看，你比维彤大一岁，模样也比何所长帅，你和维彤才最合适。”“吕八卦”明知丁文俊一直对李维彤用劲儿，故意在何铭与丁文俊之间钉个楔子。

听了“吕八卦”的话，丁文俊心里一阵失落，想了想，恍然大悟。难怪，他没少向李维彤发信号，可李维彤就是不回应，原来，她的心在所长那儿。

他故作轻松地一笑，说：“大姐，要我看，维彤和何所长才相配。何所长得够酷，又有权，前途不可限量，我咋能和所长比。再说了，我早就有女朋友了，改天让你过过目，帮我把把关。”丁文俊生怕落下他追李维彤，李维彤却没把他放眼里，竞争不过何铭的话柄，故意掩饰着。这时一辆摩托车突然从路边横穿过来，丁文俊为了躲摩托，猛一打舵，死踩刹车。这两手又太快了，摩托车虽躲过去了，可毫无防备的“吕八卦”的头一下子撞在前排的椅子上，脑袋当即起了个大包。

丁文俊把龇牙咧嘴的“吕八卦”送回家。“吕八卦”刚下车，他就拿出手机，给李维彤发短信，约她吃晚饭，想把这层窗户纸彻底捅破，可等了好一会儿，也不见李维彤回信，他打李维彤的手机，关机。

第二天早上，何铭刚到办公室，分局纪检组的魏组长带着干事小张就来了。魏组长从档案袋里拿出几张照片递给何铭说：“看看吧！兰欣宇的亲属到市局告你们刑讯逼供，致使兰欣宇的门牙掉了三颗，将一对恋情打成了强奸。”

何铭接过照片，共三张，分别是兰欣宇鼻子、嘴、牙三处伤的照片。图穷匕首见，兰家见案子登了报，丢人不说，也把私下背地里解决问题的路堵死了，干脆撕破脸皮，告警方，做最后一搏。何铭分析，肯定是兰家请的律师在看守所会见了兰欣宇，拍了伤处。

何铭把片子放在办公桌上，给魏组长沏茶，还问起魏组长的老胃病怎么样了，两人唠了十多分钟治胃病的事，魏组长这才发现跑题了。他见何铭面对宜春赫赫有名的兰家诉状，竟然不急不火，像没事一样，焦急地问："何铭啊，可是兰家告你，你们到底刑讯逼供没有啊？我看完控告信和被害照片，说实话，心里没底呀。市局要求两日内报结果，我跟翟局、政委汇报了，两位领导也非常重视，让我亲自来查。"

"魏组长，我可以把底儿告诉你，兰建宁告我、告派出所要是能告赢，兰欣宇要是能清清白白地从看守所出来，我这身警服就不穿了。兰欣宇身上的伤是我们抓他时，他掏出匕首拒捕，被我打的。我右臂的这道伤就是兰欣宇扎的。"随即，何铭撸了一下袖子，露出仍包着纱布的伤处。魏组长凑过来，看了看，又用手摸了摸，没吱声。

何铭接着说道："抓捕时被打伤和警察刑讯逼供致伤可是两回事。至于案件性质嘛，我敢跟兰家打到公安部。把一个来了月经的女大学生一夜摧残五次，难道这还不违背妇女意志吗？"

说到这儿，何铭到门口喊了一嗓子："让李维彤上来。"

不一会儿，李维彤走进办公室。

"你把给兰欣宇拍的那段录像给魏组长看看。"

李维彤掏出手机，找到丁文俊取兰欣宇门牙被打坏那段材料的录像，放到魏组长面前。屏幕上出现丁文俊讯问兰欣宇的话面，并传出一问一答："你的三颗门牙是怎么掉的？"

"是警察抓我时，我拿刀拒捕，被警察打掉的，我用刀划伤了何所长的胳膊……"

魏组长看完，如释重负地对何铭说："这我就放心了。我把这部手机带回去，向翟局、政委汇报，而后答复市局纪委。"

魏组长刚走，何铭就打通了段光先的手机，激动地说："段局，我是何铭。您开金口，我正准备把兰欣宇的案子化小，化了，谁知兰家竟然到市局告我们刑讯逼供，造假案。做人做事，没这么干的，太不讲究了。幸亏我多长了个心眼儿，否则兰家攥的把柄更大了。"

何铭最后一句话的意思是他没收兰家的十万块钱。段光先也觉得兰家理亏，没了往日的盛气，用安慰的口吻说："你们受委屈就委屈点儿吧，账记我身上。都是那篇该死的报道搅的，把案卷交刑警吧。"

何铭撂下电话，立刻吩咐龚上杰把兰欣宇的案卷送到刑警责任区三中队，由他们报捕、起诉。龚上杰一出门，何铭就像卸掉一个大包袱似的，长长地出了一口气。从"燕子李三"夜袭西隆到今天刚好一周，误伤学生、调查组调查、邵冲发病、兰家告状，他觉得这一周比一个月还漫长。好在都过去了。他暗暗感激李贺，还有罗真真。这两位贵人的相助让他连闯过数关。何铭把头靠在椅背上，闭上眼睛，边回忆这段的经历，边享受这难得的轻松。突然，一个身材高挑，长发凤眼，穿黑色丝袜的女人闯进他的脑海，是程馨苗。不知为什么，何铭此时会想起她。何铭很想给她打个电话，或发一条短信，问问她在干什么，聊聊她的喜好、家庭、爱吃的小食品，这是向女孩儿发动攻势的一个切入点，而后投其所好，可何铭又觉得没什么借口，联系有点儿唐突。他忽然觉得自己太搞笑，看来对她还是上心了，要不不会想起她，更不会想这么多。

正胡思乱想时，一个声音传进他的耳朵："所长，你最想见的人出现了。"何铭一惊，睁开眼，只见龙起正笑呵呵地站在他办公桌前。

37

"我最想见的人？"何铭一脸茫然，心跳得有点儿杂乱无章，好像被龙起正看穿了心事似的。

龙起正抓起桌上的香烟，点燃一支，不慌不忙地说："'燕子李三'大闹宜春城。"

一听有"燕子李三"的消息，何铭大脑的弦儿又绷了起来。

"怎么回事儿？"何铭说完，也点上支烟。

"燕子李三"的确是他最想见的人，何铭做梦都在抓他，不光因为"燕子李三"给他带来一连串的麻烦，还因为"燕子李三"公开向警察挑战的那份猖狂。

"刚接到分局的紧急通知，最近两天，宜春市内几家小区接连发生九起攀高入室盗窃案，每个被盗家的窗户上都留下‘燕子李三到此一游’八个字，通过对现场提取的痕迹鉴定，正是‘燕子李三’所为。市局已把此案作为全市公案。分局要求各所采取蹲坑守候的办法，打现行。对破案有功者，重奖；对设伏不力，再发类似案件的，通报批评。分局重点提到咱们是‘燕子李三’光顾过的地方，根据对‘燕子李三’作案规律进行分析，此人喜欢逆向思维，不按规则出牌，曾连续两天盗窃同一个小区的同一栋楼，普通百姓，包括警察都不会想到他会到头天晚上刚偷过的地方偷，没防备，他恰恰就利用大家这种心理，钻空子，而且得手了。所以说，‘燕子李三’很可能再到西隆。不过，我有一点始终没弄明白，‘燕子李三’为什么非得冒险攀高盗窃？这可是要命的‘买卖’呀！”龙起正提出自己的疑问。

何铭站起身，踱了两步说：“犯罪心理学对此类现象有解释，属于犯罪成瘾，这个瘾不是为了得到，不是为了物质上的满足，而是为了寻求更高层次的刺激和精神上的满足。登高、行窃、满载而归已经成为‘燕子李三’最大的刺激，他要是几天不登高行窃，就得像得了场大病似的，尤其他还有恋物癖，心瘾难戒啊！这是一个可怕而又必须重视的对手，你这周负责隆鑫小区晚上设伏，检查没有？弟兄们咋样？”

龙起正摇了摇头说：“说实话，不是太理想，我这周查了四次岗，多数参加设伏的民警根本不相信‘燕子李三’会再到西隆，思想上的麻痹直接导致设伏不力。有的民警在设伏点的车里睡觉；还有的在蹲坑期间晚来早走。以这样的工作态度，‘燕子李三’要是再到咱这儿，肯定大摇大摆来，大摇大摆走，根本拿不下他。到那时，我们等挨撸吧。是不是再开个会，强调一下？”

何铭听了，脸上呈现不悦之色，他用食指指了指窗外说：“公安局对民警违法违纪抓得狠，处理得重，可对工作不认真，不落实，造成严重后果的民警的倒查、查处力度却远远不够，下不了手，这在客观上造成了一些民警拖沓、麻木不仁的工作态度。板子不打到屁股上是不知道疼的。我总觉得，缺乏责任心，工作不落实的危害和违法违纪的危害相比，有时不相上下，有时甚至比违法违纪的危害还大。下午一点，召集全所民警开会，专门对设伏的事进行布置，必须做到守点、守时，人到、心到。岗位落实到人，责任也落实到人；把丑话说前头，谁的岗漏了，谁挨板子。到时我亲自到局里给他请处分。”

晚上十一点半，何铭独自来到隆鑫小区，检查设伏情况。下午的会，何铭足足讲了一个小时，重点讲尽职尽责和对不负责任者如何惩处，他自以为说到了，讲清了，民警们应该当回事儿了。春风很大，也很强劲，何铭下车就把夹克的拉锁拉上，向设伏用的捷达车走去。来到车旁，可车里一点儿动静也没有，他用手电往车里一照，只见侯起歪戴着警帽，坐在驾驶座上，睡得正酣。新民警刘振江和一个治安员坐在车后排，也睡着了。又是侯起，何铭的火腾就上来了。他刚要叫醒侯起，猛然间，他右眼的余光发现，车右侧一栋居民楼的墙上好像有个东西在动，他用手电一照，一个人像壁虎一样，贴在三楼的一扇窗上。何铭大喊一声“有情况”，随即，向右侧大楼跑去。

三楼窗户上的黑影正是“燕子李三”。此人叫齐飞鹏，二十二岁，七岁习武，练就了一身的好功夫，尤其是轻功，踏雪无痕。本来很有前途的他，却染上一个恶习——盗窃。他偷东西纯属一种癖好，见钱见物就想偷，偷完拿家放着，很少挥霍；不偷就手痒，心痒，闹心。后来，他迷上女人穿过的内裤、文胸、袜子，将这些女人贴身衣物偷回家，穿在自己身上，完全是异样的满足。他发现住在四楼以上的住户窗户关得不严，就把盗窃目标锁定在高楼住户。凭借扎实的轻功，他可以在没有任何防护措施的条件下，抓住窗台棱，上二楼，再上三楼，直到更高，他偷过的最高楼层是八层。楼层越高，难度越大，他的成就感越强，就越满足。几年的时间，他的足迹几乎踏遍了东北三省。偷的现金就有四十多万。他认为自己就是当代的飞侠，并自称“燕子李三”。

齐飞鹏曾想过收手，却收不了自己的心，几天不偷，不冒险上高楼，就像吸毒者犯了毒瘾一样。五天前，他听说西隆镇派出所民警为了抓他，开枪把一个学生误伤了，扬扬自得，感觉自己更像“燕子李三”了。他决定今晚在西隆再干几起，给又蠢又笨的警察添点儿乱。他甚至想象着警察面对现场的无奈和尴尬，这对他来讲是一种全新的刺激和满足。

当何铭的手电照到他时，齐飞鹏一惊，但很快镇定下来，他没想到会遇到警察，以为是小区居民。当他听到有人往他这边跑时，感觉不妙，慌忙顺着排水管道往下滑。他刚一落地，何铭已冲到他面前，同时，一束强光照到他的脸上。

“‘燕子李三’，你跑不了，警察，双手抱头，脸冲墙。”何铭大声喝道。

“冲墙？我现在要是冲墙，明天就得冲着监狱的墙，有本事，你抓住我。” 齐飞鹏说完，一个大鹏展翅，腾空而起，双拳打向何铭的面门，何铭不敢怠慢，侧身避开双拳，顺势一脚，踢向齐飞鹏的小腹。齐飞鹏连忙转身收招，何铭的脚踢空了。谁知何铭这是虚晃，突然腾空一个连环脚踹向齐飞鹏的头部。齐飞鹏没想到这个警察竟有这等身手，忙用双手挡住何铭的脚，何铭的腿重力沉，齐飞鹏退了两步，险些跌倒。这时，侯起、刘振江带着治安员跑了过来。齐飞鹏见警察人多，撒腿就跑，何铭紧紧追赶。

不一会儿，两人就跑出五百多米。侯起等人被落在后面。齐飞鹏见摆脱不了何铭，停住脚步，回头指着何铭说：“你不要再追了，再追，我可要出手了，把你打残废，你这辈子就完了。”

“少废话，今天不抓到你，我这警察不当了。”何铭话音未落，已伸手将齐飞鹏的右手抓住，这一手又快又突然，迅雷不及掩耳，齐飞鹏拼命挣扎。四只手较起力来。论力量，何铭强过齐飞鹏，可何铭却装作力不如人的样子，猛一松手，齐飞鹏猝不及防，手劲儿一下子就泄了一半。何铭趁他稍微迟疑的瞬间，照他前胸就是一记直拳，齐飞鹏双臂把拳架住，拳虽架住，但拳头离他的胸口太近了，何铭气沉丹田，突然将拳头变成两指，狠狠地戳在齐飞鹏的胸口，这两个可以钻破沙袋的指头顿时将齐飞鹏的胸骨捅碎。齐飞鹏一声惨叫，倒在地上。

38

程馨苗是在报纸上得到何铭勇擒“燕子李三”消息的。记者笔下的“燕子李三”变态、狂妄、飞檐走壁、武功高强，俨然魔鬼在世，而何铭道高一丈，技高一筹，尤其将何铭击碎“燕子李三”胸骨那段儿写得如同武侠小说一般，让人看了过瘾解气，荡气回肠。初识何铭，给她的第一个印象并不深，今天看了报，她才感到这个派出所所长不简单，竟把横行东北三省四年之久的飞贼的胸骨击碎了，想不到前天刚认识的派出所长是个大英雄，心中增添了几分的自豪，使她萌生了一丝爱慕和好奇，她想给他打电话祝贺一下，可又觉得有些唐突，毕竟只是一面之交。想来想去，她还是发出一条祝贺短信。

刚刚过完二十四岁生日的程馨苗，去年毕业于宜春大学心理学系。她的父亲是西隆有名的土地爷，早在十多年前，就以惊人的眼光和超低的价格购得西隆大片的土地。五年前，宜春开发西隆，他以十倍于进手的价钱卖出，一夜暴富。程馨苗的几个哥哥也都是呼风唤雨的人物。程馨苗是个喜欢享受生活又浪漫的女孩儿，爱逛街，买名牌，看电影，泡咖啡馆，上网，日子过得悠闲、充实、惬意。男友李唤章是她大学同学，三个月前去美国继承叔叔遗产。李唤章说他处理完叔叔的后事，就把她接过去，和她结婚，让她在美国大学继续深造。

何铭收到程馨苗“向英雄警察致敬”的短信时，正在分局。

昨天晚上，他和侯起把“燕子李三”送到医院，趁大夫给“燕子李三”处置骨伤的工夫，何铭拨通罗真真的手机。此时罗真真正在网上和闺中密友聊何铭的事。密友告诉她，像何铭这样的男人奇货可居，是高档货，无论如何得想法拿下。

就在这时，何铭的电话来了。罗真真惊喜地抄起手机，跳到床上，边按接听键，边做了一个漂亮的瑜伽动作。手机里传来何铭低沉的声音：“罗记者，你不是说现在的猫根本不抓耗子，也抓不到耗子吗？猫把一只大耗子抓到了。”

“你把‘燕子李三’抓到了？”罗真真反应奇快。

“你真聪明，都会抢答了。这可是目前宜春警方最轰动的新闻，你现在动笔，明天独家见报。凭这篇稿子，你们领导对你要刮目相看了。”随即，何铭把抓获“燕子李三”的过程详细地讲了一遍，他想通过这种方式还罗真真的人情，最后何铭又补充了一句，“万万不能讲是我给你透露的消息，就说隆鑫小区的居民提供的线索。”

待医生处理完“燕子李三”的伤，何铭把他送到分局刑警大队。“燕子李三"是全市公案，又是惯盗，身上案子多，必须由刑警专业部门处理；何铭知道练武的人手法多，怕"燕子李三"使点儿技巧跑了，再三叮嘱刑警要不错眼珠地看着。翟永胜听说何铭抓住了"燕子李三"，连夜来到分局，责成刑警大队马上突审，抠案子。

第二天,《宜春晚报》头版大篇幅报道了"燕子李三"被擒的消息。上午，何铭来到分局刑警大队，想看看案子进展，他刚进大队的门，程馨苗的短信就到了。

何铭见到程馨苗的短信，心里一阵兴奋，笑容飞上他的嘴角。他太想和程馨苗联系，甚至有些想她，但磨不开面儿。他分析程馨苗看到了今天的报纸，想不到这条线竟是罗真真牵的。何铭想了想，回了条短信：

"猫捉老鼠，符天理、尽天职。"

程馨苗看了，乐了。她想了想，手触按键，一段文字随电波发出："我代表西隆百姓请为民除害的英雄所长吃饭，时间、地点你定，正忙，88。"

乔其龙自从上次会上被耿向阳顶撞了一顿之后，虽然照常上班，但话特少；遇到汇报，请示工作的，全打发到洪文广那儿。镇党委开了两次会，他来了个徐庶进曹营，一言不发。镇里的干部们都能看出来，乔其龙在怄气，不管事了。这段时间，洪文广唱独角戏，对上，对下，大事，小事，他一个人忙乎，毕竟奔六十岁的人了，有些吃不消。洪文广也觉察出乔其龙闹情绪，后悔那天会上没为乔其龙撑腰，让乔其龙丢面子。

3月25日，耿向阳给洪文广打电话，想请乔镇长吃饭，赔礼。老耿子不好意思出面，让洪文广找乔其龙。洪文广见一向犟得九头牛都拉不回的老耿子要摆酒谢罪，正合他意。他正愁没机会把这个疙瘩解开。洪文广点着一支烟，来到乔其龙的办公室。

乔其龙正仰在椅子上看报纸，见洪书记进来，起身问道："有事呀，洪书记？"和以往洪文广进他屋时不同的是，乔其龙脸上没有笑脸，也不再管洪书记叫老爷子。

"老耿子刚才给我来个电话，对那天会上顶撞你的事挺后悔。灯不点不亮，话不说不明。今晚他和村里几个副主任在金香玉酒店想请你吃饭，我、老蒯、老秦作陪，正式向你赔礼。那天的确是老耿子不对，他们村计划生育没做好，你批评几句，属于工作范畴，他不该公开顶撞。当时我在会上没表态，因为你俩都在气头上，怕火上浇油。过后，我把老耿子撸了。不管咋说，你是镇长，别跟他一般见识，他既然知错，就给他一个机会。”

“嗨，老爷子，多大事，你要是不提我都忘了。常在一起，哪有舌头不碰牙，盆不碰碗的。我还不了解老耿子吗，小胡同赶猪——直来直去，就那倔脾气。这么地，我去，酒可以喝，礼就不必赔了，只讲感情，不讲矛盾。”乔其龙爽快地说。

39

晚上五点半，金香玉酒店二楼大包房里，镇上、村上，两路人马聚齐。坐在主位的仍然是洪文广，他的左侧是乔其龙，右侧是耿向阳，双方一边一个，正好是解疙瘩的阵形。蒯副书记、秦副镇长，上不着天村的治保主任卜仕仁，妇女主任刘百合作陪。老耿子看了一圈儿来宾，又看了看洪文广，洪文广点了点头。

老耿子让卜仕仁给大家把酒倒满，并特意给他倒了两杯，而后站起身说：“古人做错事讲究负荆请罪，上次党委扩大会上，我也做了件错事，不该在会上顶撞乔镇长，今天摆酒一桌，公开、正式、诚心诚意地向乔镇长道歉。”说完，老耿子先向乔其龙鞠了一躬，而后左右开弓，将两杯酒干掉。众人把目光都投向乔其龙，看他如何回应。乔其龙没吱声，回头把窗台上的白酒拿了过来，把桌上的一杯干了，又给自己倒了一杯，也干了。大家不约而同地鼓起掌。

洪文广的脸上露出了笑容，他把杯中酒干了，放下杯说：“都说宰相肚里能撑船，我看镇长肚里能跑马。其龙是个有胸怀、有肚量的人。从今往后，这件事就不要再提了。老耿子，你认错归认错，不过，你那狗脾气以后可得改改。”

“是，老队长，我肯定改，再不改，甭你动手，我自己就把自己的命根子剿了。”

老耿子和洪文广在农业学大寨修梯田时是一个突击队的，洪文广是队长，他是队员。这么多年了，老耿子仍愿意叫洪文广老队长，不光觉得亲切，关键是很怀念那个年代的人，朴实、简单，不像现在人这么复杂。

接着，满桌的人围绕着酒桌，一会儿顺时针，一会儿逆时针，时而交叉，时而平行，有时还来一段男女搭配，渐渐喝出高潮。就在这时，卜仕仁拿了瓶白酒过来，给洪文广的杯满上，单敬表哥，洪文广抬手把酒干了。酒刚进肚，洪文广就觉得这酒和刚才喝的酒不一样。几分钟后，洪文广头昏脑涨，浑身燥热，就想一头扎进凉水池子里才好受。他想提前走，又怕乔其龙有想法，可挺又挺不住，不知不觉竟趴在桌子上，晕晕乎乎的，好像什么都知道，又好像什么都不知道。他好像听乔其龙说，让卜仕仁送他去洗浴休息一下，又感到有人扶他上车，而后进了屋，脱了鞋和衣服，屋里很热，又过了一会儿，一个满身香气的女人进来，脱光了衣服，躺在他身边，搂着他。他觉得女人的身体好热，好滑，他想躲开，可身子就是不听使唤……

老耿子摆酒赔罪的当口，西隆镇派出所教导员闫城甫正带领民警侯起、丁文俊、邵冲在派出所值班。闫城甫这段的心情忽好忽坏，随着何铭的境遇变化着。“燕子李三”闹西隆，邵冲开枪伤学生，闫城甫心里乐开了花，公开看何铭的笑话，甚至想象着何铭一旦应对不了这种局面，他会取而代之。谁知何铭不仅化险为夷，而且亲手擒获“燕子李三”。市局已给何铭向省公安厅报请了个人二等功，闫城甫的如意算盘都落空了。他有些心灰意冷，好好干吧，为何铭做嫁衣裳，心有不甘，当一把手暂时又没机会；不好好干吧，不是那么回事。他当一天和尚撞一天钟地上班下班，人在心不在，不管事。

闫城甫在小食堂吃过晚饭，又到院子里打了趟太极拳，刚要回办公室，丁文俊从屋里跑出来说：“闫教导员，有人电话举报清海洗浴中心306包房有卖淫嫖娼的。举报人说了，如果派出所不管，他就往市局、省厅举报。”

听说举报人要往省厅、市局打电话，闫城甫挠头了。清海洗浴有打着按摩幌子的卖淫小姐在西隆镇是公开的秘密。派出所上下都知道“朱八戒”和乔其龙的关系，历任所长都让三分，过去凡是举报清海的，所里从不深管，怕得罪乔其龙。可今天的举报和以往不同，不仅房间号说得清清楚楚，而且把派出所的后路都堵死了，要举报到底，下狠茬子整清海。他如果不管，上面追查下来，他作为值班长，对群众举报不查，是要负一定责任的；又一想，“朱八戒”自从他没当上所长，对他冷了下来，尤其大年初八那天，他听说何铭要派人去清海抓赌，就偷偷给“朱八戒”报信儿。“朱八戒”过后就跟没这回事似的，连个电话都没给他打，更谈不上感谢了。想到这儿，他对丁文俊说：“你和邵冲穿便服过去，摸准了就抓。”

“用不用请示一下何所长？他说过，查场子，抓黄、赌必须请示他。”闫城甫听了，瞪了丁文俊一眼，没说话。丁文俊这才觉得这话问得有毛病，分明是拿闫城甫不当所领导，知趣地走了。

十分钟后，当丁文俊、邵冲冲进清海洗浴306包房时，两个人面面相觑，惊呆了，只见一个按摩女和西隆镇党委书记洪文广正赤身裸体地滚在一起。按摩女见两个陌生人突然闯进来，尖叫一声，拿起床上的浴巾，将自己的身体裹住。两个民警哪能想到，堂堂的西隆镇党委书记竟然会在西隆的地面找小姐。更让他俩惊奇的是洪文广对丁文俊、邵冲的进入毫无反应，依旧躺在床上，眼睛似睁似闭，也不遮挡赤裸的身体。要是换了别人，丁文俊早就把他们带走了，可眼前的嫖客可是一镇之首啊！连所长都得听他的，咋抓呀？就在两人不知所措之时，丁文俊的手机响了，是所里的电话。

“小丁啊，我闫城甫，刚才宜春市纪检委来电话，说接到群众举报，西隆镇政府的一名领导在清海洗浴中心找小姐，问咱们接警后抓到没有？”

啊？这个举报洪文广找小姐的群众够狠，不光举报到派出所，还举报给了市纪委，这分明是把洪文广往死里整啊。想到这儿，丁文俊稳定了一下情绪说：“闫教导员，的确有按摩女和一男顾客赤身裸体，是否发生性行为，暂时还下不了结论，但色情按摩是准的。不过，这个男顾客的身份很特殊，是洪文广书记。怎么办？”

“什么？洪书记。”闫城甫的脑袋嗡的一声。群众举报，派出所抓嫖，市纪委查询，闫城甫手拿电话愣住了。他也不知该怎么办才好，下令往所里带？不行，那可是西隆镇的书记，自己的上司，今后他还咋在西隆干了；不让往所里带？也不行，市纪委来电话过问了，还有那个知道情况很细的“群众”，他肯定盯上洪文广了。这件事已经压不住了，也不敢压呀！嘿！咋这么倒霉，偏偏我值班摊上这种事呀！他对刚才下令去查这条线索有些后悔。

闫城甫紧锁眉头，想了足足三分钟，有了主意，他拿起话筒说：“你俩先在包房等着，既不能让包房里的人走，也不能让外人进。此事非同小可，我做不了主，得请示何所长。”闫城甫放下电话，接着拨打何铭的手机，心想，把这枚炸弹扔给何铭，只要不在我手里炸，爱在哪儿响在哪儿响。

何铭的手机关机。闫城甫记得何铭说过，他要是关机，肯定回家了。他又拨通了何铭家的电话。

40

自从出了“燕子李三”和误伤中学生的事，何铭已经有十多天没在家睡个完整觉了，不是后半夜回来，就是半夜起来又走。今晚何铭回家挺早，老妈特意烧了几个他最爱吃的菜。饭后，何铭刚想冲个澡，进被窝，好好睡一觉，谁知还没等扭开淋浴的开关，就被闫城甫的电话叫了出来。闫城甫把派出所接警、抓洪文广现行，以及市纪委介入的过程讲了一遍。何铭听完，先是震惊，而后感觉不对劲儿，疑点重重。一则通过这段时间的接触和了解，洪文广是个朴实、正派的好书记，从未听说有什么绯闻，何况他快六十岁的人了。二则洪文广从政这么多年，为人一向严谨，他再傻也不至于傻到只身到西隆镇上的场子找小姐，西隆镇认识他的人太多了。

最让何铭感到可疑的是举报人，正常举报场所黄、赌、毒问题的，都往公安机关举报，希望警方处理这几类违法行为或查处违法场所，可这个举报人，不仅报到派出所，还举报到市纪检委，其用心险恶，目标直指洪文广。

何铭觉得这起蹊跷的涉黄案的背后肯定大有说道。他思考了一会儿说："你告诉小丁和小邵，封锁消息，此事只限于咱们几个人知道；纪检委那边先不要答复。他们若再来电话，就说正在查。我马上到洗浴中心，你在所里，随时和我联系。"

何铭走进306包房时，洪文广已有些神志，但脸色苍白，目光呆滞，身上散发着酒气，何铭问他话，他也不答。何铭和邵冲把按摩女带到旁边的包房。

"我们是西隆镇派出所的，你要老老实实回答，谁让你到这屋按摩的？"

"领班'八爪鱼'让我到306包房做花式按摩，我就来了。"按摩女声音颤抖着说。

"花式按摩是怎么按的？"

"就是脱光了，用胸部在客人身上揉。"

"你们发生性关系没有？"何铭低声问道。

"没有，这个客人始终处在不清醒状态，像喝多了。我脱光了他的衣服，他什么都不知道。"

"你说的都是真话？"邵冲插了一句。

"全是真话，差一点儿，怎么处理我都行。"按摩女边说边用浴巾裹紧身体。

何铭让邵冲悄悄把"八爪鱼"找来，不要惊动别人。邵冲出去七八分钟后回来了，凑到何铭耳边，小声说："'八爪鱼'刚才还在，现在不见了，手机关了。"

何铭顿时明白，洪文广被人设计了。洪文广跟谁喝的酒？喝的什么酒？怎么会昏睡？谁把他送到这儿的？一个个问号在何铭的脑海里闪现着。这时，他的手机响了，是闫城甫打来的。闫教导员说市纪检委的两个同志已到派出所，要听这起涉黄案的汇报。

怪了，市纪委怎么会知道派出所已经抓获洪文广现行呢？看来那个神秘的举报人一定就在306包房附近，边观察掌控局势，边随时向市纪委报告。这个人肯定看见派出所的人进包房了。何铭原打算把此事压下，现在看不可能了，再瞒要犯错误了。何铭深知纪委的厉害，不敢耽误。他让丁文俊、邵冲继续在包房陪洪文广，他拿着刚取的按摩女的材料，回到派出所。

何铭把此案的经过及刚刚调查的情况，向纪委的同志做了汇报，并谈了自己的看法。纪委的同志做好记录后，来到洗浴中心，把洪文广带走了。

纪委的人一走，何铭立刻给乔其龙打电话，把洪文广出事过程讲了一遍，乔其龙半天没说出话，最后说了句“我马上到派出所”。随后，何铭又向段副局长和翟局长做了汇报。翟永胜听了，也不相信洪文广会大模大样地到西隆的场子找小姐，也怀疑这其中有说道。他指示何铭连夜查找“八爪鱼”的下落，弄清细节，同时注意保密，在市纪委做出结论前，不要走漏风声，这毕竟涉及到领导干部的形象问题。何铭刚放下电话，乔其龙就到了，何铭又向他重复了一遍事情的经过。

乔其龙一拍大腿说：“都怨我，都怨我，太大意了。今晚我和洪老爷子在一起喝的，老爷子高兴，多喝了点儿，看样子浑身燥热，我就让上不着天村的治保主任卜仕仁陪老爷子去洗个澡。卜仕仁和洪书记是亲戚，他咋安排的我就不知道了。”

说完，乔其龙用手机给卜仕仁打了个电话。电话响了很久，老卜才接。

“你他妈的把洪书记整哪儿去了？”乔其龙气冲冲地问。

“他在清海洗浴那儿，我把他送去后，要陪他，可洪书记非要自己洗，还说洗完让他司机来接。我犟不过他，就回家了。咋了？出啥事了？”

“你的脑袋是被驴踢了，还是让门弓子抽了，让你陪领导都陪不明白，你还能干点儿啥？洪老爷子这回要是出个一差二错，你这治保主任就甭干了，回家种地去。”说完，乔其龙将手机扔到桌子上。

何铭见乔其龙很激动，想劝几句，可一想到是派出所抓的洪书记，没吱声。乔其龙看了看何铭，一下子想起是西隆的警察抓的西隆的书记，火又来了。

他指着何铭的脸说道：“何所长，你啥意思吧！镇政府拿派出所跟一家人似的，钱没差过，事儿没差过，可你们倒好，谁给奶吃咬谁，今天抓书记，明天就得抓我了。”

乔其龙当着何铭下属面的责骂，让何铭脸红得赛过红脸关公。他想反驳几句，或把责任推到闫城甫身上，为自己挽回点儿颜面，可一想，不妥。从执法角度讲，派出所抓嫖没毛病，但从情理上论，民警抓镇书记，就说不过去了，用社会人衡量是非的标准看，派出所不讲究，何况乔其龙是镇长，又正在气头上。

他强压着火，拾起桌上的手机，递给乔其龙，不卑不亢地说：“乔镇长，这件事，我们做得肯定有不周的地方。不过，事出有因，容我查清后再向你解释，我相信，此事终将会水落石出。另外，天还长，日还久，何铭到底是什么样的人，会经得起检验的，我也不怕验。事已至此，发火也没用，当务之急是应该赶快想办法把洪书记洗清，是不是向区委报告？让区领导出出面，到市纪委把人先领回来。”

乔其龙听了何铭的话，这才想起应该向区委报告。他刚要给薛区长打电话，薛区长来电话了，市纪委通知区纪委，洪文广晕倒在市纪委，已被送进市中心医院了。

41

好事不出门，坏事传千里。第二天早上，洪文广在清海洗浴找小姐被派出所抓了现行的消息就传遍了西隆镇，传的人一多，经过的嘴和耳朵一多，传闻的版本也就多了。有的说洪文广找的不是小姐，是老相好；有的说酒后乱性，酒后无德，酒色祸之媒，平日看着本分、正派的老书记肯定是酒劲儿攻的，要不怎会乱来；也有不信的，说洪文广即使出事，也不会在生活作风方面出事，既无前科，也没这方面嗜好，瘦小枯干的小老头儿，哪还能干了那种事儿；还有的骂西隆镇派出所的警察都是狗娘养的，六亲不认，连西隆的党委书记都抓。退一万步讲，洪文广即使有天大的错，西隆的警察也不该抓，等等。

洪文广事件让西隆镇派出所和何铭陷入到急流旋涡之中，本来，何铭擒获“燕子李三”，平息了邵冲误伤学生带来的一系列麻烦，压力缓解不少。前天，何铭还找到洪文广、乔其龙提出派出所和民警宿舍楼地号的事儿，洪、乔都点头了，并答应下周上党委会议一下。这意味着何铭的新派出所梦已实现了一半。他本想这周请翟永胜局长出面与洪文广、乔其龙吃顿饭，把这件事砸实了，谁知偏偏在特别需要镇党委、政府支持的节骨眼儿，派出所竟然抓了镇党委书记的涉黄现行。这下派出所新地号的事肯定搁浅了，也许要花费很大的代价才能扭转现在这种局面，甚至可能花任何代价也扭转不过来了。何铭回忆洪文广事件的每个环节，问题就出在接警、出警上。何铭在所务会上强调过多次，民警任何时候到管内的娱乐场所抓“黄、赌、毒”，事先必须向他请示，经他同意。闫城甫接警后，擅自做主，派警进洗浴包房，结果搞成这个局面。

上午八点半，在派出所每天例会上，何铭带着怒气说：“《人民警察法》第三十二条规定，人民警察必须服从上级的命令。可在咱们所，政令不通。个别同志根本不听指挥，有的还瞎指挥。我多次强调，动场所、抓场所的‘黄、赌、毒’之前必须请示我，我这么做，不是揽权，也不是我从场所拿了好处，而是作为所长对管内治安形势、人际关系掌控的必要。这次洪书记出事，你们去清海洗浴之前为什么不向我请示？我说的话是放屁啊？啊？”

说到这儿，何铭很激动，紧握的拳头狠狠地砸在桌子上。

“本来，我正运作一件对派出所，也包括对在座的每一位都有很大利益的事，可现在，极有可能因为洪文广的事泡汤。损失惨重，代价太大了，想挽回太难了。我今天再强调一遍，我是一所之长，我说的话，定的规矩，只要不违法、不违纪，就得无条件地执行。既然组织上把我安排到这个位置，纵使你有天大的想法和能耐，也得听我的。如果你要是能坐到我这个位置，我就听你的。谁要再不听吆喝，有你没我，有我没你。”

会议室里的气氛紧张极了，不少人听出来何所长这通火是冲教导员闫城甫发的。可抓洪文广现行的丁文俊却没听出来，以为何铭在批评他。他想，凭啥说我呀！闫教导员下令，我只是个执行者；出警前，我还提醒过闫教导员，可他不听啊！再说了，即使我有毛病，就凭咱俩都是特警一个车皮来的，也不该发这么大火呀！他大口地抽着烟，烟雾挡住了他那张郁闷的脸。邵冲也以为所长批评的人中有他，他满脸通红，心“怦怦”直跳，翻来覆去地摆弄着手机。侯起坐在那儿，庆幸自己当晚没出警，心想，干得越多，毛病越多。他听出来，何铭骂的那句“瞎指挥”，是在说闫城甫。他偷偷看了看闫城甫，只见闫教导员的脸一会儿红，一会儿白。“吕八卦”对何铭发火根本没当回事，她走过四五个派出所，遇到所长发火的事太多了。她最惦记的是何铭说的那句“对在座的每一位都有很大利益的事”，会是什么事呢？李维彤呆呆地看着何铭，她被何铭的怒气和激动弄蒙了，想不到一向温和的所长也会发脾气。

散会后，何铭把龚上杰叫到办公室，从兜里掏出张小纸片，递给他，说：“交给你一个特殊任务，这是清海洗浴领班‘八爪鱼’的手机号。此人是洪文广事件中的关键人物，现在去向不明，找到他，基本就能揭开洪文广事件的真相。一定要找到他。此事单独向我汇报，不要跟任何人讲。”

“明白，我这就去。”

何铭又来到副所长龙起正的办公室，对正在电脑前看全所今年第一季度发案情况的龙起正说：“你跟我去趟医院，去看洪文广，了解昨晚的出事过程，同时向洪书记解释一下咱们接警出警的程序，哎！昨晚乔镇长冲我发了一通火，洪书记还不知道咋看咱们呢；所里和镇里关系弄到这步，是我怎么也想不到的，不解释不行，解释又没人信。”

“这事根本就不怨你，都是姓闫的瞎整，要不我去找乔其龙，把事实真相告诉他，让他把账记到闫城甫头上，你背这黑锅干啥呀！”龙起正边看着闫教导员办公室的方向边愤愤不平地说。

“不能那么干，对外而言，闫教安排出警没错，再说了，他也不知道洪书记会在包房。咱所内部的真相已无足轻重，关键是洪文广事件的真相必须弄清。我可以断言，洪书记是让人设计了，至于设计者和设计他的目的目前还难以知晓，我相信，用不了多久，这个谜一定会解开。”

两个人刚出派出所的门，邵冲从后面追了出来，走到何铭面前，胆怯怯地说：“何所长，你别生气了，昨晚我错了，出警前应向你请示，今后再也不敢了。”

“一点儿都不怪你，千万别为这件事背包袱。”何铭拍了拍邵冲的肩膀，笑呵呵地说。

邵冲见所长脸上有了笑容，一颗心终于放下。他摸了摸自己的头，有些腼腆地说："所长，我还有个事儿。程医生治好了我的病，我要给她买点儿礼物，她说啥也不让。我想请她吃饭，你能不能作陪？"何铭听邵冲说要请程馨苗吃饭，马上想起程医生在短信里曾要代表西隆百姓请他吃饭，为他庆功，可过去一周了，程医生也没来电话，他一个大男人怎好意思向仅见过一面的女孩儿"讨债"，可在他心底，又特想再见到程馨苗。现在邵冲提出让他作陪，正合他意。他见邵冲的额头渗出汗珠，用手擦了擦说："傻小子，你也太实在了，想送人礼物，买了就送是了；不买先问人家要不要，谁能好意思说要啊！我一定到场，以你的名义请，我付钱。"

"不，不，我请我付钱。"邵冲连连摆手说。

"怎么？我刚讲完要服从命令，听从指挥，你就违抗。对了，吃饭时把维彤招呼着，请女孩子吃饭，有个女孩儿作陪，方便些。"

42

在宜春市中心医院，躺在病床上的洪文广握着何铭的手，边摇头，边流泪。

何铭安慰他说："老爷子，别激动，坚强些，您这样，我心里也不得劲儿。这件事的来龙去脉很复杂，也很蹊跷，有些细节正在查。不过，我感觉您是被人设计了，别急，会有云开雾散那一天的。"

"何所长，你到西隆的时间虽不长，但没少干实事。你心眼儿好使，脑瓜够用，你让其他人先出去，我有话对你说。"待屋里只剩他俩时，洪文广附在何铭耳边说了几句话。何铭听完，不禁大惊失色。

晚上下班，丁文俊开班车。车上只有李维彤和"吕八卦"。车刚离开派出所，"吕八卦"的话匣子就打开了。

"别看何所长平时文质彬彬的，发起火来也挺吓人的。"

"也难怪他发火，如果民警都按他要求做，哪会出这么大乱子。"李维彤接了一句。

丁文俊听出李维彤是在埋怨他和邵冲，没做任何解释，更没抱怨什么，因为有“吕八卦”在，怕她出去瞎传。不过，李维彤替何铭说话，让他有些不爽，难道真的就像“吕八卦”说的，李维彤对何铭有意思？他就差直接向李维彤表白心迹了，可李维彤装傻，不接招。男追女，隔座山，女追男，隔层纸，他担心年轻漂亮的李维彤向何铭发起攻势，何铭没准儿会中弹，到那时什么都晚了。他觉得不能再这样耗下去了，他决定正式向李维彤表达，看她究竟啥态度，行不行，给个痛快话。

车到了“吕八卦”家的小区门口，“吕八卦”刚下车。丁文俊就对李维彤说：“维彤，你知道牛郎第一次见到织女时说什么吗？”

丁文俊还是没有勇气直接对维彤说“我爱你”，他太要脸了，怕丢面子，本来心不在焉的李维彤竟被丁文俊的这句话逗乐了。

“我上哪儿知道去。几千年前的事，又是传说，是不是真有这两个人都不一定。”

“牛郎说，我爱你，嫁给我吧，我要用我的双手去创造财富，让你过上好日子。”丁文俊巧妙地用牛郎织女的故事郑重地向李维彤求爱。

“牛郎、织女身隔两地，一年只见一次，命运很悲惨。”李维彤明白丁文俊的意思，但她不想点破，就用牛郎、织女悲剧结局暗示她与他没戏。

丁文俊心一下子沉到了底儿，但他仍心存幻想，把话挑明，公开表达，为了幸福，不能再考虑脸面了，这又不是什么丢人的事。此时，车已到了李维彤家大院门口。

李维彤刚要下车，丁文俊一把拽住她的手，说：“维彤，我喜欢你。我会给你幸福。咱们还是同行，能互相理解，未来一定很美好。”

李维彤刚要缩回手，她身边一辆车的车门被打开了。李维彤回头一看，吓了一跳，吴丹正站在车门口，冷冷地看着她和丁文俊拉在一起的手。吴丹瞪着眼睛喊道：“我终于弄明白你为什么突然疏远我，原来你移情别恋，又结新欢了。”

李维彤刚要解释，丁文俊从车上跳了下来，站在吴丹的面前说：“跟我朋友咋说话呢？放尊重点儿。”

“你朋友？笑话，我们俩都快登记了。你竟敢摸我未婚妻的手！”吴丹话音未落，抬手就给丁文俊一记响亮的耳光。丁文俊的左脸上顿时印上五个手指印，又麻又热，他本能地回了一记直拳，正好打在吴丹的鼻子上，血从吴丹的鼻孔流了出来。吴丹像一头猛兽冲了上去，和丁文俊扭打在一起。李维彤上前拉拽，怎么也拉不开。这时，部队院里跑出来几个战士，将两人拉开，并将他们送到附近的四条派出所。

四条派出所是东城分局的。值班民警郭勇认识丁文俊和李维彤，再一看鼻子、嘴都是血的吴丹，明白了几分。小郭让丁文俊上二楼等着，把吴丹领到洗手间说：

“快洗洗，别血糊的。”吴丹把鼻子、嘴洗得干干净净，几乎看不出受过伤。李维彤递给他手绢，让他擦擦，吴丹“哼”了一声，没接。

李维彤对吴丹说：“你误会了，他是我们同事，咱们走吧！怪丢人的。”

“误会？拉着手也是误会？丢人？你现在根本不知道什么是丢人。你不是想跟他好，和我分手吗？我成全你们。不过，警察打人肯定不好使。我要上市局告他，你们不是正在搞‘三项整顿’吗？非得让他挨个处分。”

李维彤见说服不了吴丹，心急如焚。她跑到派出所门口，给何铭打电话求援。

何铭和龙起正刚在分局开完会，接了电话，立刻来到四条派出所。两人听李维彤讲述了事情经过，又见到丁文俊，看了看他。龙起正掏出手机，对准他脸上的“五指山红”拍了照片，随即，何铭、龙起正走进郭勇的办公室。郭勇正取吴丹的笔录，见何所长进来，刚要打招呼，被何铭摆手拦住了。

“小郭，你先出去一下，我和小吴谈谈。”小郭放下笔，出去了。

“吴丹，我早就听李维彤提起你，果然一表人才。我姓何，是李维彤、丁文俊的所长。今天的事，真的是一场误会。虽说你先打了丁文俊，但丁文俊身为警察，应该打不还手，骂不还口，算我管教不严。我向你道歉。你和维彤的事，自己解决；你和小丁打仗的事，都没啥伤，就这么地吧。”

“给我鼻子打出血了，道歉拉倒，那不等于白挨打吗？”吴丹高声嚷着。

“吴丹，如果你的伤很重，我花钱治，包括精神损失费都给你拿，可你现在毕竟没什么大事。”何铭苦口婆心。

“伤的确不重，可我就是要祸害他，让他付出代价。”吴丹坐在椅子上，跷着二郎腿，恶狠狠地说。

“小伙子，想跟警察玩官司？你还嫩。你不是要告吗？我陪你。你说小丁打你了，你有证据吗？伤在哪儿？”龙起正见何铭好话说尽，吴丹丝毫不给面儿，动了气，高声说道。

“证据？不少人都看见了，包括李维彤，我脸上还有血呢。”说完，吴丹去摸自己的鼻子，竟什么也没摸到，小郭让他把鼻血洗了，这不是把证据洗掉了吗。

“现场证人只有李维彤。很遗憾，维彤不可能，也不敢给你作证，去坑他的同事。不过，你打丁文俊的证据可在我手里，看，好清晰的五指印记。”说完，龙起正拿出手机，打开丁文俊左脸伤的照片，给吴丹看，而后又说，“根据这条证据，派出所就可以拘留你。不过，看在李维彤的面子，我不想把事做绝。你现在只要从派出所的门出去，不再提这事，丁文俊脸上的伤算我打的。”

吴丹长吸了一口气，心想，以现在的形势，很难占到便宜不说，怕是还要吃亏，就此拉倒是唯一的出路，自己毕竟先打了对方。想到这儿，吴丹一句话没说，向派出所门外走去。在门口，他看到了李维彤，停了一下，想说点儿什么，最终没说出来，走了。

何铭、龙起正、丁文俊从屋里跟了出来。

“感情上的事，慎重点儿，处理好，否则会很麻烦。”何铭对李维彤说。随后，他加大嗓门儿对丁文俊说：“手痒痒是不？你要是再把拳头对准犯罪嫌疑人以外的人，就别在派出所干了，回特警队去。”

43

当天晚上八点，宜春七重天洗浴中心717包房来了三位刚刚洗完澡的客人。他们是乔其龙、乔其行、乔其天。乔其天边用毛巾擦头发，边对乔其龙说：“大哥，我不过略施小技，就把洪大老爷三十年的威风打下来了。你呀，就是心不够狠，要是早听我的，洪文广早倒位置了。你这回要是当了书记，我可是首功一件啊！”

“哎！”乔其龙苦着脸，重重地叹了一口气说，“今天，区里让我暂时主持全镇工作。我上午去医院看洪文广，说实话，心里挺不是滋味；不管咋说，在一起也有七八年了。洪文广好像觉察出这件事和我有关，见了我，双眼一闭，竟一句话也没说。弄得我当着好几个村干部的面下不来台阶呀！我听薛区长讲，市纪委对洪文广的事还在调查，暂时还下不了结论，不过，洪文广下台已成定局。二弟，下步该你了，马上找人做通区里两个一把手的工作，我得当上书记啊！”

“你俩净乱整，竟然给洪文广扣上色情按摩的屎盆子。洪老爷子那人相当不错，欺负老实人有罪啊！”乔其行摇了摇头说。

“老二呀！官情薄如纸，当官不讲究，讲究不当官。以前我没觉得书记和镇长之间有多大差距，可就这一年，通过不少事一看，不当一把手真就不好使。”乔其龙说完，点上一支烟，使劲儿吸了一大口。

“二哥，大哥说得对，洪文广欺人太甚。盖镇政府大楼，那么大的事，既不跟大哥商量，也不搞竞标，私下里就和骆九家定了。洪文广眼瞅就回家了，肯定从中捞了不少油水。光捞油水倒其次，他眼里根本就没有大哥啊！”说到这儿，乔其天喝了口茶水，随口将进嘴的茶叶吐到地板上。

“我跟区委高书记不熟，跟薛区长倒有些来往。我找找薛区长，让他帮着做做工作。”乔其行扶了扶眼镜说。

“用不用花钱？只要大哥当上书记，二哥，花多少钱我拿。”乔其天拍着胸脯说。

“花钱，就知道花钱。你以为是上超市买东西，一手交钱，一手拿货。跟薛区长这样级别的领导办事，直接拿钱未必好使，他会觉得你看轻他，或者认为这是贿赂他，会加重他心理负担。我听说薛区长集邮，不妨投其所好，送他些值钱的邮票，不显眼，他收着心安理得，比送钱的效果要好得多。” 乔其行就像给两个学生讲课。

“可不是咋地，送钱太直接，太商品化；送邮票，又高雅，又有人情味。”乔其龙边说边把半截烟头摁在烟灰缸里。

“我听说有张‘文革’邮票，叫‘祖国山河一片红’，挺值钱，就买这张。”乔其天咧着大嘴说。

“尽胡诌啊！‘祖国山河一片红’最少也得八十万块钱一枚，你买得起吗？1980年发行的猴票方联就行，估计也得一万多块，一定要买真的，别买赝品。” 乔其行瞥了乔其天一眼说。他打心眼儿里看不上这个三弟，要不是一个娘肚里出来的，他肯定不会和乔其天来往。

“没问题，这事儿交给我了。”乔其天挥舞着双手说。

“那个叫卜仕仁的可真不是人，连他的亲表哥都整。这样的人，你们可得防着点儿。另外我听说是派出所的警察把洪文广堵屋的，他们会不会接着查这件事？别再把你们这两个幕后查出来。”乔其行说完，摘下眼镜，闭目养神。

“卜仕仁在我眼里，最重要的不是他是人还是鬼，而是他对我有没有用。对这类有奶便是娘的货色，我心里有数，只能我利用他，不可能让他把我利用了。派出所这帮警察现在可惨了，镇里镇外都骂他们不讲究，不该抓镇书记现行，听说他们上班都不愿穿警服，怕挨骂。派出所新来个何所长，打过几次交道，还行。派出所要盖新房，何所长正求我批地号。我先抻他一阵子，等他向我再靠近点儿，彻底上了我这艘大船再说。” 乔其龙胸有成竹地说。

“你还是得谨慎些。对外，对洪文广的事要多说同情、不相信之类的话，对他的家人要多安抚，医疗费、营养费要跟上。区委虽然让你临时主持，但镇上工作还要勤请示洪文广，即使是走形式也要走，千万别流露出你要当书记的意思，否则极易引火烧身。”乔其行以领导的口吻，慢条斯理地嘱咐着。

44

4月2日晚上五点五十五分，何铭、邵冲、李维彤走进了上清菌菜馆的小包房。邵冲为选一个环境好、饭菜可口的饭店，绞尽脑汁，最后还是何铭给他出了个主意，说请女孩子吃饭，得突出高雅和清淡，不妨吃菌菜，喝菌汤，很适合女人口味。李维彤来之前特意做了个新发型，将头发高高盘起，看着润泽光亮，再配上一身裙装，更加光彩照人。李维彤之所以用心打扮，心思还是在何铭身上。她看出何铭对程医生有好感，想在酒桌上盖过程馨苗，她太想得到何铭了。

六点整，当程馨苗微笑着出现在何铭、邵冲、李维彤的面前时，幽香四溢，沁人心脾，只有用了非常名贵的香水，才能散发出这样的气味；一身价格不菲的紫色小格套装，勾勒出她双腿的修长和上下身比例的协调；头发扎成个小马尾，青春、随意；白皙的脸上，一抹玫瑰红跃上香唇，充满了诱惑；她把LV的手包挂在衣架时，腕上露出一块瑞士浪琴表。何铭暗想，看程医生的穿戴，她不是富家的公主，就是有钱人的女友，仅凭她的薪水是达不到这样消费水平的。第一次见到程馨苗时，她涂的是淡紫色口红，今天她穿紫色衣服，看来她对紫色情有独钟。

何铭起身和程馨苗打招呼说："这身套装真漂亮，你喜欢紫色？"

"有些偏爱。在色调的寓意中，紫色代表高贵、神秘。作为一名心理医生，必须具备多重性格，也包括神秘。另外，紫色是吉祥的征兆，有句话叫作紫气东来。"程馨苗说完，坐在李维彤的旁边。

何铭忘了程馨苗与李维彤见过面，给两个人做介绍，程馨苗冲李维彤点了点头说："我们见过，第一次陪邵冲去我那儿时，她就来了。警察中竟还有长得这么标致的美人，应该当电影明星，当警察可惜了。"

李维彤听程馨苗夸自己，脸一红，摆着手说："就我的长相，即使拍电影，也就演丫鬟、宫女之类，可演不了主角。"

大家都被她的话逗乐了。

程馨苗笑着说："看你们几个都挺随和，有说有笑的，哪像老百姓评价警察时说的那样，一脸阶级斗争，成天绷着脸。”

“警察的确好绷脸。这都是1983年‘严打’留下的病根儿。那时一线的警察几乎每天都在抓人、办案，和犯罪分子打交道，不绷着脸，不严肃怎行？当时老百姓给我们编了个顺口溜，说公安局门难进，脸难看，话难听，事难办。最近这几年，上到公安部，下到分局，为解决‘四难’的问题，出台了不少新举措，尤其在惩处上力度不小。你问问李维彤，她敢不敢面对群众时绷着脸？敢不敢跟老百姓吵架？” 何铭指着李维彤说道。

“绝对不敢。现在在窗口，别说跟老百姓绷脸，有时还挨老百姓欺负呢，委屈死了。个别胡搅蛮缠不讲理的，到所里说骂就骂，动不动还要投诉，有时明明我们有理，也不敢还嘴。” 李维彤边说边摇头。

何铭把菜牌递给程馨苗说：“光唠嗑儿了，都忘点菜了，邵冲这个主人不合格啊！程医生，喜欢什么？点。”

程馨苗接过菜牌，看都没看，转手放到邵冲手里说：“你点菜，我埋单，我答应过何所长，为他擒获‘燕子李三’庆功。”

邵冲还要推辞，何铭冲他挥了挥手说：“你就点吧！对了，程医生，喝什么酒？”

程馨苗摆摆手说：“我不会喝酒。吃饭是其次，重要的是在一起聊聊天，这也是放松心理的一种方式。”

不一会儿，菌汤、菌菜上齐了。何铭起身，依次给大家盛了碗菌汤，而后对邵冲说：“你是主请，虽无酒，但有汤，以汤代酒，表达一下心意吧！”

邵冲站起身，举起汤碗，激动地说：“我首先要感谢何所长，自打开枪把学生误伤后，我的精神几近崩溃了，要不是何所长内外斡旋，我恐怕难以平安无事。其次要感谢程医生，不到一周，就把我的心结打开。按何所长说的，以汤代酒，我干了。”说完，邵冲就要喝。

何铭忙阻止他说：“别干，汤热，烫着。”

程馨苗和李维彤都笑了。程馨苗看得出邵冲对何铭的称赞绝不是表面上的溜须吹捧，而是发自内心的敬重。她拿起汤勺，品了一口汤，很鲜。

“这汤是用三十多种蘑菇加乌鸡精心熬制而成的，正适合你们女孩子，养颜啊！可比化妆品管用。来，把这盘松茸下锅。松茸被誉为菌中皇后，据说1945年美国向日本广岛投下原子弹后，广岛的大多数植物都灭绝了，松茸却活了下来，足见其生命力的顽强。”何铭像服务员一样介绍着。

“当警察最大的烦恼是什么？” 程馨苗夹了一块松茸放在嘴里，嚼了两下问道。

“三句话不离本行，你现在又把警察作为研究对象了。当警察的烦恼不少，活累，压力大，钱少。要说最大的烦恼吗，我认为警察在同对手斗的过程中，因技不如人，拿不了对手，拿不下对手，拿不动对手，就像遇到‘燕子李三’，真要打不下来，我怕是得闹心一辈子。” 说到这儿，何铭往李维彤的碗里盛了一勺汤。他怕光和程馨苗说话，冷了李维彤。程馨苗从答案中感觉到何铭对警察职业的喜爱和投入。

“现在研究心理学的多吗？”何铭放下汤勺，问道。

“心理学在国内起步较晚，研究、学习的人还不多，心理医生更是少之又少。然而国内患有各种各样心理疾病的人数却正呈几何级数地增长。保守点儿说，中国现在至少有三千万人有程度不一的心理疾病。这是一个可怕的社会问题。更可怕的是，中国人和西方人对待心疾的观念不同。西方人视心理健康和身体健康同等重要，对看心理医生习以为常。而中国人则忌讳看心理医生，好像去了心理医院，就有精神病似的，怕被人瞧不起；即使去，也要偷偷摸摸去，生怕让人知道。”

“为什么会产生这么多的心理问题呢？” 何铭注视着程馨苗问。

“这同现代社会紧张的生活节奏和对人巨大的压力有着直接的关系。人们在生活中总会碰到不开心的事，不良情绪就会产生。如果不良情绪增长太快，又得不到及时的释放，一旦超出了人的承受极限，心理问题向恶性方向发展，人就会患上轻重不同的心理疾病。失控情绪向内、严重的就会自杀；失控的情绪向外，有时会表现为破坏，甚至反社会，不少犯罪行为与心理疾病都有直接的关系。”

“唠来唠去就唠到警察领域了。你讲得真好，有机会多交流，会对我们侦查破案大有益处。”何铭兴奋地说。他愈发觉得和程馨苗能说到一块儿。

“你们光说，也不吃。何所长，咱们可是请程医生吃饭，不是请程医生讲课。别聊心理问题了，先解决肚子问题吧！”李维彤见何铭和程馨苗旁若无人地侃侃而谈，心里产生一丝妒意。何铭的脸一红，感觉心事被李维彤看出来，让大家动筷。

一个小时后，何铭见吃得差不多了，悄悄地对李维彤使了一个埋单的眼色。李维彤心领神会，刚要去，谁知程馨苗看出她埋单，拉住维彤的手说：“说好的，我来，医生请英雄。” 李维彤挣扎着要走，程馨苗不让，两人僵持起来。邵冲跑出包房。

何铭拽了一把李维彤说：“你们别争了，鹬蚌相争，渔人得利。”

45

几个人走出酒店。邵冲家离酒店不远，和大家打了招呼，自己走了。何铭想借送程馨苗的机会，单独和她聊一会儿。他先问程馨苗家在哪儿，程馨苗说在米兰小区。如果顺路的话，应先送程馨苗，再送李维彤，可何铭要先送维彤。李维彤看出所长的意图，她也想趁何铭单独送她的机会，一诉衷肠，挑破这层纸，这样闷着，她有些受不了，何况她已经和吴丹分手了。

她故意拉长音说：“所长，先送程医生顺路，否则，太绕远了。”

“啊！好吧！那就先送程医生。”何铭有些无奈，只得先送程馨苗。十分钟后，程馨苗在米兰小区门口下了车，笑着冲何铭摆了摆手，做了个电话的手势。这一瞬间，何铭觉得自己的心被拽向程馨苗的一边，他下意识地跟着做了同样的手势。

车上只剩下何铭和李维彤，何铭把车开得飞快。李维彤想开口，却又不知怎么说好。

何铭觉察到李维彤好像有话要说，可等了一会儿，仍不见她讲话，两人都有些尴尬。

“到所里快五个月了，怎么样？是上学好，还是上班好？”何铭想出这个话题，打破了车内的沉寂。

“上学时盼上班，可上班后才知道上班的难处，远比在学校时复杂。真应了钱钟书先生的话，围城内外，城里的想出来，城外的想进去。何所长，我想调走。”李维彤突然找到了向何铭表达爱意的切入点。

“调走？为什么？你刚来几天呀？”何铭有些惊讶。

“嗯，我喜欢上咱所里的一个人。如果将来和他结婚的话，夫妻不能在一个单位工作。”

“噢，好事呀！谁呀？我帮你参谋参谋。别说，咱所精英小伙儿不少。龚上杰、丁文俊、邵冲，究竟是哪一个？”

“都不是，是……”李维彤刚要说你字。突然，一辆桑塔纳轿车闯红灯，直奔何铭的吉普车。何铭左手打舵，踩住刹车的同时，用右手将李维彤搂在怀里。尽管何铭迅速做出一系列的反应，桑塔纳还是刮到吉普车的右后侧。李维彤尖叫一声，闭上眼睛。何铭为了护她，右臂狠狠地磕在右侧车窗上，窗户玻璃粉碎。何铭见李维彤没事，下了车。

桑塔纳车上下来一男一女。男的满嘴酒气地冲何铭喊了起来：“你他妈的会不会开车？”

何铭没理他，掏出手机，拨通东城交警大队的电话。这时，一辆出租车从他身边慢慢驶过。十分钟后，东城区交警来到现场，刚要勘查，宜春市公安局督导处的警车到了，两名戴督察帽的警察下车就问：“哪位是何铭？”

“我就是。”何铭有些不解，督察的车怎么来了。

“你是西隆镇派出所所长吧！我们刚接到群众举报，反映你酒后驾车肇事，特来调查，请配合，测一下你是否饮酒。”说完，督察把测酒仪递给何铭，让他对着嘴儿吹。何铭一惊，心想，这是哪儿的群众举报的？举报人连他的名字、职务都知道。

何铭对准测试嘴吹了几下，而后将测试仪递给督察。督察看了一下测试指数说：“0！根本没喝酒。”

而后让何铭签字，上车走了。

交警勘查完现场，将酒后驾车的桑塔纳司机带回交警队处理，何铭不负任何责任。何铭见吉普车伤得不重，跟交警说自己回去修后将李维彤送到家，并告诉她千万保密，上班不要提撞车的事，免出是非。

何铭回到家，躺在床上，仍很兴奋，不是为车祸，而是为程馨苗，想起和程馨苗在酒桌上的对话，很投缘，要不是李维彤打断，他们可能还要聊下去，没唠够。何铭很想现在和程馨苗用短信聊一会儿，可她有男朋友，此时两人很可能在一起，他发短信，会不会闹误会。他想不发了，可撂下手机，心又痒痒。何铭思忖好久，终于有了主意。刚才在酒桌上，没谈邵冲病的事。虽说邵冲痊愈了，但将来会不会复发，需注意哪些，他不知道。想到这儿，他给程馨苗发了一条短信：邵冲的病有无复发可能？打扰了。

程馨苗收到何铭短信时，正在电脑前惆怅。自上个月起，男友的邮件越来越少，即便有，也是只言片语，到今天已六天没有邮件了。她发邮件过去，男友也不回。她感觉男友对她逐渐冷淡的背后肯定有情况。难道巨额家产的继承让他有了新想法？她正发呆时，何铭的短信来了。她见何铭问邵冲的病，马上明白何铭是在找借口跟她说话。因为仅为邵冲病的话，他完全可以大大方方打电话询问。从何铭第一次见面就朝她要手机号到现在的短信，她意识到这个派出所所长对她有好感，通过两次接触，尤其是刚才晚饭时的交流，她觉得何铭不俗，有胆有识，能文能武，是个有修养、有档次的人。她给何铭回了条短信：有复发的可能，避免强烈刺激。

一分钟后，一行字跃到馨苗手机屏上：改日单独请你吃饭，探讨一下犯罪心理学好吗？

醉翁之意不在酒。男人请女人吃饭，百分之九十的目的是为了爱。这道简单的题一下子就被程馨苗算出来了。程馨苗摁了几下键子，何铭的手机上显示：有没有比吃饭更有趣的活动？

何铭内心一阵激动，因为程医生没拒绝他，至少对他不反感。5月3号，宜春吉普车发烧友协会要在罗群山下举行一年一度的吉普越野赛。他是上届大赛的亚军，将直接进入今年的决赛。随即，两行字飞到程馨苗手机上：5月3号，一同参加吉普车极限越野赛，刺激，惊险！可有兴趣？

程馨苗看了，心想，这个英雄警察够野，够味儿，竟然玩赛车。她犹豫了，一边是趋冷的男友，一边是趋热的警察。说实话，她很想跟男友到美国去，倒不是为了钱，关键是她能到美国的大学深造心理学。可现在男友那边究竟发生了什么事，她根本不知道，现在警察闯进来了，而且是一个有魅力的警察，她最了解自己，在情感上一旦和警察走近了，弄出感觉和火花怎么办？她一时不知怎么办好。最终，她还是没能抵挡住警察和赛车的诱惑。她决定走进警察的世界看一看。此时的何铭焦急地等待着。十分钟后，他的短信铃音响了，他忐忑不安地打开短信：那就刺激一回。

46

第二天早上，何铭一进派出所，就觉得气氛不对头，不少民警都用异样的眼神看他。何铭不动声色，悄悄把龚上杰叫到他办公室，问所里发生了什么事。小龚说，他也刚听说，民警们都在议论他昨晚和李维彤出去喝酒撞车的事。

“所里都知道了？”何铭自言自语道。他眉头紧锁，联想到昨晚市局督察接到举报，到现场调查，何铭断定，肯定是所里人看见他撞车，向督察处举报的。会是谁呢？他正想着，桌上的电话响了，是段副局长的电话，他抄起电话说：“您好！段局。”

“听说你昨晚拉着李维彤酒后驾车，出了车祸，督察都去了？”

都传分局去了？ 何铭吃了一惊。他稳了稳神儿，把邵冲请程医生吃饭，他和李维彤作陪，以汤代酒，以及发生车祸的过程讲了一遍。

“没事就好。不过，我得提醒你，还是慎重些，跟女下属不要太密，弄得沸沸扬扬，唾沫也会淹死人的。”说完，段光先把电话挂了。

何铭没觉得自己哪儿错了，被段光先窝囊一顿，就像吞了只苍蝇，恶心。他刚放下电话，手机短信铃音响了，是李维彤发来的：“侯起昨晚坐出租车路过撞车现场，消息准确。”

何铭把手机拍到桌上，骂道：“猴崽子，制造绯闻，胡乱举报，四处传播，这是想把我搞臭啊！早晚不等，非把这个歪腚猴从派出所踢出去。”

进入4月下旬，宜春滴雨未下，春雨贵如油，农村旱情严重。4月26号，市政府下拨了一笔抗旱资金，用于城郊及外县打井抗旱。市财政局乔其行处长以东城区地势高为由，多给东城区拨了三十万。随后，乔其行把电话打到东城区薛区长的办公室："薛区长，我，乔其行。市里下拨抗旱资金，我给咱区多拨了三十万。"

"太好了，太好了，先谢谢，我得请你吃顿大餐。"

"谢啥，谁让我是在东城出生的，一家人不说两家话。何况我大哥乔其龙还在你手下，我得打你的溜须啊！对了，提起其龙，想起个事，我听说洪书记出事要下去了，如果区里研究西隆班子的话，你考虑考虑我大哥。他有魄力，能干，也会干，可就是不会跑关系，只能由我这个兄弟代劳了。"

"噢，嗯，我心里有数，等洪文广的事有了结果，我会说话的。财神爷张嘴，高书记也不敢不给面子。"

"那就拜托了。这边有事儿，你吱声。"

当天下午，乔其龙来到薛区长的办公室。薛区长热情地招呼乔其龙坐下，而后说："其龙啊，怎么样？文广住院，你的担子不轻啊！"

"哎，洪书记出了点儿事，越是这种时候，我越得做好，总不能让外人看笑话，让领导不放心。对了，薛区长，洪书记的事怎么样了？我和全镇干部都盼着他的事早点儿有个结论，早点儿回西隆工作啊！"

"哎！老洪再有一年就退休了，可偏偏在这节骨眼儿，晚节不保，没能软着陆啊！"薛区长说完，叹了一口气。

"您就多费心了。能保就保，能轻就轻，一方面洪书记是老同志了，另一方面，毕竟发生在东城区，处理重了，区里也不光彩啊！"乔其龙恳切地说。

"那倒是，高书记为这件事亲自去了趟市纪委，做了不少工作，应该能起些作用，他毕竟是市委常委啊！"

"薛区长，我听说您喜欢集邮，而且挺有研究？"

"是攒了点儿邮票，研究谈不上，怎么你也有这方面的雅兴？"

"不瞒您说，我搞集邮也有二十多年了。咱们也算票友了。1980年猴票问世的时候，我花了三块两毛钱，买了十个猴方联。难得遇到志趣相投的，送您两套，充到您的集邮册里吧！"说完，乔其龙小心翼翼地从提包里层取出个小纸袋，递给薛区长。

薛区长接过纸袋，轻轻倒在手上，反复地品了半天，惊喜地说：“是真品，是真品，这样上乘品相的，在市场也不多见。这猴联的市场价好像在八千元左右吧！方联我可以留下，但钱得付。”

“区长，您当然得付钱了，我买的时候是三毛二分一个方联，现在已经过去二十多年了，您就按二十倍的面值付钱吧！每个方联六块四，两个方联十二块八，四舍五入，就给十三块吧！”

“不行，不行，你可真能开玩笑。”薛区长摇着头，语气坚决地说。

“薛区长，您先品着，我得去趟水利局，研究抗旱打井的事。”说完，不等薛区长再说话，快步离开了区长办公室。

5月3日上午八点，何铭驾驶吉普车，拉着一身耐克运动装的程馨苗来到宜春市郊的罗群山，参加宜春吉普车发烧友协会举办的一年一度的越野赛。因为是“五一”长假，吉普车发烧友来了不少。根据车况、车手的水平，以及上届大赛的成绩，组委会最终确定十辆车参加最后的决赛。程馨苗见山下这块面积有三个足球场大的场地到处是泥坑、水坑，还有几个约四十五度左右的陡坡，惊讶得吐了半天舌头。

她咧着嘴对何铭说：“这哪儿有路啊？也许只有坦克能开过去。你们这是图什么呀？放着好好的路不走，走这样的烂路？”

何铭指着场地，自豪地说：“吉普车与轿车比，油耗大，噪音大，笨重。可为什么那么多人喜欢它？就因为它的越野性和通行性强。而吉普车在市内平坦道路上无法体现他的价值，唯有在这样看着不是路的地方，才能展现它的优势。开吉普车越野，还有一个常人无法体会到的乐趣。眼前这个天然赛场，应该说集艰难、危险、困阻于一体。这与我们工作、生活中遇到的困难，面临的压力是何等的相似啊！发烧友们在这里纵横驰骋，一方面是发泄和减压，另一方面也是在锻炼意志，在征服，权当撒点儿野吧！”此时的何铭，就像一个即将上战场的将军，自信，兴奋。

这时，不少发烧友见何铭领个靓妹，纷纷过来打招呼：“警察来了，怎么样？上届亚军这次有美人儿助阵应该拿冠军了吧！”

何铭和大伙寒暄了几句，随后对程馨苗说：“去年我得了个亚军。今年把你带来了，是奔冠军来的，全看你的表现了。”

“看我的表现？”程馨苗不解地问。

“你没见参加决赛的选手车里都坐着一个漂亮的美眉吗。女孩儿在赛场上的作用就如同兴奋剂。男人在女人面前，尤其是在心爱的女人面前是最好胜的，这也是激励、鼓舞选手的最好办法。来，把头盔戴上。”

“带这干吗？又不是坐摩托车，是在车里。”

“越野嘛，不可能像在马路上开车那么舒服，磕磕碰碰难免。人体各部位，最脆弱的就是头部，把它护住，基本无大碍。坐稳了，双手把住。”何铭戴好头盔，系好安全带，程馨苗也跟着戴好。

十辆吉普车轰鸣着，并排列好，像百米起跑线上的短跑运动员。随着发令员的一声枪响，十辆吉普车几乎同时蹿了出去。

何铭的起跑比别的车快了零点几秒，但就这零点几秒让他一下子领先其他车两米远。因为是突然加速，副驾驶座上的程馨苗猝不及防，身子向前一倾，被安全带拦了一下，她的心一下子就提到了嗓子眼儿。何铭继续加速，车轮碾过水坑，激起一片泥浆，吉普车的周围仿佛下了一场泥雨。程馨苗感受着壮观和恐惧的同时，也体会到从未有过的快感。吉普车上下颠簸着前行，程馨苗的头也跟着上下左右晃动着，不时地磕在车篷上。这时她才明白戴头盔的用处。前面是一段坡路，何铭减挡，轻踏油门，车缓缓地向上爬着。坡太陡，她感觉车好像是在向天上开。

到了最后冲刺阶段，何铭的车排在第二位，距头名只差几米，前面的路太窄了，何铭的车怎么也超不过去，眼看就要到终点了。只听何铭喊了声“抓紧了”，突然向右一打舵，又向左打急舵，吉普车的两个左边轮子着地，右边车轮腾空，倾斜着从头车的边上冲了过去。程馨苗觉得吉普车已经翻了，心脏好像也跳了出来。等她缓过神儿，何铭的车已经第一个冲过终点。

程馨苗从车上下来时，一身大汗。车友们围着何铭和程馨苗，爆发出一片欢呼声。此时的何铭，摘下头盔，冲程馨苗微微地一笑，眨了眨眼，还做了个鬼脸，如同一个淘气的大男孩儿，刚才赛车时的惊心动魄就像没发生一样。这是一个男子气、孩子气十足的男人，程馨苗的心一动，身体不知不觉依偎在何铭的怀里，接受着车友们的祝贺。

47

5月8日，市纪委对洪文广的事下了结论：事出有因，查无实据。虽说按摩小姐赤身裸体地趴在洪文广的身上，可洪文广当时是处在无意识的醉酒或中毒状态。此事件中的关键人物“八爪鱼”一直下落不明。谁让“八爪鱼”给洪文广安排的小姐不得而知，真相揭不开。纪委只能做出这么个结论。

既然定不了性，洪文广应该继续当书记，可洪文广却以年老多病为由，提前退休了。两天后，区委任命原宣传部副部长吴向南任西隆镇党委书记。乔其龙听到信儿后，当即给乔其行打电话，乔其行马上把电话打到薛区长的办公室。

“薛区长，我是其行，听说区里安排吴向南到西隆当书记了？”

“我事先跟高书记说其龙的事了，也提你了和其龙的关系。高书记没反对，并让组织部考察一下。谁知就在区委研究西隆班子之前，市、区两级纪委都收到反映乔其龙问题的信，说他因盖镇政府大楼的事和洪文广有分歧，背地里下了黑手，设计洪文广。经区纪委暗查，西隆确有这方面的传闻。要说反映别的事还好挡一挡，一说牵扯到洪老爷子的事，高书记没拍板，为稳妥起见，就把吴副部长派到西隆了 。”

“无中生有！西隆镇谁不知道我大哥和洪文广的关系，其龙就差管洪书记叫爹了，怎么会陷害他。其龙脾气不好，为了工作，有时说话办事霸道些，肯定得罪人，再加上他锋芒太露，又处在风口浪尖，难免遭人嫉妒。”乔其行一扫往日的斯文，话语有些激动。

“其行啊！让其龙再等一等，我估计用不到年底，肯定要调整干部，到那时我再做做工作。”

乔其龙阴着脸，勉强听完乔其行转述薛区长的话，最后气呼呼地骂了句“妈的”，就要撂电话。乔其行见他情绪低落，满腹怨气，怕他再生事端，连忙喊住他说：“大哥，这个时候一定要稳住架儿，千万不能闹情绪，撂挑子，要向前看，向远看，学会忍耐，等待时机。”

“知道了。”乔其龙冷冷地吐出三个字。

10号中午，去分局开会的闫城甫来到何铭的办公室，有气无力地说：“又来闹心事了，市局要在市警校举办一期后进民警学习班，要求各一线单位必须去一个。不去不行，上面说了，叫个单位，就得有后进。咱所让谁去？”

何铭经历过这事。市局每年都要举办一期这样的学习班，目的是对那些思想落后、业务水平低、岗位责任制考评靠后的民警进行补课，提高民警队伍的整体素质。可办了几期，各单位送进班的民警绝大多数都是因违纪受处分的。这样一来，后进班变成了违纪班。谁进班就等于谁犯过错误，进班的人抬不起头来。有个老民警岗评在派出所排倒数第一，听说让进班，竟然以死相拼，要跳楼。

何铭看了闫城甫一眼说：“一波未平，一波又起，派出所快成风暴中心了，没消停时候。邵冲的事刚完，洪文广的事就来了，洪文广事件的负面影响还没消除，进班的事又来了。市局办学习班的初衷是好的，可把业务差的和违纪的混一块儿办班不是个好办法。要是办两个班，就没矛盾了。一个是违纪民警教育班，把上一年违纪的民警集中学习教育，谁也不会有想法，谁让你违纪呢。另一个是技能加强班，把各单位岗位责任制考评排名靠后的集中培训提高，民警也不会有意见，谁让你平时不好好干，成绩落后呢。下午开个支部会，研究个公平合理的办法，免生是非。”

当天下午的支部会上，闫城甫传达了分局会议精神，核心问题就一个，派谁进班。

支部委员毕一群第一个发炮，说：“现在一线民警的心理压力本来就大，每天值勤值班，处处小心，小心到都不愿意管事了，都怕出毛病，几乎在刀尖上走路，偏偏又搞这么个班，这下民警的压力更大了。”

“发牢骚没用，还是现实点儿。”闫城甫也一肚子的怨气，不过碍于自己是领导，不好发泄。

“按惯例，先挑有硬伤[①]的，若都没硬伤，挑岗评靠后的，再挑不出来，就搞民主测评。老秦啊，你把咱所民警两年来违纪情况讲一下。”何

① 指因违纪受过各种处分。

铭提出进班标准。

秦善说："最近两年，咱所民警违纪三起。温遇成收礼和两个所长的事。这三个人都已离所。现在所里民警无违纪。不过，今年1月6号，侯起因为上卡点儿堵截漏岗，被市局户政处通报批评一次。"

闫城甫见秦善把侯起被通报的事翻了出来，生怕把侯起送学习班去。

秦善的话音刚落，他就把话接了过去："通报批评不是处分，不能算硬伤。我认为邵冲误伤中学生的事影响不小，分局赔了五万五啊！" 何铭马上明白了闫城甫的用意，想把邵冲往学习班里塞。邵冲心理脆弱，又刚治好病，就怕强烈刺激，让他进班，肯定得犯病。

何铭没急于表态，看了看龙起正，龙起正心领神会，站起身说："看来咱所这个进班指标就得从侯起、邵冲当中产生了，就他俩出过事儿。不过，邵冲属于工作方法上的失误，是意外，非主观故意，而侯起则是故意漏岗，是工作上的错误，是主观故意。邵冲虽给分局造成五万多元的损失，但那属国家赔偿，上面并未给邵冲任何文字上的结论，小邵就如同没出过问题一样。可老侯就不一样了，白纸黑字，红头文件，全市通报批评。公正点儿说，应该老侯进班。"

闫城甫斜眼看着龙起正把话说完，心想，一个副所长，瞎嘞嘞什么呀！他正寻思着对策，毕一群说话了："我觉得小龙说得有道理，通报批评虽不算处分，但在处分之外，这也算重的了。"

有龙副所长和毕一群的支持，何铭心里有底了，但他仍没表态，他想再看看秦善的态度，既想把这件事砸实，又试试秦善和他是否一条心。他把目光投向秦善。与此同时，闫城甫也看着秦善，指望秦善能站在他一边，向着他说，他好再坚持坚持。

秦善看出所长和教导员不是一路，不慌不忙地说："其实老侯的通报批评真不算啥大事。邵冲虽说让公家掏了五万多块钱，可他确实为了工作，如何所长曾说过的，他要是没有责任心，没有想把'燕子李三'抓住的强烈欲望，也不会开枪。要是一个单位派两个进班，就好办了，要是让我二选一，真不知该选谁更合适。"

老狐狸，比球还圆，比冰还滑。闫城甫心中暗暗骂了一句。他不好再说什么。何铭见秦善不左不右，不偏不倚，选择了弃权，也算符合他心意。他深沉地说："我赞成起正、一群的观点。会前，我给翟局和政委分别打了电话，想走个后门，结果他俩互相推，谁也不拍板。看来他们也没招儿，必须执行。既然支部会定侯起，那就这么定吧！闫教导员是负责思想政治工作的，会后你找老侯谈谈，把支部意见告诉他，让他放下包袱，认真学。散会。"

48

"凭啥让我进学习班？我没功劳，还没苦劳？今年春节前罚没款小战役，全所的任务，几乎是我一个人完成的。我漏个岗，挨个通报，就让我进班，我不服！"在闫城甫的办公室，侯起吼着。

"能不能不激动？这是在派出所，让人听见。"闫城甫边低声说，边用手偷偷指了指何铭的办公室。

"听见能咋地？我谁也不怕。激动？换你试试。我要上省厅、上公安部告他。"

"这是支部决议。你告不出口啊！"

"你以为我为进班这事告他？我脑袋还没蠢到被驴踢了的程度。他不是三番五次地整我吗？这回我也整整他。我早说过，只要他是人，就有弱点，只要他当了所长，他不可能干干净净的。春节后，骆九家给所里拿了八万块钱。何铭把五万给秦善用于所里公用，另外三万揣进自己腰包。这是九家公司的一个人跟我说的。我明天就把这件事给他捅上去，不往市局捅，他跟李北淮有关系。我捅到市委纪检委、市人大、省公安厅。"说到要告何铭，侯起的嗓音降了不少。

"哎！何所长刚来的时候，瞅着挺像那么回事，处处严格要求自己。可这才那么几天，本性就暴露出来了。你说的那事还说得过去。何铭在男女关系上，太不地道了。李维彤和丁文俊搞对象，爱得死去活来，谁知何所长也相中李维彤了，硬生生地插上一杠子。李维彤也够骚的，吃着碗里，盯着锅里。她见何所长有权，明里跟丁文俊，暗中伸出一条腿给何铭。据说何铭公开找丁文俊谈了，小丁如果不和李维彤分手，就让丁文俊回特警队；把小丁逼的，答应吧，舍不得李维彤，不答应吧，怕领导给小鞋穿。”闫城甫说完，露出一副无奈而又愤恨的表情。

“行了，这两件事就够何铭喝一壶的。明天我就写举报信。对了，我这进班的事咋办啊？非得去？就没招了？”

“我能不替你考虑吗？官不踩病人。你不是血压高吗，一会儿你就去医院住院，弄邪乎点儿，就说冠心病犯了，要死了，看谁还敢逼你进班。随后我给你到分局请病假。”

5月12日上午九点，东城区委组织部周副部长送吴向南到西隆镇报到。乔其龙带领蒯庆祥等一班人在镇政府门口迎接。周副部长和吴向南刚下车，乔其龙就笑呵呵地迎上去，先紧紧握住周副部长的手，又紧紧握住吴向南的手，说：“吴书记一来，西隆要上新台阶了。”

“其龙可是实干家呀！向南到西隆算是掉福堆儿了。”周副部长边往楼里走，边对身后的吴向南说。

众人前呼后拥地进了党委会议室。大家刚坐下，周副部长站在桌前说：“根据区委的决定，吴向南同志接替洪文广同志，任西隆镇党委书记。镇其他领导不动，排序不变。向南过去一直在宣传部工作，被誉为东城一支笔，文章写得好，为人也好，谦虚，务实。希望大家都能够支持向南的工作，下面，请向南书记讲两句。”

众人鼓了几下掌，掌声零乱而又短促，吴向南瘦高个儿，戴了副眼镜，也许长期从事文字工作的缘故，他的头发稀少，脸上几乎看不到血色，白苍苍的。他站起身，冲大家点点头，严肃地说：“周副部长过奖了。西隆是宜春的东大门，全省十强镇，被誉为东城区的小开发区。文广、其龙在这儿工作多年，基础非常好。组织上派我到西隆，我有些惶恐，担心自己有负区委和西隆百姓的重托。不过，既来之，则干之。我将常修为政之德，常思贪欲之害，常怀律己之心，带领班子，把西隆的工作干得更好。”

不愧是宣传部出来的，真能白话，一套一套的。乔其龙边听边想。

“我初来乍到，想对镇党委班子，包括我本人，提三点要求，也算是表表决心吧！

“一、坚决刹住酒风、赌风、洗风。全镇的各级领导干部，从我做起，工作时间一律不准喝酒，淡化酒桌交际，可请可不请的客不请，可喝可不喝的酒不喝；严禁任何形式的赌博和异性按摩。

“二、严禁镇领导利用职务之便谋取私利。

“三、强调集体领导，民主决策，重大事项必须上党委会统一研究，个人无权做出决定。希望区委和党委班子的同志们监督我。”

“我觉得向南书记讲得很好。其龙镇长主持全镇工作这段儿，也提出禁酒的事。看来两位领导想到一块儿了。我坚决响应吴书记的号召，按三条要求去做。”蒯庆祥的表态积极而又及时，承上启下，既向新领导表示紧跟的决心，又肯定了乔其龙主持期间的工作。

“我早就赞成禁酒。其实在座的谁也不愿意喝酒，伤身误事。可许多酒，又都和工作、招商挂钩，不喝又不行。这下好了，再有酒局，我就把吴书记这三条做尚方宝剑，足以抵挡三军。”副镇长秦正越只表禁酒的态度，其他一字未提。

净他妈扯淡，刚上任就定下三条，这不是给他自己定规矩，分明是给大伙儿戴紧箍咒，树他的权威啊！这老蒯，八成是在墙头生的，谁当一把手跟谁，还坚决响应。乔其龙心里愤愤地想着，但他脸上的表情很平和。秦副镇长一说完，他就把话接了过来。“向南书记虽刚到西隆，但对西隆的脉把得很准，看问题一针见血。我只想说一句话，吴书记指到哪儿，我就打到哪儿。”

“不是我指哪儿打哪儿，是党指哪儿，我们打哪儿。”吴向南郑重地纠正。周副部长见交接完毕，回区里了。吴向南在镇政府门口，望着周副部长离去的轿车，对乔其龙说：“你是老西隆了，情况熟，又年富力强，今后要多挑担子，要做好挨累的准备啊！一会儿你陪我去看看洪文广，听说他已回家休养了。”

“好啊！自从他出院，我还没去看过。洪书记家就在镇里，我让张主任给他打个电话，通知一声，咱们二十分钟后到。”

洪文广是三天前出的院，这段儿时间的折腾，让本就消瘦的他更瘦了，人也苍老了许多。张主任给他来电话，说刚到任的吴书记要来看他时，他正给窗台上的君子兰浇水。对吴向南，洪文广早就认识。上世纪70

年代，洪文广带领乡亲们战天斗地学大寨时，吴向南刚分到区委宣传部做干事，还写过洪文广的报道。吴向南接替他当书记，完全出乎他的意料。在他看来，让以耍笔杆子、写文章见长的文人主政西隆这么复杂的地方，怕难以胜任。当镇一把手，不仅要有正气，还得有股子霸气才行。

洪文广的老伴儿刚把烧开的水倒进暖壶里，吴向南、乔其龙、张主任就到了。三人依次进屋，没等洪文广伸手，吴向南已把手伸了过来，握住洪文广的手说："老爷子，身体恢复得怎么样？"

随后他把洪文广扶到沙发上坐下。洪文广招呼老伴儿沏茶，而后对吴向南说："还行，还行。吴书记刚上任，杂七杂八的事多得是，够忙的，还来看我这个糟老头子干啥。"

"唉，来看您，可不光是我的意思。上任前，高书记告诉我，说您是西隆的活历史、活地图，把您这个矿挖好了，足够我用五六年的。"吴向南边拍了拍洪文广的手边说。

"吴书记上任还不到两个小时，就到老爷子这儿来了。"乔其龙笑呵呵地插了一句。洪文广对乔其龙的话没回应，让乔其龙有些尴尬。自从吴向南一行进屋，洪文广和吴书记交流，和张主任点了点头，但就是没搭理乔其龙，甚至都没正眼看他。大家闲聊了一会儿，吴向南告辞。几个人往外走时，乔其龙、张主任在前面走，洪文广、吴向南在后面。趁着周围没人，洪文广停住脚，对吴向南低声说了段话。

"老吴啊，我有一事相托，就是盖镇政府大楼的事。骆九家是个有情有义的人，我已做通他的工作，他答应保本盖镇政府大楼，这样可以省不少钱，你的日子会好过些。另外，西隆的水很深，也很浑，你要慎重啊！害人之心不可有，防人之心不可无。"说完，洪文广意味深长地看着乔其龙的背影。吴向南顺着洪文广的眼神望去，心猛地一颤，皱了一下眉，使劲儿地点了点头。

还没到中午，新书记到任的消息已传遍了西隆镇，也传到了何铭的耳朵里。何铭不认识吴向南，只听说他是区委宣传部的副部长。他马上给乔其龙打了个电话。

"龙哥，听说来了个新书记，这人咋样？"

"是好人，能说能写，东城一支笔。这下有吴书记的妙笔生花，西隆在宜春、在全省会叫得更响，争取今年进入全国百强镇。”乔其龙底气十足地说。

“龙哥，我可不是当面说好话。要我看，西隆正应该由你这样的人当书记才行。谁当书记我不管，只要你不走就好办。我不惦记别的，新派出所和民警宿舍楼地号的事，你可得外甥打灯笼——照（舅）旧啊！我可在翟局长那儿吹完牛皮了，这事要是趾了，我这个所长没准儿就当不成了。另外，你给联系一下，所里请吴书记吃顿饭，顺便向新书记汇报一下工作。”

“恐怕不行。吴向南刚到任就来了个约法三章，其中第一条就是刹‘三风’，喝风是第一风，规定可喝可不喝的酒不喝。地号的事，我心里有数，会替你们争取的。明天上午你过来一趟，见见吴书记。”

“我后天去，分局明天有会。”

49

第二天上午，分局召开各单位一把手会议。段副局长主持，翟永胜到会。段副局长提出，从5月下旬至8月底，分局开展以“破现案、打现行”为主要内容的百日会战，并给各单位下达了打击指标，平均每名一线民警必须抓获两名够逮捕、劳动教养的。何铭算了一下，西隆镇派出所十九个人，要在一百天时间里，完成三十八个指标。

他正想着，段副局长部署完毕，翟永胜做指示：“我今天坐在这儿就没好气儿。这次百日会战不是上级的部署，是分局党组决定的，主要是我的意思。公安部要求，不许给一线下破案指标。可经过实践发现了，人无压力轻飘飘。分局不下指标，下面就不知咋干，就不会干。就说人口调查吧，分局再三强调，不要就入户登记而登记，要让基层基础工作为现实斗争服务，要抓人，要破案，可情况怎么样？人口调查一个月，报表不少，数字不少，可成果太少。全局竟只捕、教二十一个人，破了三十二起案子。西城、南城、北城三大分局这一个月的成果却是咱们的三倍。这么下去，东城全年考核肯定最后。此次会战，各单位必须完成任务，完不成任务的一把手，组织上要考虑的，咋考虑你们心里清楚，我心里也清楚，散会。”

在回西隆的路上，何铭回味着翟局的讲话，确实是那么回事。分局不下指标，所里就没法给民警下指标，民警没指标，干活儿就没压力，活儿也在干，但没真用心思，心不到，力不到，怎会有成果。可指标下来，压力也真大。何铭倒不怕翟局说的组织考虑，也就是指的乌纱帽。他怕的是会战评比，西隆镇派出所没完成任务，名次靠后，丢人。如何在西隆一亩三分地上把三十八个犯罪嫌疑人挖出来呢？

趁中午在派出所食堂吃饭工夫，何铭把会战精神跟闫城甫、龙起正讲了。闫城甫一脸难色，摇了摇头，看样他对完成任务没信心。

龙起正把筷子往桌上一拍说："干呗！警察就是破案抓人的。破案才是硬道理。人人担指标，赏罚要分明，一定能完成。"

何铭需要的就是龙起正的决心和干劲儿，怎么打，他心里已有了小九九。他让秦善通知全所民警下午两点开会。

丁文俊是在清海洗浴中心包房的牌桌上接到开会通知的。这段儿时间，他追李维彤被撅；挨了吴丹一记大耳光；又被何铭撸了一顿，郁闷死了。空虚之中，他迷上了打麻将，经常和侯起、胡正雍、胡伟峰一起玩儿。今天，侯起因"心脏病"住院，三缺一，胡正雍把乔四找来凑手。都说情场失意，赌场得意，可丁文俊，情场、赌场都失意。5月份以来，他玩了七场，只赢一次，还是小赢，输了一万三千多。他参加工作后的存款，被他折腾出一大半。他刚接完秦善的电话，就被搂了个大和，输了一百六十元。

"开会，总他妈开会，这会比工作都多。"丁文俊叼着烟，洗着牌，骂骂咧咧地说。

"开会也是工作的一部分。开会不干活儿，干活儿不开会，干一不干二。再说了，开会不也是休息吗。"胡正雍回了他一句。

"我听说你们所长和新来的女内勤好上了，有没有这事？"乔四冷不丁冒出一句。

"好上也正常，两人都未婚，长相也般配。何所长前途无量，李维彤貌美如花，美女配英雄嘛！" 胡伟峰接了一句。

"你们能不能不扯没用的？打麻将就是打麻将，扯那些老婆舌干啥。"丁文俊往牌桌上重重地摔了一张牌，气呼呼地说。胡伟峰和乔四相互看了一眼，没弄明白丁文俊咋突然炸了，没吱声。

在下午的民警会上，何铭就百日会战进行动员部署，即以打击夜间现行犯罪为此次会战的突破口，并提出三项保证措施：一是全所两班倒。所长、教导员各带一班，每天晚上八点至次日凌晨三点，在辖区易发案和偏僻地段蹲坑设伏，打击盗、抢犯罪。二是有奖有罚，民警完成一个指标，所里奖励五百元；对没完成任务的民警，要作为下次进后进民警学习班的参考条件。三是官兵平等，压力共担。除了吕凤琴、李维彤，每人分担三个指标，包括三名所领导。

何铭讲话时发现，丁文俊既没用笔记，也没用心听，而是闷着头按手机键子，像是在发短信。不一会儿，胡正雍、胡伟峰的手机几乎同时响了，是短信铃音。“二胡”看了看短信，又把手机揣兜了。何铭感觉丁文俊在给“二胡”发短信。他听说过侯起、“二胡”、小丁经常在一起打麻将，赌注还不小，难道丁文俊在撺掇赌局?

何铭顿了一下，严肃地说：“大战在即，军令要严，我先把丑话放前头，这一百天，从我做起，全所同志务必把精力放在工作上，不得在工作、加班时间干与工作不相干的事，我一旦发现，绝不客气。从今晚开始，挑灯夜战。”

丁文俊的确是在撺掇赌局。上午的麻将局，他输了一千多，想捞本，就张罗会后再玩，本想等会后再找人，可有点儿等不及，在会上就给“二胡”发起短信，让他俩会后到老地方集合。会一结束，丁文俊第一个走出派出所，“二胡”跟了出来，丁文俊看四周没别人，小声说：“我先过去，还在上午那个包房，你们俩一个一个走，别让领导看见。”

“所长刚部署完战役的事，晚上还要加班，今天别干了，等休息时再玩。”胡伟峰面带难色。

“晚上八点加班，还有四个多小时，至少能打八圈牌。胆咋那么小呢？”丁文俊有些不耐烦了。

胡伟峰见丁文俊不高兴，又一想自己刚才没少赢，说：“那就干到七点半。”

半小时后，丁文俊、胡伟峰、胡正雍、乔四刚坐在清海洗浴包房的麻将桌前。包房门开了，何铭走了进来，四个人都愣了，乔四拿起皮包，走了。

何铭拿着手机，冲三个手下点了点说："知不知道分局为啥让我当所长？就因为我有独门绝技——盯人。民警上班在没在岗，干没干活儿，我都知道。我刚讲完，不允许在工作时间扯犊子，可还不到一个小时，你们就开扯，我的话是放屁啊！抓别人赌的人就在赌，而且在西隆的地面，疯了还是傻了？《五条禁令》都忘了？人民警察参加赌博，辞退。你们就不怕好事者，就不怕你们处理过的人举报你们？要是让督察抓住，你们三个可就彻底变成老百姓了，值吗？"说完，何铭一脚把麻将桌踢翻了，麻将噼里啪啦地掉了一地。

"所长，我们错了。再也不敢了。"胡伟峰手足无措地说。

"错了需要付出代价。每人写出一份检查，晚上八点开所务会，在全所念一遍。另外，你们三个人每人增加一名战役指标。"

何铭刚说完，手机响了，是短信，程馨苗的：警察叔叔明晚有空吗？一起喝咖啡？

自从赛车夺冠后，两个人虽没见面，但每天都互发短信聊天。何铭虽然喜欢程馨苗，但他一直不敢表白，他不知道程馨苗和她男朋友究竟怎样。他想问，又不好意思张口。现在程馨苗约他，是想见他，有可能想他。他摁了几下手机键子，"明晚见"三个字飞进程馨苗的手机。

何铭放下手机，气消了不少，再一看三个手下耷拉着脑袋，像霜打的茄子，心软了，一想让他们在全所念检查行不通，一旦传出去，让上面知道了，肯定要查，这几个民警违反《五条禁令》，按律当辞退，这三个人、三个家全毁了。

"念你们能认识到自己的错误，别写检查了。此事到此为止，不要外传，否则，啥后果你们清楚。我不希望再在西隆的地面看到你们在牌桌上。"

50

当晚，何铭在派出所督战。十一点钟，毕一群、龚上杰在南旮旯子村东二百米处，将两名盗窃耕牛的犯罪嫌疑人抓获。两名犯罪嫌疑人在抓捕时拼命反抗，全被小龚打趴下了。老毕、小龚将两名嫌疑人带回派出所。

一进屋，毕一群当着何铭的面对龚上杰赞不绝口：“小龚的功夫太好了，就跟看功夫片一样，要是没他，凭我这把老骨头，怕是一个也逮不住。”

何铭见其中一个嫌疑人的脸有伤，对龚上杰说：“你带几个治安员，把这小子送医院处理一下，看守所不收有伤的。完了抓紧时间，把人都送进去。我不回家了，在所里先睡了，明天还有一堆事。今晚加班的，明天休息。”

第二天上午九点，何铭从所里出来，刚要上车去镇政府拜见吴向南，秦善急匆匆地跑出来说：“分局有个紧急会，说是警卫任务，要求一把手马上去。还有，镇政府张主任来电话，说‘曲疯子’正在吴书记办公室闹，把饮水机砸坏了，还在屋里撒了泡尿。让咱们马上过去。”

“我这个所长改叫会长得了，啥会都得一把手去，好像一把手不去，这项工作就进行不下去，重视不起来似的。想腾出点儿到辖区调研的时间都难，咋能出成绩。”何铭没好气地说。不光他，不少所长对分局的会都有这样的想法。

他刚要去分局，忽然想起什么，问秦善：“你刚才说的‘曲疯子’是咋回事？”

“‘曲疯子’曾是镇政府的司机，十年前公出，把右腿撞残了，成了瘸子。镇上给他定为工伤，他不用上班，但月月拿工资，可他还不满足，一没钱，就到镇政府闹，每次都连哭带号，连打带骂，有时还把裤子脱了，跟精神病一样，久而久之，大伙儿就给他起了这么个外号。几任镇领导都拿他没办法，遇到他闹，就给他些钱，息事宁人。我估计，他可能听说换书记了，就又来闹。”

“以前他闹，所里处理过没有？他是真疯，还是装疯？”何铭对这个“曲疯子”来了兴趣。

“没处理过，都说他是精神病，不跟他一般见识的。没人给他做过精神鉴定，不知是真是假；不过他闹起来，倒像真疯。可他也有怕的人，‘曲疯子’就怕乔其龙。乔镇长眼睛一瞪，骂他几句，他溜溜跑。”秦善苦笑着说。

何铭听了，转了转眼珠说："你让龙副所长替我上分局开会，就说我昨晚领弟兄们打现行，正睡觉呢；招呼胡伟峰、胡正雍，跟我去镇政府。我要亲自处理这件事。"何铭是个善于把握时机的人，他觉得在吴向南最需要警察出现时出现要比他正式登门拜访的效果要好得多，与此相比，到分局开会获取的价值太小了。

何铭带"二胡"刚上镇政府二楼，就听见从书记办公室传出吵闹声，一进办公室，只见一个光脚，只穿一条内裤，一脸络腮胡子的男人正站在吴向南的办公桌上，手拿菜刀，跳着忠字舞，看来他就是"曲疯子"。周围一大帮人像看耍猴似的看热闹，没人上前管。让何铭感到诧异的是，"曲疯子"的克星乔其龙就在人群中，若无其事地看着。克星不克，何铭发现一丝端倪。一个脸色铁青，戴眼镜，五十岁上下，却又一脸威严的男子站在墙角，气呼呼地看"曲疯子"演出。蒯副书记、张主任站在他身边。何铭判断这人肯定是吴向南。张主任看见何铭领两个警察进来，像见了救星似的。他刚要给何铭引见吴向南，何铭冲他摆了摆手，走到"曲疯子"跟前。"曲疯子"见警察来了，眼神一愣一亮，随即又浑浊起来。他继续跳着，并骂道："穷的穷，富的富，打土豪，分田地。拿钱来，拿钱来。"

"曲疯子"刚才看见警察后眼神的变化没逃过何铭的眼睛。他断定"曲疯子"是装疯，因为疯子看人的眼神不可能忽明忽暗，忽清忽浊。何铭突然一个旱地拔葱，跳到桌上，夺过"曲疯子"手里的刀，扔到地上，而后把他背起来，从桌上是跳下来。"曲疯子"和看热闹的都还没反应过来咋回事，已经结束了。

何铭把"曲疯子"放倒在地上，对胡伟峰、胡正雍说："他比谁都正常，装疯卖傻，带回去取材料，以扰乱机关工作秩序把他押起来。"

"曲疯子"听了，立刻像变了一个人似的，边给何铭作揖，边哀求道："饶了我吧，再也不闹了。"

这时，张主任过来说："何所长，他既然知错了，就给他一次机会，毕竟是残疾人，下次再犯，严惩。"

何铭见"曲疯子"现了原形，服软了，达到了目的，厉声说道："那就给他一次机会。下次再闹，坚决收拾。""曲疯子"拿过脱在地上的衣服和鞋，灰溜溜地跑了。满屋的人都哄堂大笑。

一直阴着脸的吴向南也笑了。他走过来握住何铭的手说：“危难时刻显身手啊！”

“何所长这一手解决了困扰我们近十年的难题啊！这位就是新来的吴书记。”蒯副书记给何铭介绍。何铭这时发现，乔其龙不知何时消失了。

“都是我们应该做的，就像医生给病人看病，履行职责，本想向吴书记汇报工作，全让这个假疯子给搅了，我们所近期要搞一个警营开放日活动，到时请几位领导到所里，我一并汇报。”何铭笑呵呵地说。

“以前没觉得警察怎么样，通过今天的事看，管用。你们搞活动我一定参加。”吴向南挥着手说。

51

晚上五点，何铭、程馨苗走进宜春中山南路的星空语茶时，客人寥寥，咖啡厅在晚上九点以后才是高峰。星空的装潢很有特点，尤其是天棚，以星空为主题，繁星点点，放射着并不耀眼的光，让人仿佛置身旷野。

两人坐在大厅西南一隅，刚落座，程馨苗就点燃了桌上的小蜡烛，静谧、温暖的氛围一下就出来了，还多了几分的浪漫。这时，侍应生走过来，轻声问：“二位来点儿什么？”

“我随她。”何铭冲馨苗扬了扬头。

“那就两杯蓝山，不用加糖，略浓一些。”程馨苗说完，把身子陷在大沙发里，闭着眼睛，享受着片刻的放松。何铭联想到罗真真。“小虎牙”爱去酒吧，喜欢闹；而程馨苗喜欢静，正相反。

“是不是很累呀？”何铭关切地问。

程馨苗睁开双眼，点了点头说：“不是很累，而是特别累。其实患者并不多，可每一个病人都很难缠。有些人的病情让我们这些见多识广的专业人士都无计可施。今天上午有位女士来看病，她怀疑丈夫有外遇，可她又是跟踪，又是查老公的手机通话单子，甚至雇私人侦探，也没查出老公有任何问题。本来这是好事，可她还是不放心，还是怀疑。我问她为什么，她说她老公很优秀，是一家公司的老总，长得也精神，她说像他这样优秀的男人怎么可能没有外遇，这有外遇不行，没外遇也不行，当她的老公太难了。”

“是啊，也许这就是现代生活综合征吧！人们的物质生活水平提高了，精神世界反倒空虚了许多。这一点从我们受理的案件中也能得到体现。你们面临的是悬疑难症，而我们面临的是疑难杂案。谎称被绑架，让亲生父母往自己卡里存钱的；做了足以被判死刑掉脑袋的案子后，再做点儿小案子，投案自首，想被判刑，到监狱里躲灾的；明明知道网友不怀好意，偏偏要和网友见上一面，惨遭强奸的……不可思议的事太多，太难理解。”何铭同感而发。这时，飘香的咖啡上来了。

“常喝吗？”何铭品了一口问道。

“嗯，我男朋友喜欢咖啡，受他熏染，我也喜欢上了。”

何铭的心一颤，那感觉就像自己乘坐的飞机的一个发动机已经停转了。

“你男朋友一定很优秀，你们彼此都为对方而感到骄傲吧？”何铭装作一副与己无关的样子说。此时的咖啡在他嘴里、眼里、心里，都是苦的。

“他去美国了，我们已经分手了，也许美国的咖啡更适合他吧。”程馨苗淡淡地说。昨天她收到男友的电子邮件，邮件上没有分手二字，却是分手的意思。她并没有痛苦的感觉，相反感到很轻松。也许这就是现代爱情，分与合就像开关电视那样简单，随意，少了死去活来，谁离开谁都能活。她把邮件删掉，就约何铭今晚喝咖啡，她想接受警察。何铭听了程馨苗的话，好像接到机长的报告，停转的发动机已经修复；心仿佛是一个系了死扣的结，又解开了。

程馨苗啜了一口咖啡问道：“你喜欢喝咖啡吗？”

“谈不上喜欢，是需要。自从当派出所所长后，在所加班时多，起初困了，就泡茶，可茶能醒脑，但挡不住困；后来改喝咖啡，果然受用。不过，落下一个毛病——失眠，觉睡不实，总觉得要发生什么事，其实绝大多数时候什么事也没有。”

“以前光听说警察苦啊、累啊，今天才知道，你们累在心，累在许多不起眼的小处。”

一杯咖啡下去，挂在程馨苗脸上的倦怠褪去，脸上有了光泽，双眼润泽而又明亮，何铭愈来愈觉得她更像钱妮了。和钱妮分手后，他曾经相当痛苦，抱怨上帝不公平。五年过去了，他又感受到上帝对他的垂青，让他结识了和钱妮相像的女孩儿。更巧合的是，程馨苗的家竟也在西隆，也许这就是缘分吧。

何铭不想错过这缘分，尤其程馨苗已经与男友分手，他想大大方方地对程馨苗表达爱意，可他就是张不开口。他翻来覆去地摆弄着手机，看着看着，忽然有了主意。他快速地在手机上打上一行字：“你的眼睛真漂亮，想永远与这双眼睛对视。”而后发到程馨苗的手机里。何铭看着程馨苗，等她听见手机铃音，看短信。谁知程馨苗的手机没动静。何铭心想，她手机放在无声状态了，还是响了没听到？他实在忍不住了，对程馨苗说：“我好像听见你手机响。”程馨苗回身从包里掏出手机，摁了几下，愣了。何铭的心怦怦地跳得厉害。他不知道程馨苗会做出怎样的回应。程馨苗想不到何铭会用这样的方式向她求爱，更想不到警察竟如此浪漫，这正是她想要的男人。此时，一股暖流涌上心头，幸福和满足飘上她的面颊。她飞快地在手机上打出一行字：“眼睛是心灵的窗户，最美的是心灵的对视。”而后发给何铭。何铭看了，心里一阵地狂喜，他轻轻吹灭了桌上的红蜡烛，紧紧握住程馨苗的手。

52

吴向南到西隆的头半个月，几乎天天扎到各村、企业，了解情况、搞调研。乔其龙则把工作重点放到抗旱上，一连打了十八口抗旱井，使各村的旱情得以缓解。抗旱取得初步胜利，乔其龙累瘦了，晒黑了。然而，让他意想不到的是，吴向南对他逐渐冷淡起来，最让乔其龙难以接受的是，吴向南到任后的第二十天，将财权收回镇党委，由吴向南管，连会计、出纳都换了；镇机关一些鸡毛蒜皮的小事，也得请示吴向南后才能定。乔其龙名为镇长，实际上有职无权。吴向南对乔其龙的冷漠，镇机关和各村的干部们看得一清二楚，连带反应的是，不少干部，包括蒯庆祥这样过去与乔其龙有共识，走得很近的人，都自觉地向吴书记靠拢，疏远乔其龙，连在镇政府食堂吃午饭时，大家都有意与乔其龙保持一定的距离。乔其龙常常独自一人在一张桌上吃饭。

乔其龙对吴向南大权全揽，小权揽全，把他这个镇长晒起来大为不解。他怀疑有人向吴书记讲了他的坏话，可只是猜疑，究竟咋回事，恐怕只有吴向南自己清楚。那一段，乔其龙整夜睡不着觉，嘴角起了五六个泡。

5月31日，吴向南在事先没跟乔其龙碰头的情况下，在镇党委会上提出，镇政府大楼的建筑由九家的公司干，大楼的装修由方少堂的北斗公司做，镇农贸市场的工程，被吴向南以资金不足为由砍掉了。这回，乔其天连肉汤都喝不到了。委员们都举手同意，乔其龙也不得不举手。

当晚七点，乔其龙约乔其天来到七重天洗浴中心。

乔其龙躺在包房的床上，垂头丧气地对乔其天说："还不如不把洪文广整下去了，洪文广在时，我这个镇长有名有实，能挺直腰板过日子。吴向南第一天上任时还让我多挑担子，可还不到一个月，他就把所有权力都收他手了。今天的党委会决定，骆九家盖楼，方少堂装修，农贸市场的工程给拿下去了。蒯庆祥、秦正越这几个玩意儿都被他拉拢了，他说啥，这些人都点头，他对镇里其他干部都有笑脸，唯独对我冷冰冰。我怀疑镇里有人背后搞鬼。"

"是不是洪文广跟他说啥了？"乔其天喝了一大口茶水后问道。

"洪文广说啥不可怕，下野之人，人微言轻。我怕老蒯他们为向吴向南表忠心，到他那儿胡言乱语，出卖我。"

"势利，太势利了，这世道，有奶就是娘，有权就是爹。谁有权就投奔谁。什么情啊，义啊，都他妈靠不住。要我说，就是倾家荡产，你也要当上西隆的一把手，否则就抬不起头，直不起腰。" 乔其天说完，又喝了一大口茶水，漱了漱口，噗的一声，喷了一地。

"难啊！吴向南才四十八岁，又刚上任，咋也得干几年。几年后，又不一定啥形势了。我现在真有点儿心灰意冷，江湖越久心越寒啊！"乔其龙摇了摇头说。

"咱们能把洪文广整下去，也照样能把吴向南整下去。"乔其天大声喊道。

“小点儿声，隔墙有耳，别让人听见。吴向南初到西隆，能有啥把柄落咱手。他一上来就戒酒，再像上次那样让卜仕仁往吴向南酒里下药，给他弄浴池去，根本不可能。”乔其龙继续摇着头。

“不可能？没啥不可能。阳的不行，就玩阴的，阴的不行，就玩损的，损的再不行，就玩黑的。我认识金城道上的朋友，咱们出一万块钱，在那边雇俩人，把吴向南的腿干折了，看他离不离开西隆。”乔其天恶狠狠地说。

听了乔其天的话，乔其龙一愣，双眼直勾勾地看着老三，好像在他脸上发现了什么，又好像在问，这个路子可行吗？

“我以前侧面和道上的人唠过，他们没少干这类事，为情，为债，或其他目的，受雇于人，把当事人的腿打折、打残，从未失过手。大哥，你就瞧好吧！一切由我暗中操纵。不过，你得向我提供吴向南的信息，一逮住机会，我就下手。”乔其天边说，边使劲儿做了一个用掌劈的手势。

乔其龙听了，长叹了一口气说：“算了，说实话，整洪文广，我都后悔了。自打洪文广下去后，我去看他两次，可这两次他竟连句话都没跟我说，他肯定猜到是我把他设计了，而且镇上也有我设计洪文广的传闻。说心里话，无论从良心上还是从做人的角度讲，我都觉得不安啊！这段时间，我根本睡不着觉，睡着了跟醒时没啥区别。哎！宦海崎岖险恶，我不想再干了，琢磨着让老二给我趟趟路子，经商吧！凭我的脑袋和这些年积累的人脉，应该比当镇长更有发挥的余地。”

“可你就能咽下这口气？要说设计洪文广，你有点儿于心不忍，行，毕竟在一起干挺多年，多少有些感情和交情，可吴向南这样的书呆子都敢骑你脖子上拉屎，你连声都不吭，你还叫爷们儿吗？你不干，我干，明天我就找人办这事。”乔其天的话里夹杂着激愤，他弄不明白一向强硬、刚强的大哥怎么突然变得像小绵羊一般。乔其龙抬头看了乔其天一眼，没说话。

何铭自从和程馨苗恋爱，仿佛拥有了整个世界。人逢喜事精神爽，和以前比，何铭的笑容多了，穿戴也讲究了，爱名牌，讲搭配，还爱发短信了，一有空他就和馨苗煲短信粥，嘱咐她吃早餐，催她午睡，表现出从没有过的细致。尽管百日会战紧张繁忙，何铭还是尽可能地抽出时间接她下班，送她回家。不过，有一件事何铭一直不解，程馨苗从不和他谈她的家人，也不让他送她回西隆父母家。何铭每次提及她的家庭，她都把话岔开。

"吕八卦"是所里最早发现何铭有变化的人。凭女人的敏感，她觉察到所长可能有女朋友了。她一直怀疑何铭和李维彤，可种种迹象看又不像。这段时间，何铭从未带李维彤出去，甚至都没到过户籍室。她试探着问李维彤是不是喜欢何铭，李维彤避而不答。李维彤也发现了何铭与以前不大一样，她怕所长爱上别人，可又不敢问。何铭因为上次带她出去吃饭，惹来不少风言风语，连分局机关都在传她和所长的桃色新闻。她不想给何铭再找麻烦，只想等机会成熟再向何铭表达爱意。

6月12日，宜春市公安局为何铭抓获"燕子李三"向省公安厅申报的个人二等功批下来了，消息传到西隆，何铭却一点儿也高兴不起来。虽说"燕子李三"是全市公案，影响也极大，但在百日会战中，"燕子李三"只能算西隆镇派出所完成的一个指标。昨天，分局召开百日会战调度会，战役进行了一个月，西隆镇派出所仅完成七个指标，距离三十八人的任务相距甚远，在十四个派出所中，排在倒数第四。局长翟永胜对包括何铭在内的后五名派出所所长点名批评，话很重，其中一句是"我说话是算数的"。大家都明白这句话的含义。何铭私下里听说翟永胜确实下茬子，要把这次战役排名后两位所长调离岗位。何铭怕的不是乌纱帽，真要那样，太砢碜。其实完不成任务很正常，就如同足球比赛，再强的队也有状态差、运气差的时候，不过在公安口不这么看，没人理解你，没人听你解释为啥没打好，不看过程，只看结果。一句话，你到底行不行，能不能干。

53

何铭总结了所里战役落后的原因，最主要的因素是全所的凝聚力没聚集起来，也就是不少民警的心没都往战役上用。教导员闫城甫就是股离心力。战役开始后，他早上到单位点完卯，晃一圈儿，而后就没影了。何铭要求的夜间两班倒，闫城甫经常不到岗，领导都不在，其他民警也都打着巡逻打现行的名义，办私事去了。闫的心腹侯起到处发牢骚，说他在年初的罚没款小战役中表现最突出，干得最多，可结局最悲惨，竟然进了后进班。侯起进后进班前办了住院手续，到现在也没出院，据说是天天到医院打吊瓶，可总有人看见他在酒桌上狂饮，在歌厅亮嗓子，丝毫看不出他心脏有什么毛病。其次，战役打法单一。他研究了排名靠前的几个派出所的打法，其中都有一个共同点，就是多策并举，触角广伸，只要能完成指标，就干。有的派出所在打击毒品犯罪上做足文章，吸毒、贩毒的，没有跑单帮的，一抓就是一串，而且各个都够指标标准。还有一个看似不起眼儿的因素，就是执法程序越来越严，差一点儿也不行。前天晚上，龚上杰抓了一个三人盗窃团伙，可就因为被盗物品作价差十块钱不足一千元，只能做治安处罚。

何铭认为他与闫城甫闹矛盾，不应把责任都推到闫城甫身上，虽说有闫城甫没当上所长怄气，与他性格不合的因素，他还是应多从自身找原因，与闫城甫交流不够，沟通不多，对闫关心太少。如果再这样下去，受影响的不光是这一个专项战役，恐怕会更多，也包括何铭的前程。必须得扭转与闫城甫的关系。可怎么扭转呢？何铭想了好久，终于有了主意。他把秦善找到办公室说："你告诉闫教导员，从明天起，所里经费由他管，所有办公开销，他决定，他签字报销。"秦善听了，愣住了，心想这俩头头儿僵得厉害，针尖对麦芒，所长咋做出这么大让步呢？难道是段局向何所长施压了？他想多问几句，但一看何铭说完话，埋头在桌上写着什么，没搭理他，知趣地刚要走，何铭又冒出句话："你让龚上杰、丁文俊到我办公室来。"

两分钟后，小龚、小丁站在何铭面前。何铭站起身说："我寻思了，再指望在咱们这一亩三分地出战果，难。我决定效仿兄弟派出所，成立禁毒组，利用过去在特警时的关系，搞涉毒案件，能出不少活儿。你俩这段儿往这方面用点儿心，有了线索，向我汇报，动人时，我亲自指挥。"

"你不找我俩，我们也要来找你呢。我俩也是这想法，打战役就得多找俏活儿，光在自己地里抠食，肯定不够吃。"龚上杰笑呵呵地说。

“你俩跟我都是从特警过来的，可以说是我的左膀右臂。关键时刻，就看你们的了，我再掉链子，就找你俩算账。”何铭说完，来到两人跟前，左手搭在龚上杰的肩膀上，右手放在丁文俊的肩上，使劲儿地按了按。

就在何铭为完成指标绞尽脑汁的时候，又一起惊天大案在西隆发生了，让何铭陷入新的困境。

6月21日下午五点半，吴向南开完党委会，驾驶红旗轿车，回宜春。此时公路上的车不多。吴向南正开着，左侧倒车镜里出现了一辆白色捷达车。白捷达的车速更快，呼啸着从他的车旁超过，超车后不到两秒，白捷达车的司机突然向右一打舵，捷达车的“右屁股”一下子撞到吴向南红旗车的左车头，吴向南毫无防备，红旗车猛地向右滑去，幸亏他踩了脚刹车，要不车肯定冲进公路边的排水沟。

吴向南惊魂未定地把车停稳，刚要下车，白捷达车已停在他车右前方，车上跳下三个穿T恤衫、运动鞋的男子。三个人快速向吴向南跑来，其中的一个边跑边骂：“开红旗你就牛×啊！你他妈会不会开车？”话音刚落，三个人已跑到吴向南面前，像变戏法似的从里怀掏出短棍，劈头盖脸向吴向南的脸、腰、腿砸来。

吴向南本能地用双手护住头，边躲边喊：“救命啊！救命。”

歹徒们没有住手，打得更狠了。吴向南的头、腿、胳膊都流出血，渐渐地，他不再呼救，昏倒在路边。三个行凶者迅速上了白捷达，疾驶而去。

十分钟后，一名出租车司机发现了浑身是血昏迷不醒的吴向南，他见红旗车左前脸有撞伤，以为出了车祸，又见吴向南有气息，就把吴背上了租车，往距此不远的东城医院送，路上，他向东城区交警大队报警。吴向南被送进急救室时，仍呈昏迷状态。医生经初步诊断，吴的左小腿、大腿、右小腿三处骨折，头部有一处外伤，需马上手术。医生们在吴向南的上衣兜里找到他的手机，通过手机上的已拨电话，找到了西隆镇党委办公室张主任。正在镇里的乔其龙、蒯庆祥、秦正越、张主任闻讯后，赶紧开车往医院赶，途经现场时，几个人下车。乔其龙看了看受伤的红旗车，叹了口气对大伙儿说：“车祸太可怕了，吴书记来之后，我就劝他找个好司机，镇里给开支，可他不听，偏要自己开，毕竟快五十岁的人了，脑子每天装那么多事，哎，到底出事了。”就在这时，龙起正开车路过，见几个镇领导在路边，才知道吴书记出了车祸，便马上把消息报告给正在所里加班的何铭。

何铭听了，大吃一惊，甚至有点儿毛骨悚然，邪行。前任书记莫名其妙地进洗浴，被泼了一身找小姐的污水下了台。新书记上任不久又遇到了车祸。谁当西隆一把手，谁倒霉。他带着龚上杰、邵冲赶到出事现场。东城区交警大队事故科的民警正在勘查。何铭围红旗车转了一圈，又仔细地看了一遍驾驶室，愣了。车的左前脸儿虽有些损坏，但并不严重。可据说吴书记伤得很严重，腿、脸、头多处受伤，几处骨折，已进了手术室。从红旗车损坏的程度来看，这起车祸不像会使人造成那么重的伤。最让他感到奇怪的是，吴书记受重伤，正常车内应该有血，可车内没血，车外却有几摊血。何铭让龙起正、邵冲留在现场，交警勘查完，不要动，等他电话，他和龚上杰直奔东城医院。

何铭、龚上杰来到手术室门前时，乔其龙带领一大群西隆的干部正焦急地等待着。乔其龙表情凝重地和何铭握了一下手，摇了摇头，没说话。

“谁给吴书记送医院的？”何铭问。他想了解一下当时的情况，吴书记说啥没有。

“一个出租车司机，多亏这个热心肠，大夫说再晚来一会儿，吴书记就没救了。司机走了。我让张主任记下他的姓名和手机号，准备明天给报社投稿，表扬表扬。”乔其龙缓缓地说。

“你们是怎么接到吴书记出事消息的？”何铭继续问。

“大夫通过吴书记手机里的已拨电话找到我，我马上通知乔镇长。我们就来了。”张主任接过话。

听到这儿，何铭已明白了几分。这不是交通事故，而是刑事案件。如果是交通事故，以吴书记的伤势，车内不可能没有血迹。可现场的车里，一丝血也没有。吴书记是在车外遭到殴打致成重伤的。歹徒为何行凶？有两种可能：一是抢劫伤人，可吴书记的手机、兜里的钱、车都在，如果谋财，只要把吴书记逼住，抢走钱就行了，没必要下手这么狠。现在只剩下一种可能，那就是报复伤人，而且是有预谋的报复伤人。

两小时后，手术室的门开了。吴向南被推了出来。他闭着眼睛，头部缠满了绷带。一名大夫来到乔其龙面前说："手术很成功，再观察一宿，就没事了。手术前，病人断断续续地说了两句话，一句是'救命'，另一句是，'三个歹徒打我，棍子'。"

大夫的话音刚落，乔其龙、何铭相互看了一眼。何铭低声自语道"让我猜中了"，而后掏出手机，向段光先副局长报告了案情。段光先好像正在酒桌上，他说案情重大，让何铭直接向翟永胜汇报。

54

正在省委党校封闭学习的翟永胜听了何铭的汇报，立刻认识到案情的严重性。镇党委书记惨遭殴打，伤得这么重，案中怕是有些内情和黑幕，不能视此案为普通的刑案，要当作涉及黑恶势力的案件来立案，加大侦破力度。他提出两点要求：

一、让分局主管刑侦的韩副局长马上带领刑警到西隆，重新勘查现场，并成立由刑警、派出所组成的专案组，连夜开展工作，查找知情人、目击者，走访与吴向南接触密切的人员及有矛盾的人员，抓紧时间，抓住战机，争取速侦速破。

二、西隆镇派出所抽调两名民警，日夜守护在医院，防止歹徒再度侵害吴书记。

何铭撂下电话，跟乔其龙讲了翟局长的意见，并请乔镇长马上回西隆，配合专案组，连夜开展调查。

乔其龙连连答应说："何所长，你就查吧！上天入地也要把凶手揪出来，给吴书记报仇。镇里先给派出所拿三万块钱做经费，用车有车，用人有人。"

何铭点了点头，让龚上杰电话通知全所民警迅速到所待命。乔其龙也让张主任通知镇党委政府各单位的一把手，半小时后到镇政府开会。

随后乔其龙来到走廊一僻静处，待旁边没人，拨了一个电话号，而后低声说："老三，派出所发现不是车祸，是行凶，那边怎么样？"

“刚通完电话，这会儿已回金城了，干净利索。你就放心吧！大哥，这都其次，位置又倒出来了，你可得抓紧时间啊！”

“行了，行了，你这几天别到镇上去，有事我给你打电话。”

何铭再回到现场时，天已完全黑了。韩副局长、刑警大队宋大队长带着重案一中队的人马及刑侦技术人员也到了。何铭简单地向韩副局长介绍了案情后，两个技术员提着强光手电，开始勘查。由于交警刚勘查完，再加上来现场的人越来越多，天又完全黑了，未发现有价值的痕迹和物证，只是在红旗车前方七八米处捡到两个小半截烟头。烟是金城产的。

一个小时后，西隆镇各单位一把手会议在镇党委会议室召开。乔其龙以沉重而又缓慢的口吻讲述了吴书记被打及送到医院的过程。他最后说：“2004年的西隆镇是极不平静的，两任书记相继出事。全镇上下此时务必要保持稳定，各司其职，做好各自的工作。现在东城分局已成立了专案组，一会儿就到这儿来，找各位谈话，了解情况，大家要配合好，同时发动群众，回忆吴书记上任以来，在西隆做的事、说的话、得罪的人。在座的，包括其他人，只要能够提供破案线索，镇里将拿出两万元做奖励。总之，一定要揪出凶手。”

与此同时，何铭正在派出所“6·21”专案组的会上做情况介绍：“刚才我详细介绍了吴向南书记的个人情况及被打伤送医院的过程。下面我想就此案谈一下我的看法，不当之处，请韩局、宋大队指正。根据对目前掌握的情况分析，吴向南被三名歹徒打成重伤，极可能是一起有预谋、有准备，目标明确，动机明确的报复伤人案件，其依据有二：一是吴书记三处骨折，头部重伤，均系棍棒殴打所致。而歹徒下手最多的部位在腿部，宜春乃至东北黑道恰恰流行这样的打法，即双方有仇，或结了怨，常用打折腿作为报复形式。二是吴书记的车及身上的手机、钱物无一丢失，说明歹徒的作案动机不是图财，是报复。”

何铭说到这儿时，他的手机短信铃音响了，他摁了一下键，扫了一眼，是程馨苗发来的，六个一样的字：想想想想想想。

何铭把手机调到无声状态，接着说道：“就下步工作，我想提三点建议，供领导参考。第一，吴书记过去在区委宣传部工作，为人正派，谦虚随和，口碑不错，与人结怨的可能性不大。所以，吴书记很可能是到西隆工作后与人结怨的。我建议以派出所责任区民警为主，刑警配合，深入调查西隆镇党委、政府的领导、干部和相关群众，了解吴书记到任后的言行及各种矛盾，从中发现线索。第二，吴书记是在公路上出事的，估计应该有目击者。建议在媒体悬赏征集此案线索。第三，现场发现了两个金城产香烟的烟头。这类烟在宜春几乎看不到，极有可能是凶手遗留在现场的，建议派人到宜春通往金城的高速路口收费站，查看案发后通过的金城牌照的车辆。”

韩副局长听了，没说话，看了看宋大队长，想听听他的意见。宋大队长想了想说：“何所长刚才讲得非常好，可行，我只想补充一点。凶手乘坐的车事先撞了吴书记的红旗，凶手的车也应有伤。一中队派两名同志赴高速路口收费站查录像时，注意查找受伤车辆，同时再安排两名刑警对发案地四周的汽车修配厂进行走访，看是否有刚刚撞伤的车。其他同志按何所长说的，连夜对镇政府的人员进行调查，我就谈这些，最后请韩局长指示。”

韩副局长扫了大家一眼说：“时间紧，任务重，上级对这个案子很关注。按宋大队长、何所长的意见办，现在已经是晚上十一点了，连夜行动。明早凌晨三点，全体回所，我听汇报。”

专案组的同志们都下去了。何铭陪韩副局长、宋大队长来到所长室。何铭让秦善准备好烟、茶。趁韩副局长和宋大队长唠嗑的工夫，何铭看了眼手机，两个未接来电，四条短信，全是程馨苗的。

第一条短信写着：“今晚又加班？不回家了？身体要不要了？”

第二条：“为什么不理我？是不又去抓坏蛋了？”

第三条：“困了，想睡，又不放心你，回个信。”

第四条：“干吗不理我？医生很生气，后果很严重，极可能三天或一周的时间没有我的消息。”

何铭笑了。几条短信显示出馨苗的可爱。他摁了几下键子，回了条短信：“大案惊天，先睡，明早联系，乖。”

西隆镇政府的这一夜注定不会平静，三十多名警察，四十多名镇、村干部一起投入到吴书记被打的案子上。侦查员们一到镇政府，乔其龙就忙碌起来，安排人介绍情况，安排人买水、买烟、沏茶，他还派人把镇食堂的大师傅从家中找来，准备夜宵。

凌晨三点，各路侦查员们准时回到派出所，经过四个多小时的调查，上来一些线索。据镇党委办公室的秘书小贺反映，吴书记上任的第二周，在北旮旯子村调研时，村书记徐大白准备不足，有些数字对不上牙，吴书记没留情面，狠狠地撸了徐大白一顿，让徐大白很没面子。另据张主任说，吴书记到西隆后，辞退了镇政府四名临时工。最让专案组感兴趣的一条线索来自宜春高速路口收费站。收费站的录像显示，在案发后四十分钟左右，一辆金城的车牌号为金A32582的白色捷达由此路过。收费员证实，此车的右后侧有明显的撞痕。

韩副局长听完汇报说："看来现场的那两个烟头应是凶手留下的。金城人驱车千里到西隆打吴书记，绝非直接与吴向南有仇，肯定是受雇于人。凶手在金城，幕后操纵者还在宜春，很可能就在西隆。马上安排三名刑警，现在就去金城，查车抓人。其他同志上午休息，下午一点半到派出所集合，继续摸底排查。"

55

乔其龙回到家已快凌晨四点了，他又给在医院看护吴书记的副镇长秦正越打个电话，询问吴书记的情况，秦说吴书记病情挺稳定，还在昏睡。乔其龙放下电话，长出了一口气，暗暗埋怨乔其天心狠手辣。他以为乔其天雇人给吴向南弄点儿小伤，见点儿血，吓唬吓唬就行了，哪想到竟打得吴向南三处骨折，头部缝了十四针，差点儿没死了。吴向南要是死了，乔其天和他都是死罪呀！更让他没想到的是，东城分局对这个案子如此重视，成立了专案组，一下来了三十多警察，连夜开展侦破。他反复回忆着吴向南出事后，他从镇政府到医院，又从医院回到镇政府，尤其是接待专案组的每一步、每一个细节，是否有反常、不当的地方。他估计专案组暂时还不会怀疑到他，可这只是估计，专案组究竟在关注着什么，发现了什么，他一无所知。要是在专案组有个眼线就好了，这样，专案组的每一步他都能知道。谁能做他眼线呢？他思来想去，突然想起了丁文俊。前几天，丁文俊通过乔四找他，想买块地，他没答应。明天给他办了，把地卖给他、便宜让他占了，他就能为我所用。

乔其龙上了床，可就是睡不着，脑海里翻来覆去全是满头缠绷带的吴向南。他既后悔又后怕，不该听任老三胡为，风险太大了，一旦败露，可不是小事，想到这儿，豆粒大的汗从头顶冒了出来。可又一想吴向南对他的冷漠，还有不少镇干部巴结吴向南，对他的轻视，心平稳不少。胆小不得将军做，无毒不是大丈夫。乔其龙深深地吸了口气，把被蒙在脑袋上。

凌晨四点二十分，何铭送走韩副局长及专案组的人，回到所长室，又给在医院保护吴向南的索振长、郑涛打了电话，嘱咐他俩轮班睡，一旦吴书记醒来，马上询问发案情况，做笔录。何铭把这些安排完，才觉得有些困，可上了床，困劲儿又没了，怎么也睡不着，脑子里晃来晃去都是吴书记被打的案子。

西隆这地方邪行。连出事都连着出，前赴后继。两任派出所所长先后倒下，两任一把手书记又相继倒霉。要说两任所长出事还好解释，都是主观上对自身要求不严，纪律性不强造成的。可两任书记倒下，根本无法从主观上解释，一个倒在人为设计的“色”上，一个倒在“黑”棍之下，都是被人加害的。一个书记出事，或许还能从得罪人、遭报复的角度去考虑。两个书记连遭不幸，可就不那么简单了，绝非偶然。看来有人在幕后做导演，想挤走现任书记，取而代之啊！会是谁呢？以目前的西隆官场，也只有乔其龙有竞争书记的实力和条件。难道是他在背后捣的鬼？他猛地想起洪文广住院时，在他耳边说的话。洪说他迷迷糊糊进清海洗浴中心的包房前，看见了乔其龙的三弟乔其天。他怀疑乔其龙为当书记，让乔其天干镇政府大楼的工程，故而设计他。何铭当时听了，不敢相信，安排龚上杰秘密调查此事。经查，洪文广在清海洗浴出事那会儿，乔其天确实在清海。关键问题是是不是乔其天让领班“八爪鱼”给洪文广找的按摩女。“八爪鱼”至今去向不明，谁也不知他在哪儿。龚上杰去“八爪鱼”的老家调查，“八爪鱼”的父亲说跟儿子感情不好，没联系。这条线暂时断了。何铭点上一支烟，黑暗中，烟头显得格外亮，亮处周围升起一股小烟雾，何铭继续思考着。

不应该是乔其龙搞事儿。乔其龙官瘾再大，胆子再大，可他毕竟是受党教育培养多年的领导干部，甭说法律意识，单就思想觉悟及同志之间的感情，他也不会这么干，可不是他，又会是谁呢？西隆镇党委、政府其他的领导干部，谁又能下得了这个手呢？即使下了手，把洪文广、吴向南整下去，书记的位置也轮不到他们啊！把对乔其龙的怀疑跟专案组说说？查这条线？不妥。这个假设太大胆了。他怀疑的人可是西隆的镇长啊！一旦不是这么回事，他还咋在西隆干了。好在吴书记的案子已有了点儿突破，凶手已露出尾巴，刑警已去了金城，估计一两天就会有信儿。睡吧！天亮了不一定又有啥事。

八点半，乔其龙准时出现在镇长办公室。一方面他有早起的习惯，即使睡得再晚，早上七点半准醒。另一方面吴书记出事住院，镇里的大事、小事，他全得接着。他昨晚已向高书记、薛区长做了汇报，两位领导说今天要去医院看吴向南。

乔其龙喝了几口茶水，心不在焉地翻了两下报纸，随后，楼上楼下地转了两圈儿。机关干部们都在闷头干活儿，几乎听不到有人闲聊，和洪文广出事时比，大家的嘴就像贴了封条。乔其龙刚回到办公室，秦副镇长来电话了，说吴书记醒了，疼得厉害，但神志清醒，派出所的人正在取笔录。乔其龙说了几句他们辛苦挨累之类的客套话，并说马上安排人去医院换他，让他回家休息。乔其龙放下电话，心又悬了起来，吴向南会跟警察说什么？会不会把发案前那件事说出来？专案组下步会有啥动作？他又想起在派出所安“钉子”的事。他给乔四打电话，让丁文俊马上到他办公室，安排他买地的事。

丁文俊接到乔四的电话，欣喜若狂。他盘算了一下，这块地倒卖成了，至少可以赚三万块，不但能把输的一万多块堵上，还剩两万。丁文俊敲开乔其龙办公室的门时，乔其龙正在接区委高书记的电话。高书记、薛区长下午要去医院看吴向南，乔其龙说他中午就到医院等着。

乔其龙放下电话，对丁文俊说：“小丁啊，老四跟我说了，说你是他最好的哥们儿。你要买的这块地，到明年能翻一番。明天来办手续吧。”

“太谢谢大哥了，以后有用得着老弟的地方，愿效犬马之劳。”丁文俊激动地说，他仿佛看见成捆的钞票从空中落下，砸在他的脑袋上。

“何所这人怎么样？我们接触不多，听说你俩过去都在特警，了解他多一些。”乔其龙说完，甩给丁文俊根中华烟。

丁文俊快速拾起桌上的打火机，凑到乔其龙跟前，待乔其龙又抽出一支中华，叼在嘴里，他已打着火，先给乔其龙点上，又给自己的烟点着，猛吸一口，说：“人嘛，又正又滑，不办实事，让你琢磨不透，用得着你时，咋地都行，用完你，卸磨杀驴，过河拆桥。你慢慢品吧！”

“我和洪书记、吴书记都发现他这点了。这次吴书记被打，我和镇里的干部们很揪心啊！可又怕专案组不用心，不卖力。兄弟，以后能不能随时把吴书记案子的进展情况告诉我，我这个镇长也掌握一下，好随时向区里汇报。等这个案子破了，镇政府给专案组发奖金的同时，再单独给你发一份。”乔其龙说到“再单独给你发一份”时，用食指狠狠地点了点桌子。

“大哥，什么奖金不奖金的，只要你看得起我这个兄弟就行了。放心，专案组每前进一步，每步咋走，我都让你知道。吴书记的案子基本破了，凶手已锁定是金城人，刑警已去金城了，没准儿今天就能把人摁住。”丁文俊低声说道。乔其龙的心猛然一震，心想：公安局是厉害，竟然能查到金城，多亏我把丁文俊叫到我这儿。

乔其龙装作十分高兴的样子说：“好啊！西隆有你们这样的精兵强将保护着，我就放心了。为了破吴书记的案子，镇里专门给所里拨了三万块钱经费，我下午亲自送去，专案专办，不够再补，直到案子破了。”

“派出所上下都说龙哥讲究，是西隆真正的大哥，说话、出手都够爽。龙哥，我得走了，一会儿所里开会，忙完这个案子，我请大哥。”丁文俊把烟头放进烟灰缸，又倒进点茶水浇灭，走了。

丁文俊的脚一离开办公室的门，乔其龙立即抄起桌上的电话，刚要拨号，突然像想起什么似的，又放下了。他掏出手机，在手机上打出一行小字：“公安局已赴金城抓人，马上转移。”按了一下发送键。

56

中午，乔其龙来到医院吴向南的床前，悲怆地说：“吴书记，你受惊了，坚强些，坚强些。”

“哎！这是怎么了？无论是在宣传部，还是在西隆，我说话做事都很谨慎、低调，没得罪谁呀？”吴向南一脸无辜，有气无力地说。

“是啊！吴书记到西隆后，几乎天天扎在田间地头，访贫问苦，西隆人有目共睹，不可能得罪人哪！我琢磨了一宿，想起个环节，会不会是吴书记开车时，无意之中别了歹徒的车，才导致歹徒行凶。”

“不能啊！车别一下，多大的事，也不至于往死里打呀！你让何铭用点儿心，把案子破了，我就想认识认识打我的人，就想知道我哪儿得罪他们了。”吴向南说到这儿，刚接的断骨处疼了起来，他“哎哟哎哟”地叫了起来，满脸是汗，一副痛苦的表情。

乔其龙忙拿起毛巾，边给吴向南擦汗边说：“分局已成立了专案组，一位副局长坐镇指挥，正加班干呢，估计用不了多久就会破案，等抓到凶手，我把他捆医院来，让你看看。”正说着，区委高书记、薛区长进来了。

高书记看看吴向南的几处伤说：“挺重啊！怎么也得半年才能康复。李北淮副市长已对此案做出批示：速侦速破。翟永胜正在省委党校学习，我上午给他打电话施压。翟局长跟我立了军令状，此案不破，他就辞职。我估计他是有眉目了，否则不会把话说这么绝。”

吴向南听了，硬撑着挺了挺身子说：“让领导操心了，本想我到西隆轰轰烈烈干点儿事，没想到才一个多月，没有轰轰烈烈，倒是轰然倒下。我从术后醒过来一直在想，我究竟得罪谁了？咋得罪的？有多大的仇，对我下这么狠的手。正好高书记和薛区长都在，有件事跟你们说说。”吴向南说到这儿，剧烈地咳嗽了几声。乔其龙心里一翻个儿，吴向南要说什么事呢？会不会把发案前的那件事说出来？

吴向南强忍住咳，很吃力地说：“高书记，我这一躺下，时间不能短了，咋也得一年半载，为了不影响西隆工作，请组织上再派个书记到西隆吧！等我病好了，回机关，干我的老本行去。”乔其龙听完，如释重负。

吴向南没说他最担心的事，不过他的心又提到嗓子眼儿，吴向南正式提出调走，高书记会怎么答复？高书记显然没想到吴向南提出离开西隆，他不好回答行还是不行。他突然转过身问乔其龙：“其龙啊，你是西隆的坐地户，最有发言权，你觉不觉得西隆两任书记接连倒下有些蹊跷？”乔其龙正关注下任书记如何安排，高书记的发问让他猝不及防。这是一个让他难堪而又难以回答的问题，因为曾有举报信反映他是洪文广事件的幕后黑手。乔其龙毕竟心怀鬼胎，他的脸一热，好在他是红脸膛，遮掩过去了。他弄不明白高书记在这样的场合问他这样的话是啥意思，是组织上已掌握他搞鬼的内幕，还是试探？

他稳了稳神儿，绷住脸，努力掩饰着内心的慌乱，说：“高书记，我也有个疑问正要向您请教。西隆镇从去年到今年，出了不少蹊跷事儿，镇派出所的两任所长接连犯错误，都下去了，而后就是咱们的两任书记出事。最让人解释不了的是镇工商所，去年的4月8号，当时的所长李忠因车祸死了。今年的4月8号，李忠的继任王忠所长突发脑溢血，也死了，同一个单位，相同的职务，名字都带忠字，死在同一个日子，再巧也不能巧这样吧！按说咱们都是共产党员，唯物主义者，不应信这些，可不信又解不开这些领导连续出事之谜。您见多识广，不知咋看这种现象？”

“事有因，识有缘。大千世界，出些巧合之事，不足为奇。万不能唯心地看问题。我相信警方一定能让吴向南的案子，包括洪文广的事水落石出。”高书记坚定地说。

下午一点半，专案组全体在派出所集合，而后按既定部署，继续在西隆摸排此案线索，晚上十一点回所汇报。今天的西隆镇派出所，何铭无疑是最忙碌的人，他既要安排专案组的吃、用、行，还要应对所里的日常工作，兼顾两头。李维彤见何铭自昨天晚上起，从天黑忙到天亮，又从天亮忙到天黑，一天多的工夫，憔悴了许多，好心疼。下班前，她趁何铭办公室没人，悄悄地把白天买好的衬衫、袜子和几袋奶粉放进何铭的衣柜里。她刚起身回头，吓了一跳，何铭正站在她的身后，李维彤的脸腾一下就红了。

“所长，我，我……”

“抓现行了吧！东西我收下，以后不许了。咱们所历来都是风不平，浪不静，甚至无风都起三尺浪啊！”

“所长，我不怕，我才不怕他们说闲话。我，我喜欢你。”李维彤不知哪来的勇气，正视何铭的眼睛，一字一句地说。

何铭想了想，说：“维彤，感谢你对我的关心，我已经有女朋友了。”

“有女朋友了？”李维彤惊讶地问。所长前几天还说没有，这么快就有了。

“你们认识。”

“程馨苗。”李维彤脱口而出。邵冲请程馨苗吃饭时，她就看出何铭和程馨苗之间有些苗头。

“嗯。馨苗还要请你和邵冲吃饭呢，她说邵冲要是不得病，我们不可能认识。”

李维彤的心全凉了，甚至有一丝绝望，仿佛瞬间失去了一切。还没等她说什么，闫城甫进来了，他见李维彤红着脸，何铭表情也有些不自然，扭头就走。

李维彤怕再出说道，故意大声地说：“所长，这个户口办完了，我给你送去吧。”

何铭听出李维彤在掩饰，大声回应道：“好吧！”

李维彤刚走，何铭的手机短信铃音响了，是程馨苗发来的。何铭认识馨苗之前，短信极少，和馨苗相爱后，每天都有几十条。的确，他太忙，陪她的时间太少，短信不仅能传情，还能放松一下紧张的神经。

“警察叔叔，我犯罪了，快来抓我吧！”

何铭笑了，心想，这个丫头，总有创意。他回了条短信：“何罪？”

二十秒钟后，短信回来了：“相思罪。”

何铭笑出了声，同时越来越感到程馨苗的可爱，他马上回道：“同‘罪’相怜。想你，乖，一有空就去看你。”

“‘一有空’是什么概念？”

“就是说，只要有闪电那样短的空闲，就去看你，给你买好吃的。”

“不要好吃的，只要你。”

程馨苗的最后一条短信让何铭感受到爱的甜蜜和美好，他倒真的想见程馨苗，把她揽在怀里，吻她……可眼下，还不行，吴向南的案子正在裉劲儿当口，不能走啊！

57

晚上十点，赴金城的三名侦查员报告，经金城警方调查，受伤白捷达车的车牌子是假的。在摸排受伤白捷达的过程中上来一条线索。今天中午，一名男子驾驶一辆右后尾部受伤的无牌照白捷达进入一家汽车修配厂，刚要交钥匙修车，谁知此人突然接到一个电话，便开车走了。目前金城警方正全力追查此车。

韩副局长闻讯后，眉头紧锁，用疑惑的眼神看着宋大队长和何铭说："司机接完电话开车跑了，这是惊了，不会呀！他们咋惊的呢？这个司机接谁的电话呢？"

"惊是准了，按常理不应该惊，案发还不到一天，金城人不可能想到咱们这么快就锁定目标。通过这件事，更加证实了我们起初的判断，凶手在金城，幕后在西隆。我怀疑专案组的行动漏风了，内部人也许有意，也许无意之中把金城行动泄露出去了。"宋大队长凭借强烈的职业敏感，做出大胆而又惊人的判断。

韩副局长听了，一愣，没说话。何铭觉得一向严谨的宋大队的猜测有点儿离谱，漏风？泄露？专案组由刑警和派出所两部分人组成。刑警的人不可能，派出所的人也不能，谁敢啊！这可不是违纪的小问题，够罪啊！

晚上十一点，专案组的人都回来了。摸排汇报不到十分钟就结束了，未发现理想的线索。韩副局长看了看疲惫的侦查员们说："李北淮副市长对此案做出批示，区委高书记向翟局长施压。翟局长今天给我打了四遍电话，询问案件进展，案子不破，谁也甭想撤。都回去休息吧，明天下午照常。"

韩副局长随即低声对宋大队长说："让那边不要气馁，继续追查白捷达。"

十分钟后，乔其龙收到一条短信：吴案毫无进展。乔其龙的嘴角露出一丝笑意，随即把这条短信删了。

何铭送走韩副局长，刚要回所，手机响了，是程馨苗的电话。

“铭哥，我发烧了，冷，头好疼啊！” 程馨苗声音微弱，听着有些抖。

“怎么搞的？白天还好好的，我现在过去接你去医院。”何铭放下电话，进屋和龙起正交待了几句，而后驾车直奔宜春。

二十分钟后，何铭按响了程馨苗家的门铃。门开了，穿着粉色睡衣的程馨苗笑呵呵地站在门口，毫无发烧迹象。

何铭知道上当了，进屋把门关上说：“忽悠普通百姓的叫小忽悠，忽悠警察的叫大忽悠，忽悠派出所所长的是超级忽悠。是投案自首？还是负隅顽抗？”

“人家七十一个小时都没看见你了，想你嘛。难怪有人说，嫁女莫嫁公安郎，夜夜都得守空房。自首你也不会宽大，还是顽抗吧！你要是有本事，抓到我好了，不许开灯。”

说完，程馨苗突然把灯关掉，消失在黑暗之中。何铭从未进过程馨苗的家，只听她说，这套两室两厅的房子是她父亲给她买的，房间的格局，摆哪些家具，他一概不知。程馨苗把窗帘拉得很严，何铭想借一点儿窗外的光亮都借不到。他只能像盲人一样摸索着，一会儿脚碰到了写字台，一会儿摸到电视机，可就是摸不到程馨苗。何铭甚至屏住呼吸，想从程馨苗的呼吸声找到她，但一无所获。不知不觉，五分钟过去了。何铭有点儿急，再找不到，掉警察的链子。他突然有了主意，他把手伸进裤兜，悄悄按了一下手机的拨出键，他刚刚给程馨苗打过电话。不到三秒钟，床上的手机响了起来，并一闪一闪的，漆黑的屋子顿时有了一丝微弱的光。藏在衣柜边的程馨苗在手机响的一刹那，下意识地往手机的方向动了一下，随即就不动了。何铭一下子就摸清了程馨苗的位置，他不动声色，轻轻地趴在地上，慢慢地向程馨苗的方向爬去，边爬边向前摸，爬了不到两米，一把抓到了程馨苗的脚腕儿，就势把她扛在肩膀上。

“放开我，放开我，我就不投降。” 程馨苗的胸压在何铭的肩膀上，头悬在空中，不屈地叫着。何铭感受着程馨苗的体香和丰满的身体，一种令他亢奋的冲动随之而起。他见程馨苗不服软，把她脚上的拖鞋拽了下来，用手指去挠她的脚心。

程馨苗受不了了，娇声说：“服了，服了，警察叔叔，我再也不敢了。”

何铭把程馨苗抱在怀里，深情地吻住她的眼睛说：“第一次见到你，就被你的眼睛征服了。”

何铭用嘴撩起馨苗的睡衣，嘴唇一寸一寸轻抚着她光滑的肌肤，腹、背、腿、脚。程馨苗的呼吸突然急促起来，室内虽打着空调，可两个人却仿佛在燃烧……

待两个人的喘息渐渐平缓时，程馨苗趴在何铭结实的胸上，噘着小嘴，委屈地说：“警察叔叔净害人。”

何铭抚摸着她的长发，温柔地说：“不是害，是爱。这回你成了警察的女人，一辈子都没人敢欺负你了。”

“说实话，你第一次见到我啥感觉？”程馨苗问完，在何铭的唇上吻了一下。

何铭诡秘地一笑说：“真想听实话？”程馨苗使劲儿点了点头。

“我第一次看见你时，你站在窗前打电话，你的脚后跟离开鞋的一瞬间特性感。我当时就想，要是能拥有这样的女孩儿真不枉此生，没想到，我轻而易举就把你拿下了。”何铭说完，摇头晃脑地笑起来。

程馨苗又羞又气，轻轻地咬了何铭肩膀一口说：“你哪里是好警察啊，简直就是色狼。”

何铭紧紧搂住程馨苗说：“警察也是人，难道我们只能握着枪，绷着脸，抓人破案？就不能花前月下？就不能对漂亮的女人有想法？苗苗，你正是我苦苦找了多年的另一半。苍天在上，我要像爱惜自己的警徽一样，爱你，爱惜这段感情。”

吴向南住院，乔其龙第二次当上主持，他忙上忙下，忙东忙西，西隆镇的大事、小事都等他点头，都得他点头，蒯庆祥等一批曾疏远他的干部又向他靠拢了，乔其龙又找到了当一把手的感觉。不过，他比谁都清楚，这只是暂时的，他还不是书记，只是个临时主持。

58

6月24日晚上，乔其龙约乔其行、乔其天来到七重天洗浴中心，商量他的下一步。吴向南被打成重伤，乔其行也听说了。虽说乔其龙、乔其天没向他透露一个字，但他隐约觉察到与乔其天有关，他太了解三弟了，心狠手辣，为达目的，不择手段。

兄弟三人走进桑拿浴室，热浪袭来。乔其龙见室内没别人，边用毛巾捂住鼻子边说："其行啊，吴向南已正式向区里提出离开西隆了，据可靠消息，区里正酝酿西隆书记的人选，我根本没被纳入视线，还找薛区长？"

"大哥，吴向南的骨头刚接上，肉还没长一两，你这工夫四处活动当书记，不怕上面怀疑吴向南的案子是你捣的鬼？"乔其行蒸得满脸通红，边用毛巾擦汗边说。

乔其行的话一下子触动了乔其龙的心事。洪文广出事后，镇里就流传是他设计的，还有好事者写举报信，坏了他的书记梦。吴向南被打伤，他是幕后黑手的说法传得更厉害了。高书记前天在医院问他的话，很明显是在怀疑他。他这阵儿跑官，肯定会招来更多的猜疑，甚至可能传到专案组，引起警方的关注，那样他将陷入相当不利的境地；如果不做工作，他肯定当不上书记，之前的所有设计和努力都将付之东流，一旦新书记到任，他将更加被动。

乔其龙想到这儿，深沉地说："二弟，发展是硬道理，升官也是硬道理。没听网上流行的段子吗，最能反映现代人的虚伪和口是心非：股票是毒品，都在玩；说金钱是罪恶，都在捞；说美女是祸水，都想要；说高处不胜寒，都在往上爬。是啊！没几个当领导的愿意到此为止，或安于现状，都有野心，都想有更大的发展。我非圣贤，岂能不想？目前已走到这步，无回头的可能了。"

"可不是咋地，咱们不活动，肯定有活动的，到那时啥都晚了。只要大哥能当上书记，什么疑心啊、闲话啊，算个啥啊！对了，大哥，骆九家出事了。”

“出啥事了？”乔其龙吃惊地问。

“今年1月，骆九家的哥们儿金生在澳门输了一千多万，把家产输光了。他以搞工程为名，找骆九家担保，到银行贷款两千万。骆九家照办了。金生拿着两千万又去了澳门，又全扔进去了。现在金生活不见人，死不见尸，没影儿了。昨天，银行已把九家公司账上的两千多万划走了。九家公司这个月怕是连职工工资都发不出来了。”乔其天得意地说。

“准吗？”乔其龙兴奋地问。他想正好借这件事把骆九家踢出局，工程让乔其天接手。

乔其天嘿嘿一笑说：“绝对准，银行的哥们儿透露的。还有，镇卫生院的李护士长今早到骆府给骆九家打的吊瓶，她说骆九家一股急火，嗓子肿得话都说不出来了。”

乔其龙没吱声，只是点了点头，镇政府大楼已经姓乔了。随后他又把目光投向乔其行，好像在问，当书记的事怎么办啊！

乔其行马上明白了大哥眼神的含义，他把眼镜摘下来，擦了擦眼镜上的水汽，不紧不慢地说：“官场本就变幻莫测，再加上西隆两任书记都倒于意外。区委在考虑下任西隆书记人选时肯定要慎之又慎。你没有特别突出的政绩，又有些不利于你的传闻，根据我的经验，再找薛区长，没戏。唯有市里主要领导推荐，你才有希望。”

找市领导推荐？乔其龙揣摩着乔其行的话，觉得他说得在理。上次洪文广出事，本来他很有希望，可一封举报信就让高书记举棋不定，终未拍板。这回形势更复杂，要是没有超常力度，恐怕又将白忙一场。可他也不认识市领导啊！他刚想问乔其行跟哪位市领导熟，猛地，他想起一个人，西装革履，傲慢的神情，冷漠的眼神，市委副书记方明正的儿子方少堂。方副书记要是能为他说句话，可谓一言九鼎。可他和方公子是通过区委肖主任认识的，仅一面之交，他凭什么让方公子帮他这么大忙啊？

59

翠涵茶艺馆是宜春最有名的茶馆。包房内都是仿明清时期的格局，古香古色。7月6日下午五点，乔其龙、方少堂走进翠涵茶艺馆二楼最里面的小包房。

两人刚落座，女服务员跟了进来，微笑着问道："先生好，请问品哪种茶？"

"今天小暑，泡一壶上等的绿茶，解解暑。" 乔其龙边说边解开衬衫的第二个扣子。

"那就来西湖龙井吧，明前茶，口感极佳。"女服务员答道。

"行，要快。"乔其龙说完挥了挥手。

"想不到乔镇长还有这雅好，看样子你是常来这儿啊！"方少堂一边用遥控器把空调打开，一边说。

"哪里，大姑娘上轿——头一回。今天找你有要事相商，去饭店吧，人多，乱哄哄的，又怕遇到熟人，就想到了茶馆。这里又安静，又凉快，唯一对不住的怕是方公子的肚子了。" 乔其龙调侃着说。

不一会儿，服务员把茶冲好，放在两人面前。

"请。" 乔其龙让道。

方少堂托起茶杯，轻轻地吹了吹水面上的茶叶，品了一小口，将杯放下说："极品，极品，爽口，润喉，沁肺，醒脑，非同一般啊！喝好茶，首选好茶叶。其次讲究用水，古人讲，泉水为上，江水为中，井水为下。另外冲泡方法、茶具，甚至烧水用的燃料都有讲究。"方少堂说到茶，来了兴致，侃侃而谈。

乔其龙很吃惊。在他眼里，方公子就是个不学无术的花花公子，没想到他竟懂茶道。

"想不到方公子博学多才，这一点颇像方副书记。难怪听人说方副书记在三个孩子中最喜欢你。"

"哪里呀，本来就没啥本事，要是再吃不明白、喝不明白，那就更甭活了。”

“方公子，知道你忙，不唠闲嗑。两件事，第一，盖镇政府大楼的事。前一段儿吴向南在党委会上研究了，骆九家的公司盖楼，你的公司装修，结果没等签合同，吴向南就倒下了。现在看，这反倒成了好事。你我都明白，装修的利润和盖楼没法比。眼下吴书记出事住院，骆九家的公司担保贷款又出了问题，西隆镇暂时由我说了算。我想让你鱼和熊掌兼得，盖楼、装修都归你。不过，打开天窗说亮话，你的公司虽有建筑的项目，但并无建筑的实力，你也就挣个转包差价。我有个两全其美的想法，你的公司负责签两个工程的合同，但不用你出一兵一卒，动一砖一瓦，更无须一分钱，全由西隆建筑公司干，利润分给你一半。你看如何？”

这是方少堂第二次与乔其龙见面，对乔其龙的印象和为人，他听肖主任评价过，豪爽、直率、仗义、胆大、敢干，工作上有股冲劲儿。但他没想到乔镇长直率到快把他剥光了的地步。诚如乔其龙所言，他的北斗咨询公司真就是个只有公章，配了个女秘书的空壳公司，根本无盖楼的实力，不过是借老爸的招牌玩玩空手道而已。自从吃了洪文广的闭门羹，他一刻也没放松活动，尤其在吴向南当书记后，他通过薛区长终于拿到西隆镇政府大楼的装修工程。他正准备把工程转包出去，挣个转包费，没想到乔其龙上赶子找他，而且给他两个工程，跟他利润各半，这远远高于转包费，心中暗喜。不过，见过世面的方少堂明白，天底下没有免费的午餐。乔其龙这么干肯定有目的，有下一步。

他不知乔其龙的下步棋将落子何处，便不动声色，装作一副对乔其龙的建议没多大兴趣的样子说：“乔镇长，你的信息不准啊！我的公司成立之初的确只有咨询项目，可那是五年前，现在的经营项目已经发展到十一个，别说盖镇政府的大楼，就是市政府盖新楼，我都敢接，能接，也能干。没有金刚钻，我能敢揽这瓷器活儿！？”

净吹牛皮，没你爹，你他妈是个啥呀！乔其龙心中暗骂。不过他嘴上却带着笑说：“方公子，恕我妄言，论年纪，我应长你几岁。镇长这官虽不大，可也当四五年了，要说别的我不懂，官场、商场的事，我还是明白些的。方公子的公司规模我早有耳闻，我还是不说破为好。我刚才讲的利润各半，你心里最有数。国家讲究国家利益，以实现国家利益最大化为目标。个人嘛，就得讲求个人利益，以实现个人利益最大化为目标；我想你不会漠视个人利益最大化吧！”

想不到看上去粗粗拉拉的乔其龙竟还有几分学识和见解，话说得如此精辟，也很开，这个建议的确对他方少堂有利，但碍于面子，他不想马上答应下来，让乔其龙看轻他。方少堂故作深沉地说：“乔镇长今天找我要谈两件事，第一件我听懂了。第二件事呢？”

“哎，向南书记太不幸了，刚到西隆就职一个多月就出了事，身上几处骨折，天天在床上拉、尿，惨不忍睹。他已经向区领导提出，伤好后回区机关工作，不再回西隆了。我本不想去争这个书记，可镇上不少干部、百姓都希望我能接替吴向南，为西隆干点儿实事。现在竞争西隆书记的人不少，我想请方公子在你家老爷子面前美言几句，请他在区领导那儿帮我说句话，真要那样……”乔其龙虽没把话说完，但方少堂已明白。

果然不是免费的午餐，乔其龙虽然说话、性格直来直去，够爽快，但颇有心计，他才不做不赚钱的买卖呢。他是在用工程谋位子，我是借老子的权力揽工程谋钱。他奔权，我奔钱，双赢的好事。这事必须办巧、办好，可不能让乔其龙觉得当书记的事太容易。

想到这儿，方少堂抿了口茶水后，露出为难的表情说道：“家父一向对己对子女要求甚严，从不开这类口子。这样吧，我回去试试，能否成功不好说。”

“谋事在人嘛，只要方公子尽力，当然，我不会白麻烦方公子的，这点儿钱算是方公子今晚的餐费吧！”乔其龙说完，把两万块钱放到方少堂的面前。方少堂一笑，象征性地推了一下，又被乔其龙推了回去。

乔其龙离开茶馆，第一时间把电话打给乔其行：“方公子愿意帮忙。他若能成全我，我就能成全他。”

“走上层路线只是一个方面，你最好能在近期工作上突击搞些政绩，造造声势，增加点儿印象分。”

“最近政绩不少啊！打井抗旱、修缮敬老院危房，上周我还引进一家韩国企业。”乔其龙如数家珍。

“这些都属于日常工作，虽说是政绩，但缺乏说服力和震撼力，我说的是工作中的创新思维和成果，要能作为经验推广的东西。这才能显示出你的超前思维和高人一筹之处。”乔其行语重心长地说。

“懂了，懂了。”乔其龙恍然大悟。他不禁暗暗佩服乔其行的思路，随后自言自语道：“创新，创新。”

60

对于像吴向南这样线索很明显的案子，过去半个月没破是不多见的。按老刑警的经验，案子这么久不开，怕是要进死胡同。上周，专案组又派四名刑警赴金城，七个宜春刑警，再加上金城警方挖地三尺式的配合，愣是没找到受伤白捷达的影儿。专案组其他同志每天都在西隆管内摸底到半夜，没什么效果。

7月7号中午，韩副局长、宋大队长来到何铭办公室，何铭一眼就看见韩副局长嘴角的几个大泡。他边给两位领导倒茶边说：“韩局长上火了，用不用去药店买点儿药？”

“吴案不破，我没脸见翟局，翟局没脸见李副市长和区委高书记。我是一线指挥官，承上启下，怎能不上火。最管用的药是拿下凶手。”韩副局长一脸愁容地说。

宋大队从韩副局长的话中感受到压力。他注视着茶几上的茶杯说：“我的预感相当准。我就觉得幕后操纵指挥凶手的人就在西隆，而且还不是一般人物，可手下这帮弟兄愣是摸不到、叫不开，就像车手驾驶赛车，都看见终点了，可就是不能到达终点。韩局，我可不是推卸责任，现在刑警这批人，和我当刑警队员那时比，差远了。那会儿，刑警队的大门不是冲谁都开的，进刑警得挑、得选，那得是有基层工作经验的优秀人才，要想当刑警，技术要精，业务要熟，社情要通，工作要勤，要懂江湖规矩，通晓人生哲学，会察言观色，能洞察入微，尤其要善于和形形色色的人打交道，也就是见啥人，说啥话。再看现在的刑警队伍，又有多少人具备这些基本素质呢？也难怪，没几个人愿意干刑警啊！工作强度大，危险，待遇差，油水少。业务强的，能干的，给顶小乌纱帽，还能留住。有点儿门路的、会干的都去经侦、治安口了。剩下的这些人能好哪儿去。要说水平差点儿，属先天不足，没办法，你责任心强点儿啊！偏偏又缺少责任心，不愿做艰苦细致的工作，执行任务走马观花，浮皮潦草。我真怕我的侦查员到镇里摸底时，把一些好情况、好线索摸漏了。”

韩副局长听了宋大队长的苦水，点了点头，他认可宋大队长的话，但碍于自己的身份，没表态。何铭和宋大队长有同感，他见韩副局长没吱声，怕宋大队长尴尬，接过话说：“其实何止刑警，派出所也如此，真正能干活儿的，能出活儿的就那么几个，剩下的要么是岁数大的，要么是仕途无望的，干劲儿不足，怎能有责任心。我也着急啊！目前全所除了两名女同志，都投在这个案子上了。所里的正常工作耽误了不说，对百日会战影响太大了，战役时间已过半，可三十八个指标，仅完成三分之一。上分局开了两次会战调度会，被翟局撸了两次，一听局里有会，都打怵。为了完成会战任务，昨晚专案组汇报会后，我亲自带领两个年轻的在管内巡逻到凌晨三点，想抓个现行，结果什么也没抓到。我担心专案组再这么耗下去，竹篮打水，两头空啊！”

韩副局长听出何铭对现在这种大兵团作战的打法不满，他也想撤出些警力，投入到别的案子中，可这是各级领导十分关注的案子，别说他，翟局长也不敢撤兵啊！何铭看出韩副局长的心事，刚要再说几句，让他同意派出所的警力抽出几个投入到会战里，手机短信铃音响了，是程馨苗发来的，“警察叔叔，我今晚十一点回宜春，请做好接站准备。热吻。”

程馨苗诈病，何铭夜入闺房的第二天，程馨苗就被医院派到上海，进修半个月。她本不想去，可院长很器重她，她又不得不去。何铭也不愿她走，毕竟得半个多月见不到，两人刚步入一日不见如隔三秋的热恋之中，好折磨人的一件事。她在上海的日子，每天都和何铭煲电话粥和短信粥，有一天她甚至跑到网吧，和何铭视频，以解相思之苦。何铭一想到今晚就要和馨苗团聚，抿嘴乐了。韩副局长看了看宋大队长和何铭，严肃地说：“马上安排大家下去吧！继续摸排，晚上九点汇报，明天有一级警卫任务，早点儿结束。”

晚上十一点零五分，身穿蓝色T恤衫、短裤的程馨苗从宜春火车站的出站口一出来就看见了何铭。她放下皮箱，扑到何铭的怀里，结结实实地在何铭的脸上亲了一口，何铭看了看四周说：“傻孩子，都是人。”

“怕什么？你又没穿警服。说，想我没？”程馨苗撒起娇。

“当然想了，咱们也算久别啊！你们领导够狠，走，上车，回家。”何铭说完，拎起皮箱上了吉普车。在车上，程馨苗身子靠在何铭的肩膀上，讲她的上海之行。

车停在她家楼下时，她神秘地对何铭说道：“警察叔叔，我前天把咱俩的事在电话里和我的家人讲了，只说你在市公安局，没说你是西隆派出所的所长，想试探一下他们的反应。你猜大家咋说？”

“你一个大傻姑娘，能找个戴大檐帽的，你们家应该多烧几炷香才是。”何铭一本正经地答道。

程馨苗冲何铭连做了几个鬼脸，又狠狠掐了何铭胳膊一下说：“得便宜卖乖。告诉你实话吧，除了我妈，其他人都不同意。我三哥说得最有意思，他说咋找个警察，还不如找个裁缝。”

何铭听了，觉得可笑，也不知警察咋突然变这么臭，连做衣服的都不如了，联想到“小虎牙”罗真真说的“现在的警察就像时下的猫，不抓老鼠”的话，他瞪了程馨苗一眼说：“你三哥是干啥的？将来我非收拾他不可。”

两个人走进馨苗家。程馨苗脱下凉鞋，转身钻到何铭怀里说：“警察叔叔，我就爱你，我家谁也管不了我，谁也挡不住。”她的红唇紧紧地粘在何铭的唇上，随后她又说，“今晚属于咱俩，我的大所长，把手机关了，它一响，你又得走。”

“傻孩子，你就是把我关起来，也不能把手机关了。我把手机调到无声状态，既不打扰咱们，有事我还能知道。”

“就你忙，好像西隆离开你就乱套了似的。我大哥也在西隆工作，我可没看他忙成你这样。”

“你大哥是干啥的？我干啥的？我可是负责整个西隆一大片的治安。”

“我大哥管的不比你少。”程馨苗说完，冲何铭眨了眨眼。

“不比我少？”何铭自言自语，一脸茫然。

程馨苗见他要刨根问底，忙把话岔开，以挑逗的口吻说：“这十五个夜晚是怎么过来的？干没干对不起我的事？我先洗个澡，一会儿向我汇报。”说完，程馨苗向何铭瞥过一个意味深长的眼神。她当着何铭的面，脱去T恤衫和短裤，穿着紫色的内衣进了卫生间。

何铭被这紫色激活了，本就强烈的欲火更旺了，可此时他打不起精神来，眼眶发沉，眼皮直往下耷拉，瞌睡虫蜂拥而至，群起而攻，让他难以招架。也难怪，昨晚专案组汇报到十一点，他又领着龚上杰、丁文俊在管内打了四小时现行，直到今早四点才睡，睡了不到四个小时，局里一个紧急会把他叫醒了，随后一整天，再没得闲，直到现在。他实在控制不住了，躺在床上，一分钟不到，他的鼾声就起来了。

半小时后，一头湿发穿着睡袍的程馨苗走进卧室，惊讶地看着酣睡的何铭，她知道何铭这段忙得厉害，既要打战役，还要破吴向南被打的案子，但她没想到何铭会累成这个样子。她俯身边帮他脱衬衫和裤子，何铭依旧沉睡，毫无回应。程馨苗看着何铭憔悴的面容，不禁心疼起来。她了解何铭对待工作的态度。她轻轻地给何铭盖上毛巾被，本想一起睡，可刚才见到何铭后太兴奋了，激情澎湃，冲走了睡意，她禁不住低头吻了起来……沉睡中的何铭隐约觉得有个热乎乎的东西在他身上爬着，有些痒，可很舒服，他想睁开眼睛，又睁不开。此时的何铭仿佛一下子飞到了云端，白云载着他，在空中飘动，飞舞。突然，何铭脚下的云朵消失了。何铭从万米高空直坠地面，他情不自禁地想用手抓住什么，抓到的却是光滑的肌肤。他一把把程馨苗紧紧地搂在了怀里。

61

乔其龙按乔其行的创新意图，把开展扶贫工程，作为他主持期间的一大亮点。7月9日，乔其龙召开全镇领导干部大会，部署扶贫三年规划，要求到会领导与三十三户贫困户结成一对一帮扶对子，改变过去的送点儿米面，救济一时的扶贫方法，从根本上切实解决他们的困难，并把扶贫工作作为考核单位及个人政绩的一项重要内容。乔其龙还提出“一年帮扶、两年脱贫、三年致富”的口号。第二天，乔其龙来到他的扶贫对象残疾人老王家，当他得知老王一家三口就指老伴微薄的退休金维持生计后，决定帮老王在镇中心繁华地段办一个彩票站，由他跑手续。他还借给老王一万块钱做本钱。一周后，老王的彩票站开业时，乔其龙带领镇党委班子全体参加剪彩。老王坐在轮椅上，看着做梦都不敢想的好事突然落在自己头上，不禁潸然泪下，连声高喊“共产党万岁”。7月18日，《宜春日报》头版报道此事，并配发了题为《扶贫就该这样扶》的评论。宜春市委对西隆的做法予以高度关注和重视，下发了简报，要求全市各部门学习西隆扶贫做法。7月22日，东城区委决定，乔其龙任西隆镇党委书记兼镇长。

乔其龙书记、镇长一肩挑的消息传到派出所时，何铭正在办公室里发愁。吴向南案已过去一个月了，案子有进展，无突破。今天上午，宋大队长到所传达了翟局长指示，西隆“6·21”专案组撤走，转攻新发生的上湾小区入室杀人案。吴向南的案子交由西隆镇派出所继续排查。翟局长的指示中最重的一句话是：吴向南的案子不破，西隆镇派出所在百日会战中即使完成了指标，也不算完成任务，由何铭代表分局向市局解释；破了吴向南的案子，一好百好，没完成分局指标也算完成任务。翟永胜这招够绝，这件大案破不了，李北淮想发火都难，西隆的所长是他钦定的。翟局解脱了，何铭的压力骤增。何铭送走宋大队长，正琢磨下步该怎么办时，秦善把乔其龙高升的消息告诉了他。

何铭大吃一惊，他想不到乔其龙会取代吴向南。乔其龙能在如此复杂的局势下接任书记，力度不小，可以肯定地说，乔其龙冲书记的位置用天劲儿了。若从这个角度分析，乔其龙是洪、吴案幕后黑手的可能性进一步加大了。可这只是猜测，暂时停留在可能的阶段。证据，证据在哪儿？何铭走到了十字路口，一边是翟永胜施压，逼着他必须将吴向南的案子查到底。另一边随着乔其龙的高升，其权力炙手可热，在西隆一手遮天，他这个派出所长还得接受乔其龙的领导。向分局如实汇报对乔其龙的怀疑，听从分局的指示？太冒险了，如果走漏了消息，他在西隆将寸步难行，造成更深层的被动。他不知该往左转，还是向右转，怎么走都别扭，唯一能让他感到舒服些的是乔其龙对他一直很欣赏，镇党委对派出所会更支持。

经过深思熟虑，何铭决定继续谨慎地围绕乔其龙开展工作。一方面，争取乔其龙的支持，尽快选好派出所新址，卖掉派出所旧址，做好盖派出所及宿舍楼的前期准备工作，争取明年开春动工。另一方面，必须义无反顾地投入吴向南的案子中，此案不破，不仅仅是上面施压的问题，更重要的是，两任书记不明不白地倒下，邪气上扬，恶魔不除，派出所在西隆镇还怎么挺起腰啊！决心好下，从哪儿入手呢？专案组忙了一个月，四十多警察快把西隆翻个底朝上了，也没弄出有价值的线索。最让他痛心的是金城那条线，怎么就查不到那辆白捷达呢？他又想起“八爪鱼”的神秘消失，是什么人、什么力量让他消失得如此迅速，又如此长久呢？他预感，只要“八爪鱼”到位，就能揭开洪文广事件之谜。而洪文广事件与吴向南的案子就如同紧挨着的两张多米诺骨牌，一个倒，另一个也会倒。二者肯定有必然的联系。何铭决定把“八爪鱼”作为突破口。午饭后，何铭让龚上杰再去“八爪鱼”的老家大榆树，继续做“八爪鱼”家属工作，一定要查出“八爪鱼”的下落。

当天下午，何铭来到镇党委，向乔其龙道贺，顺便谈盖派出所的事。他走进乔其龙的办公室时，屋里有十多个人，看样都是来贺喜的。

乔其龙见何铭进屋，没像接待其他来道贺的人那样，只是在办公桌前起一下身，握一下手，或者干脆不起身，而是从座位上走出来，在办公室的正中间和何铭握手，并把何铭让到沙发上。他冲其他人说：“你们先出去等会儿，我跟何所长唠点儿正事。”随后，他也在沙发上坐下。

何铭待客人们都出去后，笑呵呵地说：“恭喜乔书记！今后有以乔书记为首的镇党委强有力的正确领导，西隆镇派出所上新台阶指日可待了。”

乔其龙听到何铭说“有以乔书记为首的镇党委强有力的正确领导”这句时，心里舒坦，美。他觉得何所长特会说话，每句话都像挠痒痒似的，又准又止痒。

他抑制心中的喜悦，苦笑着说：“哎呀！老弟，何喜之有。当镇长那会儿，书记咋说，我咋干就行，不大操心。现在倒好，书记、镇长一肩挑，镇上大事、小事都等我拍板，再加上区领导和西隆百姓对我的厚望，压力太大了。”

“龙哥有能力、有魄力，当一把手的真就得您这样的。”何铭继续捧着。

“兄弟，可别给我戴高帽了。帽子越高，我心越虚。”乔其龙摇着头说。

何铭收起笑容说：“那就不跟乔书记客套了。今天来，两个目的，一是正式向乔书记表态，凡是维护西隆镇政治稳定、治安稳定的事，我和全所弟兄们责无旁贷，竭尽全力。二是派出所新地号的事。我和前两任书记沟通差不多了，可每次刚要实施，书记就出事。这回龙哥当了书记，该落实了。这件事定下来，可是我上任后最大的政绩呀。”

“没问题，下周就上会研究，十天内给你准信儿。对了，吴向南的案子怎么样了？此案一日不破，我心有不甘啊！”

何铭没想到乔其龙会主动提起吴向南的案子，而且还有挺大的期望值，丝毫没有忌讳回避的意思。从这点看，乔其龙不像和此案有牵连。那就顺着这个话题，探探乔其龙的底儿，同时再布下点儿迷雾。

想到这儿，何铭叹了一口气说：“惭愧啊！分局领导坐镇西隆，刑警大队精英投入，四十多警察，历时一个月，硬是没叫开。上午刑警的人都撤了，转攻别的案子。吴案交给我们所继续查。说实话，刑警都整不明白，我们就更白扯了。”

乔其龙听完，也叹了口气，又摇了摇头，欲言又止，最后他像下了很大决心似的说：“前两天我听到个传闻，本不想说，现在考虑或许对破案能有点儿帮助，还是说吧！据群众反映，吴向南的媳妇瘫痪在床十年了。他家的保姆换了好几茬，吴书记好像和哪个保姆都‘有一腿’。‘有一腿’倒也能理解。男人嘛！不可能没那想法，自己媳妇又不行，跟保姆总比在外面乱扯强。这事儿会不会出在‘有一腿’上。自古奸情出人命。打吴书记的人出手那么狠，没准儿有这方面因素。”

乔其龙的话音刚落，何铭的心猛地一紧，吴向南怎么也有了男女关系方面的反映？吴案发生后，刑警曾对吴向南的主要接触关系，也包括他家的保姆都进行过调查，并未发现这方面的问题。大凡生活作风有问题的人，在日常的工作、生活中总会有些风吹草动或绯闻故事。可吴向南无论是在区委还是在西隆，一向作风正派，连绯闻的边都不沾。乔其龙这一说法根本站不住脚，纯属无中生有。乔其龙的这条线索从哪儿来的呢？据群众反映？这个群众真有其人？如果群众真有这方面反映，专案组在西隆摸排了一个月，早就应该摸上来了。洪文广事件也是，平日没听说有生活作风上的事，偏偏给弄到澡堂子里，硬整出点儿风流韵事。为什么这些所谓的风流韵事背后都有乔其龙的痕迹呢？

一个个问号在何铭的心中升起，但他装作若无其事地说：“嗯，也不能排除。作为线索，我会查的。乔书记忙，我就不耽误你宝贵时间了。”何铭起身告辞。

“别叫我书记，我还是愿意听你叫我龙哥。以后，我当书记，你当所长，共同擎起西隆这片天，干出点儿样来。” 乔其龙跟着起身，拍着何铭的肩膀说。

62

乔书记上任的第二天，上不着天村书记耿向阳把辞职报告放到了蒯庆祥的办公桌上，辞职原因是身体不适。蒯副书记把耿向阳的辞职报告交给了乔其龙。

乔其龙看了两眼说：“辞职？同意。让卜仕仁先顶老耿子的位置，代理书记。”

“老卜？他能行吗？去年我到他们村，对村干部搞民主测评，他的称职票还不到百分之四十。”蒯副书记瞪大眼睛说，似乎不相信乔其龙说的是真的。

“民主测评说明不了啥问题。能管事、爱管事、敢管事的人都好得罪人，测评票高不了。我喜欢用能人，不喜欢用老好人。老卜敢干，也敢说。上不着天村其他几个村干部我都了解，都是老好人，干不了啥大事。另外，老卜是洪文广的亲表兄弟。洪老爷子自打回家一直挺憋屈，咱们把他的亲戚提起来，对洪文广也是个安慰。你说呢，蒯副书记？”

蒯庆祥本想再坚持两句，可一听乔其龙在说“蒯副书记”四个字时，在“副”字那加了重音，顿时明白了。乔其龙是让他摆正位置，认清角色。识时务者为俊杰，乔其龙现在春风得意，风头正劲，跟他一条心才是上策。想到这儿，蒯庆祥扶了扶眼镜，笑着说：“乔书记，我服了，做人能做到你这儿份上的，我还没见过，今天算是开眼了。”

7月24日，在全镇党员干部大会上，乔其龙抛开讲稿，做了他的就职演说：“从今天起，西隆镇要扔掉裹脚布，大踏步前进。争取一年进入全国百强镇。全镇工作要服从、服务于招商引资这个中心。只要能招商，只要能致富，啥招儿都要使，啥法都得用，该喝的酒要大胆喝，该花的钱要大胆花。一句话，甩开膀子干。”

当天下午，镇党委召开党委会，首先通过了卜仕仁代理上不着天村书记，随即重新研究了盖镇政府大楼的事。乔其龙以九家公司贷款担保被骗为由，取消了上次党委会上做出的九家公司盖楼的决定，将镇政府大楼的建筑、装修工程全交给方少堂的北斗公司。

当天晚上，乔其龙谢绝了几个中学同学为他摆的庆功宴，独自开车来到宜春五星级大酒店七重天。当他走进餐厅包房时，屋内的人都站了起来，他们是乔其行、乔其天、乔其下。

“幺妹咋没来？我好久没见到她了。”乔其龙边坐下边问。

“她今晚有个聚会，上周就定的，推不了了。她让我代表她祝贺大哥。”乔其天说完，冲服务员打了个响指，起菜。

“老爷子七十大寿快到了，大哥又当了书记，双喜临门。得好好操办一下，多下点儿帖子。”乔四笑嘻嘻地说。

“不行。老爷子祝寿的事，只限在咱家亲戚这块儿，多一个人也不能告诉，更不能下帖子，这事我替大哥做主。”乔其行摇着头说。

“为啥？现在办寿的多了。有的领导靠给父母办寿收老鼻子钱了。再说这些年大哥和我没少随礼，我还指望借这事来一次资金回笼呢！”乔四白了乔其行一眼说。

乔其行扶了扶眼镜说：“别看别人咋做。做官要往长久做，而要想做长久，必须放弃一些小的利益。咱爸大寿，大办、收礼，看似风光，但极容易招致祸端。尤其大哥刚当书记，没准儿会有人借这个题发挥呢！大上周，市委就免了一个借母亲出殡大操大办收礼的副局长。大哥，镇书记官虽不大，但也算一方诸侯。树大招风，官大招险，从今往后，你得处处谨慎小心了，尤其在钱上不能栽跟头。钱这东西，多少够用？贪欲不可太强。昨天，市检察院把一个处长抓起来了，据说在这个处长家搜出一千多万现金，大多是受贿来的。此人的脑袋怕是保不住了，行贿人给他的不是人民币，而是冥币啊！到阴曹地府花去吧！应了那句话，人不能把钱带进棺材，但钱却可以把人带进坟墓。”

乔其龙用力地点了点头说：“二弟说得太对了。我记得吴向南那个文化人常说一句话，叫居安思危。一个人越是身在高位，越是在众人瞩目、风风光光的时候，越要谨小慎微。在金钱的问题上，我会把握住的。这段时间，我领悟到不少新东西，越来越觉得洪老爷子的活法儿是对的。为官能为百姓谋利益，做好事才是最大的快乐和幸福。前几天，我帮残疾人老王办了一个彩票站。开业那天，老王握着我的手，放声大哭，当他高喊‘共产党万岁’时，我的眼泪都掉下来，我终于找到了幸福的感觉。那天晚上，我睡得特别踏实，很久没睡那么香了。”

这时，服务员把四道菜端了上来，乔其天给兄弟三人的酒杯倒满，而后举杯说：“两菜唠嗑，四菜开喝。今晚‘龙行天下’兄弟聚会，主要是庆祝大哥荣升。愿大哥、二哥官运亨通，愿四弟出人头地，多多发财。”

哥儿四个举杯轻碰，全干了。乔四握着空杯，眯着眼睛对乔其天说：“三哥，大哥、二哥官运亨通了。我没念几天书，这辈子出人头地是不可能了，只能在多多发财上下功夫。这回大哥当了书记，我已在镇上租好了门市房，准备开家酒店，今后镇上的公款吃喝就到我那儿吧！这钱不挣白不挣。”乔其行听了，皱起眉头，他觉得老四在书记大哥的地面开酒店，对乔其龙影响不好。他刚要阻拦，乔其龙摆了一下手说：“二弟，我知道你要说什么，你是怕老四的做法影响我的威信。我知道你这是为我着想，不过，书记的弟弟也得生活，买东西也得花钱。咱们兄妹五个，我和其行从政，老三经商，老五幺妹去年大学毕业，找到了好工作，老爷子又给她买了套房子，她男朋友在国外，条件也不错，就老四混得差点儿，仕途没门，再不赚点儿钱，将来咋办啊！让他干吧！但不能以老四名义办执照，就说和朋友合伙干的。”

63

在分局百日会战调度会上，何铭又被翟局长撸了一顿，原因是会战已过去七十多天，可西隆镇派出所的任务仅完成一半，位列十四个派出所第十位。和何铭一同挨撸的还有四个所长、两个队长。翟局长的话很重，再次强调他的“组织考虑”。

下午，何铭召开全所民警会，就百日会战做再动员。会上，何铭没像以往讲话时坐着讲，而是站着讲：“我先说几句好听的，自会战打响以来，尤其吴向南案子发生后，所内绝大多数同志都能行动起来，投入到战役中去，到目前，全所共完成十九个打击指标：表现较突出的民警是毕一群、龚上杰，他俩每人完成四个指标，已超额完成任务。鉴于他俩的突出表现，所里各奖励他们手机一部。希望大家都能向他们学习，掀起比、学、赶、帮、超的热潮，完成指标。接下来我要说点儿不好听的了。上午在分局，局长把我撸了。按照公安局一级撸一级的惯例，我就得撸在座没完成任务的了，总得让我找到心理平衡。之所以挨撸，原因就一个，战役成绩不佳，靠后。刚才我表扬了老毕，五十多岁人了，斗志不减，加班加点，无私奉献。可我们还有一部分同志，和老毕比起来，年轻不少，身体倍儿棒，可就是不出活儿。啥原因？我总结过，会战完不成指标，大体有三方面因素：一是能力问题，想干干不明白。二是运气问题，想干，也有能力，但运气差些。三是态度问题，有的人压根儿就不想好好干，甚至自己不好好干不说，还不让别人好好干，造谣生事，扰乱军心。咱所就存在第三种因素。”

何铭讲到这儿，喝了口水，在放下茶杯的瞬间，他扫了一眼侯起。此时，侯起满脸通红，他知道何铭是在点他，心想，整我？我一个小民警，再整能把我整哪儿去，我要整你可够你喝一壶的，咱们骑驴看账本——走着瞧。何铭提高了嗓音，继续说道：“从现在起，我就要纠正一下第三种因素。我把话放这儿，会战还有一个月结束，如果还有人无动于衷，我行我素，破坏全所团结向上奋勇争先的气氛，我就让他离开西隆，到分局政治处报到。不少同志也听说了，我正在张罗盖新派出所和民警宿舍的事。不少民警挖关系走后门想进西隆镇派出所，我估计在座的没谁想出去。”何铭讲完，看了闫城甫一眼，说：“教导员讲两句？”

闫城甫站起来，严肃地说：“何所长讲得很实在，任务完不成，事关荣辱。所领导为大家谋福利，大家理应全力投入。我建议做一个会战进度表，贴在走廊过道上，每个民警干多少一目了然。”

何铭赞许地点了点头，说：“就按闫教导员说的办。散会。”许多民警对闫教导员居然能站在何所长一边讲话感到惊讶，包括龙起正也如坠雾中。唯独秦善知晓其中的奥妙。

8月2日，省公安厅纪检委和宜春市纪委同时收到反映西隆镇派出所所长何铭四大罪状的匿名举报信，信的内容如下：

尊敬的纪委领导：

我以无比激动和义愤填膺的心情，反映西隆镇派出所所长何铭在任所长仅半年多一点儿时间犯下的四大罪状：

一、何铭身为所长，对管内娱乐场所涉黄、涉赌问题放任不管，致使西隆镇多家洗浴中心存在严重的卖淫嫖娼及赌博问题。为何放任不管？发人深思。

二、何铭的生活作风极不检点，在有未婚妻的情况下，仍与派出所女内勤李维彤秘密来往，并威逼李维彤和其男友本所民警丁文俊分手，致使丁文俊在精神上受到沉重打击，精神恍惚，多次流露出轻生的念头。

三、拉帮结伙，搞小团体，致使派出所班子四分五裂，班子没有凝聚力，队伍没有战斗力，全所一盘散沙。

四、接受九家建筑集团八万元赞助，其中五万元交内勤保管，私设小金库，随意支取，大吃大喝。剩下的三万元揣进何铭个人腰包。

恳请纪委领导对这样一个不能保一方平安，却胡作非为、违法乱纪的所长予以查处，还西隆镇派出所一片蓝天。因担心遭到打击报复和不公平待遇，恕不署真实姓名。

一身正气

省公安厅纪检委和宜春市纪委把这封举报信批给宜春市公安局纪委，并限期查实上报。市局纪委知道西隆镇派出所是李北淮亲自抓的点儿，就把此信报到李北淮的案头。

自从何铭主政西隆派出所以来，李北淮对西隆一直很关注。市局办公室特别注意收集有关西隆镇派出所的情况和信息。何铭上任后，打掉以清海洗浴中心前台经理“果子狸”为首的特大赌博、诈骗团伙，勇擒“燕子李三”，荣立个人二等功。这些成绩，李北淮都是第一时间就知道的。翟永胜向李北淮汇报工作时，多次提到西隆镇派出所的变化，对何铭的为人、能力、工作态度相当认可，他甚至半开玩笑地说李副市长相中的不是匹千里马，而是匹万里马。

李北淮反复看了几遍举报信，感觉信中反映的四大罪状中的前三项都很虚，何铭一上任就打掉发生在洗浴中心里的特大赌博团伙，逮捕了五个人，怎能说对场所内的涉黄、涉赌问题放任不管呢？何铭尚未结婚，有恋爱的自由，即便与本单位内勤产生感情也属正常，何谈生活作风不检点？至于搞小团体、拉帮结伙、队伍一盘散沙、没有战斗力，根本就站不住脚。唯一有点儿“实”事的是四大罪状中的最后一项，八万元赞助，五万交公，三万贪污，这不是个小问题。他见省厅、市委都要结果，就在信的右上方签下一行字：速查速报。

当天晚上八点，一个戴着鸭舌帽和眼镜的老者步履蹒跚地走进西隆镇派出所。当时不少民警正在所内加班，民警邵冲负责在接待台接待群众，他见一个老者进屋，忙上前问道：“老大爷，您老有什么事吗？”

老人用略带沙哑的口音说：“没事，你忙吧，小伙子，我在这儿等老伴儿。”

等老伴儿？到派出所等老伴儿？邵冲觉得有些不对头，可又说不出什么。他摇了摇头，没多问，又回到接待台。老人没坐在户籍室门前的椅子上等，而是在一楼的走廊来回地走，不停地看，有时还用手摸摸这儿，擦擦那儿，十多分钟后。邵冲突然发现老人不见了。

与此同时，市局纪委的两名同志对西隆镇内的娱乐场所进行了暗访，个别场所确实有违规的地方，但绝没有举报信中反映的那么严重。

次日早八点半，市局纪委的三名同志突然来到西隆镇派出所材料内勤办公室，让秦善交出何铭任职后的账本，并把所里财务收支情况讲清楚。对市局纪委的突袭，何铭微微一笑，照旧主持所务会，部署工作。秦善边拿出账本，边暗暗佩服何铭的头脑和严谨。他将赞助款的来历、花销，以及在分局行政科备案的情况介绍得清清楚楚，也就是说，派出所咋来的钱、咋花的钱、分局都掌握，派出所根本不存在私设小金库的问题。随即，纪委的同志又找到了九家建筑集团的财会人员，经查，骆九家年后给派出所拿了五万块钱，不是八万。这五万元，何铭没沾边，秦善经手入了账。纪委的同志没查出任何问题，空手而归。

何铭望着纪委的车离去，心想，纪委来查小金库和骆九家赞助的五万块钱，肯定是派出所内部人举报的。全所十八个民警，他只跟侯起过不去，两次在所务会上公开批评侯起，把侯起送进后进民警学习班，不是侯起又能是谁。他到西隆半年，三次被纪检、督导调查，其中两次都是侯起搞事，不把这种人从派出所踢出去，他和所里永无宁日。在解决侯起之前，必须做通闫教导员的工作，毕竟侯起是他的死党。自从何铭交出财权后，闫教导员和他的关系缓和不少，尤其在三天前的所务会上，闫城甫能站在何铭的立场说话，这就是个显著的变化。更让何铭欣喜的是闫城甫昨天晚上带领民警夜巡，打掉三个盗窃现行。团结出战斗力啊！应该趁热打铁，把和闫城甫的疙瘩彻底解开，可怎么解呢？何铭陷入思考之中。

64

第二天上午，市纪委唐书记亲自向李北淮汇报对何铭的调查结果，结论是捕风捉影，无一查实。

李北淮听后说：“我前天晚上又干了回老本行，当了把老侦查员，暗访西隆。一顶鸭舌帽就把小民警蒙住了，没人认出我。西隆镇派出所室内干净、整洁；民警接待文明礼貌，仅从这几个小细节看，派出所管理规范、到位。此外，加班的民警不少，主动干活儿的人多，说明这支队伍上进，班子有凝聚力，实际情况与举报内容完全不符，看来举报何铭的人是别有用心啊！”

8月13日晚上六点，西隆镇派出所十六名民警围坐在宜春市九龙大酒店包房的圆桌前，民警们都不知晓宴会的主题。何铭让闫城甫坐在主宾位置上，他和龙起正分列两边。闫城甫很纳闷，不知何铭的用意，按职务，何铭居主位才是，他起身让了好几次，都被何铭劝回去了。

何铭见菜齐了，酒倒满，笑着说：“趁还没喝酒，脑袋还清醒，安排一项任务。”何铭说到这儿，停顿了十多秒。众人都糊涂了，所长请喝酒，咋还部署工作。何铭见大家狐疑，接着说道：“邵冲、刘镇江就别喝了，一会儿负责把几个老同志、女同志送回家。到啥时，酒后不驾车的弦儿也不能松。”随后，何铭拍了三下巴掌，服务员把屋内的灯闭了，就在众人一愣的时候，一个十四五岁的小女孩儿推着点着蜡烛的生日蛋糕车走了进来。同时，《祝你生日快乐》的乐曲轻轻响起。

闫城甫呆住了，推蛋糕车的竟是他女儿，他这才想起今天是他四十一岁生日。他动情地来到女儿身边，搂住女儿。女儿踮起脚，在他脸上吻了一下。这时，闫城甫的爱人走了进来。何铭喊道：“请闫教导员一家吹蜡烛！”今天的生日宴是何铭一手策划的，他思来想去，终于找到了这样一个人情味颇浓的切入点。在众人的掌声中，三口人吹灭了蜡烛。何铭站起身，举起杯，感慨地说：“今天是闫教导员的生日。一转眼，我到西隆半年了，大家还是第一次聚餐。这半年，咱所就没消停，‘燕子李三’、百日会战、误伤学生、兰家告状、洪文广事件、吴向南的案子，我们能披荆斩棘，扑腾到现在这个局面，是全所民警的功劳，是闫教导员的功劳。来，大家共同举杯，祝闫大哥生日快乐，全家幸福，祝弟兄们健康、平安。”随即，所有酒杯推向酒桌的上空，欢呼声、碰杯声交织在一起。

闫城甫刚坐下，他的爱人过来告诉他，何铭上午给她打电话，安排生日宴，还让她保密，想给闫城甫一个惊喜。闫城甫听了，眼睛湿润了。

他让服务员给大家满上酒，而后站起身，激动地说：“活了四十一年，第一次和同事们在一起过生日，很感动，不知说什么，永生难忘啊！从今往后，我们在何所长的带领下，重振西隆雄风。”说完，他将酒倒进嘴里。

何所长与闫教导员的矛盾在所里几乎是公开的，民警们见何所长摆酒为闫教导员过生日，闫教导员公开表态要服从所长的领导，情绪都上来了，敬教导员的、敬所长的、相互敬的，渐渐喝出了高潮。趁着邵冲、李维彤打开卡拉OK，奉献一曲《好人好梦》之际，闫城甫拉着何铭坐在沙发上。何铭启开一瓶啤酒，倒了两杯，两人碰了一下，同时干了。

何铭放下杯，诚挚地说："大哥，这半年，咱哥俩沟通得不多，交流得不够，我对你关心太少了。"

"别这么说，别这么说，我大你一旬，可当大哥的没有大哥样啊！你刚到西隆时，说实话，我没瞧起你。经过这半年一看，你做人真诚坦荡，做事滴水不漏，做官百毒不侵，真可谓道高龙虎伏，德重鬼神钦。我服啊！"

"大哥，人各有短长。我从你身上也学到不少东西。说实话，咱哥俩在一起搭班子，如果同所不同心，明争暗斗，那必定是两败俱伤，谁也占不着便宜。反之，若能同心同德，铁板一块，那将是另外一种局面。说白了，我好了，你就好了，你好了，我会更好，再说句掏心窝子的话，你我实际上都不可能在西隆干长，我不可能满足当个所长，你也渴望独居一方，一有机会，你我都努力，相互推一把，定会再上一层楼。"

闫城甫使劲儿地点了点头。何铭叹了口气，接着说道："我来之后，坎坎坷坷不少，好在基本都闯过去了。眼下最让我头疼的就剩吴书记被打的案子了。我和韩局、宋大队都交流过，按这个案子的侦破条件，早应该开了，偏偏开不了。此案不破，百日会战倒其次，我怕分局无法向市局、区里交代啊！翟局又把案子交咱们了，真愁人啊！"

"兄弟，关于吴案有件事，你是真不知道，还是知道没当回事？"闫城甫说完，递给何铭一支烟。何铭接过烟，品味着闫城甫的话，感觉话里有话，露出疑惑的眼神。闫城甫给何铭点燃烟，而后点燃自己的烟，深吸一口说："说实话，我本不想谈论吴案，有些顾忌，但我看你好像真不知道这件事，最重要的是你我今天能打开心结，一吐心迹，我得告诉你，也许对破吴案有些益处。据可靠消息，吴向南案发前四十分钟，镇党委会刚结束时，乔其龙想缓和一下和吴书记的关系，提出请全体党委委员吃饭，结果吴向南不仅拒绝，还说乔其龙党性不强，不讲政治，身为镇长，应带头执行镇党委的禁酒令。你要知道，乔其龙当镇长这么多年，哪吃过这么大的苍蝇啊！乔镇长脸红赛关公，下不了台阶啊！四十分钟后，吴书记就出事了。”

“真事？吴书记和乔镇长关系这么紧张？”何铭大吃一惊。

65

“绝对真，绝对准。这是我在镇政府建立多年的内线说的。吴和乔根本不合拍。吴对乔处处设防，收回乔所有的权力，镇上的事都由吴说了算，乔几乎被架空了。另外，咱所好几个民警都议论过此事。”

“可为什么前一阶段专案组摸底时没摸上来？所里人知道咋不告诉我呢？”何铭的嗓音提高不少，他有点儿气愤，不是对专案组的调查水平，而是对所里民警的觉悟和工作态度，明明知道重大线索，却不说，这可是个大是大非问题，和纵容犯罪没什么两样。

“事关西隆头面人物乔其龙，哪个敢向专案组瞎嘞嘞。至于咱所的知情者就更不敢说了，都知道你和乔其龙称兄道弟，谁能提供这样的线索？那不等于到关羽面前告张飞，找死吗！”闫城甫凑到何铭耳边，小声说。

何铭如梦方醒，不禁感叹西隆局势的复杂。他本就怀疑乔其龙与洪、吴两任书记出事有关，一直没有直接的线索和证据，现在闫教导员说的这条虽不是直接证据，但足以证明乔其龙的嫌疑更大了。何铭正想着，李维彤走了过来，略带腼腆地说：“所长，下一曲是《莫斯科郊外的晚上》，慢四，肯赏光吗？”

“闫教导员过生日，你应请寿星跳才是。”何铭赶忙把思绪拉回到包房，笑呵呵地说。

李维彤的脸一红，马上去请闫城甫。闫城甫摆着手说：“就我这肚子，跟客机机头差不多，维彤跟我跳舞跟抱着酒桶走步没啥区别。你还是请何所长吧，那体形标准。”

李维彤和何铭都被闫城甫逗乐了。何铭见李维彤在他和闫城甫之间，不知所措。为避免尴尬，他没再推让，起身拉住李维彤的手，跳了起来。他的舞姿标准，规矩，挺胸抬头，腰板很直，步伐时而夯实有力，时而轻盈飘逸。这是李维彤第一次和何铭跳舞，也是第一次与她最喜欢的人近距离接触。自从何铭向她挑明与程馨苗的关系后，李维彤心如刀绞。她自信自己的魅力，在任何方面都不比程馨苗差，她不信何铭不喜欢她。何铭之所以选择程馨苗，没选择她，是因为他俩在一个单位，又是上下级关系。如果两人不在一个单位就好了，她后悔到西隆，可不到西隆，她能认识何铭吗？尽管何铭已有心上人，但她对何铭仍抱一丝幻想，甚至希望何铭和程馨苗闹矛盾，分手，她好……现在，她几乎与何铭相拥，感受着何铭的气息和心跳，感到无比的幸福，但她渐渐发现这种幸福是那么的虚幻，因为何铭和她跳舞时，有些心不在焉，甚至一直没和她对视，她情不自禁地把身体向何铭贴近。

此时的何铭，心乱如麻，闫城甫刚才提供的关于吴向南案件的线索让他震惊，甚至导致他有些慌乱。他左手握着李维彤的手，右手搭在李维彤的腰上，脚在动，舞在跳，可他的思绪早已飞到吴向南的案子上。

吴案发生后，专案组曾判断，吴向南可能是在西隆与人结怨，西隆人雇金城人行凶。专案组一直在查吴书记和谁结怨、结仇，可就是查不出来。他也曾怀疑过乔其龙，但没有摸得到、抓得着的证据。今天若没有这顿生日宴，闫城甫恐怕还不会向他透露这个秘密。这么看，乔其龙和吴向南可不是一般不和的问题，而是深层次的矛盾。现在又多了乔其龙当大伙儿面约请吴书记，而吴书记当众不给乔其龙面子这个导火索。他太了解乔其龙，特要面子。洪文广当书记时都让他五分，而吴向南这么不给面子，执意过不去，以乔其龙的性格，他是不会咽下这口气的。突然，一个大大的问号在何铭脑海生起，行凶者怎么知道吴向南案发那个时间要回宜春呢？据说吴向南到西隆后，经常加班很晚，有时在镇上一住就是好几天，下班并无正点，更无规律可言。凶手只有在接到雇佣者的信儿后，才能跟上吴向南的车。如果联系吴、乔之间的过节儿，很可能是乔其龙被撅后，萌生报复念头。以乔其龙的头脑，他还不至于愚蠢到亲自和金城凶手报信的程度，他一定通过另外一个特别信赖的人告诉凶手吴向南的车号及回宜春的时间。一个新问题又出来了，金城距宜春近千里，就是坐飞机也得一个多小时才能到。凶手能够随叫随到，说明他们已提前到达宜春，甚至可能就住在西隆。这是有备而来啊！即便没有吴书记拒绝乔其龙这件事，凶手也打算对吴书记下手。这么看，殴打吴向南的背后可就不是简单的报复伤人了，正是他曾经分析过的，幕后导演谋的不是吴向南这个人，是书记的位置。洪文广事件背后有乔其龙，吴向南事件的背后又有乔其龙。西隆官场又只有乔其龙离书记位置最近。眼前的这一切只是猜测，关键差证据，从哪儿入手查证据呢？

66

报信、报信、报信，给凶手报信。何铭的眼前一亮，像发现了新大陆一样。以前怎么没想到这个突破口呢？如果沿着这条线查下去……秘密调查乔其龙？这条线可不是一般的任务，不光需要技能，更重要的是政治上必须可靠。派谁去查呢？老西隆派出所的人不行，他们或多或少地与西隆镇的领导都有些瓜葛，有的关系还不一般。后调到西隆的民警呢？邵冲那几个警校刚毕业的也不行，既没经验，又都不太成熟。让他们办这么大的事，太冒险。 再有就是龚上杰、丁文俊了。小龚行，政治可靠，人也稳当，可小龚既要带队搞毒品案子，还要秘密调查"八爪鱼"的下落，这几天他正在大榆树做"八爪鱼"家属的工作，抽不出身。丁文俊？何铭不由自主地摇了摇头，不行。小丁自从到了西隆，虽然有些成绩，但人变了许多，相继出了几次错事。最让何铭不放心的是，他听说丁文俊和乔四走得很近，怎么敢把这么重要的任务交给他。事到这步了，有必要，不，是必须单独找翟永胜汇报一次了，看翟局什么意见，有他的支持就好办了。何铭的思索太投入了，舞曲都结束了，他依然拉着李维彤的手，机械地跳着，民警们还以为所长是故意幽上一默，都笑起来，只有李维彤明白何铭是分神了。她轻轻推了何铭一下，何铭这才醒过神儿来。

8月15日，星期天，上午九点三十分，西隆镇中心南街一幢崭新二层楼门前鼓乐喧天，充气垫筑成的彩虹门高高挂起，八个穿红旗袍的女孩儿拿着彩绸、托盘分列两边，八门礼炮昂首待放，乔四和朋友合伙开的总面积四百多平方米的四海一家酒店开业庆典即将开始，就等九点五十八分这个吉利时刻剪彩。西隆镇地面上的头面人物几乎都到了，镇政府的蒯庆祥、秦正越、张主任以及四个村的书记，派出所的闫城甫、龙起正、丁文俊、秦善，镇工商、税务、财政所的所长，丁百万、“镇关西”。骆九家也来了，和前一段时间比，瘦了不少，很憔悴，没了往日的爽朗和豪迈，低沉了许多。刚当代理书记的卜仕仁在宾客中穿梭，忙乎，笑呵呵地和来宾们握手，寒暄，好像酒店是他开的。

乔四穿了身唐装，头戴瓜皮帽，身背挎包，逢人便作揖，颇像旧社会的土财主。众来宾见乔四出场，纷纷上前送红包。乔四接红包，道谢，眼睛眯成一条缝。九点五十八分，庆典仪式正式开始，蒯庆祥致贺词，鸣礼炮，领导剪彩，放气球，好不热闹。随即，来宾们入席，推杯换盏，人声鼎沸。细心的人发现，西隆镇两个重量级的人物未到场，一个是镇书记乔其龙，另一个是镇派出所所长何铭。

乔其龙不到场在众人意料之中。弟弟在书记大哥的地盘开大酒店，当哥的闪开身子是明智之举。可何铭为何不到呢？他在哪儿呢？

何铭也收到了乔四亲自送来的请柬。他到西隆任职后，给自己定了条规矩，除了工作关系外，不在镇上吃个人请吃的饭，不参加任何场子的开业仪式。不过，他对乔四酒店开业还是比较重视的。乔四能把帖子发出去，肯定得到了乔其龙的首肯。何铭思忖了许久，甚至想破例参加乔四的开业庆典，但后来还是决定不去。他让闫城甫、龙起正拿两千块钱，代表他和派出所送去，以他到分局开会作为不能到场的托词。

“四海一家”开业宴宾之际，何铭确实在分局，但不是开会，是汇报。

上周五，闫城甫在生日晚宴向他透露吴、乔矛盾及案发前吴向南当众让乔其龙蒙羞的事。当晚，何铭几乎一夜没睡。他不知该如何处理事关乔其龙的线索。查吧，他到西隆后，乔其龙对他帮助不小，拿他当哥们儿，办事、用钱，几乎有求必应，尤其现在正帮派出所解决地号的事。一旦查不出乔其龙是洪文广、吴向南案件的幕后黑手，不仅不大讲究，而且会丧失派出所和他个人很大利益。不查？从他穿上警服那天，他曾立下誓言，在罪恶面前决不低头。的确，警察在他心底是那么神圣，容不得任何污点，更何况他现在已经是一名基层领导干部，必须讲政治。

此时对何铭来说，把吴向南的案子破了，就是最大的政治。查，必须查。有没有好的办法，既能查乔其龙，又不暴露他，让他有个更大的回旋余地呢？何铭一连抽了五支烟，终于想出一个万全之策，把自己的想法向翟局长和盘托出，看看一把手的态度，然后请求刑警秘密介入，但要听他指挥，他居幕后。这样，一旦出现他不知如何面对乔其龙或其他尴尬局面时，他可以拿刑警做幌子，就说是刑警方面的行动，与派出所无关。他本想昨天汇报，谁知翟局长去省厅开会去了，让他今天上午十点到分局详谈。

十点整，何铭走进翟永胜办公室。翟局长伸手示意何铭坐，随即板起面孔问道："咋样啊？到月底没几天了，吴向南的案子能不能有点儿突破啊？"

"我正是为这个案子来的。"何铭把洪文广、吴向南两起事件的前前后后和他的怀疑及怀疑依据详细地讲了一遍。翟永胜听了，眉头皱得很紧，好半天没说话，他没想到西隆事态竟如此复杂、严重。

"你下一步有什么打算？"翟永胜把烟头摁在烟灰缸里，慢吞吞地吐出这么一句。何铭见翟局长问他下一步咋办，心里有底儿了，翟局长肯定是要查到底。

他没马上回答，思考了一小会儿说："我想秘密调查乔其龙，从吴案案发前后乔其龙的通讯链查起。正常讲这个案子应该交刑警单独搞，可我了解案情，离了我还不行。派出所这儿，我又脱不开身。我的意思是这个案子仍以我们派出所为主，给我派两个政治可靠、业务精通的刑警，对外就说下派，归我领导一段儿，这两个人专搞吴案。乔其龙是镇书记、区人大代表，他二弟是市财政局的处长，在市里、区里有很深的人脉和关系网，查他肯定要担一定风险。我刚才说的，目前只有你我知道，我不想让其他人知道。"

翟永胜听了，没马上表态。他从座位上起身，在办公室内踱了好半天，最后深沉地说："这个案子非同一般，很棘手啊！我干了这么多年，如此复杂的案子还是头一次遇到。干，必须得干，而且必须干好。甭管他是谁。记住，依法干，查证准，万不能似是而非，模棱两可，要四脚落地。只要你能做到这点，出任何后果我都给你做主。我挑两个刑警破案尖子，明天就到西隆报到。”

67

何铭离开翟局长办公室，感觉轻松不少，翟局长对他的想法、计划很支持，尤其是刑警的介入，扫清了他行动和心理上两大障碍。他刚上吉普车，手机响了，是程馨苗的。这几天他一直忙，两人没时间见面，他刚把手机放到耳边，程馨苗娇滴滴的声音就传了过来。

“警察叔叔，你够狠，三天没见我，也不想我，你不知道这几天为了你，把我都累成啥样了。”

“你这个警察叔叔前面要是没有警察两字，我可以天天跟你在一起。能不想你吗，有个缠人的案子，刚跟局长汇报完。今天周日，从现在到明天早上，我归你。你在哪儿？”

“我在西隆参加一家酒店的开业庆典。马上回市内。你回我家等我，你进屋就会有惊喜。”

“你参加哪家的开业庆典？”何铭一下子想到乔四的“四海一家”。

“四海一家。”

“你认识乔四？”何铭吃惊地问。

“我怎么就不能认识乔四？别忘了我是在西隆长大的。对了，明天是我父亲七十大寿，我想带你回家祝寿，和我家人见见面。礼物我都买好了，你没啥想法吧？”

“好啊！”

何铭撂下电话，心想，天地太小了，程馨苗竟然和乔四认识。随即又想，明天去程馨苗家得注意哪些细节，第一次见面很重要；还有应和她父母唠些什么，跟她几个哥哥谈什么。他又想到个问题，和程馨苗相处这么久，她的家人都是干啥的，他还不知道，每次问到她的家人，她总是轻描淡写地带过，从不细谈。程馨苗说他俩的事尚未公开，如果两人处一段儿觉得不合适，只有他俩知道，谁也伤不着，也省得家人跟着操心。

十分钟后，当何铭打开馨苗家房门时惊呆了，屋里几乎变了个样。客厅中央摆放着一套健身器，这是专门为他练功用的；卧室内，最新款的圆形大床代替了原来的双人床；窗帘也换成了她最喜爱的紫色；连他的牙具、毛巾、睡衣、拖鞋都备齐了，都是他在自己家用的牌子和样式。要知道程馨苗从没去过他家，仅凭他平时和她闲聊，曾提到他用过哪些日常用品，她就记住了，难得一片苦心。何铭被深深地感动了，一种久违了的幸福感油然而生。他的脑海中突然闪过一个念头，结婚。他想让这种幸福永恒、长久。他正想着，程馨苗回来了，一下扑进他的怀里，噘着小嘴，委屈地说："满不满意啊？我的大所长。为了让家更符合你的口味，我可费死心了。"

"苗苗，我们结婚吧，真的，我的心不想再漂泊了。"何铭把程馨苗紧紧地搂在怀里说。

"结婚？想得美，对你的考查还没结束呢。十年后吧！不过，想结婚得先求婚，你现在演示一遍求婚过程，我看合格不。"程馨苗捏着何铭的鼻子说。

何铭抱起程馨苗，把她放在沙发上，让她坐好，而后他单膝跪地，握住她的左手，望着她的眼睛，一脸虔诚，缓慢而又深沉地说："认识你之前，我是世界上最幸福的人，但是，从现在起，我不再是世界上最幸福的人了，因为我要让我最爱的人成为世界上最幸福的人。嫁给我吧！"

程馨苗见何铭一本正经的样子，忍不住笑出声来，她把何铭拽起来说："我的警察叔叔，初试合格，你还得再接再厉，明晚我爸生日时的复试很关键，我家人要是都投反对票，你可就彻底死定了。我担心你到我家，吓着。"

"吓着？难道你家人都长了三头六臂不成。我也算蹚过河、跨过江、越过洋的人，什么大风大浪没见过。"何铭轻蔑地看着程馨苗说。

程馨苗没答话，只是神秘地一笑。

第二天早上，何铭正在派出所会议室开所务会，两个三十岁左右的男子走了进来。其中一个高个子对何铭说："何所长，刑警钟连勇、郝建军向你报到。"何铭起身边和两人握手，边给全所民警介绍说："援兵到了。这二位可是东城刑警的绝对主力、破案尖子，是我在翟局长那儿走后门请来的，帮咱们完成百日会战任务。他俩的主要工作就是打夜盗。大家对刑警的同志要多支持、多关心，同时多学习。今天的会就到这儿，走，我带你俩到管内转转。”

何铭开车拉着钟、郝二将，来到西隆果园一个无人之处，停下车，对两人说：“欢迎你们！”随即，何铭把洪文广、吴向南出事的过程以及下步侦查意图、方法详细地讲了一遍。钟连勇边听边记。

最后，何铭表情严肃地说：“此案事关重大，市、区两级领导密切关注。加上西隆复杂的局势。你们二位务必保守秘密，万不能泄露半点儿，否则不仅前功尽弃，还会给派出所带来无穷的后患和麻烦。从现在起，你们只归我领导。对外，包括对所里同志就说来帮助打现行完成打击指标的，明白吗？”

“明白，我俩就按你要求的做，坚决完成任务。”钟连勇干脆地回答。

何铭满意地点了点头：“我已和秦善打过招呼了。你们在西隆工作期间，用油、用钱，保证供应。为了保密，今后讨论案情，尽量在车内，不在所里。”

晚上五点半，何铭跟着程馨苗回她父亲家祝寿，路上，何铭多少有些紧张，毕竟第一次登未来岳父家的门。当他们来到西隆镇东南十公里处一个非常气派的大宅院门前时，何铭一看这高大的院墙和厚重的朱红漆大门，以及门前停放的几辆小轿车，顿时感觉程馨苗的家非同一般，仅凭这套大宅院，应该是在西隆头面人家。她家到底啥底细呢？何铭带着一大谜团走进院，院里摆了一个大饭桌，桌上的菜已摆满，看样寿筵要在院里吃了。桌旁围坐着四个男子，他们边抽烟边聊天。当何铭看清这四个男子的面孔时，不禁大惊失色。这四个人中，有三个人竟然是乔其龙、乔其天、乔其下，另一个戴眼镜的不认识。

“四位哥哥，他叫何铭，西隆镇派出所所长，大哥一定认识他。给你们一个意外和惊喜。够刺激吧！”程馨苗兴奋地介绍着。

“龙行天下”四兄弟除乔其行外，都惊呆了。他们做梦都想不到妹妹的男朋友竟然是何铭。尤其是乔其龙，一扫往日的爽朗，如同在梦境一般，对程馨苗的介绍毫无反应。何铭强稳神态，但心仍狂跳不止，怎么会是他们家？程馨苗怎么会是乔家之女，乔其龙的妹妹？

程馨苗见众人都坠雾中，得意地一笑说：“这部片子够悬疑吧！”随后她又对何铭说，“我的确是乔家之女，随母姓，和‘龙、行、天、下’是同父异母的兄妹。”

何铭这才恍然大悟。乔其行见大家尴尬地站在院子里发愣，抢先过来，握住何铭的手说：“欢迎欢迎，乔家真就缺个搞武的，这下全了。”

68

何铭和乔其行握了一下手，随后把手伸向乔其龙说：“龙哥，馨苗给我们导演了一部最具悬念的电影。”

乔其龙如梦方醒，伸出手说：“这个坏丫头，这个密保得太绝了。兄弟，还是你我投缘，第一次见面就觉得相见恨晚。现在缘更深、情更重，我们是一家人了。”

乔其天、乔其下面面相觑，没吱声。这时乔老爷子和老太太从屋里出来了，程馨苗忙把何铭引见给二老。乔老爷见女儿的男朋友是西隆派出所的所长，而且一表人才，彬彬有礼，满心欢喜。

酒宴开始，乔其龙首先以大哥的身份，率领兄妹五人，向父亲敬酒、祝寿。何铭表面举杯相迎，可他心里已乱成一团。未来的大舅哥是自己的上司，也是自己秘密侦查的重大犯罪嫌疑对象。巧得有些过头，下步怎么办呢？不知不觉，何铭的表情凝重起来。程馨苗看出何铭表情有些不自然。她知道何铭与乔其龙肯定认识，也知道两人见面会很惊讶，她本以为何铭见到乔其龙后会很高兴，因为大哥对他的工作和前程会起到很大的作用，谁知何铭没有丝毫的兴奋之情，反而心事重重。她想问问何铭，可在酒桌上又没法问。她悄悄用脚踢了何铭的腿一下，何铭这才缓过神儿，勉强露出笑容。

这时，乔其龙又说话了：“爸，妈，何所长可是宜春警界的精英，到西隆当所长前是宜春市公安局的特警大队长，一身的好功夫。去年底骆九家的儿子被绑架，何所长单枪匹马，不费一枪一弹，未动一拳一脚，智擒绑匪，巧救人质。今年在西隆轰动一时的高楼大盗‘燕子李三’也倒在何所长的铁拳之下。说实话，何铭到西隆当所长，屈才了。”

“龙哥高看我了，哪有龙哥说得那么好。西隆真正优秀的要数乔家‘龙行天下’四兄弟才是。这都是乔老爷子教子有方。乔叔，今天您大寿，我祝您寿比南山，福如东海。也祝老夫人身体健康长寿。”说完，何铭起身轻轻地和乔老爷子、老太太的杯子碰了一下，将酒干了

“‘龙行天下’优秀，我就不优秀了？大哥，何铭可不像你说的那么好，他总欺负我。你是他的领导，多给他弄几双小鞋穿穿。”程馨苗边给大家倒酒边撒娇地说。她听大哥当父母面夸奖何铭，心里美滋滋的。众人都笑了，何铭也笑了，但笑得很勉强。他暗暗提醒自己，无论怎样，这可是寿宴，一定要把这个场面应付过去、应付好。几杯酒进肚，乔四已是满脸通红，露出醉态。他看着何铭，一下子想起在金香玉酒店被何铭弄掉链子的事儿，现在何铭进了他家，快成他妹夫了，又听大哥夸他如何英雄，再一联想自己一事无成，像个混混，心里涌出几分不快和嫉妒。他便摇摇晃晃地站起来，指着何铭的脸说：“何所长，咱们虽然是亲戚了，但其实我最瞧不起警察。不光我，社会人都说，交朋友别交警察，难交，交不透，太滑。”

乔四的一席话让满座皆惊。程馨苗狠狠地瞪了乔四一眼。乔老爷子挥了挥手，气呼呼地说：“没教养的东西，净胡说八道！”

乔其龙既怕何铭尴尬，又怕父亲发火，坏了寿宴气氛。他边拽乔四坐下边笑呵呵地掩饰说：“我这个四弟呀，不喝正好，一喝就多。多了嘴就没把门的了。何老弟，千万别和他一般见识。”大家都把目光投向何铭，看他如何应对。

何铭面带微笑，从容说道：“四哥说得很有道理，社会上的确有这个传闻。警察确实比一般人滑一些。不过这是警察职业的特殊性决定的。要知道，警察的工作对象大多是杀人、放火、盗窃、抢劫的恶人，正所谓魔高一尺，道高必须一丈，夸张点儿说，警察要是没个三头六臂能应付得了吗？职业要求警察必须多思、谨言、慎行，否则就斗不过对手。另外，找警察办的事，多与执法有关，用老百姓的话讲，到局子里捞人，这就让警察犯难了。有些案子，真要帮忙捞出来，警察就得进去，能捞吗？敢捞

吗？日子久了，几个事办不了，就把人得罪了。其实从内心讲，警察也愿意交朋友，在不违反法律和政策的前提下，也愿意为朋友两肋插刀。四哥，日后如有机会，我会让你见到一个讲究而又可交的警察，今天借老爷子的寿酒，我敬你一杯。”

何铭说完，起身冲乔四举杯。乔四不大情愿地站起来和何铭碰杯，干了。大家见何铭不卑不亢，不慌不忙，轻易化解了酒桌上的难堪，都暗赞何铭的机智和口才。

乔其行更是连连点头，悄悄地对程馨苗说：“此人有厚度、有深度，人中豪杰，前程不可限量啊。”

乔其行刚想提杯酒，何铭的手机响了，是龚上杰打来的。何铭摁了一下接听键，龚上杰略带激动的嗓音传了过来：“我小杰，你猜我把谁找到了？”

何铭马上意识到龚上杰说的“谁”一定是“八爪鱼”。他马上远离酒桌，低声问：“在哪儿找到的？配合吗？”

“在大榆树，材料刚取完了。‘八爪鱼’承认是乔其天让他给洪文广找的按摩小姐。随后，乔其天把他叫到车里，给了他三千块钱，让他离开清海洗浴，不许胡说，否则他会很麻烦。乔其天还把‘八爪鱼’老家的住址、家有几口人说得一清二楚。言外之意，‘八爪鱼’若敢不从，就祸害他家。‘八爪鱼’知道乔其天在西隆的势力，只得接过钱，离开了西隆。”

何铭的眉头拧成一个大大的川字，心想，乔其天果然与洪文广出事有关。乔其天与洪文广无冤无仇，更没有利害关系。他之所以给洪书记找小姐、设圈套、打举报电话，肯定是在为大哥乔其龙当书记清除障碍。而吴向南案又与洪文广案件一脉相承，作案动机和目标近乎一致。乔家兄弟打击、陷害洪、吴两任书记的事实已经基本清晰了，窗户纸已经捅破，就差把窗户打开了。他回头看了看喧闹的酒桌，心咯噔一下，天哪！就在吴案、洪案取得突破的时候，也是他与程馨苗的关系取得突破的时候。

他想了好一会儿才说：“要保密，明天把材料带回来。让‘八爪鱼’和你单线联系，只有这样，他才会很安全。明白吗？”

“放心吧，我明天回去。”

何铭收起电话，面带微笑地回到酒桌。“龙行天下”正喝得起兴，见何铭回来，都要跟他单挑。

程馨苗怕何铭吃亏，连忙挡驾，乔其龙瞥了馨苗一眼说：“幺妹，这才几天呀，亲哥就没何哥亲了。今天是爸生日，高兴，一醉方休。我现在要是跟何所长说个事，他都能把一瓶白酒干了。他们派出所及民警宿舍的地号，我已经搞定了，离镇政府大楼不远。”

这的确是个能让何铭心甘情愿喝掉一瓶白酒的好消息。这意味着他的新派出所梦想将要实现，这可是他主政西隆镇派出所以来最大的政绩。尤其是全所民警，花不多的钱就可以得到一套好房子。可案子要查下去，有可能，不，应该是肯定要失去这一连串重大利益，当然也包括真挚的爱情和可人的程馨苗。这么多年，他见过的女孩儿不少，但没有一个能打动他的心，程馨苗做到了。一旦乔其龙、乔其天的事情浮出水面，程馨苗能接受这样的现实吗?

69

乔其龙见何铭陷入沉思，脸上没有一丝喜悦，感到纳闷，心想，何所长怎么了？帮他办成这么大的事，他竟无动于衷，是修炼到家了，喜怒不形于色，还是……程馨苗见何铭对大哥的话毫无反应，发呆发愣，轻轻推了何铭一下。何铭这才缓过神儿来，马上意识到自己刚才的失态。他担心被乔其龙看出什么破绽，拍了拍脑门，又摇了摇头，装作喝多的样子，而后猛地抓起桌上的五粮液，先给乔其龙的酒杯满上，而后又给自己杯倒满。

他起身举杯，对乔其龙说：“龙哥，你为西隆镇派出所和全体民警做了件足以让我们铭记一生的好事，我无以为报，就用这杯酒敬你吧！”说完，他一仰脖，一杯酒倒进嘴里。

乔其龙被何铭的举动镇住了，没说话，把酒也干了。

寿宴结束。何铭让程馨苗在家住，陪陪爸妈。他喝酒了，不开车了，把车放这儿，晚上派人来取，他回所里住。乔其行要开车送他，何铭没让，他说他天天开车，难得步行一次。

程馨苗把何铭送到乔家大门口。何铭突然把她揽在怀里，颤抖着声音说道：“苗，我爱你。”

程馨苗把头深深地埋在何铭的怀里，抿着嘴，闭着眼睛，她感觉自己就是世界上最幸福的女人。刚才在酒桌上，乔其龙对何铭毫不吝啬地夸奖，乔其行对何铭表示出的尊重和赞叹，还有爸妈脸上满意的笑容，让程馨苗觉得何铭的第一次登乔家门竟如此完美。她抬起头，刚要像往常那样去吻何铭，突然发现何铭的表情不对，有些忧郁和凝重，脸颊上湿湿的，他流泪了。她认识何铭这么久，从没见何铭哭过，她边用手指擦去何铭的泪水边惊讶地问道：“你怎么哭了？”

“没事。酒多了点儿，迎风流点儿泪，好孩子，回去吧，晚上发短信。”何铭拍了拍程馨苗的头说。程馨苗使劲儿点了点头，在何铭的脸上吻了一下，跑回了屋。

在回派出所的路上，何铭走得很慢，边走边像过电影一样把这一晚上的事过了一遍，最后在他脑海中定格的是程馨苗，他的内心矛盾极了。

刚才的会面就像一场噩梦，程馨苗竟然是乔其龙的妹妹。如果没有洪文广、吴向南的案子，他倒真希望有乔其龙这么个大舅哥，对他、对西隆镇派出所都将十分有利。可乔其龙、乔其天参与洪、吴案件的可能性在不断加大。按他和程馨苗的设想，明年五一结婚，他和乔氏兄弟就是一家人了，其实现在就已是一家了，这层亲情他不能不考虑啊！帮乔家兄弟脱身？他完全有这个能力和机会。如果他把侦查方向直接或间接地告诉乔其龙，就能保住乔家兄弟，即使他不向乔其龙透底。从目前掌握的情况看，“八爪鱼”虽然找到，但他和乔其天之间所说所为都是在一对一的情况下进行的，如果乔其天死不承认，他不深抠，那么“八爪鱼”的证词就是一张废纸。可光洪文广的事还好说，关键是乔家兄弟要是吴向南案子的幕后，那谁也救不了他们。吴向南的伤已做了伤害鉴定，属重伤害，案情涉黑，属公安机关重点打击的对象。加上上级领导又有批示，哪个敢摆平，哪个又能摆平啊！

何铭回到所长室，刚躺在床上，程馨苗的电话就到了。话筒里传出程馨苗银铃般的笑声和娇嗔的话语。

“警察叔叔，复试通过，无须再考，你已被乔家录取了。想你了，要不我到派出所陪你值班吧！”其实不用程馨苗说，何铭也能感受到乔家人对他特别的好感，可他毫无兴奋之感，相反产生了一丝不祥之感，感觉程馨苗要离他而去。此时他真希望程馨苗能在他身边，他会把她搂得紧紧的，永不放手。何铭莫名其妙地吐出一句：“苗苗，如果我和你大哥闹掰了，你向着谁？”

“和大哥掰了？不会吧！要说你和四哥整掰了还靠点儿谱，他那破嘴啥都说。咦，你咋问这样的问题？刚才大哥还夸你呢，说你俩特投缘。”

“没什么，酒后好胡思乱想。你早点儿休息吧，爱你，做个好梦。”

“Me too，晚安。爱永远。”一个清晰的吻声通过话筒传到何铭的耳朵里。

何铭撂下电话，闭上眼睛，想睡却睡不着，脑子里乱哄哄的，像一锅粥，分不出是什么粥；好不容易睡着了，没一会儿又醒了。这一夜好长。

第二天上班，一脸疲倦的何铭照例和全所民警一道，先在院里跑圈锻炼，随后在院里开了个短会，着重部署百日会战的事。会战还有十多天就结束了。西隆镇派出所已完成三十一个指标，还差七个完成任务。何铭让大家再加把劲儿，无论如何不能掉链子。何铭刚回到所长室，索振长领着一个中年男子走了进来。

“所长，这位是隆鑫宾馆的马长安总经理，想和你单独谈谈。”

“噢，听说过，没见过，坐，坐。”何铭招呼马总坐下。

马长安没坐下，待索振长一出去，他把所长室的门关上了，回过身说：“所长，隆鑫宾馆是我个人承包的，这两年效益一直不大好，主要是让洗浴顶的。我打算再挺一年，待承包期满就不干了。最近一段时间，宾馆的客人越来越少，我一打听，原来不少到我这儿开房间的情侣一出宾馆的门，就被咱们派出所收拾了，我的那点儿回头客都不回头了。我今天来是请何所长高抬贵手，放我们一马。这是我的一点儿心意，给何所长和弟兄们买烟抽。”马长安边说边从里怀掏出一个信封，放到何铭的办公桌上。

“收拾你们那儿开房的？谁收拾的？”何铭一头雾水，他从没安排民警收拾婚外恋开房的。据他掌握，从没听说隆鑫宾馆有小姐。

“是侯警官。他说情人之间都是卖淫嫖娼的关系，必须罚款。大凡有这种事的，谁敢争辩啊，交钱了事，息事宁人。事儿肯定有，被抓的还不止一对儿。”

何铭的心一下子提到了嗓子眼儿。

“噢，是这样，你回去吧。我过问一下这件事。”说完，何铭把信封硬塞到马长安手里。

“不行，不行，必须收下，弟兄们都很辛苦。”马总与何铭推扯起来。

“如果你的酒店不想开了，就把钱放这儿。”何铭绷着脸说。

马总不再坚持，揣钱走了。

何铭听着马长安下楼的脚步想，侯起如果真把情人关系的客人当卖淫嫖娼处罚了，那他办的就是假案、错案；如果他以抓嫖为名，向当事人要钱的话，那是敲诈勒索，数额大将触犯刑法，是要判刑的。想到这儿，何铭让秦善把侯起今年办的卖淫嫖娼案卷都拿来。工夫不大，秦善拿过五本卷。何铭刚看了一本，汗就下来了。此案四处漏风，错案无疑，如果这个案子被揭开，侯起即使不进去，也得脱警服。他让秦善通知侯起马上到他办公室。

70

十五分钟后，侯起肥胖的身躯出现在何铭面前。他写匿名信，列举何铭三大罪状后，期盼着上面能查实一两件，好把何铭整下去。谁知啥也没查出来，何铭毫发无损，连他自己都感到意外，看来这个所长真是百毒不侵。他整何铭没整动，知道何铭不好惹，也担心何铭整他，给他小鞋穿。今天一进屋，他先把两眼眯成一条缝，笑呵呵地和何铭打招呼。何铭看了看他，没答话，连座都没让。侯起有些发慌，不知何铭找他什么事，只得耐着性子等着。

“老侯啊！进后进学习班收获大吗？”何铭的口气还算温和。

“我第一天去了，最后一天去了，剩下时间都在医院打针。去学习的民警都没好心情，都没好气，能学着啥，大伙儿都硬着头皮在那儿熬。”

“现在摆在你面前两条路，一条是脱警服，进监狱；另一条是离开西隆镇派出所，调走，你选吧！” 何铭边用指甲刀剪指甲，边轻松地说。

一听这话，侯起两眼眯成的缝一下子就没了。两眼瞪得溜圆，歪着脑袋问何铭：“所长，你这话啥意思？要是开玩笑，提前招呼一声。我这心脏脆着呢，经不起折腾；你要是说正经的，我这又犯你哪条章程了？”

“老侯啊，你要真为自己的心脏负责，就不该啥事都干，啥事都敢干。按说你四十多岁的人了，在公安局的年头也不短，做人做事也该定型了，咋还没个分寸和尺度呢？”

侯起以为何铭要跟他摊牌，算他几次整何铭的总账，装作一副无辜的样子说：“所长，都知道我和闫教导员走得很近，你俩斗法，我成棋子，有些事我也是不得已呀！”

何铭微微一笑，心想，闫城甫还觉得侯起是他的顶梁柱呢，哪知老侯轻易就把他卖了。他觉得已没必要再跟侯起磨嘴皮子了，笑着说：“要想人不知，除非己莫为。有人举报你以抓嫖为名，往自己兜里划拉银子……”

一听这话，侯起的脸唰一下就白了。自打在年初罚没款小战役中，发现了整钱的窍门后，他领着治安员大老刘、小老刘专门在隆鑫宾馆门前打“野鸳鸯”。多数时候根本无须他这个警察出面。“二刘”打派出所旗号就能制伏这些婚外夫妻。偶尔遇到质疑“二刘”身份的，穿着警服的侯起一出面，统统搞定。“罚款”都进了他们个人的腰包。侯起知道坏事了，忙把责任往两个治安员身上推：“所长，跟我一毛钱关系都没有！都是‘二刘’干的。”

何铭把瓶子盖严，轻轻一摇，侯起就晕了，立刻现了原形，看来马总说的属实。何铭合上指甲刀，用小锉磨了磨刚剪过的指甲，足足磨了三分钟，也不说话，侯起憋得浑身是汗，心都快蹦出来了。

何铭终于放下指甲刀，慢条斯理地说：“跟你没关系？你既然知道是‘二刘’干的，这说明你知情。他俩出事，你能逃了干系？就怕到时候拔出萝卜带出泥。上司与下属的婚外情，你怎么能当卖淫嫖娼处理？这不是糊涂警乱断糊涂案吗？如果败露，后果啥样你自己清楚。”

侯起见何铭把话说开，彻底傻了。他知道何铭眼里不容沙子，这事儿瞒不住了，好汉不吃眼前亏，何铭既然给他指了两条道让他选，看来不想把事做绝，不想往死里整他。

他扑通一声跪在何铭面前说："老弟，大哥错了，念在你我都穿这身警服，共事一回，放我一马，以前的事都是我不对，你大人不记小人过。"

何铭看了他一眼，感觉跪在他面前的不是个男人。他依旧慢条斯理地说："老侯啊！起来吧，该着咱俩没缘，自打我到西隆，你就和我过不去，不好好工作，还一直整事儿。我要是跟你较劲，掉价。你私自抓嫖这件事，趁着现在没响，把装兜里的钱交出来，赶快从西隆调走，或许能保住你这身警服。"

"行，行，我马上交，马上就找接收单位，两周内，离开西隆。"侯起连连答应。

"对了，通知'二刘'，明天就滚蛋。派出所不用他们了。"

侯起的事解决了，何铭如释重负，如同拆除了一颗定时炸弹的引信。

侯起往外走，秦善往屋里进，两人差点儿撞了个满怀。秦善边看着侯起的背影边对何铭说："这老侯咋的了？像丢了魂似的。"

何铭轻叹了一口气说："我到公安局七年了，越发觉得毛主席他老人家那句话说得太对了：人间正道是沧桑。干咱们这行的，到任何时候都要走正道、办正事，万不可铤而走险，一旦出事，进了监狱，就不是人了，恐怕都不如被我们送进监狱的罪犯。从执法者到被人执法，这个落差太大了。"

秦善不明白何所长为啥对他说这样一段话。联想到侯起刚才失魂落魄的样子，他估计侯起好像犯了什么事，尽管他揣着一肚子的好奇和疑问，但没多问，而是笑呵呵地说："所长，上不着天村的卜书记想请咱所班子吃顿饭。"

"卜书记？哪个卜书记，上不着天村不是耿向阳耿书记吗？"

"乔其龙当书记后，耿向阳就辞职了。卜仕仁当了代理书记。"

"啊？"何铭眼睛瞪得老大。他依稀记得乔其龙在洪文广出事后曾骂过卜仕仁，说他送洪书记进洗浴，也不陪着，还说洪文广要是有个一差二错，就让卜仕仁回家种地。可现在洪文广真出了差错，卜仕仁不但没回家种地，反倒升了，这其中是怎么回事呢？卜仕仁升职走的哪条路呢？洪文广出的面？不能。洪和卜有亲戚，但他俩关系一般。洪文广出事后，与乔其龙话都不说，几乎水火不容，他不可能为卜仕仁的事去找乔其龙。何铭没有回秦善的话，站在窗前，思索着。他猛地想起一件事，据洪文广讲，他出事前的酒宴上，开始喝得挺好，可喝了卜仕仁给他倒的酒后，就神志不清了，会不会卜仕仁在酒里做了手脚?

他转过身问秦善：“卜仕仁咋当的书记？”

“当然是乔其龙拍板。外界对这事反响挺大，有的说卜仕仁这样的人怎么能当村书记，还有的夸乔其龙讲究，洪文广都下去了，乔还提拔他表弟。”秦善答道。

何铭暗想，秦管家真不愧是老西隆，啥事都知道。他很想知道乔其龙上任后，还有哪些新闻，也许对钟连勇他们破案会有些帮助，他俩毕竟是从分局来的，很难掌握镇党委、政府深层次的信息或线索。他试探着问道：“都说新官上任三把火，以乔其龙的性格，升为掌门，不可能没啥动作吧！”

秦善犹豫了一下，说：“还真没听说他在工作上烧过什么火。不过他把吴向南用的会计和出纳又换成了他当镇长时用的人；坐骑也换成了丰田霸道。一人得道，鸡犬升天。乔其龙的三弟、四弟可借了大光。乔其天的工程队打着北斗公司的名义已经在镇政府大楼的工地开工了；乔四的四海一家大酒店开业还不到两周，天天客满，晚餐得预订。西隆镇党委、政府机关下属十多个单位、四个村，把应酬都安排到四海一家了。最捧乔四的要数卜仕仁，这一周，他几乎每天晚上都在四海一家宴请各路豪杰，镇政府的相关部门都被他请遍了，就差咱们所了。这不让我跟你说一声，看你啥时有时间。”

71

何铭对乔其龙换会计、换车，包括乔四酒店如何火爆都不感兴趣，他最关注的是乔其天公司的人马出现在镇政府大楼工地。这证明乔其天与洪文广事件有关，存在利益冲突。

何铭思考了一会儿说："代我谢谢卜书记，等我有时间，派出所做东，为他升任书记道喜。另外，你继续注意镇里的各种动态，随时向我报告。"

"四海一家"的生意火爆和其背后的猫儿腻引起了周边几家饭店的嫉妒。一个反映西隆镇各村动用公款在"四海一家"大吃大喝的举报电话打进《宜春晚报》新闻热线，接电话的恰好是罗真真。对此类批评线索，记者们大都不愿去采访，因为写批评稿肯定得罪人，好惹麻烦，可罗真真不信邪，觉得这条热线有分量、能出彩，就跟部主任打了个招呼，接手了。她用了三天时间，对"四海一家"进行了明察暗访，写出了《"四海一家"为何如此火爆》的消息，登在了《宜春晚报》的头版。这篇稿子写了乔四与"四海一家"的关系、乔四与镇书记乔其龙的关系，以及该酒店消费的客源多是西隆镇各村的领导干部，尤其对卜仕仁浓墨重笔。在罗真真暗访的三天里，卜仕仁共在"四海一家"吃了四顿饭，最少的一笔消费是四百二十元，最多的一笔是九百七十元，每顿饭结账都是卜书记签单，罗真真还用手机拍下卜书记签单的字据，一并登在报纸上。宜春市纪委马上责成东城区纪委对此事进行调查。乔其龙见报纸公开他和"四海一家"的关系，大发雷霆，当即把茶杯摔得粉碎。

他没把见报的根源往酒店间竞争的方面想，而是认为有人拿乔四、拿"四海一家"整他、搞他。他怀疑是洪文广、吴向南背后搞的鬼，甚至还怀疑到耿向阳。好在"四海一家"的各种执照都没用乔四的名字，而是用乔四朋友的名字。乔其龙先给乔四打电话，让乔四的朋友暂时到酒店主持一段儿，让乔四闪开身子。随后，乔其龙又让卜仕仁马上拿钱把酒店的签单结了，就说是他个人请朋友吃饭，与公款吃喝没关系。乔四、卜仕仁马上照办了。

第二天，东城区纪委的人员来到西隆镇，对"四海一家"和卜仕仁进行了调查。经查，酒店工商执照上的法人代表不是乔四。卜仕仁确实到该酒店吃过几次饭，但属个人消费，未动用公款，《宜春晚报》的报道有捕风捉影之嫌，区纪委把结论报到了市纪委。乔其龙获悉调查结论后，没有丝毫高兴。他刚当书记，就有人敢在太岁头上动土。这事绝不能无声无息，就此拉倒，必须给自己扬威正名，让西隆镇的人，尤其让那些想整他的人看看，乔其龙不是好惹的，是不能惹的。

当天晚上十点半，刚刚回到家的罗真真接到一个陌生男人的电话："罗真真啊！你是吃了熊心豹子胆，拿支破笔就敢乱写。我见过你，盘亮条顺，腿长胸大，够味儿。我们哥儿几个准备尝尝记者的滋味，等干你的时候，你把记者证挂脖子上……"

罗真真没等对方说完，就把电话撂了。她的心跳突然加速，惊恐顿时写在脸上。一定是"四海一家"那篇批评稿惹的。虽说她有股天不怕地不怕的劲儿，可毕竟是个女孩儿，哪见过这些。她马上把电话打给部主任，讲了刚才接听匿名电话的事，部主任安慰了她一番，让她不要怕，万事有报社做主，不行就报警，最后叮嘱她再遇到陌生的号码不要接。主任的话对她的恐惧多少起到点儿缓解作用，不过，她还是觉得没底儿。她把电话打给当老师的男友，男友听了，劈头盖脸地教训了她一通，说她一向我行我素，不按规则出牌，瞎逞能，还说她正义感太强，这年月正义感不值钱的。罗真真没等他的"课"讲完，就把手机扔了出去，摔在地板上。此时，罗真真一下想起了何铭，想起了这个把"爱如潮水"的门牙打掉，把"燕子李三"胸骨打碎的派出所所长。要是能有这样一个男友在身边，该多有安全感啊！上次何铭没进她的闺房，她相当失落，在男人面前强烈的自信丢了一半，她发誓不再和何铭联系。她到西隆暗访"四海一家"，也没去找何铭。不知为什么，她现在特想听到何铭的声音。她想了好半天，还是把自己的誓言PASS了，拨打了何铭的手机。手机通了，被何铭按了，没接。她不知道何铭是正忙，不方便接听，还是有什么想法，不想接。她没继续打。

72

此时的何铭正在派出所带领全所民警加班夜战。百日会战还有八天就结束了，目前摆在西隆镇派出所和何铭面前的形势相当危急。到今天止，还差五个指标没完成。关键是这一成绩在分局十四个派出所中排在第十一位，仅比倒数第二名的派出所多两个指标，按翟局长提出的对会战排名最后的两个派出所所长要予以“组织考虑”的说法，何铭仍处在危险区域。本来他指望钟连勇、郝建军能在吴向南的案子上有所突破，抓获三名凶手及幕后黑手，一举两得，谁知钟连勇侦查时遇到一些技术上的障碍，要等到明天才能出结果。何铭慨叹运气不佳的同时，急忙组织全所连夜打现行，做最后的冲刺。对翟局长的“组织考虑”，何铭已做好了充分的思想准备，尽人事，听天命，尽力做了，不后悔，也不在乎。今天是派出所连续冲刺的第三天。他看了一下表，十点五十分，感觉有些困，很想上床舒舒服服睡一觉，可一想弟兄们还在外面忙碌，只得靠在椅背上，眯一小会儿。他刚眯着，罗真真的电话就到了，他正要接，闫城甫笑呵呵地走进来，何铭下意识地把手机挂断了。

“兄弟，跟你商量个事儿。侯起让我跟你求个情，他不想离开西隆。”闫城甫开门见山，直入主题。两人自从生日宴那天谈开之后，都觉得彻底敞亮了，没了芥蒂和顾忌，说话、工作顺畅多了。

何铭听侯起不想走，脑袋当时就大了。他皱起眉头说：“那天我和他都谈妥了，咋又变卦了呢？”

“有两个方面的原因，一个是他四十多岁人了，在公安局也算高龄，又没啥特殊本事，哪个好单位愿意要他？去个不好的地方，还不如在西隆呢。第二个，咱所不是要盖民警宿舍嘛，一人一套房子，那可是十多万块钱的利益呀！这节骨眼儿离开西隆，多心疼啊！自从你到西隆，老侯绝不是故意和你过不去，只是人和人不合拢，事儿跟事儿赶一块儿了。当然，他胡整肯定不对，他提出，要当全所民警的面，向你道歉，保证今后遵纪守法，不再搞任何小动作。另外，他要在会战冲刺阶段做点儿贡献。据说他通过线人弄了条好线索，估计能收进四五个人。我本不想替他说这些，可你也知道，老侯这几年跟我走得挺近，这会儿我不替他说话，抛开上下级关系，单从哥们儿感情上也说不过去啊！”闫城甫的话语实到家了，几乎就是在求何铭。

何铭在心里叹了口气，答应吧，那可是颗不定时炸弹，说不上啥时就炸，真要响了，对所里、对他本人的影响太大了，代价将极其沉重。可不答应呢？他好不容易和闫城甫缓和了的关系可能又僵了。权衡再三，何铭觉得安全是第一位的，自己必须坚持，否则……他想了一小会儿，严肃地说：“大哥，侯起跟你说的时候，肯定轻描淡写，而真实的情况足以让你我胆战心惊。这大半年，他抓了不少对搞婚外恋的，有的当卖淫嫖娼处理了，还有的根本就没处理，其中有猫儿腻。要是揭开，他都得进监狱。我让他离开西隆，实际上是在保护他，是给他一条出路。他已占了大便宜，咋还得寸进尺呢！另外，自私点儿说，他的事儿将来真漏了，你我可就彻底废了，得干多少年、多少活儿，才能东山再起啊！还有，祁阳镇派出所的赵所长上周查出肺癌，已经辞职，专心治病。你做做工作，我再推你一把，加上咱所今年收成不错，你还是很有希望的。难道你希望在这关口，让侯起的事儿把你自己耽误了？你觉得他和你走得挺近，可你怎么也想不到他已经到我这儿把你卖了。”

何铭的一番话语重心长，把弊端说得清清楚楚，尤其是赵所长患病辞职以及侯起出卖他的事，既打动了闫城甫，也让他很震惊，他真没想到侯起会这样。他点了点头说：“我真没想到侯起的事如此严重，还当是你俩个人之间的恩怨呢！这种人，我还真没看透，里挑外撅，赶快让他滚犊子。”何铭见说服了闫城甫，松了一口气。闫城甫刚走，伴随清脆的乐曲，“苗苗”两个字一闪一闪地出现在何铭手机屏幕上。

何铭刚按接听键，程馨苗的嗲声就到了：“警察叔叔，几点下班啊？说好今天看我，这都快半夜了。今晚多晚我都在家等你，有件事关你我的大事面谈。”其实不怨程馨苗抱怨，自从乔老爷寿宴那天到现在，一周了，何铭只和程馨苗通电话，没见面。何铭并非没时间，而是程馨苗与乔家的关系以及乔氏兄弟即将浮出水面的现实，让何铭不知所措。当知道程馨苗是乔家之女后，仍义无反顾尽职责对乔家兄弟秘密侦查，使他的心里充满了对程馨苗的愧疚，他又不能解释。明天钟连勇、郝建军很可能拿到乔家兄弟涉嫌吴案的重要证据，更让他不知该如何面对程馨苗。见面会让他很闹心，他想继续以工作忙为由推脱，可程馨苗明显生气了，而且还有要事商量，他不好再推。何铭看了看表，十一点半了。他来到闫教导员办公室说：“我家有点儿事，早走一会儿。你带弟兄们坚持到凌晨两点，明天休半天；有成果随时给我打电话。”

“你回去吧！你都连顶三天了，我在这儿。”闫城甫爽快地说。

73

二十分钟后，当何铭打开程馨苗家房门时，眼前的场景吓了他一跳。门口地板上摆放着他的毛巾被、拖鞋、凉席以及洗漱用品。程馨苗正坐在客厅沙发上聚精会神地看电视，对何铭的到来毫无反应，全无往日的炽热。

何铭见程馨苗冷淡待他，边换鞋边说："小公主，把我的东西都摆在门口，是想把我扫地出门啊！"

程馨苗瞥了他一眼，冷冷地说道："乔家庙小，容不下你这尊大佛。"

何铭听出程馨苗话里带气，明白了几分，肯定是对他这周没见她有想法了，忙笑嘻嘻地凑到馨苗面前，深鞠一躬，并以京剧的唱腔说："公主这么晚了为何不睡？莫非是在等心上人不成？"

程馨苗被他的滑稽样逗乐了，但她又马上收起笑容，阴阳怪气地说："人家堂堂派出所所长，掌管全镇治安大权，哪能看上咱们一个农家小女。高攀了，整整一周看不见影，说是忙工作，怕是不想见我吧！何大所长，你那点儿智慧在我眼里都是小学课本，别忘了我是学心理学的。自从你见了我的家人后，就不正常。今天你要么跟我讲清楚，说明道白；要么分手，夹行李卷出去。"

何铭吃了一惊，暗暗称赞程馨苗的眼力，竟看出他有心事。如实讲？万万不行。一旦程馨苗把实情透露给乔其龙，他可是泄露公安机密。不讲？程馨苗眼里不容沙子，而且以分手相逼。他站在那儿摸着下巴，寻找着对策。他了解程馨苗的脾气和秉性，更了解程馨苗对他的感情和感觉。这种时候不仅不能妥协退让，而且要反攻，进攻才是最好的防守，这一条放之四海而皆准。想到这儿，他绷起脸，坐在地板上，望着天棚发起呆。程馨苗见何铭没像刚才那样继续哄她，而是满脸阴云，也不说话，感觉自己刚才的话硬了些，可能伤了何铭。她想继续挺下去，于心不忍；软下来，可又下不来台阶，一时不知怎么办才好。半小时过去了，两人仍不说话。何铭照旧坐在地上，保持仰望天棚的姿势。程馨苗终于绷不住劲儿了，刚要说话，何铭的手机响了。何铭拿出电话一看，是罗真真，怎么这么晚来电话，又恰好在这紧要关头。他想不接，可又怕程馨苗多想，接吧，反正又没鬼。

他刚按下接听键，罗真真夹杂着哭声的话语就传了出来，同时也传到程馨苗的耳朵里："何哥，我是真真……"

罗真真说不下去了，呜呜地哭了起来。半夜，女人电话，何哥，哭声，这几个词连到一起，足以让人产生大大的问号。馨苗用异样的眼光看着何铭，像是在问"这是怎么回事？"何铭暗暗叫苦，这个"小虎牙"真能添乱，早不来，晚不来，偏偏在他最不方便的时候来电话。他后悔刚才在路上给她回个电话好了。不过，真真的哭声让他意识到她一定遇到了麻烦，否则，以她的性格是不会轻易流泪的。

"一向豪气冲天的大记者怎么哭起鼻子来了，这可是头条新闻啊！很久没你的消息了，好不容易有个消息竟然是哭声。"何铭的答话一语双关，既是给罗真真听的，也是说给程馨苗听的，表明他和这个记者很久没联系，他们之间没什么。

"何哥，想让你到我身边来，我怕。"罗真真抽泣着说。

何铭的头嗡的一声，怕啥来啥，本来就解释不清，这下更不好交代了。程馨苗咬着嘴唇走过来，狠狠掐了何铭大腿一把。何铭疼得差点儿没叫出声。他强忍着，继续问道："怎么了，罗真真，是不是遇到什么事儿了？"

罗真真就把写批评稿，遭遇恐吓电话的事儿说了一遍。"四海一家"、乔其龙、乔四、卜仕仁、陌生男子、恐吓电话、黑道，何铭把这些联系到一起，一个可怕的结论在脑海里萦绕着。恐吓电话是黑道的打法，看来乔家和黑道有联系。

他想了想，对罗真真说："真真，放心吧！这件事包在我身上，我保证你不会再接到恐吓电话。你就安心睡觉吧。改天我和我女朋友请你吃饭。"

罗真真有了何铭的包票，心里踏实多了。她是个聪明的女孩儿，马上意识到何铭最后一句话的含义，何铭的女朋友就在他身边，她停止抽泣，大声说：“谢谢何所长，改天我请你和嫂子吃饭。”

何铭放下电话，严肃地对程馨苗说：“苗苗，听见了吧，你四哥的酒店被媒体曝了光，记者受到威胁，涉及人身安全。这个罗真真帮了我不少忙，她求我，这个忙必须帮。你明早给四哥打个电话，把这事儿了了。如果你四哥再胡来，对他、对‘四海一家’、对乔家，都不利。”

何铭说到“都不利”三个字时，加重了语气。程馨苗听了，摇了摇头，叹了口气说：“我这个四哥呀，干啥啥不行，吃啥啥不剩，都是我家老爷子给惯的。他从小就爱打架，爱当小混混的头儿。打恐吓电话的事，他能干出来。我明早跟他说。好在只是一个电话，没什么后果。不过，这个小记者反应挺快呀！前面还叫你何哥，还让你到她身边来，转瞬之间，就叫你何所长。你们配合够默契，这恐怕不是一日之功吧！”

程馨苗的语气依旧阴阳怪气，但话里有话，让何铭说清楚。

“说实话，我们俩确实有点儿故事。她喜欢我，被我拒绝了。我最爱的人只有一个，她就在我身边。”何铭说完，一屁股坐在程馨苗的身边。

“最爱我？那为什么一周不见我？还拿工作敷衍我。”程馨苗噘着小嘴说。

何铭从程馨苗的语气中感觉到她的气已消了大半，把她揽在怀里，疲惫地说：“你以为我瞎忙呢？分局百日会战再有一周就结束了，我们所还差五个指标没完成。事关我的乌纱帽，我不能不当回事吧！就算我可以拿这所长的小官不当回事，总得要脸面啊！因为没完成任务被免职，我以后还见不见人了。上周加班加点儿干，可仍没进展，我现在是火烧眉毛，可又得故作镇定，还得抽时间，花费很大精力来摆平你这个缠人精。我的压力太大了，每天累得要命，困得要死，可沾了枕头又睡不着。”

“你要是早跟我说你的心事不就完了吗，我还可以帮你减减压。你这几天是挺憔悴的。”程馨苗心疼地说。

何铭深沉地说：“幸福与快乐，两个人分享，那是两个人的幸福。压力和痛苦就没必要两人分享了，让我独自承受吧！说心里话，自从当上所长，困难、挑战、压力就没间断过，麻木了，冷不丁要是没了难事，我还不习惯呢。一个字，挺。谁让我是男人，一个喜欢挑战的男人。要是图清闲，我就不到基层了。”

“警察叔叔，以后我再也不作人了，走吧，我把你的毛巾被拿床上去，咱俩别在地上坐着了。”程馨苗边说边抱起毛巾被进了卧室。

74

8月23日早上八点，宜春晚报社的院内一下子涌进一百多人，每个人手中都拿着一张写有“讨说法”三个字的报纸，整齐地坐在报社办公楼门前的台阶上，将报社的门堵得严严实实。楼里的出不来，楼外的进不去。这支队伍的领头人是西隆镇上不着天村的代理书记卜仕仁。

此时，他正气势汹汹地和报社的一位领导对话：“我就是你们报纸上公开报道的上不着天村书记卜仕仁。你们报纸凭什么说我动用公款到‘四海一家’吃喝？我个人去酒店请朋友吃饭就不能签单了？你们那个叫罗真真的女记者报假消息、写假新闻，严重侵犯了我个人及上不着天村的名誉权，必须给我一个说法。”

“我们的报道是有依据的，即便有失实之处，有正常的沟通渠道，以这种形式讨说法，不合适，也干扰了报社的正常办公秩序。”一位戴着高度近视镜，自称是总编的中年人温和地解释着。

“正常渠道？如果报社还懂正常渠道，就应该事先采访一下村、镇的领导，征得我们的同意。既然你们不按正常渠道走，我们只有采取这种更直接、更有效的方式了。今天来讨说法的群众都是上不着天村的，都是自发来的。他们不光觉得我这个书记的名誉受损，连上不着天村的名誉也受损了。”

“你们能不能让群众先回去，留下几个人进办公室谈，咱们共同找解决问题的办法？”总编旨在缓和紧张的气氛。

“办法？行。我们有三个条件。一、在报上发表声明，给上不着天村、给我平反。二、让那个叫罗真真的记者公开向我道歉。三、赔偿我及来的村民到报社上访的交通费、误工费。满足这三条，我们立刻走人。”卜仕仁尽管已讲了半天，可嗓门儿依旧挺高。

“条件嘛，可以商量，前提是你们不能堵门，总得让上班的能进来，下夜班的能回去呀！”总编摊着双手，苦笑着说。

“不先答应我们的条件，就不撤。”卜仕仁强硬地说。双方僵持住了。一时间，报社院内，上班的，下班的，堵门的，还有看热闹的，人越来越多，向来平静的报社大院喧闹起来。

西隆农民到报社讨说法堵住报社办公楼大门的信息传到宜春市公安局指挥中心，市公安局命令东城分局迅速处置此事。翟永胜听说是西隆的上访，抄起电话就把何铭撸了一顿。

“怎么搞的？水裆尿裤的。西隆一百多人到报社上访，事先不可能没有征兆，为什么不掌握？为什么上访？马上弄清楚，抓紧解决。”

何铭也是刚收到此信息，他见翟永胜发火，没敢解释，只是连连应允。他估计是乔四饭店公款吃喝见报的事，忙拨通乔其龙的手机：“龙哥，上不着天村一百多人围攻报社，你知道不？”

“我刚听说，是卜仕仁整的。也不怪卜仕仁，报纸无凭无据瞎报，愣把‘四海一家’和卜仕仁公款吃喝捏在一起，还把我裹进去了，我要是不当书记，我也去闹。让他们闹吧！不闹也不知道新时代农民的厉害。”乔其龙气愤地说。

一听乔其龙这么说，何铭意识到乔其龙事先肯定知道这事，他若不点头，卜仕仁绝不敢这么干，甚至有可能是乔其龙指使卜仕仁干的。乔其龙是想通过这件事为自己扬威立名。照此推断，乔其龙一定也知道打恐吓电话威胁罗真真的事。想到这儿，何铭郑重地说：“乔书记，报社、电台、电视台都是国家的重要机关。到报社上访行，但上百人把报社的门堵住，这可超越了上访的界限，应该视为冲击国家重要机关，问题的性质可就变了；如果不制止，事儿闹大了，恐怕要连累咱们镇，也连累你。刚才翟局长给我来电话，让我找你，你最好马上下令，让卜仕仁带队撤回来。”

“老卜现在很激动，他刚当代理书记，‘代理’两字还没下去，负面新闻先出来了，他不可能没想法。别提翟局长，我看你面子，让老卜撤。”

五分钟后，卜仕仁接到了乔其龙的电话。

“老卜啊，怎么样？报社啥态度？”

“装呗，拿咱们不当回事，想把咱们哄走。”

“不答应条件不撤兵，让大伙儿挺着，每人每天补助五十元钱，管中午饭。”乔其龙坚决地说。

“明白。”

三分钟后，何铭接到乔其龙的电话：“老卜关机。这样，你辛苦一趟吧，去报社，传我的意思，让他撤。他要不听，我让他光剩下‘代理’。”

何铭看出，乔其龙是在打马虎眼，忽悠他。卜仕仁这个时候根本不敢关机。以乔其龙的性格，这种较劲儿的时候，他是不会听他这个派出所所长的话的。可翟局长的命令又必须执行，否则他交不了差。想到这儿，何铭带领五名民警驾车直奔报社。

75

半小时后，何铭赶到报社，在上访人中没找到卜仕仁，看来他是躲出去了。卜仕仁不在，一百多上访者没有头儿，想找个说了算的、能定事的人都找不到。

何铭把上访者召集在一起说：“乡亲们，我是西隆镇派出所的所长何铭，刚从乔其龙书记那儿来。乔书记正在开会。他委托我告诉大家，请你们先回去，上访的事由他亲自处理。上百人聚在这里，解决不了实质性问题，还耽误大家的时间。相信报社会把这件事处理好。”

上访者们听了何铭的话，嗡嗡了一阵儿，有些松动迹象，但没撤。这时，卜仕仁不知什么时候回到了上访者中间。

他对众人喊道：“何所长说得有道理，撤。”

一百多人马上散了。何铭长长地松了口气。不过，他心里很清楚，卜仕仁绝不是因为他做了动员才撤，一定是收到了乔其龙的指令。他分析可能是东城区委对乔其龙施加了压力。果然如此，东城区委高书记获知此事后，要求乔其龙必须在十点之前让上访的人离开报社，否则唯他是问。

何铭刚要回派出所，钟连勇的电话来了：“何所长，吴书记被打的案子有突破了。乔其天、乔其龙有重大嫌疑。”

此时何铭的心情复杂至极，从会战角度，他需要这种突破；但从程馨苗那儿想，他很……他看了一下表说："你下午在所里等我，这件事跟任何人都不要讲。"

何铭刚把手机从耳边拿下来，母亲的电话来了。母亲没说话，先哭了起来。何铭猜想家里一定出了大事，他让母亲别激动，慢慢说。

何母呜咽着说："铭铭，刚才学院领导来电话，你爸在医院体检时发现肝部长了个东西，可能是癌。你爸前一段儿常说累，没太当回事。你马上来医院，你爸还不知道，你别说漏了。"

没等母亲把话说完，何铭的大脑好像突然停止供血一样，一片空白。他努力控制着自己的情绪，让同来的民警先回派出所，他开车去医院。路上，程馨苗来电话说，她刚跟四哥说了恐吓电话的事，四哥说了，大哥很生气，后果很严重。报社、记者错了，必须付出代价。何铭心想，乔其龙果然是威胁记者、大闹报社的幕后指挥，联想到钟连勇的调查结果，西隆两任书记倒下之谜用不了多久就会揭晓了。如何面对程馨苗呢？何铭长长地叹了一口气。

程馨苗以为何铭对四哥不让步的事有想法，忙劝解道："铭哥，你别急，我再给二哥打电话，他的话，大哥还是听的。"

"不用打了，已经没用了。天作有雨，人作有祸，有些事是不以你我的意志为转移的。我在去医院的路上，我父亲体检中发现点儿问题，可能是癌症。"

何铭说到最后时，有些哽咽。他和父亲的感情很深，从小到大，父亲最了解他，也最理解他，他曾非常自豪地称父亲是哥们儿。他现在的感觉就像自己最好的朋友不久将离开人世一样。

"我马上过去，在医院门口等你，别着急，会好的。"半小时后，何铭、程馨苗来到医院诊室，何母和何父单位的李院长正在议论着什么。何铭和李院长打了个招呼后，把程馨苗介绍给母亲和李院长，何母见儿子的女朋友漂亮、大方，勉强露出点儿笑容。程馨苗上前扶住何母，说着安慰话。

何铭对李院长说："再先进的仪器也会有失误，会不会误诊？"

"咱们院是省内最权威的医院，误诊的可能性恐怕不大。不过，病情重大，按惯例，下午再换家医院查一查。”李院长表情凝重地说。

何铭的手机又响了，是所里的电话。

“何所，我是秦善。半小时前，乔四领着两个厨师在‘四海一家’把一个送货的给打了。被害人报警，邵冲出警到酒店，让乔四回派出所调查，乔四不来。邵冲抓他，乔四一拳打在邵冲的鼻子上，当时就打出血了。邵冲怕再惹麻烦，没还手，僵那儿了。”

“你带两个人过去，把他抓来。”何铭冲电话吼道。他真动了气。一方面他觉得乔四够狂，连警察都敢打；另一方面，自己现在是百事缠身，麻烦一个比一个大，偏偏这时他又添乱。

“何所长，乔四的事，你还是冷静点儿，慎重些，别忘了乔书记，还有咱所地号的事，是不是……”秦善没把话说出来，言外之意是不是软处理一下。

“甭管他那套，大不了派出所不盖了，这口气必须争。否则派出所就得关门。行了，我马上回去，亲自处理。”何铭几乎喊着把话说完。

“铭哥，李院长在这儿，多没礼貌；你冲手下这么凶，既伤民警心，也伤自己的肝，更没风度。你不是常说要处变不惊，临危不乱吗？”程馨苗以心理医生的口吻劝道。

何铭也意识到自己的失态，深吸了一口气，平静了一下情绪说：“李院长、妈，所里有个特别棘手的案子。我必须回去，处理完就回来。”随后他冷冷地对程馨苗说，“你那个可爱的四哥又惹事了。”

程馨苗刚要问咋回事，何铭转身走了。

76

在回西隆的路上，何铭边开车，边拨打乔其龙的电话。电话一通，还没等何铭说话，乔其龙先说上了：“真不禁念叨，我刚要给你打电话，你的电话就到了。我不是说有个朋友相中你们派出所现在那块儿地皮了吗，他晚上想请你我吃顿饭，议一议，你无论如何得到啊！”

“乔书记，谢啦，今晚不行，我父亲刚住院，我得去尽孝，改日我做东，毕竟是我们派出所的事，也算谢你。”

“尽孝可是大事，那就改天吧。用你请啥，到时不用你请，你到就行了，我请客。对了，老爷子在哪儿住院？我得去看看，将来我们爷俩也是亲戚了。”

“不是什么大病，打几针就好了，不劳龙哥大驾。眼下有一件比派出所地号还复杂的事需要龙哥出面。你家四哥捅了个大娄子，把我们所民警小邵打了。连警察都敢打，这么下去怎么行？”

乔其龙听了，非但没生气，反倒笑呵呵地说：“这个老四啊，作人都作出花儿来了，胆子也越来越大了，连警察都敢打。以前他还真没这个胆儿，自从你进了乔家之后，他才有的。谁让他未来的妹夫是派出所所长呢。这事你处理吧，我就不掺和了。”

“龙哥，我不用你参与，只要你能理解就行。这件事很敏感，这个口子一开，今后警察挨打的事可就多了。所以必须对四哥有个说法，让他接受点儿教训，付出点儿代价。”

“你啥意思吧，还要抓老四咋地？”乔其龙有点儿不耐烦了。

何铭听出乔其龙不高兴了，口气委婉地说：“龙哥，相信我的能力，会处理好。不过，四哥的威风必须杀一杀。”

“好吧！但别整过了，别看老四能作能闹，不学无术，可他和程馨苗可是我家老爷子一左一右两个颗眼珠子，你还是搂着点儿。”乔其龙说完，没等何铭说话，把电话撂了。

十一点五十分，何铭回到派出所。鼻子上抹着药水的邵冲见到何铭，像见到亲人似的委屈地说：“所长，乔四把人打了，我带两个治安员出警，让他到所里取笔录，他不来，还骂我。我上前拽他，他一拳打在我的鼻子上。现场不少老百姓围观，掉链子啊！换别人我早拿他了，一想他是镇党委书记的弟弟，听说所里正向镇里要地号，盖新房，我忍了。”

李维彤见何铭一脸憔悴，看了一下表说：“所长，你是不没吃饭呢？食堂没吃的了，我让孙师傅给你下点儿面吧！”

“不用了。你让钟连勇、郝建军马上到我办公室。”何铭铁青着脸说。

不一会儿，郝建军、钟连勇来到何铭面前。

何铭双眼冒着火说："你俩开个传唤证，到'四海一家'把乔四传来。他要是老老实实配合则罢，他要是装大，就给他戴铐子，强制传唤。"

再说乔四，上午打了两个人，包括派出所的警察，没当回事，照样坐在办公室里喝茶。两个参与打人的厨师帮乔四打送货的农民工时，敢上、敢打，他们知道乔家在西隆的势力，打完后根本没怕。见乔四把警察打了，有些怕了。中午，两人来到乔四办公室，劝乔四出去躲一躲。乔四听了，手托着茶杯，微微一笑说："躲？躲什么？这是西隆。我倒要看看派出所能把我咋地？回厨房干你们活儿得了。"

两个厨师见他口气又大又硬，不吱声了，刚要回厨房，办公室的门开了，走进两个穿警服的人。其中的一个从兜里掏出传唤证说："哪位是乔其下？我们是西隆镇派出所的。"

"我就是。有事吗？"乔四身都没起，二郎腿依旧跷着，茶杯依旧在手上托着。

"你涉嫌殴打他人，妨碍执行公务，现传唤你到派出所接受调查。"钟连勇大声说。

"谁派你们来的？说我打人，有证据吗？"乔四不慌不忙地说。

钟连勇强压着火答道："谁派我们来的跟你和这个案子关系不大，至于你打没打人，只有在你配合调查后才能确定。"

"我现在很忙，正饭口，客人多，等我有工夫的吧！"乔四傲慢依旧。

钟连勇的火再也压不住了。他见过拿警察不当回事的，但还没见过狂到这份儿的。他刑警出身，哪受得了这个，一个箭步上前，一只手就把乔四从椅子上拽了下来。郝建军也冲了上来，一个擒拿动作就把乔四的双手背了过去，稍微一用力，乔四的腰就弯下了，头朝地。郝建军给乔四上了铐子，押着乔四就往外走。

"放开我，放开我，快，快给我大哥打电话。"乔四杀猪般的号叫着。

两个早吓蒙了的厨师如梦方醒般跑了出去，到镇政府找乔其龙报信去了。

77

乔其龙是在午睡中被两个厨师叫醒的。他有午睡的习惯，睡得正香，突然被叫醒，特难受，刚要发火，可一听乔四被西隆镇派出所的民警戴着铐子从酒店押走了，当即从床上跳了下来，拿起手机拨通了何铭的电话，激动地喊了起来："我乔其龙，咋还把老四戴铐子押到派出所去了？你让老四以后还在不在西隆混了？再说了，多大事呀！非得分出个高低来，不就打几个人吗？干啥呀！"

"乔书记，乔四打的可是警察，是西隆镇派出所的警察。我是这儿的所长，这跟打我没什么区别。再说了，我给他面子，让他自己像逛街一样到派出所，可他不干，非得装得比骆驼还大，没办法，只有把他铐来了。不过，你放心，我会处理好的，警察的面子要找回来，老四也能下了台阶。"

"何铭，大道理我不想听，老四做事确实有些过，不过我不希望别人来教育他。你可以不给我乔其龙面子，可程馨苗的面子总得给吧！你要真把老四弄得灰头土脸的，跟整程馨苗没啥区别，你掂量着办吧！"没等何铭说话，乔其龙啪地把电话撂了。

何铭的手机里传出"嘟嘟"的声音，依旧把它放在耳边，目光呆呆地落在办公桌上。从早上八点半上班到现在中午十二点五十分，不过四个小时多一点儿，可何铭觉得这四个小时如同四年一样漫长。村民围住报社上访，父亲被查出可能是肝癌，邵冲被乔四打伤鼻子，乔其龙电话威胁。他的耳边再次响起乔其龙的话：你可以不给我乔其龙面子，可程馨苗的面子总得给吧！

乔其龙的话里含着话，他虽把程馨苗抬出来，可实际上暗示他的重要。他是西隆的书记，西隆镇派出所在西隆的地面，他点点头，派出所和民警宿舍的楼就能盖起来，把他惹翻了，派出所在西隆寸步难行。何铭放下电话，刚要坐下，楼下传来乔四吵骂的声音。

"凭什么抓我？我犯多大罪？你们凭啥给我上铐子？我要见你们

所长。”

何铭来到所长室门口，冲楼下喊道：“把乔四带我屋来。”

十几秒的工夫，乔四被带到何铭面前。他举着戴手铐的双手嚷了起来。

“何所长，啥意思，是杀是砍我送上门来了，请便吧！”

何铭冲钟、郝扬了扬头说：“把铐子打开，你俩下去吧！我单独和乔四唠唠。”

郝建军把乔四的手铐打开，而后和钟连勇下楼了。何铭关上门，对乔四说：“坐吧！是不从没以这种形式进过派出所？也好，对你也许是个触动，否则你不知道天有多高，地有多厚，不知道天作有雨，人作有祸。不跟你废话了，就要你一句话，想不想把今天这件事摆平？”

“何所长，整我是不？咱俩以前是有些过节儿，可冲我大哥，冲苗苗，你也不至于下死手吧！”

“既然你提到你大哥和苗苗，那我就给他们点儿面子，一会儿你痛快儿地把打顾客、打民警的事说清楚。我给你打包票，给你留足面子。”

“留足面子？把我铐着押到派出所已让我的面子丢尽了。你往院里看看吧，至少来了四十人，都是来看我咋丢面子的，你让我还咋在西隆混？”

何铭往窗外一看，黑压压地站了不少人。乔其天、“镇关西”站在人群的最前面。这时，何铭的手机响了，是程馨苗打来的。何铭没接，他把钟连勇喊上楼，让他领乔四下楼取笔录。乔四一出去，何铭马上给程馨苗回电话，他想知道父亲换医院后的检查结果。电话一通，程馨苗就埋怨说：“咋不接电话呢？急死我了，想告诉你一个好消息。在省医院又找了个权威教授。教授会诊后判断，何叔叔肝部确实有个肿瘤，不过，良性的可能性更大，必须手术，等切片结果。”

“太好了，太好了，说没说什么时候手术？”何铭内心一阵激动。

“后天吧，阿姨又哭了，这回是高兴，不管咋说，又出现一道曙光。对了，刚才三哥给我打电话说你把四哥抓派出所去了，还说你不近人情，不分里外拐，我大哥也特别生气。四哥惹啥事了？你可别和他们弄僵了啊！”

何铭把乔四打人、打警察的过程讲了一遍，最后说：“苗苗，四哥打的不是邵冲一个人，打的是警察这个群体，这是在向政府、向警察的权威挑衅。这事儿如果不给个说法是万万不行的。即使是我亲哥，我也得抓他、处理他，否则不是那么回事儿。不过，我心里有数，会掌握分寸的。我可以把底儿透给你，行政拘留四哥，但让乔其天以复议为由，保释他先回去，复议期限为六十天，到两个月后，这件事的影响小了，我再做做工作，改为罚款。这样，对外名义上拘留了老四，派出所的面子挽回了，可实际上老四没进拘留所，罚点儿钱教育他一下。这是唯一可行的办法。你把我的意图跟你两个哥说一声。”

“哎！四哥咋整，咋能打警察呢。他们哥儿四个，就二哥还懂些道理，剩下的怕是都理解不了，你还是慎重些。”

“知道了，随时把父亲的情况告诉我。”

“对了，阿姨让你晚上无论如何到医院来一趟，她有事儿跟你说。”

“我一定去，你好好安慰我妈，她心理挺脆弱的，从未经历过这种事。”

78

钟连勇和郝建军已将乔四打人时的证人、被害人的材料都取完了，谁知取乔四笔录遇到了麻烦，铁板钉钉的事，乔四就是装傻，不往打人的关键环节上唠，而且整出一副死猪不怕开水烫的架势，钟连勇真想上前给他一顿大耳光。这时，龚上杰来到了审讯室，他见乔四耍赖，让钟、郝二人先出去，由他来。虽说龚上杰到西隆的时间不长，但对乔四还是很了解的。他没发火，也没动硬，而是结结实实地死捧了乔四一顿。

“四哥，西隆镇名人、能人多的是，最厉害的得数你大哥乔其龙。不过，我最佩服的可是四哥你。”

一听龚上杰夸他，堆在椅子上一直闭着眼睛的乔四身子向上拔了拔，眼睛也露出一条缝，说：“我有啥让你服的？既没当官，又没本事。”

乔四的言外之意，就是想让龚上杰说出他令人佩服的地方。人都愿意听好听的，都愿意被人夸，这是天性。

龚上杰边给他点烟边说："在西隆，讲义气，你堪比关公；论为人，你就是当代的宋江啊！要不你出这么一点小事儿，竟来了一院子人给你助威。你要是平时为人没到那儿，他们怎会这么关心你。"

龚上杰的一席话说得乔四心里美，舒服。能和关公、宋江这样的英雄豪杰并举，从小到大，谁也没把他捧过这么高啊！乔四淡淡地一笑，没说话，细细地享用着龚上杰送他的这顶高帽。他觉得龚上杰的话没说完，想继续听下去。

龚上杰见乔四上了套，用商量的口吻说："四哥，我们哥儿几个一不是官，二不带长，都是听令当差的，这会儿取你材料也是不得已而为之，都是何所长安排的。以你的身份，跟我们这些小警察较劲，跌身份啊！我们问，你不说，我们还不好难为你。这要是换了别人，我们还跟他商量啥呀？那把警察当啥了？再说了，就算你真的犯法了，何所长不看僧面也得看佛面，他可以不给你面子，可绝不敢不给乔书记面子啊！"

经龚上杰这么一捧，乔四飘起来了，心想，可不是咋地，我就打人了，打警察了，咋了。姓何的就算不给我大哥面子，程馨苗这层关系他总得考虑吧！

想到这儿，乔四冲龚上杰摆摆手说："得，得，不难为你们了，不就上午打人那点儿破事吗，好汉做事好汉当，是我打的，都记我账上。"

"这才是四哥的风采呢！慢慢说，我好记下来。"龚上杰说完，从兜取出笔和纸。

不到一个小时，乔四对打人的事供认不讳，再加上被害、证人笔录，材料全了。龚上杰拿着材料来到何铭的办公室。

"所长，材料齐了，根据乔其下的供词，加上其他证据，应该对他治安拘留。参与打仗的两个厨师也应拘留。"

"你把裁决填了，马上报分局，而后向乔其下宣布对他治安拘留，并问他是否复议，如复议，让他找担保人。"

龚上杰按何铭说的去办了。

小龚刚离开何铭的办公室，何铭的手机响了，是程馨苗打来的。何铭刚把电话放在耳边，程馨苗急促的声音就传了过来："铭哥，你还是把四哥的事摆平了，别置那个气了。我怕大哥、三哥为这事和咱们弄掰了。”

何铭听了，心想，得寸进尺，都给你一个台阶了，下来得了。

他强忍着愤怒说：“你没把我的意思讲给他们吗？”

“讲了，没有用，大哥说了，即使做纸上文章，不真拘留四哥，乔家的脸儿也挂不住。”

“让我想想吧！”何铭放下电话。他已感觉到程馨苗夹在中间的难处。可如果不这么做，邵冲和派出所的面子挽不回来，派出所今后的工作还咋开展啊！必须得按我的想法办。关键是怎么能既达到目的，又不伤了与乔家的关系。

乔家的老大虽是乔其龙，可真正的主心骨应该是老二乔其行。因为乔其行官最大，又最有前途。何铭和乔其行在乔老爷子大寿那天见过一次，觉得这个乔家二哥谦和、文明，未说话，人先笑，和他好沟通些，给他打个电话，让他说服乔其龙、乔其天，配合他走完这步。想到这儿，何铭拨通了乔其行的电话，把乔四惹事及他应对的办法说了一遍。

乔其行听了，叹了口气说：“这个老四啊！真拿他没招儿，咋就长不大呢？哎！难为你了。这样，你按你的意思办。大哥和老三这边由我来说服他们。这样也好，既达到了教育目的，又没真伤到老四。”

79

乔其行的承诺，让何铭松了口气。他看了一下表。已经是下午五点二十分了。他刚想去医院看望父亲，可总觉得还有什么事没办完，直到钟连勇走进所长室，他才想起上午钟连勇曾给他打过电话，说有证据表明乔其龙、乔其天兄弟是吴向南案子的重大嫌疑人。他指了指沙发，示意钟连勇坐下。钟连勇没坐，而是来到他办公桌前，从兜里掏出一张图，铺到办公桌上。

他边指着图边说：“这是我画的吴向南被打前的现场还原图。经过技术侦查，吴向南发案前的一个小时，乔其龙和乔其天通过手机联系过。随即，乔其天跟金城人通了电话。吴案发生后，乔其龙给乔其天打了电话，随后，乔其天马上跟金城人通话，不到一分钟，乔其天就跟乔其龙通话。这几段儿通讯链连在一起，可以假设为这样一个过程：乔其龙用手机告诉乔其天吴向南要回宜春的信息及吴的车号。乔其天通知一直在西隆等候的金城凶手下手。从这点看，乔氏兄弟对吴书记下手是早有预谋。案发后，乔其龙问乔其天动手情况。乔其天问完凶手后又向乔其龙报告。最可喜的是，目前，乔其天仍与金城那边有联系，我们完全可以沿着这条线，抓住凶手。”

听到这儿，何铭点了点头，这个案子距离揭开盖子已经不远了。

钟连勇顿了顿，又接着说：“还有一个让我们都不会太轻松甚至有些沉痛的消息。宋大队长不是曾经怀疑有人给犯罪嫌疑人通风报信吗？这个报信的人就是丁文俊。而且有足够的证据证明丁文俊向乔其龙泄露了专案组赴金城的消息。这就不难解释，为什么那辆破损白捷达的司机在接到一个电话后，连车都不修就开走了。”

让何铭、钟连勇意想不到的是，就在他俩谈话之时，一个人影出现在何铭办公室的门前，偷偷地听着。

何铭见钟连勇说完长叹了口气，身子靠在椅子上，眼望着天花板说：“如我所料，又出我所料。乔家兄弟果然是西隆两任书记出事的幕后黑手。不过，我做梦都没想到丁文俊会向乔其龙报信。这件事一旦查实，丁文俊彻底完了，弄不好都得进去。丁文俊毕竟和咱们都是穿一样色衣服的，虽说犯了错误，但咱们绝不能把他往监狱里推。他报信儿这段儿，全当没分析出来，他将来究竟能啥样，取决于乔其龙倒下后撂不撂他。看天意吧！”

“何所长，我到派出所虽没几天，但看出两点，一是派出所长这活儿太难干了。二是你这个所长是个好人。丁文俊的事我心里有数，不会乱讲的。”

“一会儿龚上杰批完乔四的材料回来，由你向他宣布拘留决定，一定给他复议的机会，让他找保人，等办完取保手续，就让他回去。我早走一会儿，一方面涉及乔家的事，我得闪开点儿身子，另一方面我父亲今天住院，我得去趟医院。”

“你快回去吧！这事我会处理好的。今晚龙副所长值班，有事我找他。”钟联勇冲他挥了挥手说。

何铭点了点头，而后脱下警服，换上便服。这时在门口偷听的人蹑手蹑脚地下了楼。何铭来到派出所院内，院里站着不少人。

乔其天见何铭出来，绷着脸，迎上前说：“何大所长，我家老四啥时出来呀？”

何铭微微一笑，指了指派出所的楼说：“我不是办案人，你自己去问吧！”说完，何铭上了吉普车。

路上，何铭的心乱极了，几件乱麻一样的事缠在了一起，都需要他面对，解决，乔家哥仨儿的案子、与程馨苗的关系、父亲的病。现在唯一能让他松一口气的是，父亲的病有所缓解，如果手术成功，取出的肿瘤是良性的，他老人家将躲过这一劫。最难的要数乔家兄弟的案子，如果他与程馨苗没有恋爱关系的话，他不会有这么大的压力，可偏偏自己最爱的人竟是自己将要抓的人的亲人。

不知不觉，何铭的吉普车开进了省医院大院。当何铭走进父亲的病房时，母亲、程馨苗都在，李维彤也在。

“你怎么来了？”何铭有些吃惊地问李维彤。

李维彤抿嘴一笑说：“我怎么就不能来。我来看个住院的病号，在门口碰见馨苗，才知道何叔叔病了。”

何铭转过头对父亲说：“老爸成天忙啊忙，让你歇也不歇。这回好了，这场病足以让你自动休息一段儿了。”

何铭脸上挂着笑容，意在不引起父亲的猜疑。

何父听儿子这么说，笑着答道：“还说我呢，你不也是成天忙啊忙，不听我话，到派出所折腾啥！都累瘦了。唯一的收获就是找到了女朋友，我和你妈不用担心你打光棍儿了。”

“铭铭，你和苗苗出来一下，我有话说。”何母强作笑脸地插了一句，随后出了病房。

何铭、程馨苗跟了出来。在走廊，何母看着何铭说：“铭铭啊，你爸的病虽说有了点儿转机，可仍生死未卜，不到手术完，做完切片化验，还定不了局。不过，好也好，坏也罢，这倒给我提了个醒。别看你爸是个教授学者，可人封建着呢，他特盼着你能早点儿结婚，给他生个孙子，何家也有传宗接代的了，也不知是有预感咋的，前一阵他总念叨这事。我看苗苗这孩子相当不错，等你爸手术完，定个日子，我们和苗苗的父母见个面。赶今年‘十一’把你们的事办了，也算了了你爸爸的一桩心愿。刚才我和苗苗唠了，她没什么意见，你看呢？”

80

结婚？何铭没想到母亲只见了程馨苗一面就跟她谈起这个话题，而且是在父亲的病尚未有结论的情况下。母亲说的的确有道理，父母从他们的角度出发，没什么不妥的，他眼看就三十周岁了，和程馨苗的感情也稳定了，结婚是水到渠成、瓜熟蒂落的事。可答应的话，下一步该怎么办？眼看着乔家兄弟的事将浮出水面，如何面对程馨苗？程馨苗又如何面对她的家人？

何铭正想着，手机响了，一看，是乔其龙的电话。他把电话放到耳边，向前走了几步，低声说：“龙哥，您好。”

“你眼里还有龙哥啊？我好？我一点儿都不好。” 乔其龙的口气中流露着冷漠和气愤。何铭早料想到乔其龙为乔四的事生他的气，乔其龙的话里带刺、带火都在他的意料之中。

“龙哥，四哥不是已经回去了吗？派出所的面子挣回来了，四哥的面子也挂住了，这不是双赢吗？”

“行，老四是差劲儿了点儿，你教育教育他，老二和苗苗又打电话劝我，我认了，也忍了，权当给你面子，不管咋说，将来咱们都是一家人。可我做梦都想不到的是，你竟怀疑我参与了吴向南的案子，暗中调查我和老三，你这是闹着玩呀，还是想咋地呀？”

一听乔其龙这么说，何铭的脑袋嗡的一声，差点儿炸开。他派钟连勇、郝建军查乔其龙的事，只有他们三个人知道，不可能泄露出去，乔其龙怎么知道的呢？听乔其龙的话茬儿，看来他刚刚知道的信。如果是这样的话，那么一定是刚才他和钟连勇在他办公室谈案子时，有人在门口偷听。会是谁呢？西隆镇派出所能跟乔其龙走这么近，又肯在这种时候敢冒这么大的风险给乔其龙报信的只能有一个——丁文俊。何铭的大脑飞快地转着，回忆他刚才离开派出所时，丁文俊是否在派出所。在，在，他想起来了，他从楼上下来，到一楼值班室时，习惯性地向屋里看了一眼。当时丁文俊正在看电视，还和他打了个招呼。一定是他。我暗中放他一马，可他竟执迷不悟，愈陷愈深。这个时候不能慌，要先稳住乔其龙。

想到这儿，何铭笑呵呵地说："我当什么事呢，惹龙哥生这么大的气。你对公安局的打法不是很清楚。我们查吴向南的案子，西隆镇党委、政府的每一个人，范围再大点儿，只要在西隆工作或住的，都是专案组的怀疑对象。这正常得很。跟你关系不大。"

何铭的这几句话很硬，既有道理，又不透底，让乔其龙如坠雾中，更加迷惑了，无法琢磨出何铭的话中含义。他也稳了稳神儿，冷静了一下。心想，咋问何铭这样的问题呢？这么一问岂不是此地无银三百两吗，差点儿暴露了。我慌什么？他又没抓住我手腕子，白混这么多年了。会不会是丁文俊给我报了这么多信，我答应给他发奖金，没兑现，他拿话点我呀！

想到这儿，乔其龙把话拉了回来，说："何老弟，大哥今天喝多了，多了。明儿个我请你喝酒，把老四拽着。你把被打的警察带着，一让老四给被打的警察赔个不是，二赔他点儿精神损失费，把面子给足你。"

"行，龙哥，你现在在哪儿呢？"何铭想知道他现在的行踪。

"在七重天，过来，喝一杯？"乔其龙恨不能马上把何铭召到他身边。

"现在肯定不行，改天吧！家里有病人。"

"那就改天，老爷子过生日那天都没喝透，过两天咱们哥儿几个好好喝一顿。"乔其龙以乔家老大的口气说着。何铭回了句"没问题"。撂下电话，何铭心想，案情十万火急，万一乔其龙转过个儿来，再通知金城的凶手外逃，毁灭罪证，或者他通知乔其天逃跑，那什么都晚了，必须马上向分局汇报，今晚就得采取一些必要措施，否则极可能功亏一篑。想到这儿，何铭回到母亲和程馨苗身边说："妈，单位刚发了个大案，我必须回去一趟。你和苗苗在这儿照顾爸爸。"

"让阿姨回去吧！她年龄大，又忙了一天了，我在这儿，你单位忙完回医院。咱俩在这儿尽点儿孝心。"程馨苗说完，深情地看着何铭。

何铭的心一颤。此时他觉得继续瞒着蒙在鼓里的程馨苗有些残忍，他真想把即将成为现实的真相都告诉她，可纪律又不允许他这样做。程馨苗如果知道是他把她的两个哥哥查出来的，会怎么想，能理解他吗？能原谅他吗？

这时，李维彤从屋里出来说："所长，你太忙，就别回来了，晚上我陪馨苗在这儿照顾何叔叔。我俩正好是个伴儿。"

何铭点了点头。他刚要走，忽然又想起一件事。他拿起手机，把电话打给龙起正。

"起正，你马上带着索振长、郑涛，别开警车，换辆地方牌照的车，到七重天大酒店，乔其龙在那儿吃饭呢。乔其龙从饭店一出来，你们就跟踪他，一定要跟住他，随时向我报告。另外，再安排人，查一下乔其天现在在哪儿，要不动声色。事关生死，绝对保密，过后我再详细跟你说。"

"知道了，事关生死，绝对保密。"龙起正重复了一遍。

81

两个小时前在何铭办公室门前偷听的正是丁文俊。自从钟、郝二将到西隆后，他就觉得有些不对劲儿。因为钟、郝二人都是分局刑警的顶尖高手，怎可能屈尊到西隆干打夜道这类无须动脑的死活儿，他猜测何铭和这两大高手很可能在一起秘密搞什么案子，也猜到可能是吴向南的案子，刚才无意之中的偷听证实了他的判断。但他做梦都没想到乔家兄弟竟然是吴案、洪案背后的黑手，更没想到自己在不知不觉中上了乔家的船，成了乔其龙的线人，为乔其龙提供了许多有价值的情报。他很清楚人民警察为犯罪嫌疑人通风报信的后果，情节严重，触犯刑律的是要判刑的。丁文俊从派出所楼上下来，已是一身的大汗。在值班室，他思来想去，不知该怎么办才好。尤其何铭说的那句"丁文俊能不能进监狱，取决于乔其龙倒下后撂不撂他"的话，不时地在他耳边回响着。他仿佛置身于赌场，不知该把赌注下在哪一边。思来想去，他决定再赌一把，赌乔其龙赢。把他刚才偷听到的内容告诉乔其龙，让他早做准备。只要乔其龙不倒，乔家的船不翻，他就不会有事，甚至可能会因此咸鱼翻身、飞黄腾达。想到这儿，他来到派出所大门口，看看四下无人，拨通了乔其龙的手机。乔其龙接听丁文俊电话时正和乔其天、方少堂在七重天大酒店吃饭，商量镇政府大楼拨款的事。听了丁文俊带着颤音的话，乔其龙的心跳一下子升到了每分钟一百二十多下，脑袋当时就大了。他翻来覆去地问了丁文俊七八遍“是不是真的”。丁文俊像录音机似的，一遍又一遍重复着刚偷听到的何铭与钟连勇的谈话内容。

乔其龙放下电话，没有和乔其天说丁文俊来电话的事。他怕让方少堂知道不好，便从包房出来，去了趟卫生间，用冷水冲了两遍脸，冷静了一小会儿。他决定亲自给何铭打电话，探听一下消息。结果何铭的回答把他迷惑住了。他怕出此地无银三百两的笑话，可又半信半疑。他想了好一会儿，想到何铭求他批地号、盖新楼，尤其想到妹妹程馨苗，最后，他做出了一个看上去合乎常理的判断：何铭不会，不该，也不敢对他下手。他用毛巾擦了擦脸，又回到了包房。一个小时后，三个人从七重天酒店出来。乔家兄弟和方少堂道了别。方少堂一走，乔其龙看了看乔其天，思绪又回到丁文俊打来的电话上。乔其天见大哥自打接个电话后，情绪有了变化，心事重重的，刚才当方少堂的面儿，他没问。

此时，他见乔其龙仍愁眉不展，问道：“咋了大哥，又出什么事了？”

乔其龙就把丁文俊给他打电话的事说了一遍。乔其天听了，摇着头说：“不能吧？现在的何铭可不光是咱们派出所的所长，他还是咱们的妹夫啊！整咱们？除非他疯了。”

乔其龙瞥了乔其天一眼说：“你呀，总自以为是老江湖，看问题浅哪！不能光看他和幺妹的关系。以前我觉得他跟我是一条线、一条心，可从卜仕仁围攻报社，乔四打邵冲这两件事来看，何铭相当有主见，讲原则，上来那劲儿，够狠、够毒。老三，我有种要出事的感觉。你马上给金城那边打个电话，让雇的那几个人马上出去躲些天，费用算咱们的。另外你这几天注意点儿，别大意了。万一吴向南的事真漏了，你一定要把责任揽过去，就说你想干镇政府工程没干上，想报复，万万不能把我露出来。记住，只要我不倒，乔家的富贵、风光就能保住，懂吗？”

“明白，大哥，刀压脖子上，我也不会供出你，真出了事，我扛着，大不了判几年刑，权当进去休息了。我现在就给金城那边打电话。”说完，乔其天拿出手机，拨了个号，“关机。一会儿我再打。”

乔其天说完，把手机揣进兜里。乔其龙冲他摆了摆手说：“回去吧！早点儿休息，大楼的工程要抓紧，对了，还有施工质量问题，多花点儿钱没关系，质量一定要保证。”

乔其天觉得大哥有些过于神经质了，他晃了晃脖子说：“大哥，西隆还是你我的天下。我看你想得太多了。想复杂了就累，压力就大。七重天二楼洗浴中心新来了几个上海妞儿，真够味儿，确有江南女孩儿的风韵，销魂啊。要不一会儿上去，减减压？”

“净扯，我哪有这份儿闲心。我先回去了。”乔其龙说完，上了他的丰田霸道。

何铭从医院出来，边上车边给翟永胜打了电话。翟永胜当晚值班，他让何铭到分局面谈。路上，钟连勇来电话，说他刚才侦获乔其天往金城方面打的电话号码，估计是那几个凶手的。何铭心里一喜，看来案子就要透亮了。

82

十分钟后，何铭出现在翟局长的办公室。他将这段时间的调查结果详细讲了一遍，包括丁文俊的事。

翟局长听了，半天没吱声，从兜里摸出支烟，点上，吸了一大口，问道：“乔老三会不会死不承认？乔其龙能不能把责任都推到乔其天身上？”

“肯定有这种可能。不过，我们可以用‘八爪鱼’的证词作为突破点，抠乔其天，尤其是凶手还在金城，我们完全能够顺藤摸瓜，抓到凶手，到那时，乔其天即使不认账，也能定他的罪。至于乔其龙，他肯定知情，但不一定直接参与。乔其龙虽然骄横霸道，但他一直在政府部门工作，没有反侦查、反审讯经验。只要乔其天的口一开，他恐怕扛不住；退一万步讲，即便乔其天把责任都揽过去，揪不出乔其龙也没关系，吴向南的案子破了，才是我们的终极目标。现在最要紧的不是证据能不能定乔家兄弟的罪，我担心乔其龙警觉，给金城通信儿，让凶手再跑了，这可是关键环节。必须连夜动手，一面派人赴金城缉凶，一面将乔家兄弟控制住，带到分局突审。还有丁文俊，也得控制起来，他的证词很重要，这也是一个突破口。”何铭把自己的观点和盘托出。

翟永胜听了，叹了口气说：“这些年，不少地方凡是涉黑的案子，都有民警深陷其中。不得不承认社会复杂了，队伍复杂了。黑白对峙，敌中有我，我中有敌。侵蚀与反侵蚀是公安队伍建设中的新课题啊！你的想法和打法都对。不过这个案子太复杂了，必须请示李北淮副市长。”

何铭又道：“我们可以直接把乔其天带到分局审，因为我们手头儿有不少抓手，证据确凿，可乔其龙是东城区人大代表，找他还是慎重些为好。建议向区委报告，请区纪检委出面，咱们配合，以找他了解洪文广、吴向南案子的名义跟他谈，变相地向他施加压力。如果乔其龙主动交代参与洪、吴案子更好，他不承认，或最终没有证据证明乔其龙参与洪、吴案子，我们也不被动。毕竟对乔其龙没有采取任何强制性措施，我们暂时也不用向区人大报告。我已安排人对乔其龙、乔其天进行了暗控。乔其龙已回到西隆镇的家，乔其天仍在七重天大酒店。副所长龙起正正带人监视他们，随时会向我报告他们的行踪。”

“行，我马上向李北淮副市长报告。”

晚上十点三十分，翟永胜、何铭来到李北淮的办公室。李北淮听了汇报后，毫不犹豫地说：“战机稍纵即逝。马上动，兵分三路。第一路去金城抓人。第二路，永胜连夜找高书记，汇报目前掌握的乔家兄弟涉嫌吴案的情况和证据，请区委配合找乔其龙谈话，而后将乔其天带到分局，正面突审。第三路由东城分局纪检组对丁文俊进行审查。”

十一点二十分，分局刑警大队宋大队长带领六名刑警星夜赶赴金城。

十一点三十分，翟永胜来到东城区委，把案情向高书记做了汇报。高书记听了，眉头紧锁说：“无风不起浪啊！西隆两任书记出事后，当地包括区机关都有乔家兄弟暗算两任书记的传闻，但传闻毕竟是传闻，还不是事实。当时公安机关投入那么多力量也没撬开这个案子，我们以为吴案成了死案，谁知死而复生，再生波澜。既然你们有了证据，那就动吧！”

翟永胜接过话说：“考虑到乔其龙是人大代表，专案组的意见是对他不抓、不审，请区委出人，专案组配合，以乔其天涉嫌吴向南案件为由，找乔其龙谈话。一会儿以区委名义给乔其龙打电话，让他马上到区里开会。为了防止出现意外，专案组的人和区里的人到他家门口接他。”

“可以。让肖主任出面吧。”高书记说完，重重地叹了口气。

十一点四十分，东城区公安分局会议室内灯火通明。翟永胜向何铭及刑警重案二中队、三中队的二十余名刑警下达命令：“现在有个紧急而又重大的行动。案情就不在这里透露了。一会儿兵分两路，一路由重案二中队的王队长带领，抓西隆建筑工程公司总经理乔其天。半小时前，乔其天已离开七重天大酒店，现正在西隆镇镇政府新楼建筑工地的工棚打麻将。另一路由何铭带领，配合东城区委，将西隆镇的党委书记、镇长乔其龙带到区里问话。行动前，除两个队长外，其他同志将自己的手机上交，行动后归还。抓捕中，要讲究方法，不宜动硬、动粗，但一定要把人控制住，控制好，坚决不许出现脱逃、自残、自杀事件。”

83

何铭听说翟局长让他去带乔其龙，内心充满了矛盾。抛开洪文广、吴向南的案子和程馨苗的因素，乔其龙对他和派出所不薄，无论是派出所的经费，还是派出所及民警宿舍楼地号，乔其龙都对得起何铭。表面上看，何铭是配合区里找乔其龙，可实际上看，跟何铭抓乔其龙没什么区别，于公于私，何铭都觉得无法面对，下不了手，他想到了回避。

他对翟永胜说：“翟局长，我想和王队长换一换，让他找乔其龙，我去抓乔其天。乔其天为人凶狠、狡诈，据说他身边还有保镖。让我来啃这块儿硬骨头吧！”

翟永胜听了，马上明白了何铭的意思。他也知道何铭平时与镇领导的关系，包括和乔其龙的私交不错。现在让何铭去带乔其龙，从心理上有些不好接受。他点了点头说："好吧！王队长跟区委肖主任到乔其龙家。大家注意安全。行动开始。"

午夜十二点，王队长带人和区委肖主任来到乔其龙家门口，肖主任在车里打通了乔其龙家的电话。本来就有些不安，好不容易才睡着的乔其龙惊恐地接起电话。

"乔书记吗？我区委办公室老肖，请你马上到区里来一趟，召开紧急会议。我现在你家门口接你。"

乔其龙慌了，区里好多年没半夜开会了。什么事这么急呢？开会也行，也不至于让肖主任来接呀。他预感到大事不好。

"肖主任，啥事啊？非得二半夜。"乔其龙试探着，想从肖主任嘴里获取点儿信息。

"高书记让通知的，详情我也不知道。你快点儿吧！"肖主任的口气严肃，没了往日的幽默。

乔其龙放下电话，心跳加快，他颤抖着手抽出一支烟点燃，想了想，而后穿上衣服，从包里摸出个电话本，给区里其他几个镇的书记打电话，问是否接到到区里开会的通知，得到的回答都是没有。

这下乔其龙彻底慌了，联想到丁文俊给他打电话说的内容，乔其龙一拍脑袋，自言自语道："大意了，大意了。"

他忙用手机给乔其天打电话，说："老三，出事了。丁文俊说的事是真的。何铭把咱们都给忽悠了。你马上离开宜春，去哪儿都行，别告诉任何人你的行踪。躲一段日子，带着就我知道的那个手机号。我平安后会和你联系。"

"明白了，我马上走。啥事你都往我身上推。"

听了乔其天的话，乔其龙的心平静了不少。

"出什么事了？"乔其龙的老婆菊凤听出丈夫的话里好像有问题，问道。

"没事。如果我出了意外，你别着急，也别上火，把老爷子、老太太，还有儿子照顾好。"

"意外？你会有什么意外？"菊凤哆嗦着问。

乔其龙没回答，把半截烟头狠狠地砸在地上，使劲儿地用脚碾了一下，而后来到门外，肖主任带着两个不像是区委的人迎了过来。乔其龙猜测，肖主任身边的人可能是警察。

他强迫自己稳定一下情绪，努力使自己像平常一样，笑着对肖主任说："开什么会呀，还劳主任大驾。他们是干什么的，我怎么不认识？"

"到区里再说吧！"肖主任的脸上没有任何表情。

乔其龙不好多问，只好硬着头皮，跟着上了车。

84

三个小时前，乔其天在七重天大酒店门口把乔其龙送上车，转身走进七重天二楼的洗浴中心，洗、搓、拔罐、按摩，最后和两个上海女孩儿玩了个"双飞"，彻底地释放了一回。他心满意足地走出七重天时，已经是深夜十一点了。他本想回家休息，可一想到乔其龙说的感觉不好，要出事的话。他决定不回家，去西隆镇政府大楼工地，那里有他一间办公室。他冲停车场里的别克招了招手，司机老黑把车开到他身边，拉上他，直奔西隆。他前脚刚走，一辆出租车紧紧地跟在别克后面。

乔其天回到西隆工地，工地早已歇工，只有工头儿的办公室还亮着灯，四个工头儿正在打麻将。乔其天下了车，老黑从车窗探出头问道："乔总，我是回家，还是……"老黑一米七的个儿，体重有一百八十斤，练了五年摔跤，曾获得宜春摔跤比赛第四名。乔其天相中了他的功夫，把他招到手下，明着是司机，实际是保镖。听老黑问话，乔其天刚想让他回家，明早接他去银行，又一想到大哥刚才说的感觉要出事之类的话，改了主意。

"你今晚别回去了，在工地睡，明早咱俩起早。"

老黑点了一下头，把车停在工棚的边上。离工棚不远的一辆出租车上，索振长拨通了何铭的手机。

乔其天进了工棚，几个工头儿都站起来打招呼，期中的一个工头儿哭丧着脸说："乔总，你快上来吧！我这两下子根本不是他们的对手，都输五百多了。"

“干活儿我不行，打牌你不行。下去，赢了算你的，输了算我的。”乔其天坐在麻将桌前，从兜里掏出支烟，刚下场的工头儿赶忙给他点着。

换手如换刀，乔其天一上场，果然出手不凡，上来就搂了个大和。一把就赢二百四。

乔其天接过赢的钱，心想，都说赌前不能嫖，嫖完赌钱大漏勺，这纯属瞎扯，老子刚玩完“双飞”，这不也赢吗。紧接着，乔其天又连坐三庄，正准备坐第四庄时，乔其龙的电话到了。乔其天接完乔其龙“大事不好，让他快跑的”电话后，脸一下子就白了。他把麻将牌一推，起身就走。

在工棚门口，乔其天喊道：“老黑，老黑！马上走，快！”

“慢走，我有话说。”

乔其天话音未落，一个声音传了过来，同时，五个人影挡在他的面前。乔其天感觉这个声音好熟，他抬头一看，何铭带着四个人，出现在工棚门口。联想到乔其龙在七重天门口说何铭正在查他们兄弟，以及刚才乔其龙的电话。乔其天一下全明白了。随即眼珠一转，大喊一声：“抢赌的来了，抄家伙！”

屋里的几个工头儿一听老总喊抢赌的，立刻拎着棍棒、铁锹之类的工具冲了出来，直奔何铭。何铭，既怕屋里出来的人误会，真把他们当抢赌的，又怕几个同来的刑警吃亏，掏出手枪，冲天空就鸣了三枪，同时喊道：“都别动！警察！”

几个工头儿举着家伙都愣住了。这工夫，老黑驾车冲了过来，打开车门，一把将乔其天拽上副驾驶的位置，一脚油门跑了，这一手太快了。何铭喊道：“跟我上车，追！”

何铭和几个刑警快速冲上吉普车。别克的油门被老黑踩到了底，以一百三的时速狂奔着，何铭驾车紧追不舍，两车也就二十米的距离，乔其天坐在车里，惊魂未定地指挥着。

“别往公路开，往东开，东边是果林。咱们把车扔道边，往果林子里钻，就算分局的警察都来，也休想抓到咱们。”

别克继续飞驰，直奔西隆果林。西隆果林足有五十亩地，人一旦进去，就如同针掉进大海。

何铭见乔其天的车不奔去宜春的公路，而是往东开，马上明白了他的用意。他加大油门追，试图超越别克车，怎奈路太窄，就是超不过去。眼看着别克就要到果林边了，何铭瞅准别克车左侧大半个车身的宽度，只见他先向右一打舵，又猛地向左打了一下舵，吉普车的身子与地面倾斜四十五度角，左侧两轮着地，右两轮腾空，吉普车终于冲在了别克前面。老黑做梦都没想到吉普车会以这种惊险的方式超过他。他本能地向右一打舵，避免撞上吉普，同时踩住了刹车。别克车刚停下，何铭已闪电般冲到了别克车的右车门，挡住了乔其天的去路。

乔其天见何铭追到眼前，冲老黑喊道："老黑，把他放倒。"

老黑冲下车，直奔何铭。练武的人都知道摔跤的厉害。何铭见老黑双手来抓他，不敢怠慢，一旦他被老黑抓住，马上就能被他摔出去。何铭猛一闪身，老黑的双手抓空了，何铭顺势就是一脚，正好踹在老黑的后腰上。老黑不认识何铭，哪知何铭的功底，也没想到何铭竟能躲过他这一抓，因为扑得太猛，他一下子没了重心，再加上何铭这一脚势大力沉。老黑一下子摔出两米之外，倒在了地上。这时两个刑警冲了上去，两支枪口对准了老黑的头部。老黑不敢动了。

何铭与老黑交手的工夫，乔其天从车里下来，刚要往前边的果林跑。谁知何铭一个回合就把老黑撂倒了。他还没跑几步，何铭已挡住了他的去路。

乔其天见无路可走，摇着头对何铭说："姓何的，你够狠。我亲妹妹都是你的人了，你却和我们兄弟过不去。这笔账，我会记着，总有一天你要还。"

"乔其天，路是路，桥是桥。我也曾想放你一马，怎奈你作恶太多，天怒人怨，你是在劫难逃。"

这时，一个刑警上前，把手铐戴在乔其天的手腕上。

85

何铭是一瘸一拐地走进东城分局大门的，刚才踹老黑那一脚，把老黑擒获，可这一脚也把他的脚崴了一下，伤虽然不重，可对走路还是有些影响。他刚进刑警大队的审讯室，手机响了，是程馨苗。他刚摁接收键。程馨苗焦急的声音就传了过来。

“铭哥，怎么回事啊？大嫂、三嫂还有二哥都给我打电话，说你把大哥、三哥抓走了。是真的吗？他们会不会有事啊？”

听了程馨苗的问话，何铭的心里很不好受，甚至有些心疼。他把手机放在耳边，不知该怎么回答才好。他爱程馨苗，可现在他的两个哥哥都有案在审。此时，他觉得无法面对程馨苗，更无法解释刚刚发生的一切。可他纵使有一万个理由不想说出真相，也得说，但愿程馨苗能理解他、原谅他。

“苗苗，你大哥、三哥的确都被带走了，你三哥在分局，大哥在区委，都在接受问话。我把实情告诉你吧，你三哥为了独揽西隆镇政府大楼的建筑权，为了你大哥当书记，设计陷害洪文广嫖娼，毁了洪文广的一世英名。吴书记上任后，他又雇佣来自金城的凶手将吴向南打得四处骨折，开颅手术，险些丧命。说实话，在吴向南的案件侦查中，我是主角，从我内心来讲，我是不希望看到今晚这一幕的，可侦查的轨迹从一开始就向着不利于他的方向发展，非我一己之力和人为因素能改变和逆转的。从我们目前掌握的情况和证据看，你三哥是很难平安无事地走出分局了。至于大哥的结局能怎样，只能看天意和他的运气了。我在案件之外，会对他们予以最大的照顾。其他的，我无能为力。你大哥、三哥的事，已无密可保，估计明天就能在西隆镇传开。我担心你父母能否经受住这个打击。你还是跟二哥商量一下，看怎么办好，及早拿个主意。”

听了何铭的话，程馨苗许久没说话，她被这一突来的变故击晕了。她根本没想到三哥竟然会是两任西隆书记倒下的幕后黑手，更没想到自己最爱的人竟然是这件案子的破案人。自从何铭进了乔家的门，她一直以为自己是世界上最幸福的女人，可刚过了十天，这幸福竟突然飞走了。她努力调整着自己的情绪，但怎么也调整不到正常状态。以何铭的职务和位置，他应该清楚大哥和三哥的处境。可他为什么不暗中提醒他们，帮助他们一下呢。与何铭相处这么久，她太了解何铭对待警察这个职业的态度了，警察职业是他的生命，神圣不可侵犯。她突然觉得电话那一边的何铭一下子和她拉开了距离，离她好远好远。

她叹了口气说：“何所长，以我家三哥的性格，他参与洪文广、吴向南的案子我信，但我大哥乔其龙参与，我真的不相信。不管怎么说，你是办案人之一，大哥和三哥的命运就交给你了，看在你我相爱一场，能帮就帮一把，能救就救一个吧。”

一听程馨苗没像平时那样称呼他铭哥，而是叫他何所长，何铭知道程馨苗生他的气了。他很理解，换谁都不可能不生气。他刚想安慰程馨苗几句，手机里传来了嘟嘟的声音，程馨苗挂机了。何铭把电话打回去，程馨苗关机了。一想到程馨苗在医院照顾他的父亲，而他在抓她的哥哥，何铭满心地愧疚。他刚想开车去趟医院，当面向程馨苗解释，政治处吴主任打来电话，让他马上到纪检组来一趟。

两个小时前，丁文俊被分局纪检组的工作人员带上车，离开西隆镇派出所时，他的心充满了恐惧。纪检人员只是告诉他有事找他谈，并没说什么事，他坐在车里，忐忑不安地猜着，哪件事漏了呢？帮朋友买地的事？不像，这也不算啥毛病啊。参与赌博的事？不能，事是有，但除了被何所长抓过现行，没被抓住过啊。看来是乔家兄弟出事了！联想到他在何铭办公室门前偷听的那些话，肯定是这么回事。

在分局纪检组、分局蒋政委正式和他谈，内容直插主题，让他干净、彻底地交待和乔家兄弟的关系以及交往中的违法问题。丁文俊想，乔其龙帮他批了一块儿地，让他把所里及专案组的事随时向他报告，自己不过充当了乔书记耳目的角色，这不是什么实质性的问题。他也的确想不到乔家兄弟会是吴向南、洪文广案件幕后的黑手。他就把和乔其龙、乔四的交往过程轻描淡写地讲了一遍，但他没讲他给乔其龙发短信的事。为了让组织上认为他的行为属于正常交际往来，他还拿何铭、闫城甫与乔其龙往来密切作为例子讲了出来，言外之意，所领导和乔家的关系也不一般。

分局领导见丁文俊避开谈自己泄露案情的事，就直接问他给乔其龙发短信的事，以及为什么他每次给乔其龙发短信都是在专案组的会后五分钟之内。丁文俊听领导问这件事，这才意识到问题的严重性，如果乔家兄弟供罪，他肯定脱不了干系。不能如实讲，得挺着，装糊涂，坚持说他的确是给乔其龙发过短信，也打过电话，但从未泄露过专案组的事。

86

蒋政委拿不下丁文俊的口供，很着急，因为这关系到最终对乔家兄弟的审讯，这是一个很重要的环节。蒋政委知道丁文俊跟随何铭一起到的西隆，就让何铭出面和丁文俊谈。何铭来到纪检组，请政委和纪检的人员先出去，他单独和丁文俊谈。

何铭见屋里只剩下他和丁文俊，说道："文俊，现在屋里只有你我，我兜里没带录音机，你我所说所讲，只有天知、地知、你知、我知。我现在不是以所长的身份和你谈，而是以大哥的身份跟你唠。我可以把底儿交给你，一、乔家兄弟百分之百地倒了，你不要再抱任何幻想了；二、你不要再坚持下去了，必须有所交代，否则对你没有任何好处。抛开乔家兄弟的案子，为人也好，为警也好，于公也好，于私也好，你太对不起我了，我怎么也没想到，你竟会把近乎是天机的秘密泄露给乔其龙，险些造成无法挽回的后果。你这是在弹药库玩火，弄不好，你连自己的骨灰都留不下。你的所作所为极有可能毁掉你的前途。我这会儿来绝不是单纯地要你的口供，更重要的是，我想看在你我过去同在特警，又同去西隆的情分上，再拉你一把，或许对你会有决定性的帮助，不知你愿不愿意听我的？"

听了何铭一番语重心长的话，丁文俊很惭愧。门前偷听的事，真的让他无颜面对何铭，何铭如果想整他、报复他的话，是不会和他说上述这番话的。联想到何铭单独和钟连勇研究案情时说的"丁文俊毕竟和咱们都是穿一样衣服的，虽说犯了错误，但咱们绝不能把他往监狱里推"。他觉得何铭对他已够讲究了，不能再负何铭了，得跟他说实话，也许还有救。

他想了一会儿说道："所长，我错了。我什么都听你的，给我指条活路吧！"

"你的问题的确很严重，但有个关键环节你要把握住，你是故意泄密，还是无意泄密。这对将来给你的问题定性很重要，明白吗？"何铭非常策略地点拨了丁文俊。他相信丁文俊能够听懂他的用意。

丁文俊是个聪明的人，一下子就明白了，连连点头说："我知道该怎么说了。"

半小时前，乔其龙在疾驰的车上，表情虽然很镇定，但内心却像热锅上的蚂蚁，大脑飞速地转着，寻找着对策。他估计是吴向南的案子破了，金城的凶手抓到了，凶手供出了乔其天。但愿乔其天在接到他的电话后，能够脱逃成功，跑得越远越好。只要乔其天不到位，他就会平安无事。和凶手联系都是乔其天具体实施的，他和凶手毫无联系。

即使乔其天被抓到了，有两种可能，一种是乔其天按他俩事先商量好的，把责任都揽过去。这样他也会无事。另一种可能是乔其天扛不住警察审讯，把他供出来了。如果这种可能成为现实，他只有咬死不承认了。老三能不能扛住呢？他听说警察审讯嫌疑人时，有不少招儿能让被审的开口，有动手打的，还有体罚的。打嘛，乔其天不会怕，一身结实肉，根本不怕打，可真要用别的招儿，他能受得了吗？

车进了宜春市区，从行进方向看，不像是去宜春市公安局，也不像去东城分局，倒像他平常到区委开会的路线，看样子是去区委。坐在他身边的两个人很职业地和他挨得很近，他甚至能感觉到其中一个人的腰间别着硬硬的手枪。既然他们是警察，为什么不带他去东城分局呢？去区委而不是去公安局，看样子，有三个方面原因：一是问题还没严重到一定程度；二是公安局还没有抓到真正的证据；三是他是人大代表，警方很慎重。乔其龙边思考，边看了看坐在前排的肖主任。他想跟肖主任搭句话，探点儿风，可一见肖主任目视前方，坐得挺直，想说的话没说出来。

乔其龙被带进区委纪检委的一间办公室。两个警察分别将门、窗控制住。

纪委周书记先让乔其龙坐下，又亲自给他倒了杯茶水，而后端坐在办公桌前，表情严肃地说："乔其龙，经区委常委会研究，对你进行审查，希望你能够配合组织，将洪文广、吴向南的案子说清楚，现在有证据表明，乔其天直接参与了洪文广、吴向南的案件。你作为西隆镇的党委书记、镇长及乔其天的大哥，对这两起案子负有一定的责任，甚至可能要负严重的责任，希望你能够有个正确的态度。"

周书记的话刚讲完，乔其龙的手机响了起来，乔其龙掏出手机，要接，被周书记制止了。

“虽然现在没有限制你的人身自由，但你已不宜在这种情况下接听手机。”说完，周书记冲站在乔其龙身后的男子点了一下头，该男子上前将乔其龙的手机接了过来。

“哎，周书记。”乔其龙叹了一口气，苦笑了一下，摇了摇头，从兜里拽出根烟，看了看周书记说，“抽支烟行吧？”

“可以。”周书记轻轻地说。

乔其龙把软包中华点燃，深吸了一口，吐了个大烟圈儿，说：“既然组织上说掌握了我家老三参与洪书记、吴书记案件的证据，我作为亲哥也好，西隆镇一把手也好，肯定负有一定责任，不过，这个责任究竟多大，待将来将问题查清了再说。家门不幸啊！俗话说，家丑不可外扬，可走到今天这步，我也顾不得颜面了。乔家兄弟四个，同父异母的妹妹一个，龙生九子，各有不同呀。这五个孩子，除了我，老二、老五，剩下的乔其天、乔其下，也就是老三、老四，这些年可让我家老爷子，让我这个当大哥的操老心了。老四乔其下不学无术，有班不上，前几天还把派出所警察打了，被治安拘留，我正给他申请复议呢。这都是小事，最能作的还是老三，难怪人说：老大傻，老二奸，家家都有个坏老三。乔其天这个人在外面对我一口一个大哥叫着，可在乔家，我俩最不和，总干。他脾气不好，我更是个大炮筒子，沾火就着，不怕你笑话，有好几次都打一块儿去了。说实话，平时我很少跟他联系，回我父亲那儿，当老爷子面，不得不说几句话。这次公安局要是掌握他什么证据，该抓抓，该判判，该毙毙，我一滴眼泪不会掉。”

说完，乔其龙看了看手指缝夹着的烟已经燃出了两厘米长的烟灰，他看了一圈儿，起身将烟灰磕到周书记办公桌上的烟灰缸里。

87

乔其天是戴着手铐走进东城区公安局刑警大队的审讯室的，翟永胜特意把分局的老预审员老段找来，“抠”乔其天。老段五十六岁了，是东城的“名审”，经他手被判死刑枪毙的就有四十八个。

“乔其天，先把你的自然情况说一遍。”老段嘴角略微带着笑问道。这一笑把乔其天笑毛了，都说警察审人时，连喊带吓唬，凶得像恶煞，怎么这个老头儿还笑呵呵的。

“你们不是知道吗？问我干啥。”乔其天顶了一句，同时也是在探虚实。

“我们翟局长拿你太重视了，你这级别的主儿，压根儿就用不着我这级别的来审，找个警校刚毕业的，跟你在这儿磨三天，啥都审清了。”老段的微笑变成了嘲笑。

“你是啥级别？别看你现在审我，从分局的大门出去，咱们都是老百姓，我揣在兜里的钱比你家的存款都多。我在乎你啥呀！”乔其天被老段的口吻激怒了。

“的确，在公安局，像我这样从没当过官的老警察不少，不过，经我手去见阎王爷的罪犯马上就过五十了。1983年严打，宜春最有名的大流氓‘大柳条子’是我审的；1992年奸杀六名少女的色魔齐定国是我审的；2000年，东城分局打掉的黑道大哥‘武疯子’是我审的。跟他们这些人比起来，你不觉得你级别太低了吗？”老段又微笑起来，看着乔其天，一脸的慈祥。

“他们算啥呀？啥也不是。他们要是有能耐，犯了案子，别留下证据，别让你们抓住，来无影，去无踪，恶无形，这才叫人钦佩呢。你也不用拿这些傻×吓唬我，你要是抓到我啥证据，判我，崩了我，我认。”乔其龙大大咧咧地说。

老段依旧微笑着，掏出两支烟，甩给乔其天一支，自己叼上一支，示意屋里的侦查员给乔其天点上。

老段吸了一口烟，说：“要我说，乔其天，你的智商也就在五岁半到六岁半之间。别说智商了，好像我埋汰你似的。通过这一小段儿谈话，我发现你根本不懂法。我说的这个法，不是指法律，是规则。人活着有活法儿，做事有做法儿，麻烦有解法儿，你对这些一窍不通。聪明人进了这屋，都琢磨着咋出去，咋把自己择干净，配合我们把事儿说清楚。就你这态度，我现在要是甩手走了，不审了，不问了，就这么靠下去，吃亏的是谁？”

听老段这么一说，乔其天心里明白了，是呀！跟他瞎犟啥呀！好汉不吃眼前亏，得想法脱身呀。

想到这儿，乔其天一脸的横肉一下子松弛下来，他带着笑说：“老爷子，算我白活。咱今天甭说您是警察，单就您这岁数，应该是长辈，刚才话冲点儿，别往心里去。您该问问，我好好答，抓紧把我洗清了，镇政府工地还一摊子活儿呢。”

何铭从纪检组出来，立刻拨打程馨苗的电话，关机。他又拨打正在医院照顾他父亲李维彤的电话，通了。

“维彤，馨苗在医院吗？”

“所长，馨苗姐一小时前一直在接电话，好像她家出了什么事，在医院的走廊里流了很多眼泪，眼睛都红了。半小时前，她跟我打了个招呼，说有急事，走了。”

“噢，她说没说去哪儿？”

“没有，我问她怎么了，她也不说，我也没好意思深问。”

“你辛苦了，明天一早你赶快回家休息。”

何铭放下电话，心急如焚。半夜三更的，程馨苗会去哪儿呢？会不会出什么事？他分析程馨苗这阵儿可能去三个地方，一是回西隆父母家。二是回她自己的家。三是去找二哥乔其行商量对策。第三种的可能性最大。他想给乔其行打个电话，打听一下程馨苗的下落，可又不能打，接通了说什么呀！何铭抬着受伤的脚，在分局走廊里徘徊了好半天，最后决定先去程馨苗自己的家看看。

二十分钟后，何铭来到程馨苗家的楼下，向上望去，窗户黑黑的，没有一丝亮，家里不像有人，他又上楼敲了半天门，里面没有一点儿动静。何铭边下楼边打程馨苗的手机，依旧关机。何铭急啊！程馨苗在哪儿呢？

88

翌日凌晨两点，东城区纪检委周书记办公桌上的烟灰缸里已经堆满了烟头，和乔其龙的谈话仍在继续着。周书记一遍一遍地问，乔其龙一遍一遍地答，双方重复着几乎同一样的内容，这样的交谈已经有四个回合了。

“其龙啊，咱们也算老相识了，唠了半天，你还是不往正路上唠，我只有把最最掏心窝的话跟你说了吧。组织上已经掌握了乔其天的犯罪事实，也包括你不少方面的问题，这不是在诈你，而是实实在在的东西。刚才你讲你和乔其天如何如何不和，可他毕竟是你的三弟。乔其天设计洪文广，雇凶打伤吴向南，所作所为均有目的，是为你当书记扫清障碍，这么大的事，如此嚣张的行为，你这个当记、当大哥的不可能不知道吧！我想你还是别兜圈子了，现在把问题向区里说清楚，对你的下一步和明天，或许能起点儿缓解作用，一旦真要由警察问你，恐怕就不是那么回事了。你是个聪明人，应该知道利害，更应明白什么叫权衡利弊。”

乔其龙听了，坐在椅子上好久没动，雕塑一般盯着办公桌上的烟灰缸，好像是在小山似的烟头中寻找着对策。周书记讲完后好半天，他站起身，摸了摸几个兜，两包软中华都消灭了，他用求援的眼光看了看周书记。

周书记明白他的意思，从抽屉里拿出三元一盒的薄利烟，扔给乔其龙说：“这个跟软中华没法比，你将就抽吧。”

乔其龙看都没看烟的牌子，就把烟盒撕开，抽出烟，点燃，随后把烟盒放到办公桌上。看得出他的心思一点儿都没在烟上。他使劲儿地吸了几口，叹了口气，说道：“周书记，您在纪检委有五年了，我当镇长、当书记正好也是五年，您对我，我对您，都很了解，您刚才的话可以说没有一句空话，也的确为我着想，为我在操心。事已至此，我听您的，也就别隐瞒了。众所周知，西隆镇有两大建筑巨头，大头是骆九家，小头就是我三弟，西隆建筑有限公司的总经理乔其天。乔其天是个争强、好强、要面子的人。他对骆九家一直不服气，总想盖过他，压过他。今年，洪文广提出要盖镇政府大楼，说实话，这是个不算小，但也不算大的工程。洪书记当时和骆九家谈的，具体咋谈的，谈的啥，谁也不知道。洪想让骆九家干。乔其天听说后，找到我提出也想干这个工程。我没答应，也没法答应，因为重大工程应该是招标的。我让乔其天参与招投标，凭实力说话。问题就出在洪文广没按招投标的路子走，而是强行把工程给了骆九家。对此，我一句话都没说。乔其天没拿到镇政府的工程，一直耿耿于怀，到我家大闹了一通，还说我这个当大哥的啥也不是，不帮他，还说镇政府盖大楼，镇长弟弟伸不上手，掉的是乔其龙的链子。为这事，我们哥俩见面话都不说，一直僵着。后来我听乔其天说过，他不会善罢甘休，工程赚不到钱是小事，没竞争过骆九家丢面子是大。我估计乔其天对洪文广，也包括对吴向南怀恨在心，有报复之心，难免会有报复之举。不过，他干了什么、咋干的，我一无所知。说句最到家的话，他知道我和洪文广如同父子，他怎么可能把他的想法跟我讲，如果讲了，我也不会同意啊！洪书记、吴书记出事后，我也听到过关于乔其天是幕后黑手的议论。为此，我找过乔其天，问过他。他听我问这事，扭头就走，不跟我唠。他越不说，我心里越没底，也猜测可能是老三干的。哎！这下被我猜中了。我刚才想好了，如果公安局真查出来是老三干的，该咋办咋办，要从重从快，严惩。我这个当大哥的确实难逃其责，书记不当了，辞职，没脸儿啊！我乔其龙这些年在西隆，没黑没白地干，谁知竟……”

说到这儿，乔其龙说不下去了，竟抽泣着痛哭起来。

89

与此同时，乔其天在东城分局刑警大队的审讯室里和东城“名审”老段对付着。

“乔其天，我问你，洪文广在清海洗浴中心出事的那天晚上你在哪儿？”老段嘴角仍然带着笑，给人的感觉不像是在审讯，倒像是坐在自家炕头跟老伴儿聊天。

他问洪文广出事那晚啥意思？诈我？还是怀疑我？乔其天心中想着。他装作副回忆的样子想了好一会儿，随即又摇了摇头说：“哎呀！那可是三个月以前的事了，别说我记性差，就算记性好的恐怕也不会记得一百多天前的某个晚上在干吗。我说句话你别生气，也包括你，我现在问问你，4月9日晚上，你在干什么？”

面对乔其天看似合情合理的反问，老段丝毫不急，而是从皮包里抽出几份材料说："2004年的哪一天的事你都能忘，唯独忘不了的恐怕就是洪文广出事那个晚上，那可是西隆镇2004年最具轰动效应的新闻，书记涉嫌嫖娼。之所以问你那天晚上的事儿，是因为我这儿有充足的证据证明你那天晚上也在清海洗浴中心，而且还与书记嫖娼的事有着密不可分的关系，是你给洪文广找的按摩小姐。经我这么一提醒，你应该想起来了吧。"

听了老段这段话，乔其天不禁吸了一口气。听他的意思，是有证人，不，肯定是那个领班被他们找到了，把我供了出来。他妈的，三千块钱也没堵住这小子的嘴。这个证据太重要了，完全能把我证住，这老东西手里拿着好几份材料，看来还不止一份证词，肯定还有人看见我当晚在清海洗浴了。这件事不能再跟警察绕弯子了，不妨直说，闯一下子，闯到哪儿算哪儿。乔其天想到这儿，恍然大悟般拍了拍脑袋说："想起来了，想起来了，那晚我是在清海洗浴，当时在走廊碰见了洪文广，还和洪老爷子打了个招呼，那个按摩小姐的确是我帮找的，可我那时见洪书记喝了酒，又一脸疲惫，是想让他放松放松，舒舒筋骨，谁知他会和小姐整那事呀！我想拍马屁没拍正当，拍马蹄子上了。"

"拍马屁也好，找小姐也好，都可以理解。可有两点我理解不了，一、这么大的事你为什么刚才说想不起来呢？不是想不起来吧！怕是心怀鬼胎，绝非是拍马屁吧？二、你给洪文广找小姐，为什么要拿三千块钱让洗浴领班离开清海，不许他乱说话呢？用三千块钱去堵一个陌生人的嘴，这其中怕是有大块儿文章吧！"

就在这时，一个侦查员进屋在老段耳边低声耳语了几句，老段边听边笑边点头，末了还问了一句："人往回带没呢？"

"正在回宜春的路上。"刚进屋的侦查员小声说。

"多亏了金城警方，日后得好好谢人家。"老段似乎忘了乔其天在屋里，没有低声说，屋里的人，包括乔其天都听见了这句话。老段回头看了乔其天一眼，如梦方醒地拍了一下大腿，有些后悔，又有些懊恼，他冲刚进屋的侦查员摆了摆手，意思是让他快出去吧！

从侦查员进屋，到此人和老段对话、表情，乔其天都看在眼里，侦查员在老段耳边说的话，他没听清，但老段大声说的那几句话，乔其天都听得清清楚楚。坏了，坏了，金城那边出事了，他一边暗暗叫苦，一边分析着。老段问“人往回带没”，说明侦查员在他耳边说的内容可能是警察刚刚抓到什么人，老段说“多亏了金城警方，日后得好好谢人家”，说明警察刚抓到的人是在金城警方的配合下落网的。老段正在审他，这种时候侦查员进屋通报这样的信息，一定是他雇的那几个金城凶手落网了。他又联想到把他带到刑警审讯室突审，看来警察已经掌握了吴向南案件的台前幕后，包括证据。现在行凶的人已往宜春带了，凶多吉少，抵赖已经抵赖不了了。大哥说过，只要他这个书记不倒，就能保住乔家的富贵与风光，把责任揽过来，承认洪文广、吴向南的案子是他干的，把乔其龙择出去，大不了判几年刑。这样会主动些。

想到这儿，没等老段问话，乔其天站起身说：“咱们甭在这儿磨牙了。你不就想知道洪文广、吴向南的事吗？实话实说吧，洪文广是我设计的，吴向南是我雇人打的。”随即，乔其天把他设计洪文广嫖娼，往洪文广身上扣屎盆子，以及雇用金城凶手殴打吴向南的过程详细地讲了一遍。他足足讲了二十分钟，其中，只字未提乔其龙。老段静静地听着，笑着，眼睛眯成一条缝，心想：跟我斗，远儿去了，金城那几个凶手压根儿没到位，别说到位，宋大队带领的小分队恐怕还没到金城呢，我简单和侦查员演了一出现代版的“蒋干盗书”，就把乔老三给忽悠了。这小子也真不禁忽悠，两段儿对话，几个表情，他就晕了，竹筒倒豆子，痛快。老段像看着战利品似的看着乔其天交代问题。

待乔其天讲完，老段摸着下巴，胸有成竹地说道：“乔其天，你刚才讲的，和我们掌握的大体能对上号，不过，有几个小细节，我还得核实一下。你为什么要设计洪文广，收拾吴向南？”

“哎！别说了，置气呗！俗话说，在商言商，经商言利。这几年，西隆的建筑市场是僧多粥少，人多活儿少，狼多肉少。好不容易有个工程，多少双红眼盯着呢，谁不想吃肉啊！今年洪文广提出盖镇政府大楼，我做了大量的工作，准备放手一搏，参与投标，谁知洪文广暗中与骆九家达成协议，说白了，把标底透给了骆九家，对外美其名曰让骆保本干，不挣钱。我不服啊！为这事，我都恨死我大哥乔其龙了。我让他帮忙把镇政府大楼工程搞到手，他却总拿原则了、班子团结了、维护一把手的威信了搪塞我，为此，我们哥俩吵过好几回。后来我见揽工程无望，就找到那么个机会，先给洪文广找了个小姐，又分别给派出所和纪委打电话举报。”

“洪文广去浴池那天为何处在一种迷迷糊糊的状态？你们是偶遇，还是事先预谋？”

“可能是他喝多了吧！那天我到清海洗浴，正好碰见洪文广，临时决定设计他。”

“为什么又要害吴向南？”

“跟洪文广一样，还是为了工程，工程捞不到，就产生了报复的念头，都怪我法律意识淡薄。”乔其天望着天棚，一副忏悔状。

“你是怎么知道吴向南被害之前要回宜春的？怎么给凶手报的信儿？”

“发案前两天，我就把在金城找的几个人接到西隆镇清海洗浴中心。每天下班前，我拉着这几个人到镇政府附近等候，谁知吴向南接连在镇政府加了两天班。第三天，也就是吴向南出事的那天，吴向南的车从镇政府一出来，我一按喇叭，金城人就驾车跟上了。”

“乔其龙知不知道你设计两任书记的事？”

“他不知道，但这两件事发生后，他好像听到些议论，问过我好几次是不是我干的，我跟他急眼了，说他疯了，怎么怀疑我干的。后来，他没再问。”

老段听完乔其天的话，思考了一会儿，对一直在旁边记录的侦查员说：“把笔录整理好，让乔其天签字，摁手印，给他弄点儿水喝。他要上厕所，必须两个人跟着，完了，让他休息一下，你们几个就别休息了，看好人。我这把老骨头就不跟你们撑了，得回家睡觉了，上午十点我再过来。”

说完，老段看了看表，凌晨三点二十分。

90

到凌晨四点，东城区纪委对乔其龙的谈话仍没什么实质性的进展。乔其龙始终把着两个口不放，一个是与乔其天如何不和，另一个是乔其天有可能报复洪文广、吴向南，他丝毫不知情。周书记见乔其龙一会儿叹气，一会儿痛哭，矢口否认参与洪、吴两案，没了办法，只得暂时鸣金收兵，让纪检人员与刑警看着乔其龙，让乔在他的办公室床上休息，几名看管人员轮番歇着。

乔其龙早就困了，可迫于刚才的处境，只得硬挺着。他见周书记让他休息，既没谦让，也没脱衣，直接躺在周书记的床上。本来他已困得不行，可心里有事，尤其惦记乔其天那边的情况，不知道乔其天被警察抓到没有，又把觉弄没了。不过，他强迫着自己，要睡，要马上睡着，也许这阵儿喷香的大觉和如雷的鼾声更能证明他的清白。很快，乔其龙的鼾声起来了，虽不如雷，但也够响，几个看管人员相互看看，无奈地摇了摇头。

何铭从程馨苗家回到分局，见老段和乔其天在审讯室斗嘴，也没什么进展，就找了间办公室，躺在床上，关了手机，想眯一小会儿，也许是又累又困，这一眯一直睡到上午十点二十分。

何铭起床后的第一件事就是打开手机，等了好一会儿，也没见有短信。他多么希望能有一两条程馨苗发来的短信，哪怕是骂他的也好。没有。他又拨了程馨苗的手机，仍关机。他又拨通了母亲的电话，母亲告诉他，多亏了李维彤，说李维彤一夜没睡，刚走不大一会儿，还夸李维彤懂事，善解人意。父亲手术的日子定下来了，明天。何母告诉何铭，明天就是有天大的事也得放一放，务必到医院。何铭答应了。何铭撂下电话，心里乱乱的，他刚想去看看审讯乔其天和找乔其龙谈话的结果，一个侦查员请他去翟局长办公室。

何铭一进翟局长办公室，一脸疲惫的翟永胜面带笑容地说道：“你小子有命，离百日会战结束还有七天，你完成任务了。老段把乔其天拿下来了。宋大队长他们刚从金城传来喜讯，参与殴打吴向南的三个凶手已全部到位，经初审，这几个人正是受雇于乔其天。目前宋大队长一行正押解三名犯罪嫌疑人回宜春，估计下午三点前就能回来。吴向南的案子终于破了。我刚才通过电话向李北淮副市长做了汇报，他非常高兴，还提出要给你记功。听市长的口气，不想让你在西隆干了，可能另有他用，不过是提拔还是再次重用，没说。”

何铭见一向不苟言笑的翟永胜在和他谈话时笑容始终挂在脸上，知道翟局长有些兴奋。是呀！不管咋说，案子破了，指标、任务都完成了。可他丝毫没有压力骤减的轻松和喜悦，连翟局长讲的李北淮要给他记功、提拔使用等内容也没能提起他的兴趣。他的心里仍然沉甸甸的，只有他知道，沉甸甸的正是他的程馨苗，他的最爱。他不知道程馨苗现在在哪儿，怎么样，会不会原谅他。直到翟局长递给他一杯热气腾腾的茶，何铭才缓过神儿来，才想起是在翟局长办公室，是在和翟局长谈话。

他接过水杯，放到茶几上，站起身说："翟局长，功我就不要了，应该记在钟连勇、郝建军身上，这个案子，我们所就参与到这儿吧！交刑警吧！所里还有不少事，我想回所处理一下。"

翟永胜有些愣，他直直地瞅了何铭好半天，心想，这个傻瓜所长怎么一点儿也不高兴啊！冷静得出奇，是修炼到家了，还是天生低调，他琢磨着。

他猛地想起一个问题，脸上的笑容一下子没了，眉头紧锁着。他抽出支烟，点燃，吸了两口，而后对何铭说："何铭，我忽略了一件事，你要跟我说实话。你到西隆当所长半年多，我知道你和乔其龙个人关系不错，我想知道，你们究竟好到什么程度？你在乔其龙的手里有没有什么把柄？这可是个大是大非的大问题。"

何铭没想到翟局长会问他这样的问题，这绝不是怀疑他，不信任他，而是一种职业上的警觉，更是对手下人的关心和爱护。联想到自己刚才的深沉和心事重重，他又觉得翟永胜这样问不是没有道理。

"翟局长，我说句既不是抬高自己，也不是贬低您的话，也希望您不要介意，我能到西隆镇派出所任职，既不是个人争取的，也不是您安排的，而是李北淮副市长亲自定的。从我踏进西隆镇那一刻起，我不光要对自己负责，对您负责，还要对李北淮负责。西隆水深不可测，到处是急流险滩、漩涡。我可以说是时时刻刻如履薄冰，如临深渊。我可以完不成任务，也可以干不出一番政绩，但我绝不能出一点儿闪失。在与乔家兄弟的来往中，我还是相当慎重的，没有任何不良过节儿。如果有把柄落在乔其龙、乔其天手里，我还会向您汇报，请求刑警增援吗？我可以用我这身警服担保，我敢拍胸脯。"

翟永胜听了何铭这些发自肺腑的话，点了点头说："我多虑了。哎！其实也不是多虑，在以往的不少涉黑案件中，或多或少对我们民警都有些牵扯，能够出淤泥而不染，不易呀。你敢拍胸脯、打包票，我就放心了。乔其天的案子就交刑警吧！让他们慢慢抠，乔其龙始终不吐口，仍在区纪委，你先回所吧！有事我再找你。”

91

何铭点了点头，没说话，转身走了。一出翟局长的门，何铭又一次拨打了程馨苗的手机，还是关机。他来不及多想，出楼开车直奔宜春心理诊治医院。十五分钟后，何铭从医院总务处走了出来，据领导讲，程馨苗早上以父亲患病为由请了三天假，没来上班。

何铭坐在吉普车的驾驶室里，没有发动车，他不知道下一步该怎么办，不知道程馨苗究竟能否体谅他，更不知道他和程馨苗还会不会在一起走下去。直觉告诉他，程馨苗肯定与乔其行在一起，这种时候，乔家老二是唯一的主心骨，也是能拿主意的人，程馨苗肯定在乔其行那儿。何铭今天凌晨就想给乔其行打个电话，可一直没敢打，其实没什么敢不敢的，只是他觉得确实无法面对，说什么，咋说呀！到现在这时候，何铭觉得别再顾虑了，即便让乔其行崩一顿，他也要问清楚程馨苗的下落，或者做一下解释。

乔其行的电话接通了，何铭舔了舔嘴唇，说道：“二哥，我是何铭，馨苗和你在一起吗？”

“唉！”电话的另一头传来乔其行重重的一声叹息，何铭悬着的心放下不少，他听得出乔其行是无奈，而不是愤怒。

“何铭啊！半夜我就想给你打电话，可又没有你的号码，馨苗到我这儿来了，我问她，她也不告诉我。大哥和老三的事究竟严重到什么程度？”

“二哥，我可以把底儿告诉你，乔其天肯定要进去，而且肯定要判刑。大哥乔其龙也许有一线生机。也许你要问，何铭既然知道详情，为什么不看在亲情的分儿上拉乔其天一把。说实话，我一直很矛盾，从我走进乔家大院那天起，一直在矛盾中度过。可惜，那时已经晚了，对于乔其天的侦查轨迹，已不随我的意志为转移了。换句话说，我已经无能为力，救不了他了。如果那时候我伸手拉乔其天一把，进监狱的就将是我。也许从这个角度，你能理解我当时的矛盾心理，能理解我为什么不帮乔其天一把。”

“我明白，能理解一些，只是，唉！”乔其行又是一声重重的叹息。

“还有，乔其天所侵害的对象太特殊了。两任书记，一个被扣屎盆子，倒在‘色’字上；另一个被打得四处骨折，险些丧命，至今仍卧床不起。如此罪孽深重，岂能轻易逃过、躲过。用迷信一点儿的说法，乔其天是在劫难逃。倒是大哥乔其龙被他彻底毁了。此番即便大哥能以无罪之身回到西隆，他还能当书记吗？乔家哥儿四个，老大霸道、老三蛮横、老四无知，唯有你知书识礼。馨苗四个哥，我最敬重的是你，也许只有你能听懂我这番话，能知我心啊！”

“不用说了，何铭，既然老三已没救，大哥尚有生机。我在上面找找人，无论如何把大哥书记的位置保下来。”

“依我之见，你还是别找人。我说大哥还有一线生机，并不意味着他能无罪出来，关键在于他到底参没参与洪、吴案件。说白了，真正能救大哥的只有乔其天和大哥自己。看天意吧！目前乔其天的案子已经定性为涉黑，你这工夫找领导说情，不仅不会起到解救的作用，而且可能适得其反。”

“好吧！你再费费心吧！能救救一个吧！”

“馨苗在哪儿？我想见她。”

“馨苗在我家呢，今天早上，我用车将二老从西隆接到我家，暂时先瞒着，馨苗正在陪他们。她这时不希望任何人打扰，她说过，这段时间不想和你联系，也不想见你，过一段儿再说吧！你也理解她一些。有事咱们之间联系吧！需要我做什么，告诉我。”

何铭放下电话，心里宽慰不少，不管咋说，乔其行这事还能正确对待、理解，听得进话。虽说没见到程馨苗，可从乔其行的口气中听得出，程馨苗只是一时难以接受两个哥哥猝倒的现实，并没有完全怪罪于他。他想过几天后，待程馨苗过了那个坎儿，拧过那个劲儿就好了。他相信学心理学专业的人会很好地调整好自己的心理的。

92

何铭刚要发动车回西隆，手机响了，拿出一看，是龚上杰打来的，摁下接听键，里面传来龚上杰焦急的声音："何所长，西隆乱套了。今儿一早，乔家兄弟出事的消息很快在西隆镇传开了，洪文广听说后，当即把家里的一面大镜子砸碎了，随后心脏病犯了，被送进了医院。吴向南知道是乔其天害的他，连骂三声'天理难容'。现在乔其龙父亲家门口有一大帮人看热闹，有一拨人聚在镇政府大院里闲扯的，还有一些人到派出所打探乔其龙、乔其天消息的，爆炸性新闻啊！议论者中有叹气的，有骂娘的，有不相信的，有眉飞色舞、兴高采烈的。还有不少人骂咱们派出所，说西隆镇政府没少给派出所拿钱，还给派出所解决地号，可派出所抓完洪文广，抓乔其龙，谁给奶吃抓谁。所里对乔家兄弟出事的事议论也不少，有几个人公开埋怨你，说你为了往上爬、捞政绩，只顾往自己脸上贴金，不顾全所民警利益。如果放乔家一马，每个民警都能弄套好房子。还说丁文俊可能也让你给坑了。还有一件事，下午一点半，分局政治处要到所里考核闫城甫，并对闫教导员进行测评，是不是通知大伙儿下午回来？"

龚上杰连珠炮似的一口气把乔家兄弟倒下后的各种反应都讲给何铭，何铭边听边琢磨着，要说镇里老百姓的各种议论，即便骂派出所、骂他，都不难理解，他唯一理解不了的是，所里个别民警竟然埋怨他。他想问问龚上杰，是谁在埋怨他，可又一想龚上杰既然没说是谁，怕是有难言之隐，没问。问了，知道是谁，又有什么意义呢？分局考核闫城甫的事既在他的意料之中，又在他的意料之外，他想过闫城甫在得知祁阳镇派出所赵所长患病辞职的消息后，会做工作当所长，也可能当上，但没想到这么快就有了结果。

"通知全所民警下午一点回所，是好事，成人之美。我一会儿就回所。"

下午一点半，全所民警围坐在所会议室的椭圆桌旁，趁分局政治处的人还未到，何铭发表了一个简短的讲话："短短二十四个小时，西隆镇已经是天翻地覆，变化之大，连我都惊诧不已。不过这就是现实。罪恶是残酷的，洪文广倒下后，每日与兰花相伴，寡言少语，其内心的痛苦，有谁与之分担，只能默默承受。吴向南倒下后，每日与床为伍，眼望天棚，吃喝拉撒，集于一床，其肉体、精神，惨受折磨，痛不欲生。然而，公正的是法律，是上苍。乔其天因为没揽到镇政府大楼的工程，或许还有其他方面的因素，设计陷害洪文广，殴打致伤吴向南。如今冤有头、债有主，乔其天已经归案，我们的镇书记乔其龙因受其三弟牵连，目前正在区纪委交代他的问题。在侦破乔其天的案件中，我何铭的确起到至关重要的作用。如今我是身在西隆的旋涡之中，整我者有，骂我者有，欲拿下我人头一解其恨的人也有。此时，我的内心很平静，我不会理会任何的褒贬，是非功过自有后人评说。我个人问心无愧，因为我是警察，是个派出所所长。”

何铭讲话时很激动，好几次眼泪都差点儿没掉下来。他强忍着讲完坐下。会议室里一片寂静，只有众人轻微的呼吸声。

闫城甫见何铭讲完了，站起身说：“乔其天有今天，是罪有应得。我们应该为有何铭这样的所长而感到骄傲、自豪。这是我们全所的光荣。”

龙起正也站起来说：“我也参与了侦破乔其天的案子。如果有的同志认为乔家出事影响了他的个人利益，骂我好了。”

何铭点了点头，难得两位副手此时站出来为他讲话。他看见闫城甫，这才想起开会的主要目的，稳了稳情绪说：“一会儿分局政治处要来考核闫教导员，可能要找个别同志谈话，还要搞民主测评。众所周知，考核是提拔的前奏，闫教导员在西隆工作多年，历经坎坷和磨难，他能走得更高、更好，同样是我，也是在座的每一位的光荣。我无须多言，大家应该明白该做什么，不该做什么。我全程陪同政治处同志的考核。”

何铭的这番话，既给闫城甫吃了粒定心丸，又警告所里对闫城甫有成见的民警，所长全程陪同考核，别整事，别乱说；整好事，说好话。

93

下午三点钟，政治处的考核完毕。考核及测评的结果对闫城甫十分有利。何铭送走政治处的人，想去医院看望父亲，因为明天就要做手术了。还没等他上吉普车，骆九家来电话，让何铭到骆家来一趟，有要事。听骆九家的口气，情绪很低落，像是有心事。何铭没细问，开车来到骆家。

骆府门前的狮子虽在，但从门前的脏乱已看出骆家衰败的迹象。一脸憔悴的骆九家见了何铭，把何铭让进客厅坐下后说道："何老弟，我已经把公司易手，后天离开宜春去千山，出家。"

何铭当时就愣住了。前段儿，他也听说骆九家被好友金生坑了的事，但怎么也想不到骆九家会出家。大凡欲出家者，或遭受沉重打击，或看破红尘，或想归隐田园。他猜测骆九家出家肯定与金生坑他的事有关。

他沉思了一会儿后说："大哥，古人云，人生不如意十之八九。你公司前段儿出点儿事，我也听说了。是损了些财产，但还不至于伤筋动骨，以你的为人和性格，当愈挫愈奋、愈挫愈坚才是，怎能为一时的波折和坎坷就放弃尘世呢？何况你现在上有父母、下有五女一子，难道这些你都舍得？就算你舍得，你能放下心吗？"

"老弟，实不相瞒。钱财上的损失对我而言不是最重的。金生带给我的那点儿伤，微不足道，最伤我的是骆开心的母亲牡丹。自打她进骆家门，生下开心，我明里暗里给她的钱都超过三百万了，这也拴不住她的心。前一段儿，我就发现她有些反常，总是魂不守舍的，跟我夫妻那点儿事不是推，就是应付。我花钱雇私人侦探探了一下，果然有事。她与她初恋的男友偷偷好上了，而且用我的钱给那个小白脸买了辆好车。我找准机会，把这对狗男女堵在了宾馆的床上。她不但不认错，竟然把孩子往家一扔，跑了，至今杳无音信。我弄不明白，她能放下我，可她怎么舍得了孩子。小开心天天哭着喊着找妈妈，哭得嗓子都肿了，打了一周吊瓶才好。桂花和我那五朵金花本来就看不惯牡丹恃子得宠，这回见牡丹抛子离家，都看我笑话。我的大女儿竟然在我的床上放了一只大乌龟。我父亲因为牡丹的事，一气住了院，老太太的头疼病也犯了。家不像家呀！外面人看我有钱，又有了儿子，认为我很幸福，可实际上根本不是那么回事，甘苦自知啊！八年前，千山的大师说我有佛缘。现在我决定皈依佛门，重塑人生。离家前，想请你帮个忙，九家虽走了，父母、孩子们都在，希望你能帮我照看点儿。"

听骆九家这么一说，何铭觉得骆九家去意已决，无法再劝了，他站起身说："大哥，你我相识不长，但情投意合，大哥今天能一吐心迹，是视我为知己呀。人各有志，我不能勉强，相托之事，牢记在心。别说我在西隆当所长，只要我人在宜春，骆家有事尽管找我。"

何铭上了吉普车，回头向骆九家告别时，只见骆九家的脸上缓缓流下两行热泪。

第二天，何铭父亲的肝部手术成功，肿瘤被切除，经做切片检查，为良性。

几天后，乔其天的犯罪事实基本查清，经东城区人民检察院批准，乔其天及三名金城凶手被正式逮捕，送往宜春市公安局第三看守所羁押。乔其天把罪过全部揽在自己身上，称与乔其龙没有任何关联。乔其龙也矢口否认。因证据不足，东城区纪检委又未能查出乔其龙的其他问题，解除对乔其龙的审查。当天晚上，乔其龙没回西隆，而是来到乔其行家，与乔其行、乔其下、程馨苗会面。程馨苗见大哥几天的工夫，满头黑发白了四分之三，人也苍老了许多，情不自禁地哭了起来。

乔其龙叹了口气说："别哭了，苗苗。你三哥正在号里遭罪呢！我明天就把辞职报告送到区里，没法再在西隆干了，挺好个家，挺好个前途，全让何铭给毁了。如果他不知情，我不怪他。可他啥都知道，完全有机会、有条件放老三和我一马，偏偏没有。在区里审查我这几天，我都在想，抛开馨苗是他女朋友，我个人对他也不薄啊！他当所长不到一年，镇里给所里拨了将近五万元，还有派出所民警宿舍楼地号的事，我见过不是人的，可没见过这么不是人的。程馨苗，我把话放这儿，你只要还承认你是乔家人，只要还承认我是你大哥，就绝不能再和何铭来往。"

乔其行本想替何铭辩解几句，可一看乔其龙满头的白发和一脸的怒容，到嘴边的话又咽了回去。程馨苗没说话，转身到另外一个房间去了。

9月1日，乔其龙辞去西隆镇党委书记兼镇长职务。同日，"四海一家"大酒店易主。

第二天，东城区公安分局任命闫城甫为祁阳镇派出所所长。

9月3日，何铭接到一个陌生号码发来的短信："馨苗在北京。"

9月4日，李北淮在他的办公室接见何铭。

“何铭啊，你这大半年的所长干得很出色，我很满意。鉴于你在西隆的表现和打黑破案有功，组织上提拔你任宜春市公安局打黑支队副支队长，后天到任吧！”

“市长，谢谢您对我的培养。我想休假。”何铭的脸上几乎看不到提拔后的欣喜。

“休假？你这段儿是够累的，可以，不过有个案子需要你接手，最多只能给你三天假。你调整调整，越早上班越好。”

“我要去北京。”

2008年金秋第一稿

2013年立春校正

2016年初夏再校正